आत्मनिर्भर भारत
कृषि विकास का भावी खाका
[खंड-1]

आत्मनिर्भर भारत

कृषि विकास का भावी खाका

[खंड-1]

लेखक
एम. वीरप्पा मोइली

अनुवादक
रमेश कपूर

राजकमल प्रकाशन

ISBN : 978-81-267-2664-6

मूल्य : ₹900

पहला संस्करण : 2014
दूसरा संस्करण : 2026

प्रकाशक : राजकमल प्रकाशन प्रा. लि.
1-बी, नेताजी सुभाष मार्ग, दरियागंज
नई दिल्ली-110 002
शाखाएँ : अशोक राजपथ, साइंस कॉलेज के सामने, पटना-800 006
पहली मंजिल, दरबारी बिल्डिंग, महात्मा गांधी मार्ग, प्रयागराज-211 001
1, अनमोल सोराबजी सन्तुक लेन, धोबी तलाव, मरीन लाइंस, मुम्बई-400 002
वेबसाइट : www.rajkamalprakashan.com
ई-मेल : info@rajkamalprakashan.com

मुद्रक : बी.के. ऑफसेट
नवीन शाहदरा, दिल्ली-110 032

ATMA NIRBHAR BHARAT-1
by M. Veerappa Moily
Translated by Ramesh Kapoor

...तुम गाँव के आदमी की चिरकालिक ग़रीबी और अशिक्षा मिटा दो और तब तुम एक सुसंस्कृत व सभ्य स्वतंत्र नागरिक का सबसे अच्छा उदाहरण देख पाओगे...
नैतिकता का पालन करने के लिए हमारा अपने मन और अपनी भावनाओं पर नियंत्रण होना बहुत आवश्यक है। ऐसा करने से हम स्वयं को जानते हैं। यदि यह परिभाषा सही है, तो भारत को, जैसा कि कई लेखकों ने बताया है, किसी अन्य से कुछ भी सीखने की आवश्यकता नहीं है।

—महात्मा गाँधी, *हिन्द स्वराज*

भूमिका

आत्मनिर्भर भारत–*कृषि विकास का भावी खाका* एक सामयिक तथा उल्लेखनीय पुस्तक है, जो देश की वर्तमान दुर्दशा तथा भविष्य की क्षमता एवं कृषि तथा सम्बद्ध क्षेत्रों में देश की सम्भावनाओं पर केंद्रित है। ये क्षेत्र हमारे विकास व सुधार के लिए पहले से ही विशेष क्षेत्र रहे हैं क्योंकि हमारे देश के अधिकांश लोग व कार्य–शक्ति अभी भी इसी में लगे हुए हैं और इसी पर निर्भर हैं। डॉ. एम. वीरप्पा मोइली ने इस पुस्तक को लिखने में, एक राजनीतिक नेता के रूप में अपने असीम अनुभव तथा बहुमुखी प्रतिभा का परिचय दिया है। कर्नाटक के पूर्व मुख्यमंत्री तथा द्वितीय प्रशासनिक सुधार आयोग के चेयरमैन के रूप में उनकी गहरी समझ व अंतर्दृष्टि पूरी पुस्तक के दौरान स्पष्ट दिखाई देती है, जिन्होंने इस प्रयास को महत्त्वपूर्ण बनाया है। वह बड़ी गंभीरता से हमारे संविधान में उल्लिखित अधिकारों व मूल्यों के आधार पर हमारे विकास प्रतिमान को परिभाषित करते हैं। इस प्रकार, सार्वभौमिक व समान गुणवत्ता वाली अनिवार्य प्राथमिक शिक्षा, कुपोषण तथा संक्रमण बीमारियों, आजीविका के अवसरों की प्राथमिकता, सामाजिक सुरक्षा तथा असंगठित क्षेत्र में लगे हमारे श्रमिकों की सुरक्षा पर ज़ोर दिया गया है।

प्रत्येक अध्याय में ऐतिहासिक परिप्रेक्ष्य पर की गई चर्चा अत्यंत विद्वतापूर्ण है, जिसमें हमारी सफलताओं व विफलताओं के विश्लेषण के साथ–साथ जटिल विषयों तथा महत्त्वपूर्ण तत्त्वों को समझाया गया है। इस दृष्टिकोण का पालन करते हुए, पुस्तक में एक प्रासंगिक व उपयोगी तरीके से, वर्तमान चिन्ताओं व उनके कारणों पर प्रकाश डाला गया है। भारतीय कृषि का क्षेत्र अब सिकुड़ चुका है और अब किसानों में कृषि उत्पादन के प्रति कोई रुचि नहीं रही, जिसके कारण भूमि सुधारों तथा कृषि क्षेत्र पर एक बार फिर से विचार

करने की आवश्यकता महसूस की जा रही है। ऋण, विपणन, विस्तार इत्यादि के लिए महत्त्वपूर्ण कृषि उप–प्रणाली तथा उनकी संस्थागत सहायता में पूरी तरह कमी आ चुकी है। इन संस्थाओं व उप–प्रणाली को कृषि क्षेत्र की ओर आकर्षित करना पूरे देश भर में एक जरूरत बन गई है। पुस्तक, विकेंद्रीकरण, भागीदारी दृष्टिकोण, किसान वर्ग के सशक्तीकरण, प्रोत्साहन तथा धन उपलब्ध कराने के माध्यम से, प्रत्येक स्तर पर हमारी योजनाओं व कार्यक्रमों को पुनर्गठित करके, इन पहलुओं पर प्रकाश डालती हुई, इनसे निपटने के एक मार्ग की पहचान करती है। इस प्रकार यह पुस्तक हमारे कृषि क्षेत्र की स्थिति में व्याप्त निराशा व बेबसी से बाहर निकालने का एक ख़ाका प्रस्तुत करती है तथा इस क्षेत्र को अतिरिक्त उत्पादन व अंतर्राष्ट्रीय प्रतिस्पर्धा का एक अत्यधिक ऊर्जावान क्षेत्र बनाने के लिए कई मूल्यवान सिफारिशें करती है। इसके अतिरिक्त, इस पुस्तक की एक और विशेषता यह है कि यह देश भर में मौजूद प्रत्येक कृषि जलवायु के क्षेत्र में हो रहे असंख्य अनुभवों व प्रयोगों को दर्शाती है तथा उनमें वृद्धि से जुड़े मुद्दों पर प्रकाश डालती है और हमारी योजनाओं व कार्यक्रमों में उनका समावेश करती है।

दसवीं पंचवर्षीय योजना के मध्यावधि मूल्यांकन तथा कृषि व सम्बद्ध क्षेत्रों के लिए ग्यारहवीं पंचवर्षीय योजना की निर्माण–प्रक्रिया के दौरान प्रौद्योगिकी में कमी, परिस्थितियों के संकट, धीमी विकास गति, उपयुक्त प्रोत्साहनों व उचित संस्थानों के अभाव तथा सिंचित व वर्षा से पोषित क्षेत्रों के बीच आर्थिक असमानताओं में वृद्धि होने की समस्याओं की पहचान की गयी है और निष्पक्षता व दक्षता के साथ उनके समाधान पर बल दिया गया है। ग्यारहवीं पंचवर्षीय योजना में कृषि तथा संबद्ध क्षेत्रों में परिव्ययों में तीन गुना वृद्धि करने के साथ–साथ इन उद्देश्यों के लिए नई गतिविधियों की पहल की गई : (i) राष्ट्रीय कृषि विकास योजना के अंतर्गत विकेंद्रीकृत व्यापक जिला कृषि योजनायें तैयार करना, (ii) वर्षा–सिंचित क्षेत्रों के लिए भागीदारी एकीकृत जल–संभरण विकास योजनायें बनाना, (iii) विभिन्न जिलों में गेहूं, चावल तथा दालों के संबंध में, उच्च क्षमता तथा उत्पादकता के निम्न स्तर के साथ उपजे अंतर को कम करने के लिए राष्ट्रीय खाद्य सुरक्षा मिशन बनाना, (iv) कृषि के विविधीकरण तथा खेती के अलावा अन्य गतिविधियों से समुदाय आधारित स्थायी कृषि से संबंधित प्रयासों के लिए विशेष व्यवस्था

करना। यदि इन सभी को तथा पुस्तक में उल्लिखित कई अन्य पहलों को, पारस्परिक प्रभाव, सहयोग व समग्र तरीके से, केंद्र, राज्यों व स्थानीय सरकारी संस्थाओं द्वारा ठीक से तथा संयुक्त रूप से योजना बना कर क्रियान्वित किया जाये, तो ये निश्चित रूप से वर्तमान चुनौतियों का सामना कर सकेंगे तथा इस पुस्तक में बताये गए कार्यों को अच्छे प्रकार से पूरा करेंगे।

मुझे पूरा विश्वास है कि यह पुस्तक योजना निर्माताओं, विभागीय प्रमुखों/संस्थाओं, स्वैच्छिक संगठनों तथा प्रगतिशील किसानों के लिए अपनी योजनाओं, गतिविधियों व परिणामों को सुधारने में अत्यंत मूल्यवान सिद्ध होगी।

बी.एन. युगान्धर
सदस्य, योजना आयोग
भारत सरकार
नई दिल्ली

आभार

मुझे इस बात को अवश्य स्वीकार करना चाहिए कि कर्नाटक सरकार के पूर्व योजना निदेशक, श्री नज़ीर हुसैन के प्रयासों के बिना इस पुस्तक को लिखना संभव नहीं था।

डॉ. एस.के. दास, आई.ए.एस. (सेवा निवृत्त), डॉ. रेणुका विश्वनाथन, आई.ए.एस. (सेवा निवृत्त) तथा श्री आर.के. सिंह, आई.ए.एस. ने भी अपना बहुमूल्य सहयोग प्रदान किया।

मेरी बेटी, सुश्री हंसा मोइली ने पुस्तक के प्रारूप को पढ़ कर उसे संवारा–सजाया। मेरे बेटे, हर्ष मोइली ने इसे उचित शीर्षक दिया। मेरी पत्नी मालती वी. मोइली, जीवन में सर्वोत्तम चीज़ें प्रदान करने के लिए, मेरी क्षमताओं को उचित रूप से पहचानने के लिए, निरंतर मेरे साथ रही हैं।

इस खण्ड की प्रस्तुति में निम्नलिखित लोगों ने अपनी बहुमूल्य जानकारी प्रदान की है : डॉ. वसंत कुमार, पूर्व निदेशक बागवानी विभाग, कर्नाटक सरकार, सुश्री महुआ मोइत्रा, डॉ. टी.एन. प्रकाश, प्रोफेसर, कृषि अर्थशास्त्र, कृषि–विज्ञान विश्वविद्यालय, बेंगलुरू; डॉ. जोशुआ, अतिरिक्त निदेशक, पशुपालन एवं पशु–चिकित्सा सेवा विभाग, श्री एच.वी. जनार्धन, उप–निदेशक, कृषि (सेवा–निवृत्त), कृषि विभाग, कर्नाटक सरकार, श्री एम. जे. अरुण, सहायक निदेशक, कृषि (सेवा–निवृत्त), कृषि विभाग, कर्नाटक सरकार, श्री जे.एम. निसार अहमद, सहायक निदेशक कृषि (सेवा–निवृत्त), कृषि विभाग, कर्नाटक सरकार।

प्रस्तावना

स्वतंत्रता की प्राप्ति के बाद, महान भारतीय राष्ट्र ने जैसे एक शक्तिशाली लहर के समान स्वयं को नींद के बाद जगाया और अपने अजेय बंधनों को परे झटक दिया तथा हमने उसे एक बाज के रूप में, दोपहर की धूप पर अपनी चुंधियाहट रहित आंखों को प्रज्वलित करते देखा। हम देख सकते हैं कि कैसे राष्ट्रीय भावना ने उत्कृष्टता को छुआ।

जब वर्ष 1991 में, प्रधानमंत्री डॉ. मनमोहन सिंह ने वैश्वीकरण की देश में शुरुआत की, तो उन्हें उन लोगों की कड़ी आलोचना का शिकार होना पड़ा, जो रचनात्मक तोड़–फोड़ का केवल नकारात्मक पक्ष ही देखते हैं। अब यह एहसास हो चुका है कि सभी विश्वसनीय प्रमाण यही संकेत करते हैं कि वैश्वीकरण के लाभ, इसकी लागत की अपेक्षा कहीं अधिक हैं, यहां तक कि ये अर्थशास्त्र के दायरे से भी परे हैं।

अर्थशास्त्री एवं राजनीति विज्ञानी, डेविड लेबलंग ने (1870 से 2000 तक, 130 वर्षों के दौरान) दोनों दिशाओं में चल रहे वैश्वीकरण तथा लोकतंत्र के बीच सकारात्मक संबंधों के प्रमाण देखे। उन्होंने पाया कि व्यापार में प्रलोभन से लोकतंत्र को बढ़ावा मिलता है।

हमें आर्थिक ढांचे को सीमाओं में बांधने की अपेक्षा, रचनात्मक पुनर्निर्माण के अंधेरे पक्षों द्वारा उत्पन्न की गई आशंकाओं को कम करने तथा उन्हें सम्बोधित करने पर अपना ध्यान केंद्रित करना चाहिए, जिस पर दुनिया भर की समृद्धि निर्भर करती है। यह नई प्रक्रिया वैश्विक वित्तीय बाज़ार के संबंध में भी उतनी ही महत्त्वपूर्ण है, जितनी उपभोक्ता उत्पादों व स्वास्थ्य सेवाओं के लिए। जैसे ही वैश्वीकरण विस्तार लेता है और अंततः धीमा होना आरम्भ कर देता है, तभी हमारी वित्तीय प्रणाली को इसके लचीलेपन को बनाये रखने की आवश्यकता होती है। संरक्षणवाद, भले ही उसका रूप कोई भी हो,

राजनीतिक या आर्थिक, इसके प्रभाव कैसे भी हों, व्यापारिक अथवा वित्तीय–आर्थिक, ठहरावों व राजनीतिक स्वैच्छाचारिता के लिए एक दवा का काम करता है। भारत में बहुत सम्भावनायें छिपी हुई हैं और विकास दर तथा प्रौद्योगिकी में इसका प्रदर्शन शानदार रहा है। लेकिन आधुनिकता का यह तत्व भारत की विशाल अर्थव्यवस्था का एक छोटा सा भाग है। हालांकि, भारत एक सराहनीय लोकतंत्र है, विश्व में सबसे बड़ा लोकतंत्र, 1991 के बाद के महत्त्वपूर्ण सुधारों के बावजूद, हमारी अर्थव्यवस्था भारी नौकरशाही के हाथों में बनी हुई है। इसकी आर्थिक विकास की दर हाल ही के वर्षों में, दुनिया में सबसे अधिक रही है, किन्तु इसका आधार काफी निम्न है। निश्चित रूप से, चार दशक पूर्व, भारत का प्रति व्यक्ति सकल घरेलू उत्पाद (जी.डी.पी.) चीन के बराबर था, लेकिन आज यह चीन के आधे से भी कम है और उसके मुकाबले अभी भी कम हो रहा है। यह बात सोची जा सकती है कि भारत भी सुधारों की दृष्टि से चीन की तरह अपनी नीतियों के लिए कट्टर होकर, विश्व की प्रमुख बड़ी ताकत बन सकता है।

यह कोई संयोग नहीं है कि मनुष्य विपरीत परिस्थितियों में भी दृढ़ रहता है और आगे बढ़ता जाता है। परिस्थितियों के अनुकूल बन जाना हमारी प्रकृति में है, एक ऐसा सच, जो मुझे हमारे भविष्य के प्रति आशावादी बनाता है। प्रगति अपने आप नहीं होती, इसमें अपने आप को भविष्य के अनुकूल बनाने की आवश्यकता होती है, जो अभी तक अकल्पित थी। लेकिन हमारे लिए आशा की सीमा कभी समाप्त नहीं होती, जिसके लिए हम सब प्रयास करते हैं।

भारत के लिए अंतर्राष्ट्रीय क्षेत्र में एक प्रमुख बनने के लिए, जो कि वह बनना चाहता है, यह ज़रूरी है कि वह कृषि के क्षेत्र में लगे श्रमिकों के एक बहुत बड़े भाग को शहरी क्षेत्रों में लाकर, श्रम–प्रधान निर्यात के लिए, कारखानों का निर्माण करे, जो आज एशियाई महारथियों व चीन का समय की कसौटी पर परखा एक मार्ग रहा है। भारत में 25 करोड़ लोग अभी भी 1 डॉलर प्रतिदिन से कम आय पर अपना जीवन यापन कर रहे हैं और अभी भी जनसंख्या के लगभग आधे भाग को बिजली मयस्सर नहीं है। ग़ैर–कृषि क्षेत्रों की अपेक्षा, उत्पादन केवल चौथा हिस्सा ही है। वियतनाम की तुलना में चावल की उपज आधी तथा चीन के मुकाबले एक तिहाई ही है। भारत में कपास की उपज की स्थिति तुलनात्मक दृष्टि से देखें तो और भी बुरी है। गेहूं की पैदावार, जो 1970 के दशक में हरित क्रान्ति से

बहुत लाभान्वित हुई थी, अभी भी चीन की गेहूं की पैदावार की केवल तीन चौथाई ही है। केवल चाय उत्पादन के क्षेत्र में ही भारत अपने प्रतिद्वन्द्वी एशियाई देशों से आगे है। भारतीय सड़क परिवहन की स्थिति यह है कि वह खेतों और शहरों को आपस में जोड़ने में पर्याप्त नहीं है–शीघ्र नष्ट हो जाने वाली फसलें काफी हद तक खेतों की खपत पर निर्भर हैं और फसलों का एक तिहाई हिस्सा तो खेतों से बाज़ार में पहुंचाने के दौरान ही गल–सड़ जाता है। 1980 के दशक से ही कृषि उत्पादन में विकास की गति बहुत कम हो गई है।

विख्यात हार्वर्ड अर्थशास्त्री मार्टिन फेल्डस्टेन, वालस्ट्रीट जर्नल में (फरवरी 2006) प्रकाशित अपने एक लेख में कहते हैं:

> भारत में सेलफोन सेवाएं कम दरों पर व्यापक रूप से उपलब्ध हैं, क्योंकि इसे विलासिता की वस्तु माना जाता था और इसलिए इसे बाज़ार पर छोड़ दिया गया था, जबकि बिजली की उपलब्धता बहुत कठिन है और इसे एक आवश्यकता माना जाता है, इसलिए इसका प्रबंधन सरकार के हाथों में है।

नोबेल पुरस्कार विजेता, श्री मुहम्मद युनुस का कहना है: मेरे लिए लोग बोन्साई पौधों की तरह हैं, जब हम गुलदस्तों में सबसे बड़े पेड़ों के बीज उगाते हैं, तो आप बड़े पेड़ों का एक छोटा प्रतिरूप पाते हैं। आप जो बीज बोते हैं, उसमें कोई दिक्कत नहीं है, समस्या केवल ज़मीन के साथ है, जो पेड़ के लिए पर्याप्त नहीं है। ग़रीब लोग बोन्साई लोग हैं। उनके बीजों में कुछ भी ग़लत नहीं है। केवल समाज ने ही उन्हें आगे बढ़ने का आधार नहीं दिया। ग़रीब लोगों को उनकी ग़रीबी से निकालने के लिए ज़रूरी है कि हम उसके लिए एक अनुकूल वातावरण पैदा करें। एक बार जब ग़रीब अपनी ऊर्जा और गतिविधियों से अपनी ग़रीबी से मुक्ति पा लेंगे, तो बड़ी जल्दी ही ग़रीबी समाप्त हो जाएगी। हमें विश्वास के संकट की चुनौतियों का सामना करना पड़ता है। यह ऐसा संकट है, जो हमारी राष्ट्रीय इच्छा के मन–मस्तिष्क व आत्मा से आरम्भ होता है। हम इस संकट को हमारे अपने जीवन के अर्थ के संबंध में बढ़ते संदेह में तथा अपने राष्ट्र के उद्देश्य की एकता के मुकाबले में देख सकते हैं। विश्वास की इस कमी से भारत के सामाजिक व राजनीतिक ढांचे के टूटने का ख़तरा बढ़ जाता है।

हम अपने इतिहास के प्रस्थान बिंदु पर खड़े हैं। यहां बदलाव के दो मार्ग दिखाई दे रहे हैं। एक मार्ग विखण्डन व स्वार्थ की ओर

ले जाता है। उस मार्ग पर भविष्य में कार्य करने के ग़लत विचार हैं, अर्थात् दूसरों के ऊपर लाभ की स्थिति पाने के लिए स्वयं को काबू में करने का अधिकार। वह मार्ग अराजकता उत्पन्न करने वाले संकीर्ण हितों तथा गतिहीनता के बीच एक निरंतर संघर्ष का मार्ग होगा। दूसरा मार्ग, नए संयोजन और वर्तमान मानसिकता से भारत के पूरी तरह मुक्त होने का मार्ग है।

ऐसे में, चीज़ों की एक नई व्यवस्था को परिचित कराने की अपेक्षा कुछ भी हाथ में लेना ज़्यादा कठिन व व्यवहार के लिए ख़तरनाक नहीं है या इसके नतीजे में अधिक अनिश्चित नहीं है।

ग्रीक पौराणिक कथाओं में, प्रोमीथियस एक असाधारण व्यक्ति था, जिसे मिट्टी को ढाल कर उसे मनुष्य जाति में परिवर्तित करने का काम सौंपा गया था। मनुष्य के जीवन को बेहतर बनाने के प्रयास में उसका सामना देवताओं के राजा, ज़्यूस से हुआ। प्रोमीथियस ने स्वर्ग से आग चुरा कर मनुष्यता को दी, जिसके परिणाम स्वरूप प्रोमीथियस को कॉकेशस पर्वत पर बांध दिया गया और हर रोज़ एक बाज को उसके कलेजे को खाने के लिए भेजा गया। कई पीढ़ियों के बाद, महान नायक हरक्यूलिस ने आकर प्रोमीथियस को उस उत्पीड़न से मुक्त कराया।

उन्नीसवीं शताब्दी में, शेली ने ज़्यूस के हाथों प्रोमीथियस के उत्पीड़न व पीड़ा के संबंध में 'प्रोमीथियस अनबाउंड' नामक एक नाटक लिखा। उस नाटक में, शेली ने एक आदर्श व अमूर्त अर्थ में, एक क्रान्तिकारी की रचना की, शेली की 'प्रोमीथियस अनबाउंड' एक क्रान्तिकारी पुस्तक है, जो दमन के विरुद्ध स्वतंत्र इच्छा, अच्छाई, आशा व आदर्शवाद का समर्थन करती है। 'प्रोमीथियस अनबाउंड' भारत के निर्माण के लिए अपेक्षित परिवर्तनों के संबंध में आशा और आदर्शवाद का रास्ता दिखाती है, जो अनंत व मुक्त है।

विषय–प्रवेश

विश्व विकास रिपोर्ट 2000 के सिंहावलोकन से पता चलता है कि 'विकास की तस्वीर में बदलाव आ रहा है और योजनाकारों के सामने वैश्विक व स्थानीय स्तर पर नई चुनौतियां प्रस्तुत हो रही हैं।' रिपोर्ट चार महत्त्वपूर्ण सबक याद दिलाती है, जिसमें पचास वर्षों के विकास के अनुभव को स्थान दिया गया है। पहला, विकास के लिए अपेक्षित वृद्धि को प्राप्त करने के लिए स्थूल आर्थिक स्थिरता एक आवश्यक शर्त है। दूसरे, विकास कभी नीचे नहीं आता, विकास को प्रत्यक्ष रूप से मानवीय ज़रूरतों पर ध्यान देना चाहिए। तीसरे, कोई एक योजना विकास को गति नहीं प्रदान कर सकती। इसके लिए व्यापक दृष्टिकोण की आवश्यकता होती है। चौथा, संस्थान महत्त्वपूर्ण होते हैं। उन प्रक्रियाओं में निरंतर विकास निहित होना चाहिए, जो सामाजिक रूप से विस्तृत तथा परिस्थितियों को बदलने के लिए उत्तरदायी हैं।

विकास की प्रक्रिया के केंद्र में अधिकारबोध मौजूद होता है। अधिकारों पर आधारित दृष्टिकोण के अर्थ क्या हैं? इसका अर्थ है मानव अधिकारों, निष्पक्षता, समानता तथा समान न्याय पर विचार करना और अवधारणा, डिज़ाइन, कार्यान्वन, परिणाम देने, जांच–पड़ताल तथा सभी विकास प्रक्रियाओं के मूल्यांकन के केंद्र में विविधता का समायोजन होना चाहिए। सामाजिक बहिष्कार, जो भारत में जाति–प्रथा तथा जाति–आधारित उत्पीड़न व भेदभाव तथा अस्पृश्यता के संकट के कारण अधिक उग्र है, को सम्पूर्ण व्यवस्था को प्रभावित करने वाली प्रणाली के समाधान की आवश्यकता होती है।

सामाजिक–आर्थिक विकास की गति को तेज करने के लिए किस चीज़ की आवश्यकता होती है? व्यापक व निःशुल्क शिक्षा तथा निश्चित रूप से शिक्षा की गुणवत्ता सबसे बड़ी राष्ट्रीय आवश्यकता है, जिसमें अब किसी भी बहाने से देर नहीं होनी चाहिए। ऊंची शिशु–मृत्यु दर, बच्चों में खून की कमी तथा माताओं में खून की कमी गम्भीर

चिंताओं के मामले रहे हैं। इस स्थिति को सुधारने के लिए तत्कालिक उपाय किये जाने की ज़रूरत है। चूंकि भारत इक्कीसवीं शताब्दी की ओर बढ़ रहा है, इसलिए कोई भी शिशु कुपोषण का शिकार अथवा अनपढ़ नहीं रहना चाहिए। सामाजिक, आर्थिक, राजनीतिक क्षेत्रों में, कला, संस्कृति, मीडिया, शोध, शिक्षा तथा स्वास्थ्य विकास में, सर्वशक्तिशाली तथा सर्वोच्च मध्यस्थ के रूप में तथा विभिन्न सेवाएं प्रदान करने वाले के रूप में राज्य की सर्वव्यापी भूमिका ने समाज की ऊर्जा तथा उल्लास को कमज़ोर कर दिया है और अब उसकी नागरिक समाज को एक उद्देश्यपूर्ण तथा सार्थक भूमिका निभाने के योग्य बनाने की ज़रूरत है। संविधान द्वारा सभी नागरिकों को सामाजिक व आर्थिक न्याय की गारंटी से अभी भी अधिकांश नागरिक वंचित हैं, जिनमें महिलाओं, अनुसूचित जाति, अनुसूचित जनजाति, पिछड़ा वर्ग के लोगों, असंगठित मजदूरों व ग़रीब लोगों की संख्या अधिक है। समाज के सभी वर्गों द्वारा संवैधानिक अधिकारों का पूर्ण आनन्द लेना सुनिश्चित करने के लिए तत्काल केंद्रित तथा लक्षित उपाय किये जाने की ज़रूरत है।

दूरदर्शिता के उद्देश्य

निम्नलिखित प्रश्नों पर ध्यान देने की आवश्यकता है :

- राष्ट्र ने प्रत्येक नागरिक को एक गरिमामय जीवन देने के अपने संवैधानिक दायित्वों को कहां तक पूरा किया है?
- भारत में सामाजिक व आर्थिक प्रगति की गति कितनी है?
- भारत में अनुसूचित जाति, अनुसूचित जनजाति, अन्य पिछड़ा वर्ग, महिलाओं, बच्चों व समाज के अन्य कमजोर वर्गों के लिए किस हद तक संवैधानिक उद्देश्यों व आकांक्षाओं को पूरा किया गया है?
- भारत अन्य विकासशील देशों की अपेक्षा कहां तक सफलता प्राप्त कर सका है?
- स्वंत्रता प्राप्ति के पश्चतात् भारत के विकास के अनुभव क्या रहे हैं?

बीसवीं शताब्दी के दूसरे दशक को सांख्यिकीय जांच को खारिज कर देने वाली एक बाधा ने कफ़न में लपेट कर रख दिया है। यदि हम पीछे की ओर देखें, तो हमें यह महसूस करते हुए बड़ी पीड़ा होती है कि हमारी निश्चितता के क्षितिज वास्तव में कितने सीमित

हैं! 1960 के दशक के मध्य में, जब भारत बहुत बड़े स्तर पर अकाल के ख़तरे का सामना कर रहा था और वह अपने देश के नागरिकों की भूख मिटाने के लिए विदेशी खाद्य सहायता पर निर्भर था, तब हमारे सबसे दूरदर्शी लोगों ने भी यह कल्पना नहीं की होगी कि एक छोटी सी अवधि के दौरान भारत का खाद्यान्न उत्पादन दुगुना हो जाएगा और देश के पास महत्त्वपूर्ण अधिशेष (सरप्लस) की स्थिति हो जाएगी। किसने सोचा होगा कि 1970 व 1980 के दशक में जापान प्रभुत्व की इतनी जटिलता पैदा हो जाएगी अथवा यह उतनी ही हैरान कर देने वाली स्थिरता उत्पन्न हो जाएगी और यहां तक कि 1990 के दशक में इसमें गिरावट आ जाएगी ? वर्ष 1980 में हमने कम्प्यूटर क्रान्ति का अनुमान लगा लिया था, जो दो वर्ष के बाद ही प्रकट हो गयी थी। 1983 में, जब भारत का कुल सॉफ़्टवेयर निर्यात केवल 12 मिलियन डॉलर का था, तो किसने कल्पना की थी कि यह सात वर्षों में ही 500 गुणा हो जाएगा और देश एक प्रमुख सूचना प्रौद्योगिकी शक्ति के रूप में दुनिया भर में प्रशंसा पाएगा?

1989 की शुरुआत में, कौन बर्लिन की दीवार गिरने, शीत युद्ध का अंत होने, सोवियत संघ के टूटने और केवल चौबीस महीनों के अंदर ही पूरे पूर्वी ब्लॉक के उभरने जैसी परिवर्तनकारी घटनाओं की उम्मीद कर सकता था? यहां तक कि माइक्रोसॉफ़्ट के संस्थापक, बिल गेट्स जैसे दूरदर्शी व्यक्ति भी स्वीकार करते हैं कि वह भी इंटरनेट की विशाल क्षमता को पकड़ पाने में असमर्थ थे, जब तक कि पहले ही एक वैश्विक क्रान्ति पैदा नहीं हो गयी थी। हमारे शहरों की विकास की दर, जो शहरीकरण के वैश्विक रुझान को दर्शाती है, आज 25 प्रतिशत कम है, अपेक्षाकृत जो हमने पांच वर्ष पूर्व भविष्यवाणी की थी।

कार्यान्वित होने योग्य दूरदर्शिता के लिए, अप्रयुक्त क्षमताओं व अवसरों को अवश्य सम्मिलित करना चाहिए, जो घरेलू व अंतर्राष्ट्रीय स्तर पर उपयोग में लाये जाने का इंतज़ार कर रहे हैं और इसके साथ–साथ, वर्तमान समस्याओं और बड़ी चुनौतियों को भी शामिल करना आवश्यक है, जो हमारी प्रगति में बाधा बन कर खड़ी हैं। निश्चित रूप से, ये वे शक्तियां हैं, जो हमारी प्रगति को विफल करती हैं, जो हमें कठिन प्रयास करने के लिए आवश्यक दबाव उत्पन्न करती हैं। विडम्बनात्मक रूप से, वे सर्वश्रेष्ठ सूचकांक भी साबित हो सकते हैं, जिन्हें अंततः हासिल किया जा सकता है।

एक बेहतर भविष्य की कल्पना करते हुए, हमें उन चीज़ों पर विचार

करना चाहिए जो हमारे पास हैं, न कि हमें उन चीज़ों के भ्रम में पड़ना चाहिए जो हमारे पास नहीं हैं। हमें इस तथ्य की सराहना करनी चाहिए कि आज प्रचुरता की स्थिति को पाने के लिए भारत के पास क्षमताएं व अवसर, दोनों मौजूद हैं। हमें बहुत तेजी से, कुशलतापूर्वक और संगठित तरीके से, अपनी प्रभावकारी रणनीति को हमारे पास उपलब्ध सामग्री, मानव शक्ति, प्रौद्योगिकी तथा सामाजिक संसाधनों के पूरी तरह से उपयोग पर ध्यान केंद्रित करना चाहिए।

सच्चाई में परिवर्तित होने योग्य दूरदर्शिता को उन उत्प्रेरक ताकतों की पहचान करनी चाहिए, जिन्हें देश के विकास में तेज़ी लाने के लिए इस्तेमाल किया जा सकता है। इसके साथ–साथ विकास के मार्ग पर आने वाली बाधाओं को भी दूर करना चाहिए तथा तेजी से आगे बढ़ने के लिए पुरानी ग़लतियों तथा पुराने दृष्टिकोण को भी समाप्त कर देना चाहिए। इसे पूरी ईमानदारी के साथ अपने अतीत की ग़लतियों तथा परेशानी उत्पन्न करने वाली प्रवृत्तियों से छुटकारा पाना चाहिए तथा इसके साथ–साथ अपने अतीत से सबक लेने और उसमें बदलाव करने के लिए अपनी क्षमता में विश्वास दिखाना चाहिए, क्योंकि हम निश्चित रूप से बड़ी तेजी के साथ अपने में बदलाव ला रहे हैं। सच्चाई में परिवर्तित होने योग्य दूरदृष्टि में अति आशावाद के लिए कोई जगह नहीं है, जो इस तथ्य पर आधारित है कि अंततः सब कुछ अच्छा हो जाएगा। इसमें यह बात कोई मायने नहीं रखती कि हम क्या तय करते हैं और हम कैसे काम करते हैं। इसी प्रकार, चरम निराशावाद की भी यहां कोई गुंजाइश नहीं हो सकती, जो हमारे भविष्य का निर्धारण करने के लिए, हमारी स्वतंत्रता व सत्ता से वंचित कर देने वाले विचारों पर आधारित है। आत्मज्ञान के लिए हमारा दृष्टिकोण ऐसा होना चाहिए जो राष्ट्र की आकांक्षाओं, दृढ़ संकल्प व प्रतिबद्धता को व्यक्त करे।

संवैधानिक आकांक्षाएं

भारत का संविधान पूरी दृढ़ता से स्वतंत्रता समानता, भाईचारे व न्याय के स्तम्भों पर खड़ा है। यह मानवीय गरिमा, समानता व भेदभाव न करने की एक निर्विवाद प्रतिबद्धता के प्रति अपने सम्मान को दर्शाता है तथा समाज के सबसे कमज़ोर व निर्धन वर्ग के प्रति अपनी चिंताओं को प्रकट करता है। संविधान नागरिकों की रक्षा एवं स्वतंत्रता को

बढ़ावा देना अनिवार्य बनाता है तथा प्रत्येक नागरिक के लिए जीवन का एक अच्छा स्तर सुनिश्चित करता है। संविधान के अनुच्छेद 21 के अनुसार, प्रत्येक नागरिक को आत्म–सम्मान, स्वास्थ्य तथा एक स्वस्थ वातावरण, स्वच्छ पानी, चौदह वर्ष की आयु तक निःशुल्क शिक्षा तथा आश्रय से लेकर जीवन जीने तक की गारंटी दी गई है।

समाजिक व आर्थिक लक्ष्यों को प्राप्त करने के लिए समुचित संवैधानिक प्रक्रिया का संविधान के भाग तीन व चार में उल्लेख किया गया है। संविधान के चतुर्थ भाग में स्वतंत्र व स्वशासी लोगों के लिए और न्यायसंगत व दूसरों के लिए समानुभूति रखने वाले समाज के लिए संवैधानिक आकांक्षाओं व मानकों का समावेश किया गया है। भाग तृतीय बुनियादी मानवाधिकारों की गारंटी देता है, जो अविच्छेद्य हैं और जिन पर राजनीतिक उलटफेर का कोई प्रभाव नहीं पड़ता और जो चतुर्थ भाग की आकांक्षाओं को प्राप्त करने तथा उन्हें पूरा करने के माध्यम हैं, जो हालांकि ग़ैर–न्यायोचित हैं किंतु इसके बावजूद देश के शासन को चलाने की मूलभूत आवश्यकता हैं।

ऐतिहासिक पृष्ठभूमि

भारत में औद्योगिकरण का स्तर तथा 1750 व 1830 के बीच की अवधि में विश्व के विनिर्माण उत्पादन में उसकी हिस्सेदारी इंग्लैंड, अमरीका, फ्रान्स तथा जापान से भी बेहतर थी। जब वर्तमान दुनिया के अधिकांश औद्योगीकृत देश 'जंगल व दलदल' और असभ्य आदिम जातियों के घर थे, तब भारत का विकास हो चुका था। लेकिन, औपनिवेशिक शासन के दौरान, भारत के उद्योग पूरी तरह नष्ट हो गये थे और जब विजेताओं ने देश में औद्योगिकरण को बढ़ावा दिया, तो भारत ग़रीबी और दुर्भाग्य के गर्त में डूब चुका था।

वर्ष 1750 से 1900 तक की अवधि में, विश्व व्यापार में भारत की हिस्सेदारी के विपरीत, 1990 के दशक के अंतिम भाग में विश्व व्यापार में भारत की भागीदारी यह दर्शाती है कि संविधान के लागू होने के इकसठ वर्षों के बाद भी, भारत उस स्थिति के नज़दीक भी नहीं दिखाई देता, जो स्थिति उसने 1750 से 1900 के बीच हासिल की हुई थी।

1947 में भारत की दयनीय स्थिति को पंडित नेहरू के निम्नलिखित शब्दों में वर्णित किया गया है :

"...एक गुलाम राष्ट्र, जिसकी विशाल शक्ति को पिंजरे में कैद

> करके रखा गया है, जो स्वतंत्र रूप से सांस लेने का साहस भी नहीं कर सकता और जिस पर दूर बैठे अजनबी लोगों द्वारा शासन किया जाता है, जिसके नागरिक अत्यंत ग़रीबी में जकड़े हुए हैं और जो बीमारी और महामारी का विरोध करने में भी सक्षम नहीं हैं।...एक ऐसा राष्ट्र, जिसमें बड़े पैमाने पर अशिक्षा फैली हुई है, जिसके अधिकांश क्षेत्रों में स्वच्छता व चिकित्सा प्रावधानों का अभाव है और जहां मध्यम वर्ग व आम जनता के बीच बड़े पैमाने पर बेरोज़गारी का साम्राज्य है।'

आर्थिक प्रदर्शन

स्वतंत्रता प्राप्ति के बाद से, उत्पादन में महत्त्वपूर्ण व उल्लेखनीय विस्तार व विविधीकरण हुआ है। नई तकनीकों, आधुनिक प्रबंधन तथा विज्ञान, चिकित्सा, इंजीनियरिंग तथा समूची प्रौद्योगिकी वस्तुओं व सेवाओं ने घरेलू उत्पादन में उल्लेखनीय वृद्धि कर दी है। वर्ष 1950–2000 के बीच हुए कृषि उत्पादन की अपेक्षा, कृषि उत्पादन सूचकांक चार गुणा अधिक की प्रभावशाली वृद्धि कर चुका है। 1960 व 2000 के बीच, गेहूं का उत्पादन 11 मिलियन टन से बढ़ कर 75.6 मिलियन टन हो गया और चावल का उत्पादन 35 मिलियन टन से 89.5 मिलियन टन तक जा पहुंचा। यह उपलब्धि उस राष्ट्र के लिए कोई छोटी उपलब्धि नहीं है, जो 1960 के शुरुआती वर्षों तक खाद्यान्न सहायता के लिए दूसरे देशों पर निर्भर रहा हो। इसी प्रकार, औद्योगिक व सेवा क्षेत्रों में भी तेज़ी से विस्तार हुआ है। औद्योगिक उत्पादन सूचकांक, जो 1950–51 में 7.9 था, वह 1999–2000 में बढ़ कर 154.7 हो गया और इस अवधि में विद्युत उत्पादन 5.1 बिलियन किलोवाट से 480.7 बिलियन किलोवाट हो गया।

इस आर्थिक विस्तार ने भारत के सकल राष्ट्रीय उत्पाद (जी.एन.पी.) के एक स्थिर व प्रभावशाली विकास में महत्त्वपूर्ण योगदान दिया है। चार वर्षों को छोड़ कर, 1950 से देश के सकल राष्ट्रीय उत्पाद में प्रतिवर्ष विकास की दर धनात्मक रही है। 1980 के दशक के मध्य से और उससे भी अधिक 1991 में आर्थिक सुधारों की शुरुआत के बाद से, विकास की ऊंची दर, विशेष रूप से उल्लेखनीय है। विवेकपूर्ण राजकोषीय तथा आर्थिक प्रबंधन ने वित्तीय संकट से बचने के लिए देश को सक्षम बनाया, जिसका अनुभव पूर्व एशिया के देश 1990 के दशक के मध्य में कर चुके थे। वास्तव में, 1994–2000 के मध्य, भारत के सकल घरेलू उत्पाद की विकास दर 6–8 प्रतिशत रही, इसमें

1997–98 एक अपवाद था, जब वार्षिक विकास दर 4.8 प्रतिशत थी।

भारत का प्रति व्यक्ति शुद्ध राष्ट्रीय उत्पाद (एन.एन.पी.) 1999–2000 में, 1951 की अपेक्षा 2.75 गुणा अधिक था। 1980 से पूर्व, प्रति व्यक्ति आय में वृद्धि की औसत वार्षिक दर 1.2 प्रतिशत के आसपास थी। 1980 के दशक के पूर्वार्द्ध में, प्रति व्यक्ति शुद्ध राष्ट्रीय उत्पाद में 2.4 प्रतिशत की दर से वृद्धि हुई और 1985–1990 के बीच प्रति वर्ष वृद्धि की औसत दर 3.32 प्रतिशत रही। 1990 के दशक की शुरुआत के वित्तीय संकट के कारण प्रति व्यक्ति आय में वृद्धि की दर में गिरावट देखी गयी, लेकिन जल्द ही इसमें सुधार देखा गया। 1993–94 और 1998–99 के बीच प्रति व्यक्ति शुद्ध राष्ट्रीय उत्पाद में वृद्धि की वार्षिक औसत दर 4.8 प्रतिशत रही।

आर्थिक प्रगति के सामाजिक परिणाम

भारत में निरंतर विकास के बावजूद, मानव विकास का स्तर काफी कम रहा। *मानव विकास रिपोर्ट* 2000 ने मानव–विकास सूचकांक (एच.डी.आई.) की सूची में भारत को 128वें स्थान पर रखा था और उसके अनुसार विश्व में केवल 45 देश ही ऐसे हैं, जिनकी स्थिति भारत की तुलना में बदतर हैं। एच.डी.आई. (ह्यूमन डिवेल्पमेंट इंडेक्स) ने जिन देशों को भारत से बेहतर आंका है, उनमें से अधिकांश देश हमारे निकटवर्ती पड़ोसी देश हैं। उदाहरणार्थ, एच.डी.आई. में श्रीलंका का सूचकांक मूल्य 0.732 है, जबकि भारत का केवल 0.563।

भारत में मानव विकास का निम्न स्तर, व्यापक मानव अभाव की स्थिति को दर्शाता है। विकास के कीर्तिमानों के बावजूद, भारत के लोगों की ग़रीबी वास्तव में बहुत अधिक है।

विकास का मूल्यांकन

विकास का अर्थ प्रति व्यक्ति आय में वृद्धि से कहीं अधिक है। इसका अर्थ वास्तव में मानव विकास की दृष्टि से मूल्यांकन किया जाना है। मानव विकास, विकास का परिणाम नहीं है, बल्कि यह विकास की प्रक्रिया के लिए अत्यंत महत्त्वपूर्ण है। मानव विकास का अर्थ निश्चित रूप से अधिक विकल्प, अधिक आज़ादी व मानव अधिकारों की सुनिश्चितता है। इसमें क्षमताओं में वृद्धि भी शामिल है, जैसे, लम्बे समय तक स्वस्थ व सार्थक जीवन जीने की क्षमता, ज्ञान प्राप्त करने की क्षमता व एक संतोषजनक जीवन जीने की क्षमता। मानव

विकास में स्वतंत्रताओं को बढ़ावा देना, अज्ञानता से मुक्ति, भूख से मुक्ति तथा स्वयं निर्णय लेने की स्वतंत्रता निहित होती है। यह प्रत्येक नागरिक को भय व दमन से मुक्ति, भेदभाव व शोषण से मुक्ति, सम्मान का जीवन व्यतीत करने की स्वतंत्रता, पारम्परिक सामाजिक मजबूरियों से मुक्त होने की स्वतंत्रता तथा एक सम्मानपूर्वक जीवन जीने के लिए पूरी क्षमता प्राप्त करने के आश्वासन पर ज़ोर देता है।

लोगों के लिए क्षमताओं में वृद्धि तथा स्वतंत्रता में विस्तार ही अंततः मायने रखता है। लोगों को पूरे अधिकार अर्थात् सामाजिक व आर्थिक अधिकारों के साथ–साथ उन्हें नागरिक व राजनैतिक अधिकार प्राप्त होने पर ही उनकी स्वतंत्रता सुनिश्चित होती है। डॉ. अमर्त्य सेन ध्यान दिलाते हैं कि 'अंततः यही चीज़ सबसे अधिक महत्त्वपूर्ण है कि देश की महिलाएं व पुरुष जो काम करना चाहते हैं, वे कार्य करने और जो कुछ वे बनना चाहते हैं, वे बनने के लिए कितने स्वतंत्र हैं।'

विकास क्या है?

1950 के दशक में, सकल राष्ट्रीय उत्पाद को विकास का एक पैमाना माना जाता था, किंतु, यह देखा गया कि कुछ देशों का सकल राष्ट्रीय उत्पाद अर्थात् जी.एन.पी. ऊँचा होने के बावजूद वहाँ बहुत ग़रीबी है क्योंकि वहाँ की जनसंख्या बहुत है। बिहार का जी.एन.पी. मिज़ोरम से कहीं अधिक है, लेकिन वहाँ के किसानों को शायद ही हम 'समृद्ध' कह सकें। इसी प्रकार, चीन का जी.एन.पी. स्विटज़रलैंड से अधिक हो सकता है। इसलिए, विकास का पैमाना राष्ट्रीय आय नहीं बल्कि 'प्रति व्यक्ति आय' है। लेकिन, इसमें भी एक नई समस्या सामने आ खड़ी हुई है। यह देखा गया है कि ब्रूनेई, कुवैत तथा साउदी अरब जैसे देशों की प्रति व्यक्ति आय अधिक थी, लेकिन वहाँ शिक्षा जैसी बुनियादी मानवीय आवश्यकताओं का बहुत अभाव था। वहाँ महिलाओं की स्थिति भी अच्छी नहीं बताई जाती। यदि किसी ग्रामीण व्यक्ति को अपने खेतों में हीरा मिल जाता है, तो वह सुनार नहीं बन जाता। इस प्रकार, इन देशों को 'विकसित देश' होने का नाम नहीं दिया जा सकता, हालाँकि तेल संसाधनों के कारण उनकी प्रति व्यक्ति आय बहुत अधिक है।

ऐसे में अर्थशास्त्रियों का यह कहना है कि किसी देश के विकास

के स्तर का मूल्यांकन करते समय स्वास्थ्य तथा शिक्षा जैसे तत्वों पर भी विचार किया जाना चाहिये। मानव विकास सूचकांक को आय, स्वास्थ्य तथा शिक्षा के तीन संकेतों को मापने के लिए बनाया गया था। कुवैत जैसे देश इस सूची में काफी नीचे गिने जाते हैं क्योंकि स्वास्थ्य तथा शिक्षा के क्षेत्र में उनकी उपलब्धियाँ बहुत कम हैं। अधिकांश अर्थशास्त्री अब एच.डी.आई. को किसी देश में उपलब्ध विकास के सर्वोत्तम संकेत के रूप में स्वीकार करते हैं। लेकिन यह देखा गया है कि स्वास्थ्य तथा शिक्षा के क्षेत्र में होने वाली उपलब्धियाँ भी व्यापक रूप से आय पर निर्भर होती हैं। अमीर देशों के लोग अपने बच्चों को स्कूलों में भेजने में समर्थ हैं, जबकि ग़रीब देशों के लोग अपने बच्चों को पशु चराने भेजते हैं। अमीर देशों के लोगों को पोषक भोजन भी प्राप्त है। इस प्रकार, एच.डी.आई. मुख्य रूप से केवल आमदनी का एक पैमाना है। इसलिए, अमीर देशों, जैसे नार्वे और अमरीका को एच.डी.आई. में ऊँचा स्थान प्राप्त है। यह भी देखने में आया है कि कई देश, जिनका स्थान एच.डी.आई. में ऊँचा है, वहाँ मानवीय समस्याओं का स्तर भी बहुत ऊँचा है, जैसे वहाँ बड़ी मात्रा में अकेली माँ वाले परिवारों का होना, तलाक की उच्च दर, किशोरों द्वारा हिंसा तथा ड्रग, शराब और तम्बाकू जैसे नशीले पदार्थों का सेवन बड़ी मात्रा में होना। ये देश विकासशील देशों को बोफोर्स तोपों जैसे हथियारों की आपूर्ति करने के ज़्यादा इच्छुक हैं। वे ऐसे देशों के प्राकृतिक संसाधनों को हथियाने के लिए उन पर आक्रमण करते हैं। ये देश परमाणु निःशस्त्रीकरण के इच्छुक नहीं हैं। फिर भी, इन देशों को एच.डी.आई. में ऊँचा स्थान प्राप्त है। मेरे विचार में, हमें मानव विकास व खुशहाली को मापने के लिए एक अधिक सूक्ष्म दृष्टिकोण को विकसित करने की आवश्यकता है।

अब विज्ञान के संबंध में कुछ शब्द। मैं विज्ञान को और कुछ नहीं बल्कि उस तरीके की एक समझ मानता हूँ जिसमें हम दुनिया को उस के वर्तमान रूप में देखते हैं और उसके ऐसे होने के कारणों की तलाश करते हैं। किसी भी स्थिति में, विज्ञान का हमारा ज्ञान केवल हमारी समझ की वर्तमान तकनीक है। मैं विशुद्ध सच्चाइयों में विश्वास नहीं करता। मुझे ऐसे विचारों से डर लगता है क्योंकि वे हमारी बेहतर समझ की तलाश को रोक देते हैं। जब भी हम सोचते हैं कि हमें अपने अंतिम उत्तर मिल गये हैं, तो प्रगति, विज्ञान और बेहतर समझ वहीं समाप्त हो जाते हैं। हमारी दुनिया की

समझ कोई ऐसी चीज़ नहीं है जिसे हम अपने लिये तलाशते हैं। मेरा विचार है कि ज्ञान और शिक्षा की हमारी तलाश दुनिया को बेहतर बनाने के उद्देश्य से होनी चाहिए– जीवन को और संतोषप्रद बनाने के लिए।

मेरा विश्वास है कि एक अच्छे वैज्ञानिक होने का रहस्य हमारी दिमाग़ी शक्ति में निहित नहीं है। हमारे पास पर्याप्त दिमाग़ है। हमें केवल सच्चाइयों को देखने और तार्किक ढंग से सोचने की आवश्यकता है– विशेष रूप से हम क्या देखते हैं इस संबंध में सोचने विचारने की आवश्यकता है। बुनियादी धारणा के लिए यह चुनौती सफलता को प्राप्त करने के लिए अत्यंत आवश्यक है। लगभग हर वह व्यक्ति, जिसने किसी कारखाने में काम किया है, हमारे कार्य को नियंत्रित करने के लिए लागत का मूल्यांकन करने की क्षमता के उपयोग के बारे में बहुत चिंतित है। फिर भी, कुछेक लोगों ने आलोचनाओं से परे के इस क्षेत्र को सीधे चुनौती देने का साहस किया है। अपनी समझ को बढ़ाने के लिए हमें बुनियादी धारणाओं को चुनौती देने की आवश्यकता है और ये धारणायें हैं कि हमारी दुनिया कैसी है और वह ऐसी क्यों है। यदि हम अपनी दुनिया को बेहतर ढंग से समझ पायें और उसे संचालित करने वाले सिद्धान्तों को समझ पायें, तो मेरा विश्वास है कि हम सब का जीवन बहुत समृद्ध हो जायेगा।

यदि भविष्यवक्ता सही हैं, तो विश्व की तीन सबसे बड़ी अर्थव्यवस्थायें क्रमवार इस तरह होंगी– चीन, अमरीका और भारत। विश्व की सारी शक्ति बीजिंग, वाशिंगटन और नई दिल्ली में केंद्रित होगी। इनकी प्रगति बहुत विस्मित कर देने वाली होगी। आज चीन और भारत, मिल कर भी जापान के जी.डी.पी. का आधा हैं तथा अमरीका के जी.डी.पी. की दृष्टि से लगभग उसका पांचवां हिस्सा। अगले चालीस या पचास वर्षों में भारत और चीन की यात्रा अद्‌भुत होगी– बड़े अवसरों की बहुलता व समस्याओं से भरपूर। क्या उनकी यह प्रगति निरंतर बनी रह पायेगी या वह धीरे–धीरे समाप्त हो जायेगी? हम केवल वैश्विक अर्थव्यवस्था को चलाने वाले यंत्र के रूप में उन पर भरोसा कर सकते हैं।

डॉक्टर मनमोहन सिंह ने (1991–96) वित्त–मंत्री बनने के एक माह के बाद संसद में भाषण देते समय विक्टर ह्यूगो को उद्धृत करते हुए कहा था : 'जिस विचार का समय हो, उसे दुनिया की

कोई ताकत पैदा होने से नहीं रोक सकती।' एक दशक बाद उन्होंने इसकी व्याख्या करते हुए कहा कि यह दृष्टिकोण बहुत साहसिक था। उन्होंने कहा था :

> 'मैं पूरी ईमानदारी से यह मानता हूँ कि यदि मैं संसद में कहे गये अपने शब्दों को पूरा कर पाया, और जो पूरे होने भी चाहिये, तो दुनिया की कोई ताकत उस विचार को पूरा होने से नहीं रोक सकती। तो वह सपना यह था कि हम संकट से घिरे हुए हैं और हमें बुनियादी ढांचागत बदलाव लाने चाहिये। उन बदलावों के भीतर से एक नया भारत उभरेगा। भारत, जहाँ ग़रीबी नहीं होगी, जहाँ वह ग़रीबी, अज्ञानता और रोगों से मुक्त होगा। आप यह अच्छी तरह जान लें कि भारत विश्व अर्थव्यवस्था में एक प्रमुख वैश्विक शक्ति बन रहा है।'

यह दृष्टिकोण था जिसने हमारे आर्थिक सुधारों को प्रेरित किया। भारतीय उपभोक्ता बाज़ार निश्चित रूप से उत्साह से भरपूर है। बड़ी तेजी से मध्यम वर्ग में विस्तार से प्रेरित होकर, भारत व्यापक आर्थिक तेजी के साथ तालमेल बिठाने के लिए एक 'उपभोक्ता तेजी' का अनुभव कर रहा है। 2006 में, भारत में प्रतिमाह पांच मिलियन मोबाइल फोन के नये ग्राहक थे और अनुमानतः 450 शॉपिंग मॉल निर्माणाधीन थे। भारत फिल्मों का दीवाना है, इसलिए वह बॉलीवुड की सफलता का भी दीवाना है। भारत में टेलिविज़न का बाज़ार भी विश्व में सबसे बड़ा है। भारतीय बाज़ार के संबंध में सबसे महत्वपूर्ण बात यह है कि उसमें अभी बहुत सम्भावनायें मौजूद हैं।

लेकिन चिंता की बात यह है कि भारत एच.डी.आई. की रैंकिंग में पर्याप्त रूप से तेजी नहीं दिखा पा रहा, जहाँ इसकी रैंकिंग 127 है, म्यांमार से केवल 2 रैंकिंग ऊपर और क्यूबा व मैक्सिको से 70 रैंकिंग नीचे। ग़रीबी के स्तर में हाल ही में आई कमी के बावजूद, अभी भी लगभग 380 मिलियन भारतीय एक डॉलर प्रतिदिन से भी कम आय पर अपने जीवन का निर्वाह करने को मजबूर हैं। भारत के सामने कई गंभीर समस्यायें मुँह बाये खड़ी हैं। इनके हल होने की संभावना तब तक नहीं है, जब तक देश के अंदर व बाहर रहने वाला अमीर वर्ग अपने आत्मतुष्ट मिथकों पर विश्वास करता रहेगा।

सिंहावलोकन[1]

हालांकि वर्तमान भारत, एक विकासशील युवा राष्ट्र है, फिर भी विश्व की सबसे लम्बे समय तक रहने वाली सभ्यताओं में से एक सभ्यता होने का भारत का एक समृद्ध व शानदार इतिहास रहा है। वर्ष 1835 में, ब्रिटिश इतिहासकार व राजनीतिज्ञ, लॉर्ड मैकाले ने भी संसद में स्वीकार किया कि :

> "मैं भारत के सभी हिस्सों में घूम चुका हूं और मुझे एक भी व्यक्ति ऐसा नहीं मिला, जो भिखारी हो अथवा चोर हो।...मैंने इस देश में ऐसी समृद्धि, इस तरह के उच्च नैतिक मूल्य व ऐसे क्षमतावान लोग देखे हैं..."

इस प्रकार, यह कहना ग़लत होगा कि भारत ने 1947 में कामचलाऊ संसाधनों से एक आधुनिक राष्ट्र के निर्माण की शुरुआत की। बल्कि, उसने अपनी समृद्ध सांस्कृतिक विरासत और आध्यात्मिक मूल्यों को तलाशने की प्रक्रिया आरम्भ की, जिसने अतीत में भारत की बुनियाद का निर्माण किया था। यही वह नींव है, जिस पर हम 'भारत का विज़न 2020' तैयार करने की कोशिश कर रहे हैं।

अगले 20 वर्षों में 8.5 प्रतिशत से 9 प्रतिशत के वार्षिक सकल घरेलू उत्पाद की लक्षित विकास दर को प्राप्त करने का ही समग्र परिणाम होगा कि हमारी वास्तविक प्रति व्यक्ति आय चार गुणा बढ़ जायेगी और ग़रीबी की रेखा के नीचे रहने वाले भारतीयों की संख्या लगभग शून्य हो जायेगी। इसके प्रभाव से, विश्व विकास रिपोर्ट में दिये गये सकल घरेलू उत्पाद की दृष्टि से 207 देशों की सूची में, वर्ष 2015 में भारत का स्थान चौथा हो जाएगा, जो वर्तमान में 11वां है। इसके अतिरिक्त, क्रय शक्ति समानता (पर्चेसिंग पॉवर

---

1. डॉ. एस.पी.गुप्ता, सदस्य, योजना आयोग, 2003 की अध्यक्षता में 'इंडियाः विज़न 2020' पर गठित समिति की रिपोर्ट से साभार।

पेयरिटी) में मापी गयी प्रति व्यक्ति सकल घरेलू उत्पाद की दृष्टि से, भारत का स्थान 53 अंकों की वृद्धि के साथ वर्तमान 153वें से 100वें स्थान पर हो जायेगा। इसके परिणामस्वरूप, भारत एक निम्न आय वाले देश से उच्च मध्यम श्रेणी आय वर्ग के देशों में स्थानांतरित हो जायेगा। यह हमारे लिए एक अत्यंत वास्तविक सम्भावना है।

एक नयी सदी में भारत के भविष्य को देखने के लिए एक अनिवार्य शर्त, राष्ट्रीय विकास को निर्धारित करने वाले उन मापदण्डों की पहचान करना है, जो हाल ही के वर्षों में बदल गये हैं और भविष्य में भी बदल जायेंगे। इससे पहले से कहीं अधिक संभावनाओं के द्वार खुलेंगे। उत्प्रेरक ताकतों का एक शक्तिशाली समूह तेजी से विश्व भर में सामाजिक परिवर्तन ला रहा है। इन में शिक्षा के स्तर में तेजी से वृद्धि, प्रौद्योगिकीय पहलों व उनको लागू करने, सबसे तीव्र व सस्ती संचार व्यवस्था, जिससे देश के भीतर व अंतर्राष्ट्रीय दोनों स्तरों पर भौतिक व सामाजिक बाधायें दूर होती हैं, जानकारी व सूचनाओं की अधिक से अधिक उपलब्धता व उन तक आसानी से पहुँच और आगे वैश्विक बाज़ारों के खुलने जैसे परिवर्तन शामिल हैं। ये प्रवृत्तियां उन संबंधित परिवर्तनों का प्रतिनिधित्व करती हैं, जिनके परिणामस्वरूप विनिर्माण से लेकर सेवाओं के क्षेत्र तक तथा पूंजीगत संसाधनों से लेकर मानवीय ज्ञान के संसाधनों तक विकास की एक प्रक्रिया आरम्भ होती है। इसलिए तकनीक, संगठन, शिक्षा व उत्पादक कौशल विकास के भविष्य के मार्ग को नियंत्रित करने में एक महत्त्वपूर्ण व निर्णायक भूमिका निभायेगी। प्रजनन दर में गिरावट, शिशु मृत्यु दर गिरने के बावजूद व जीवन प्रत्याशा में वृद्धि, कम से कम 30 करोड़ लोगों में वृद्धि की प्रेरणा देगी। इसका परिणाम यह होगा कि वर्ष 2020 में भारत की कुल जनसंख्या 1.30 अरब से भी अधिक हो जाएगी। जन्म दर में उल्लेखनीय गिरावट से 15 वर्ष से कम आयु वर्ग के लोगों की जनसंख्या लगभग उतनी ही बनी रहेगी, जितनी कि आज है (अर्थात् उसमें 0.2 प्रतिशत की वार्षिक वृद्धि होगी)। इसके लिए अति संवेदनशील समूहों को सहारा देने के लिए विशेष उपायों को अपनाने की आवश्यकता होगी जिसमें उन बच्चों और महिलाओं की एक बड़ी संख्या शामिल होगी, जो कुपोषण व स्वास्थ्य संबंधी समस्याओं से विशेष रूप से अति संवेदनशील होते हैं। जनसंख्या के असमान

अनुपात और आर्थिक विकास से देश के भीतर क्षेत्रीय असमानताओं के और अधिक बढ़ने की सम्भावना रहेगी।

वर्ष 2020 से पूर्व, भारत अपनी पूरी आबादी के लिए स्वस्थ आहार प्रदान करने के लिए भोजन की पर्याप्त मात्रा में उत्पादन करने में सक्षम हो जाएगा और वह एक प्रमुख खाद्यान्न निर्यातक देश बन जाएगा। यहां तक कि 1990 के दशक के दौरान उत्पादकता वृद्धि की औसत दर्जे की दर को जारी रखकर भी, देश में सभी प्रमुख खाद्यान्नों की श्रेणियों में अनुमानित मांग को पूरा करने में सक्षम हो जाएगा और अनाज व डेयरी उत्पादों की पर्याप्त अतिरिक्त मात्रा उत्पन्न करने योग्य हो जाएगा। मूल्य आधारित फसलों की बढ़ी उत्पादकता व तेजी से होते विविधीकरण से भारतीय कृषि क्षेत्र में दूसरी हरित क्रान्ति की प्रेरणा मिल सकती है।

हालांकि, अतिरिक्त खाद्यान्नों के उत्पादन से पोषण की कमी का उन्मूलन सुनिश्चित नहीं होता। खाद्यान्नों के उत्पादन में अत्यधिक प्रगति कर लेने के बावजूद, देश की लगभग आधी जनसंख्या पोषण की कमी से अभी तक ग्रस्त है। इनमें सबसे अधिक प्रभावित हैं बच्चे, महिलायें व निम्न आय वर्ग के वयोवृद्ध लोग। इस संकट को समाप्त करने के लिए रोज़गार के पर्याप्त अवसरों की आवश्यकता होगी ताकि सभी के पास क्रय–शक्ति उपलब्ध हो सके, जिससे खाद्य पदार्थों, रोज़गार या आजीविका की सुरक्षा तक उनकी आर्थिक पहुंच सुनिश्चित हो। इसके विपरीत, भारत की कार्यशक्ति की उत्पादकता को अंतर्राष्ट्रीय स्तर तक ले जाने के लिए खाद्यान्न सुरक्षा की अत्यंत आवश्यकता होगी।

जब अगले दो दशकों तक, जनसंख्या वृद्धि प्रतिस्थापन स्तर तक धीमी हो जाएगी, तो भारत की सबसे बड़ी चुनौती होगी, रोज़गार की तलाश करने वालों को रोज़गार के अवसर उपलब्ध कराना। श्रमशक्ति व नौकरियां चाहने वालों की संख्या में तेजी से वृद्धि होने से, रोज़गार में लगी जनसंख्या में लगभग 45 प्रतिशत का विस्तार होगा। 34 मिलियन लोगों की वर्तमान बेरोज़गारी को समाप्त करने के लिए और सारी अतिरिक्त श्रमशक्ति के लिए रोज़गार के अवसरों को सुनिश्चित बनाने के लिए आर्थिक नीति तथा रणनीति में बड़े बदलाव लाने की आवश्यकता होगी। भारत को अगले बीस वर्षों में लगभग 200 मिलियन अतिरिक्त रोज़गार के अवसर उत्पन्न करने की ज़रूरत है। इसके साथ–साथ, कृषिक्षेत्र में लगी श्रमशक्ति का

कुल अनुपात 56 प्रतिशत से 40 प्रतिशत तक या उससे भी अधिक गिर जाने का अनुमान है,जिससे ग़ैर–कृषिक्षेत्र में रोज़गार के अवसरों पर कई गुणा दबाव बढ़ जाएगा।

एक बाज़ार के लोकतंत्र में अपने आर्थिक अधिकारों का प्रयोग करने के लिए देश के नागरिकों का एक लाभकारी रोज़गार तक पहुंच बनाना एक आवश्यक शर्त है। भुगतान करने की क्षमता, मतदान के अधिकार की आर्थिक समानता है। भारत के विज़न 2020 के लक्ष्य को 'सबके लिए रोज़गार' के आधार पर ही प्राप्त किया जाना चाहिए। रोज़गार प्रत्येक नागरिक के लिए एक संवैधानिक अधिकार होना चाहिए, जिसके पीछे राष्ट्र की सम्पूर्ण प्रतिबद्धता होनी चाहिए। इसके लिए यदि अपेक्षित राजनीतिक इच्छा हो, तो पूर्ण अधिकार के लक्ष्य को निश्चित रूप से हासिल किया जा सकता है। इसके लिए राष्ट्रीय प्राथमिकताओं, प्रौद्योगिकी नीति तथा सरकारी कार्रवाई के पुनर्विन्यास की आवशकता होगी। वर्तमान में अलग–अलग श्रेणियों में विभाजित श्रेत्रीय योजना को एक केंद्रीय दृष्टि व लक्ष्य समूह के आसपास एकीकृत किये जाने की आवश्यकता है, जिनमें पूर्ण रोज़गार भी एक योजना होगी।

रोज़गार के ये अवसर किस प्रकार और किन क्षेत्रों में उत्पन्न किये जा सकते हैं,? राष्ट्र के पास इन अतिरिक्त अवसरों के उद्देश्यों को प्राप्त करने के लिए प्रचुर अवसर व पर्याप्त साधन उपलब्ध हैं। लेकिन सार्वजनिक संगठित क्षेत्र लक्षित नहीं हो सकते, क्योंकि क्षेत्र में काफी समय तक रोज़गार उपलब्ध होने जारी रहेंगे। हालांकि निजी संगठित क्षेत्र पर्याप्त रूप से अर्थव्यवस्था के विकास में योगदान देगा, लेकिन रोज़गार उत्पन्न करने के क्षेत्र में इसका योगदान काफी कम होगा क्योंकि कुल रोज़गार के क्षेत्र में, वर्तमान में इसका योगदान सभी नौकरियों में केवल 2.5 प्रतिशत ही है। सबसे अधिक नई नौकरियां लघु एवं मध्यम आकार के उद्यम उत्पन्न करेंगे (एस.एम.ई.), जो अमरीका, जापान और कोरिया जैसी अधिक उन्नत अर्थव्यवस्थाओं में, विशाल मात्रा में निजी क्षेत्र की नौकरियों में योगदान देते हैं। अंतर्राष्ट्रीय अनुभव इस बात की पुष्टि करता है कि लघु व मध्यम उद्योग बेहतर ढंग से स्वयं को बाहरी झटकों से अलग रखने में सक्षम होते हैं, तनावों को अधिक कुशलता से झेल सकते हैं। वे तेजी से बदलती तकनीक के अनुरूप स्वयं को ढाल सकते हैं तथा वैश्वीकरण तथा उद्यमशीलता के विकास की मांगों को बेहतर ढंग

से प्रत्युत्तर दे सकते हैं। भारत के लघु एवं मध्यम आकार के उद्योगों में पिछले बीस वर्षों में रोज़गार की मात्रा लगभग तीन गुणा हो गई है। यदि यही प्रदर्शन आगे भी दोहराया जाता है, तो वर्ष 2020 तक 150–200 मिलियन अतिरिक्त नौकरियां पैदा हो सकेंगी। इस क्षेत्र के निरंतर विस्तार को सुनिश्चित करने के लिए उद्यम–पूंजी के एक व्यापक पैकेज, नियंत्रण में उदारीकरण, प्रौद्योगिकी, प्रशिक्षण, विपणन तथा प्रबंधन के उपायों की अत्यंत आवश्यकता है।

हमें रोज़गार की उच्च संभावनाओं वाले कई क्षेत्रों की पहचान करने की ज़रूरत है। इन क्षेत्रों में वाणिज्यिक कृषि, कृषि–उद्योग और कृषि व्यवसाय, लुगदी, ईंधन व बिजली के लिए वन–क्षेत्र के संवर्धन व संरक्षण, खुदरा व थोक व्यापार, पर्यटन, आवास व निर्माण, सूचना तकनीक तथा सूचना तकनीक समर्थित सेवायें, परिवहन व संचार सेवायें, शिक्षा, स्वास्थ्य तथा वित्तीय सेवायें सम्मिलित हैं, जबकि इन सभी क्षेत्रों का पहले से ही विस्तार हो रहा है। रणनीतियों व नीतियों की एक विस्तृत श्रृंखला, और भी अधिक तेजी से विकास को प्रोत्साहित करने के लिए उपलब्ध है। फसलों के लिए उन्नत प्रौद्योगिकी को अपनाने से उत्पादन की लागत कम हो जाएगी और महत्त्वपूर्ण व्यावसायिक फसलों के लिए बाज़ार का विस्तार होगा। बाज़ार योग्य उत्पादों की श्रेणियों का विस्तार करते हुए, कृषि उद्योगों के प्रवाह के साथ जुड़ने से जल्दी ख़राब होने वाली वस्तुओं के ख़राब होने की मात्रा में नाटकीय कमी आ जाती है। ईंधन तेल और जैव ईंधन से उत्पन्न विद्युत के उत्पादन पर ध्यान केंद्रित करके, एक कृषि आधारित ऊर्जा नीति को अपनाने से लाखों अतिरिक्त कृषि आधारित रोज़गार तथा कृषि उत्पादों के लिए आकर्षक वैकल्पिक बाज़ार उत्पन्न किये जा सकते हैं। इसके अतिरिक्त, विदेशी ईंधन पर देश की निर्भरता को भी कम किया जा सकता है। पर्यटन से संबंधित व्यवसायों में वर्तमान में भारतीय कर्मचारियों की संख्या के केवल 5.6 प्रतिशत को ही रोज़गार प्राप्त हैं, जबकि विश्व स्तर पर यह संख्या 10.8 प्रतिशत है। भारत के पर्यटन क्षेत्र के बुनियादी ढांचे में विकास के साथ–साथ हवाई परिवहन, होटलों की दरों व कर नीतियों में संशोधन करके, इस क्षेत्र में अतिरिक्त 25 करोड़ रोज़गार के अवसर उत्पन्न किये जा सकते हैं। आर्थिक सहयोग एवं विकास संगठन (आर्गेनाइज़ेशन फॉर इकोनॉमिक को–ऑपरेशन एंड डिवेलपमेंट) में शामिल देशों द्वारा सेवाओं के आउटसोर्सिंग से सूचना प्रौद्योगिकी

तथा सूचना प्रौद्योगिकी पर आधारित सेवाओं में तेजी से होने वाले विस्तार को बल प्राप्त होगा, जो देश के भीतर लाखों नौकरियां उत्पन्न कर रहा है। शिक्षा एवं स्वास्थ्य सेवाओं के क्षेत्र में बढ़ती मांग को पूरा करने के लिए, देश को लाखों अतिरिक्त शिक्षकों व चिकित्सीय पेशेवर लोगों की आवश्यकता होगी।

हालांकि, भविष्य में पंद्रह वर्षों के दौरान बेरोज़गारी की दर का अनुमान लगाना कठिन है, किंतु शिक्षा के बढ़ते स्तर तथा साठ वर्ष के आयु वर्ग में बढ़ोत्तरी होने से, कुछ हद तक, श्रम शक्ति की वृद्धि में कमी होगी। रोज़गार के नये अवसरों के लिए असंख्य अवसरों को मिला कर देखें, तो वर्ष 2020 तक बेरोज़गारी की घटनायें लगभग इतिहास की बात हो जायेंगीं।

शिक्षा जीवंत लोकतंत्र के लिए, उत्पादकता में वृद्धि के लिए तथा आय व रोज़गार के अवसरों के लिए एक बुनियाद के समान है। शिक्षा को देश के प्रत्येक नागरिक का मूल व न्यूनतम अधिकार तथा आवश्यकता समझा जाना चाहिए। वर्तमान में, देश में लगभग 30 करोड़ अनपढ़ व्यस्क हैं। सरकार का लक्ष्य है कि अगले पांच वर्षों में 75 प्रतिशत जनसंख्या को शिक्षित किया जाये। इस प्रलेख में प्रस्तुत दृष्टि को पूर्णता प्रदान करने के लिए भारत का 100 प्रतिशत साक्षरता प्राप्त करना सबसे अधिक महत्त्वपूर्ण है।

साक्षरता देश के विकास के लिए एक अपरिहार्य न्यूनतम शर्त है, लेकिन यह अभी पर्याप्त नहीं है। इस तेजी से जटिल होती और तकनीकी दृष्टि से परिष्कृत होती दुनिया में, नागरिकों के लिए आर्थिक रूप से अनुकूल होने और सफल होने के लिए तथा सामाजिक अवसरों का लाभ उठाने व अपनी व्यक्तिगत क्षमता का विकास करने के लिए, स्कूली शिक्षा के दस वर्षों को एक अनिवार्य शर्त माना जाना चाहिए।

समूची स्कूली आयु की जनसंख्या को शिक्षा के अंतर्गत लाने के लिए बढ़ते हुए नामांकन के लिए, स्कूली पाठ्यक्रम व शिक्षा की गुणवत्ता की प्रासंगिकता बढ़ाने के प्रयासों के साथ मिलाने की ज़रूरत है। इससे छात्रों को न केवल अकादमिक ज्ञान से लैस होने में मदद मिलेगी, अपितु इसके अलावा जीवन मूल्यों व जीवन के ज्ञान को प्राप्त करने में भी सहायता मिलेगी। महत्त्वपूर्ण सोच के लिए, दैनिक चीज़ों को याद करने से लेकर बच्चों की क्षमताओं को विकसित करने तक और शिक्षा व कर्मवाच्य सीख लेने पर ज़ोर देने वाले तरीकों से लेकर,

सक्रिय रूचि तथा अपने आप सीखने की क्षमता तक, एक मात्रात्मक बदलाव की ज़रूरत है। स्कूल जाने वाले और स्कूल न जाने वाले बच्चों व व्यस्कों को ज्ञान प्रदान करने के लिए, उनकी क्षमताओं का उपयोग करने के लिए वैकल्पिक विधियों पर केंद्रित प्रयास किये जाने ज़रूरी हैं, जिनमें टेलिविज़न, कम्प्यूट्रीकृत स्वयं–शिक्षा तथा इंटरनेट पर आधारित पाठ्यक्रम भी शामिल हैं। युवा छात्रों की भारी संख्या को देखते हुए, जो उच्च शिक्षा के सभी स्तरों के लिए प्रतिस्पर्धा करेंगे तथा आई.टी.उद्योग में भारत की उत्कृष्ट विशेषज्ञता को देखते हुए, देश को उच्च शिक्षा पाठ्यक्रम को एक मल्टीमिडिया, वेब आधारित प्रारूप में परिवर्तित करने के एक व्यापक कार्यक्रम पर जुट जाना चाहिए तथा दूरस्थ शिक्षा कार्यक्रमों के अंतर्गत मान्यता प्राप्त पाठ्यक्रमों की मान्यता के लिए निर्धारित मानक बनाने चाहिएं। 2020 में भारत का हमारा विज़न इस विश्वास पर टिका हुआ है कि मानव संसाधन समग्र विकास के लिए सबसे अधिक निर्धारक हैं। भारत के सकल राष्ट्रीय उत्पाद के वर्तमान स्तर 3.2–6 प्रतिशत से शिक्षा में दुगुना निवेश, देश के प्रति व्यक्ति सकल राष्ट्रीय उत्पाद को चार गुना करने के लिए सबसे अच्छी नीति है।

हमारी श्रम शक्ति का ज्ञान व कौशल, भारत के आर्थिक विकास की भविष्य की दर के साथ–साथ हमारे द्वारा उत्पन्न नौकरियों के प्रकार व नौकरियों की मात्रा तय करने में एक प्रमुख निर्धारक होगा। वर्तमान में, देश की 20–24 आयुवर्ग की श्रम शक्ति का केवल 5 प्रतिशत ने ही औपचारिक, व्यावसायिक प्रशिक्षण प्राप्त किया है, जबकि इसकी तुलना में मेक्सिको में यह अनुपात 28 प्रतिशत है और कोरिया में 96 प्रतिशत है। देश के रोज़गार योग्य कौशल में वृद्धि करने के लिए एक व्यापक रणनीति की ज़रूरत है। जिसमें विकास के समर्थन के लिए, देश को व्यावसायिक प्रशिक्षण संस्थानों के विस्तार व सिखाये जाने वाले व्यावसायिक कौशल की श्रेणियों को विस्तार देने तथा कौशल वितरण में निजी क्षेत्र की सक्रिय भागीदारी के लिए व्यावसायिक कौशल की सम्पूर्ण श्रेणियों की एक सूची बनाना भी शामिल है। एस.टी.डी. बूथों व इंटरनेट कैफे की तर्ज़ पर, स्वरोज़गार व्यावसायियों द्वारा चलाये जाने वाले कम्प्यूट्रीकृत, 50,000 या इससे अधिक व्यावसायिक केंद्रों का एक राष्ट्रीय नेटवर्क, प्रतिवर्ष 10 लाख लोगों को कम लागत व उच्च गुणवत्ता वाला प्रशिक्षण दे सकता है। यह संख्या मौजूदा कार्यक्रमों के अंतर्गत आने वाले लोगों की संख्या

का पांच गुणा है। भारतीय किसानों के कौशल को सुधारने के लिए एक समानान्तर प्रयास करने की आवश्यकता है, जो कुल कर्मचारियों की संख्या का 56 प्रतिशत प्रतिनिधित्व करते हैं। 300 कृषि विज्ञान केंद्रों की मौजूदा प्रणाली को एक राष्ट्रीय नेटवर्क के द्वारा विस्तार देने और पूरकता प्रदान करने की आवश्यकता है, जिसमें हज़ारों कृषि विद्यालय शामिल हैं, जो स्थानीय समुदाय में किसानों से पट्टे पर ली गई ज़मीन पर व्यावहारिक प्रदर्शन और प्रशिक्षण देते हैं।

एक राष्ट्र का स्वास्थ्य कई कारकों व बलों का परिणाम है, जो आपस में मिलते हैं और एक दूसरे को प्रभावित करते हैं। आर्थिक विकास, प्रति व्यक्ति आय, रोज़गार, शिक्षा, साक्षरता, विवाह की आयु, जन्म–दर, स्वास्थ्य की देखभाल व पोषण संबंधी जानकारी की उपलब्धता, निरोधक स्वास्थ्य एवं चिकित्सीय देखभाल तक पहुंच, सार्वजनिक व निजी स्वास्थ्य देखभाल का बुनियादी ढांचा, सुरक्षित पेयजल तक पहुंच तथा स्वास्थ्य बीमा इत्यादि इसमें योगदान देने वाले कारक हैं। शिशु मृत्यु–दर, मातृ मृत्यु–दर, जीवन प्रत्याशा व पोषण के संदर्भ में किये गये उपायों से भारतीय जनसंख्या के स्वास्थ्य में, पिछले पचास वर्षों के दौरान नाटकीय रूप से सुधार हुआ है। फिर भी, इन उपलब्धियों के बावजूद अलग–अलग आय समूहों के बीच, ग्रामीण व शहरी समुदायों के बीच, अलग–अलग राज्यों, यहां तक कि राज्यों के भीतर अलग–अलग जिलों के बीच, तथा विकसित व उच्च मध्यम आय वाले देशों द्वारा प्राप्त किये गए स्तर से उत्पन्न एक बड़े अंतर के बीच भी व्यापक असमानतायें मौजूद हैं।

संचारी रोग बीमारी का एक मुख्य कारण होते हैं। अगले पांच से दस वर्षों की अवधि के दौरान, वर्तमान कार्यक्रमों से पोलियो व कुष्ठ रोग के समाप्त होने तथा काफी हद तक काला आज़ार व फाइलेरिया के प्रसार में कमी आने की सम्भावना है। फिर भी, टी.बी., मलेरिया तथा एड्स जैसी बीमारियां प्रमुख सार्वजनिक स्वास्थ्य संबंधी समस्यायें बनी रहेंगी। बेहतर नैदानिक सेवाओं व उपचार से टी.बी. की व्यापकता व टी.बी. की घटनायें वर्ष 2020 तक कम की जा सकती हैं। कार्यबलों के पुनर्गठन व स्वास्थ्य देखभाल के बुनियादी ढांचे को मजबूत बनाने से मलेरिया की घटनाओं को एक दशक के भीतर 50 प्रतिशत तक कम किया जा सकता है। बीमारी के एक अन्य प्रमुख कारण, बचपन के डायरिया को, सामुदायिक

कार्रवाई तथा सार्वजनिक शिक्षा के माध्यम से, काफी हद तक रोका जा सकता है। जन्म के समय कम वज़न के बच्चों को लक्षित करके और कम लागत वाली जांच–प्रक्रिया का उपयोग करके बचपन की कम पोषणता का पता लगाया जा सकता है। जीवन स्तर में अनुमानित सुधार, खाद्य सुरक्षा, शिक्षा के स्तरों व जनसंख्या के सभी स्तरों में स्वास्थ्य देखभाल की पहुंच को देखते हुए, 2020 तक बच्चों में गम्भीर कुपोषण के प्रसार को कम करने में नाटकीय प्रगति हासिल की जा सकती है। हालांकि, स्वास्थ्य देखभाल पर निजी व्यय के तेजी से बढ़ने की संभावना है, फिर भी अधिक समान व प्रभावी स्वास्थ्य देखभाल प्रणाली को प्रोत्साहन देने के लिए संवेदनशील समूहों जैसे महिलाओं, बच्चों व विकलांगों को सार्वभौमिक पहुंच, वित्तीय लागतों का निष्पक्ष वितरण करके व विशेष ध्यान देकर, सार्वजनिक व्यय में वर्तमान स्तर की अपेक्षा चार गुणा वृद्धि करने की आवश्यकता है। स्वास्थ्य देखभाल प्रणाली को सुधारने में स्वास्थ्य बीमा एक अमूल्य भूमिका निभा सकता है।

साक्षरता व सामान्य शिक्षा, ज्ञान के पिरामिड का आधार बना सकते हैं, जो इक्कीसवीं शताब्दी में समाज के तेजी से और निरंतर विकास करने के लिए अत्यंत आवश्यक है। विज्ञान की निरंतर उन्नति तथा उन्नत प्रौद्योगिकी को उपयोग में लाने से मध्यम सीढ़ी का गठन होता है। सामाजिक आदर्शों व मूल्यों से सर्वोच्च सीढ़ी का निर्माण होता है। तकनीकी शिक्षा, व्यावसायिक व पेशेवर दोनों, विज्ञान एवं प्रौद्योगिकी के विकास के लिए एक नींव प्रदान करती है। एक बड़ी संख्या में देश के इंजीनियरिंग कॉलेजों को भारत के विश्वस्तरीय आई.आई.टी. के समान गुणवत्ता मानकों के अनुकूल बनाये जाने की ज़रूरत है। भारत के अनुसंधान एवं विकास (आर. एंड डी.) पर होने वाले खर्च को, जो वर्तमान में कोरिया का 1/60वां हिस्सा है, बढ़ाये जाने की आवश्यकता है। एक अन्य अनिवार्य आवश्यकता है प्रौद्योगिकी विकास तथा प्रौद्योगिकी के उपयोग के बीच के संबंधों में सुधार करके, अनुसंधान व व्यापार के बीच के निकट संबंधों को बढ़ावा देना।

वर्ष 2020 तक, भारत की शहरी जनसंख्या के 28 प्रतिशत से कुल जनसंख्या के 40 प्रतिशत हो जाने की संभावना है, जिससे देश के शहरी ढांचे पर दबाव बढ़ जायेगा। भविष्य में विकास की संभावना 60 से 70 बड़े शहरों पर केंद्रित रहेगी, जहां 10 लाख या उससे

अधिक की जनसंख्या होगी। नगर निगम प्रशासन के विकेंद्रीकरण तथा संस्थागत वित्त पोषण व संसाधनों के संग्रहण के लिए पूंजी बाज़ार पर अत्यधिक निर्भरता से बड़े और छोटे शहरी केंद्रों के बीच असमानताओं के बढ़ने की संभावना है। छोटे शहरी केंद्रों के सर्वांगीण विकास में तेजी लाने के लिए तथा सार्वजनिक वस्तुओं के वितरण में बाज़ार तंत्र की कमियों की क्षतिपूर्ति करने के लिए एक प्रभावी मददगार के रूप में राज्य की भूमिका को पुनः प्रचलन में लाने के लिए, एक संतोषजनक परिणाम, प्रभावकारी सार्वजनिक नीतियों के निर्माण पर निर्भर करेगा।

शिक्षा, स्वास्थ्य देखभाल, परिवहन, दूरसंचार, ऊर्जा तथा जल से संबंधित ग्रामीण ढांचे को मजबूत बनाने के लिए एक साथ प्रयास किये जाने की ज़रूरत है। जब तक भौगोलिक दृष्टि से बिखरे और समान विकास प्रतिमान को बढ़ावा देने के लिए साहसिक कदम नहीं उठाये जाते, तब तक ग्रामीण व शहरी केंद्रों के बीच की असमानता से शहरों की ओर पलायन और तेज होगा और शहरी स्लम क्षेत्रों का तेजी से विस्तार होगा। गांवों के समूहों को तेज गति वाले सर्कुलर हाइवे के साथ जोड़ देना एक आशाजनक दृष्टिकोण है, जिससे एक लाख या इससे अधिक लोगों को एक स्थान पर लाया जा सकता है और उस दूरी को 30 मिनट के भीतर पार किया जा सकता है तथा एक शहरी सेवाओं के एक संतुलित व विस्तृत विकास को बढ़ावा दिया जा सकता है।

जानकारी का तीव्र गति से चलना सामाजिक विकास के लिए एक मुख्य स्रोत का काम करता है। विज़न 2020 सूचना एवं संचार प्रौद्योगिकी (आई.सी.टी.–इन्फर्मेशन एंड काम्युनिकेशन टेक्नोलॉजी) के भवन पर निर्मित एक सूचना समाज व ज्ञान की अर्थव्यवस्था की कल्पना करता है, जिसका साइनबोर्ड है दूरसंचार। देश के स्थायी व गतिशील दूरसंचार बुनियादी ढांचे का तेजी से विस्तार, आई.सी.टी. क्षेत्र व एक समग्र अर्थव्यवस्था, दोनों के तीव्र विकास के लिए अत्यंत आवश्यक है। लैंडलाइन टेलिफोन सेवाओं की संख्या अगले अठारह वर्षों से सात गुणा हो जाएगी। फिक्सड लाइन टेलिफोन के बाज़ार के परिपक्व होने पर, अधिक से अधिक उपभोक्ता मोबाइल संचार की ओर आकर्षित होंगे, जिससे भारत में मोबाइल क्रान्ति आ जायेगी। मोबाइल दूरसंचार तथा इंटरनेट प्रौद्योगिक प्रगति के ढांचे को दो दशकों में ठोस बना देंगे। वर्ष 2020 तक

तीसरी पीढ़ी के मोबाइल उपकरणों के उपयोग के लिए मोबाइल डाटा तथा आवाज़ देश की जनसंख्या के सभी वर्गों की पहुंच में हो जाएगी।

भौतिक मामलों की संख्या में निरंतर वृद्धि और गति विकास के साथ जुड़ी होती है, जिसके साथ वे प्रकट होते हैं और जो दोनों देश की परिवहन प्रणाली के आकार व गुणवत्ता पर अत्यधिक निर्भर होते हैं। देश की परिवहन प्रणाली को मजबूत बनाने के लिए बिना कड़े प्रयास किये, भविष्य के वर्षों में ऊंची जी.डी.पी. विकास दर को प्राप्त करने का प्रयास निरंतर नहीं किया जा सकता। सकल घरेलू उत्पाद में अनुमानित 8 प्रतिशत प्रतिवर्ष की वृद्धि के आधार पर कुल माल भाड़ा परिवहन के वर्ष 2000 के स्तर की तुलना में 5 गुणा तक पहुंच जाने की सम्भावना है। अगले बीस वर्षों में यात्री परिवहन में चार गुणा वृद्धि होने की उम्मीद है।

ग्रामीण विकास का एक महत्त्वपूर्ण घटक गांवों को शहरी इलाकों से जोड़ने के लिए सड़कों का प्रावधान है। दूरदराज के गांवों में रहने वाले परिवारों की तुलना में, सड़कों के आसपास रह रहे परिवारों को बेहतर स्वास्थ्य तथा अधिक से अधिक शैक्षिक अवसरों से लाभ प्राप्त होता है। वर्तमान योजनाओं के आधार पर, 500 या उससे अधिक जनसंख्या वाले सभी गांवों को अगले दशक में सभी कच्ची सड़कों के साथ जोड़ दिया जायेगा।

भारत 2020 का हमारा विज़न एक ऐसे देश का है, जहां सड़कों व रेल मार्ग का एक अति विकसित नेटवर्क हो, जिनमें परिवहन की मांग में होने वाली वृद्धि से निपटने की पर्याप्त क्षमता हो। सड़क यातायात की मात्रा इस दौरान पांच गुणा हो जायेगी, जो राष्ट्रीय राजमार्ग (नेशनल हाइवे) के 7,00,000 किलोमीटर के नेटवर्क का उपयोग करेगी। कम से कम दो लेन वाला स्टेट हाइवे अधिकांश जिलों से जुड़ेगा। ग्रामीण सड़कों की पहुंच दूरदराज के गांवों तक हो जाएगी। प्रौद्योगिकीय प्रगति वाहनों की नई पीढ़ी पर काम कर रही है, जो प्रदूषण मुक्त और ईंधन की कम खपत करने वाले हैं। एक प्रभावशाली सार्वजनिक परिवहन प्रणाली से प्रमुख शहरी क्षेत्रों में दुपहिया वाहनों की संख्या में कमी लाने में सहायता मिलेगी। हम यह भी कल्पना करते हैं कि आपस में जुड़ी नहरों के एक नेटवर्क के माध्यम से कई प्रमुख नदियों को परस्पर जोड़ कर, कम लागत वाले अंतर्देशीय जल परिवहन के तेजी से होने वाले विकास को

प्रोत्साहन मिलेगा।

इन ज़रूरतों को पूरा करने के लिए कुल निवेश की आवश्यकता में सही अर्थों में वर्तमान स्तर से तीन या चार गुना की वृद्धि होगी। यद्यपि, बुनियादी ढांचे के लिए सरकार, धन का प्रमुख स्रोत रहेगी, किंतु परिवहन सेवा द्वारा आंतरिक संसाधनों में भी वृद्धि करनी होगी, जिसे अधिक यथार्थवादी परिवहन सेवाओं के मूल्य निर्धारण, संचालन लागत में कमी तथा विकास में निजी क्षेत्र की सक्रिय भागीदारी व परिवहन प्रणाली के संचालन से प्रोत्साहन देना होगा।

आर्थिक वृद्धि ऊर्जा के द्वारा संचालित होती है जो देश के उद्योगों, वाहनों, घरों और कार्यालयों को बिजली प्रदान करती है। भविष्य में तेजी से और स्थायी रूप से विकास करने के लिए, ऊर्जा स्रोतों को जहां तक संभव हो, संसाधन सक्षम तथा पर्यावरण की दृष्टि से अनुकूल होने की ज़रूरत है। अगले दो दशकों में, बिजली की कुल मांग के और 3.5 गुना या उससे अधिक बढ़ने की संभावना है, जो 1,01,000 मेगावाट की मौजूदा उत्पादन क्षमता से लगभग तीन गुना बढ़ कर, वर्ष 2015 तक 2,92,000 मेगावाट होने की आवश्यकता होगी। 'हमेशा की तरह कारोबार' का परिणाम आयातित ईंधनों की लागत में बढ़ोत्तरी के रूप में होगा और पर्यावरणीय प्रदूषण के उत्सर्जन में वृद्धि होगी।

भारत की जनसंख्या विश्व जनसंख्या की 16 प्रतिशत है, किंतु इसके जल संसाधन केवल 4 प्रतिशत ही हैं। राष्ट्रीय स्तर पर, मौजूदा जल संसाधन मांग की तुलना में पर्याप्त से भी अधिक हैं किंतु भविष्य के अनुमान दर्शाते हैं कि अगले 50 वर्षों के दौरान पूर्ति की स्थिति काफी कठिन हो सकती है। अगले 20 वर्षों में पानी की कुल खपत के 20–40 प्रतिशत बढ़ने की संभावना है। जल संसाधनों को देखें तो भारत कोई ग़रीब देश नहीं है। हमारे यहां जिस चीज़ का अभाव है, वह है अधिकतम लाभ प्राप्ति के लिए, उपलब्ध संसाधनों को कुशलतापूर्वक सहेजने की योग्यता तथा उनका प्रभावपूर्ण तरीके से उपयोग करना। पानी के कुशल उपयोग के लिए प्रोत्साहन प्रदान करने हेतु शासकीय नीति को संशोधित किये जाने की ज़रूरत है। इसके अतिरिक्त, उचित जल मूल्य निर्धारण तथा जल प्रबंधन के लिए अधिक प्रभावपूर्ण संस्थागत तंत्र स्थापित करने की भी आवश्यकता है। बेहतर जल प्रबंधन के साथ फसल उत्पादकता को बढ़ाने के तरीकों द्वारा कृषि में जल की उत्पादकता को बढ़ाने के लिए विशाल

क्षमता मौजूद है। शहरी व ग्रामीण जल संसाधनों को वर्षा जल संचयन तकनीक को व्यापक रूप से अपना कर, काफी हद तक बढ़ाया जा सकता है। वर्षा जल संचयन की ये तकनीकें मानसून के मौसम के दौरान बह कर व्यर्थ होने वाले जल को इकट्ठा करने के लिए डिजाइन की गयी हैं और ये सतह पर तथा भूमिगत, दोनों तरह के पानी को दोबारा काम में लाकर अन्य माध्यमों तक पहुंचाने का कार्य करती हैं। इन विधियों को बड़े स्तर पर पूरे देश के ग्रामीण व शहरी, दोनों क्षेत्रों में लागू करने की आवश्यकता है।

कुछ प्रमुख नदियों को आपस में जोड़ देने के प्रस्ताव से बाढ़ की आशंका वाले क्षेत्रों से अतिरिक्त जल को सूखे की आशंका वाले क्षेत्रों में भेजा जा सकता है, लाखों हेक्टेअर अतिरिक्त सिंचित ज़मीन उत्पन्न की जा सकती है, अंतर्देशीय जल परिवहन की एक सस्ती प्रणाली प्रदान की जा सकती है और विनिर्माण, कृषि व्यापार व औद्योगिक विकास में रोज़गार के लाखों अतिरिक्त अवसर उत्पन्न किये जा सकते हैं। एक ऐसी प्रणाली की उच्च लागत के बावजूद, राष्ट्र के लिए इसके संभावित लाभ इतने अधिक हैं कि व्यावहारिक प्रस्ताव इन पर गंभीरता से विचार करने की मांग करते हैं। विज़न व राजनैतिक इच्छा को देखते हुए, भारत जल की वर्तमान समस्या को एक बड़े अवसर में बदल सकता है।

भारत की कृषि जलवायु क्षेत्रों की विस्तृत शृंखला, भूमि और वनों की विशाल सीमायें तथा जैव विविधता की समृद्ध किस्में, इसे दुनिया के सबसे प्राकृतिक सम्पन्न देशों की श्रेणी में रखते हैं, लेकिन इसकी विशाल तथा अभी भी बढ़ रही मानव व पशु आबादी तथा औद्योगिकरण का इसका आग्रह इन संसाधनों को सीमित कर देता है। हालांकि, देश में नाटकीय रूप से दुर्दशा के ढांचे को उलटने की क्षमता मौजूद है, जो हाल के वर्षों में एक व्यवस्थित प्रयास द्वारा मिट्टी का कटाव रोकने के लिए बहुमूल्य पोषक तत्वों को तथा भूमि को रोंपने के लिए कार्बनिक सामग्री को पुनः प्राप्त करने के लिए, भूजल की पट्टियों को फिर से भरने के लिए तथा समाप्त हो चुकी वन भूमि को फिर से स्थापित करने के लिए यह क्षमता सामने दिखाई दी है। एक साथ कई उपाय करने से वन क्षेत्र के अंतर्गत आने वाली भूमि का वर्तमान 71 मिलियन हेक्टेअर के स्तर से 83 मिलियन हेक्टेअर तक की वृद्धि संभव हो जायेगी।

अगले एक दशक से भारत की प्रगति भारतीय क्षेत्र तथा दुनिया

भर में होने वाली घटनाओं से गहराई से जुड़ी होगी। विश्व बैंक का अनुमान है कि वर्ष 2020 तक भारत विश्व की चौथी सबसे बड़ी अर्थव्यवस्था बन जायेगा। व्यापार के उदारीकरण से वस्तुओं के निर्यात के लिए नए अवसर खुल जायेंगे। जबकि आयात से प्रतियोगिता का सामना करने के लिए, घरेलू उद्योग पर दबाव बढ़ जायेगा। कपड़ा, वस्त्र तथा कृषि उत्पादों के लिए वैश्विक बाज़ार में नाटकीय रूप से वृद्धि होगी, किंतु भारत की निर्यात करने की योग्यता कीमत, गुणवत्ता, उत्पादकता तथा सेवाओं के बढ़ते अंतर्राष्ट्रीय मानकों के साथ तालमेल बिठाने की इसकी क्षमता पर निर्भर होगी।

उभरता हुआ विश्व परिदृश्य उन देशों के लिए अधिक से अधिक अवसर प्रदान करेगा, जिनमें अत्यंत शिक्षित व अत्यंत कुशल श्रमिकों की अधिकता है, जो उच्च आय वाले देशों के साथ–साथ मध्यम आय वाले देशों में भी, विनिर्माण तथा सेवा व्यवसायों की आउटसोर्सिंग के लिए एक आकर्षक वाणिज्यिक वातावरण प्रदान कर सकते हैं। सेवाओं का निर्यात एक ऐसा क्षेत्र है, जिसमें भारत श्रेष्ठ प्रदर्शन कर सकता है। भारत की आई.टी. सेवाओं की आउटसोर्सिंग में हाल ही की तेज़ी, आर्थिक अवसर की एक समृद्ध झलक मात्र है, जिसे विनिर्माण तथा सेवा व्यापार की एक विस्तृत शृंखला तक विस्तार प्राप्त हुआ है।

अंतर्राष्ट्रीय पूंजी बाज़ार के आकार में वृद्धि से, प्रत्यक्ष विदेशी निवेश (एफ.डी.आई.) तथा संस्थागत निवेश को आकर्षित करने के भारत के बढ़ते हुए अवसर और भी अधिक खुल जायेंगे, किंतु बुनियादी ढांचे में पर्याप्त सुधार से तथा अधिकांश नौकरशाही बाधाओं के हट जाने से, भारत में प्रत्यक्ष विदेशी निवेश प्रवाह (एफ.डी.आई.) के अधिकांश भाग को आकर्षित करने में सहायता मिलेगी। भारत की प्रवासी जनसंख्या को देश की ओर आकर्षित करने से वर्ष 2020 में प्रत्यक्ष विदेशी निवेश (एफ.डी.आई.) के आने पर महत्त्वपूर्ण प्रभाव पड़ सकता है।

भारत एक कृषि आधारित अर्थव्यवस्था से एक आधुनिक बहुआयामी आर्थिक उद्यम में तथा एक पारम्परिक स्तरीकृत समाज से एक समतावादी समाज में बदलने की प्रक्रिया में है, इसके साथ–साथ वह स्वयं को मंत्रणात्मक राजनीति के माध्यम से एक आधुनिक लोकतंत्र में बदल रहा है, यह अपरिहार्य है कि एक अरब

लोगों का इस प्रकार तेजी से सामाजिक, आर्थिक औद्योगिक तथा राजनैतिक विकास विश्व में एक अशांति उत्पन्न कर दे। फिर भी, यह अत्यंत आवश्यक है कि इस अशांति को संभाला जाये और एक सीमा के भीतर रखा जाये, जो सामाजिक ढांचे की रक्षा करता है तथा राष्ट्र के परिवर्तन को जारी रखने की आज्ञा प्रदान करता है।

शान्ति के लिए असंख्य चुनौतियां हैं और वे हर दिशा से प्रकट होती हैं, हमारी सरहदों से बाहर और सरहदों के भीतर से और इसके साथ–साथ हमारे दिमाग़ों के अंदर से भी। सभी भारतीयों के लिए एक स्थायी शान्ति बनाने तथा उसकी रक्षा करने के लिए हमारी क्षमता, हमारी सेना के हमारी सीमाओं की रक्षा करने की ताकत पर निर्भर करेगी, हमारे नागरिकों के लिए बढ़ते रोज़गार व आय के अवसर उत्पन्न करने के लिए हमारी अर्थव्यवस्था की ताकत पर निर्भर करेगी, हमारे युवाओं के कौशल तथा ज्ञान का उपयोग करने के लिए हमारी शिक्षा प्रणाली की ताकत पर निर्भर करेगी, लोगों के कल्याण के लिए प्रौद्योगिकी का विकास करने तथा उनका उपयोग करने के लिए हमारे वैज्ञानिकों तथा इंजीनियरों की ताकत पर निर्भर करेगी। तथा इसके साथ–साथ अन्याय को दूर करने के लिए तथा हमारे प्रयासों के प्रत्येक क्षेत्र में बड़ी उपलब्धियों के लिए, देश की सामूहिक शक्तियों को मार्ग़दर्शन प्रदान करने के लिए हमारे राजनेताओं के दृढ़ संकल्प तथा बुद्धि पर निर्भर करेगी।

विकास कुछ मामलों में इन असमानताओं की सीमा को कम करने में सहायता करता है जबकि दूसरे मामलों में यह उन्हें बढ़ा देता है। आर्थिक असमानतायें उप–राष्ट्रीय भाषाई व सांप्रदायिक समूहों के बीच, जातीयता तथा सांप्रदायिकता को बढ़ावा देकर मतभेद की धारणा को भड़का देती है। राष्ट्रीय सुरक्षा के लिए एक सकारात्मक रणनीति, हमारी संस्कृति सभ्यता व स्वतंत्रता से ताकत पाकर, भारतीय राष्ट्र के धर्म निरपेक्ष व लोकतांत्रिक मूल्यों पर निर्भर करेगी।

बाहरी सुरक्षा राष्ट्रीय ताकत पर निर्भर करती है। इसके लिए देश की क्षमता में निरंतर वृद्धि करने की आवश्यकता होती है जिससे इसके मूर्त व अमूर्त संसाधनों का इस प्रकार उपयोग किया जा सके कि इससे अन्य राष्ट्रों के व्यवहार को प्रभावित किया जा सके।

हालांकि ताकत को अक्सर दुनिया में सैन्य शक्ति के समान संकीर्ण अर्थों में लिया जाता है, जिसे मौटे तौर पर राजनीतिक, आर्थिक, तकनीकी, सामाजिक व बौद्धिक आयामों में शामिल करने के लिए कल्पना की जाती है। एक जीवंत अर्थव्यवस्था तथा अंतर्राष्ट्रीय मामलों में एक अग्रणी भूमिका उतनी ही महत्त्वपूर्ण हो सकती है, जितनी राष्ट्रीय शक्ति के विकास व संरक्षण के लिए एक मजबूत सेना। अंतर्राष्ट्रीय स्तर पर, हमें एक राज्य केंद्रित, अहंकारपूर्ण तथा प्रतिस्पर्धी सुरक्षा प्रतिमान से एक सहकारी सुरक्षा प्रतिमान की ओर झुकना चाहिए, जो सभी राष्ट्रों के लिए सम्भावित खतरों को कम करके प्रत्येक राष्ट्र की सुरक्षा को बढ़ाता है। मानव विकास अपने सभी आयामों में हमारी सर्वोच्च रणनीतिक प्राथमिकता है और रहेगी।

2020 के भारत का हमारा विज़न एक ऐसे देश का विज़न है, जो ऊर्जा, उद्यमशीलता एवं नवीन पहलों से भरा हुआ है। देश के लोगों को बेहतर भोजन, बेहतर वस्त्र और बेहतर रहने की सुविधायें और भारत के लंबे इतिहास में किसी भी पीढ़ी से अधिक शिक्षित व लंबा जीवन प्राप्त होगा। भारत वैश्विक अर्थव्यवस्था के साथ पहले से कहीं अधिक जुड़ा होगा और व्यापार, प्रौद्योगिकी तथा निवेश के क्षेत्र में एक प्रमुख खिलाड़ी की भूमिका निभायेगा। शिक्षा, रोज़गार तथा आय के बढ़ते स्तर से भारत की आंतरिक सुरक्षा तथा सामाजिक वातावरण को एक स्थायित्व प्रदान करने में सहायता मिलेगी। वर्ष 2020 में अधिक समृद्ध भारत की पहचान एक बेहतर सुशिक्षित मतदाता तथा अधिक पारदर्शी, जवाबदेह, कार्यकुशल व विकेंद्रीकृत सरकार से की जायेगी।

इस विज़न की प्राप्ति कई चीज़ों पर निर्भर करेगी किंतु सबसे अधिक महत्त्वपूर्ण होगा हमारा आत्मविश्वास, आत्मनिर्भरता तथा इसे सच्चाई में परिवर्तित करने का हमारा संकल्प। उसके लिए, हमें दूसरों पर निर्भर रहने की भावना को तथा बिना सोचे समझे दूसरे देशों की नकल करने के आग्रह को त्यागना होगा। हमें अपनी मूल ताकत, अपनी साझा संस्कृति की समृद्ध प्रतिभा व योग्यता तथा आध्यात्मिक परम्परा को भी पुनः खोजना होगा।

हमें भारत की निष्क्रिय पड़ी भावना को फिर से जागृत करना होगा। भविष्य के भारत के विज़न की रचना करने के लिए, हमें लगता है कि महानता को अर्थात् भारत को फिर से तलाशने के

लिए हमारा अपने निकटतम अतीत की सीमाओं से परे देखना अत्यंत महत्त्वपूर्ण है।

आगे की चुनौतियां

पिछले बीस वर्षों में भारत की प्रति व्यक्ति आय दुगुनी हो चुकी है। 1.6 प्रतिशत प्रतिवर्ष की जनसंख्या वृद्धि में कमी आने से, लगभग 9 प्रतिशत प्रतिवर्ष की सकल घरेलू उत्पाद की वृद्धि पर, वर्ष 2020 तक प्रति व्यक्ति आय चौगुनी करने के लिए पर्याप्त होगी।

आर्थिक विकास के लक्षण

- शिक्षा के स्तर में तेजी से वृद्धि हो रही है।
- प्रौद्योगिकी में नई पहलें तथा उनका क्रियान्वन की दर तेज़ हो रही है।
- सस्ती और तीव्रतर संचार व्यवस्था से, देश के भीतर तथा अंतर्राष्ट्रीय, दोनों स्तर पर भौतिक व सामाजिक बाधायें समाप्त हो रही हैं।
- लोगों को पहले से अधिक मात्रा में तथा गुणवत्ता के साथ सूचना उपलब्ध करायी जा रही है।
- वैश्वीकरण से नये बाज़ारों के द्वार खुल रहे हैं।

यदि हम यह मान कर चलें कि वर्ष 2020 तक भारत प्रति व्यक्ति आय में चौगुनी वृद्धि को प्राप्त कर लेगा, तो उस स्थिति में वह विकास के ऐसे स्तर को छू लेगा, जो चीन के वर्तमान स्तर से कहीं ऊंचा है और अर्जेंटिना, चिली, हंगरी ,मलेशिया, मैक्सिको तथा दक्षिण अफ्रीका जैसे उच्च मध्यम आय वाले देशों के बराबर हो जायेगा। एक दिन भारत इस ऊंचे स्तर को प्राप्त कर लेगा और जब ऐसा लक्ष्य प्राप्त हो जाएगा, तब वह जान पायेगा कि उसने यह लक्ष्य कैसे प्राप्त किया है। किंतु, अभी भी यह ज्ञान कई अन्य देशों के अनुभव से प्राप्त किया जा सकता है, जो विकास के इन चरणों से पहले ही गुज़र चुके हैं। उन देशों के अनुभवों के माध्यम से भारत को ऐसे अंतर्निहित सिद्धान्तों और सैद्धान्तिक ज्ञान को प्राप्त करने की कोशिश करनी चाहिए, जिन्हें हमारे अपने विशेष मामले में सही ढंग से लागू किया जा सकता है।

योजना आयोग के अनुमानों के अनुसार केरल, आसाम तथा

उड़ीसा के युवाओं में बेरोज़गारी की दर सबसे अधिक है। इन राज्यों में बेरोज़गारी की दर देश की 12 प्रतिशत की औसत बेरोज़गारी की दर से लगभग दुगुनी है।

बुनियादी श्रम के आर्थिक सिद्धान्त तथा साहित्य कहता है कि रोज़गार कर–प्रोत्साहन कार्यक्रमों के अस्तित्व से निर्धारित होता है जैसे बिक्री कर प्रोत्साहन, जो व्यापारिक लेन–देन के निर्णयों को प्रभावित करता है और इस प्रकार यह जन सांख्यिकीय कारकों जैसे शिक्षा की दर तथा लिंग संरचना पर अपना प्रभाव डालता है।

साक्षरता का ऊंचा औसत अथवा शिक्षा का अर्थ यह नहीं है कि स्नातक युवक रोज़गार पाने के योग्य हैं। कर–प्रोत्साहन बुनियादी ढांचे की पैठ के बिना लेन–देन के ठोस निर्णयों में प्रभावशाली नहीं होता। अनुभवजन्य प्रमाणों से पता चलता है कि यदि सार्वजनिक सेवाओं (बुनियादी सेवाओं सहित) को स्थिर माना जाये, तो अगर एक छोटा उपनगरीय अधिकार क्षेत्र, एक महानगरीय क्षेत्र के भीतर अपने करों में एक प्रतिशत की वृद्धि करता है, तो व्यावसायिक गतिविधियों में 1 से 3 प्रतिशत की कमी होती है।

इसमें कोई संदेह नहीं है कि भारत ने पिछले एक दशक में, सही अर्थों में अच्छा प्रदर्शन किया है। लेकिन व्यापक आर्थिक संदर्भ में, अभी भी 30 करोड़ लोग गरीबी का जीवन बिता रहे हैं। हम मानव विकास सूचकांक में 1999 में 115वें स्थान से 2002 में 124वें स्थान पर खिसक गये हैं। अभी भी हमारे देश में बुनियादी ढांचा बहुत कमज़ोर है, प्रशासनिक कार्यप्रणालियां बहुत बोझिल हैं और संचालन व क्रियान्वयन तंत्र औसत से नीचे है। बाद की समस्याओं से ट्रांस्पेरेंसी इंटरनेशनल के भ्रष्टाचार धारणा सूचकांक (करप्शन पर्सेप्शन इंडेक्स) में 133 देशों की सूची में हमारा 83वां स्थान हमारी निराशाजनक स्थिति को प्रकट करता है। अप्रत्यक्ष करों पर टास्क फोर्स के एक सदस्य के रूप में मैंने इस बात पर प्रकाश डाला कि व्यापार से संबद्ध प्रशासनिक कार्यप्रणालियां शायद दुनिया में सबसे प्राचीन कार्यप्रणालियां हैं। केवल निर्यात करने के लिए भी, हमें 257 हस्ताक्षरों की आवश्यकता होती है और समान दस्तावेजों की 118 प्रतियों की ज़रूरत होती है तथा की–पंचिंग में 22 घंटे लगते हैं। इसमें भारत सरकार की कई संस्थाओं से अलग से निपटना भी शामिल है। इस व्यवस्था का उन स्थापित निर्यातकों द्वारा शायद

ही कभी विरोध किया गया होगा, जिन्हें इस प्रणाली के आस–पास घूमने और रिश्वत देकर शीघ्र मंजूरी प्राप्त करने में महारत हासिल है। लेकिन नये वैश्विक खिलाड़ियों के लिए यह एक प्रमुख अड़चन पैदा कर रही है। शिपमेंट क्लियरेंस का जो काम सबसे सफल निर्यातक देशों में कुछ घंटों में हो जाता है, उसके लिए भारत में कई दिन लग जाते हैं।

सेवाओं के निर्यात के वैश्विक क्षेत्र में भारत एक प्रमुख शक्ति के रूप में उभर कर सामने आया है। लेकिन यहां कहानी बिल्कुल भी प्रशंसा करने के योग्य नहीं है। हमें निर्यात सेवाओं के तहत सभी चीज़ों पर विश्वसनीय आंकड़े जुटाने की आवश्यकता महसूस नहीं होती। अदृश्य कमाई के रिकॉर्ड में रिजर्व बैंक ऑफ इंडिया (आर.बी. आई.) ने इसे 'अन्य' मदों के अंतर्गत रखा है। सॉफ्टवेयर के निर्यात के लिए भी, कई अलग–अलग अनुमान लगाये जा रहे हैं। हमारे सबसे शानदार क्षेत्र के लिए यह अत्यंत खेदजनक स्थिति है।

प्रमुख विश्व लीग के खिलाड़ियों के साथ हमारा कमज़ोर अपेक्षित प्रदर्शन क्या बताता है? हमारी दृष्टि में, यह विज़न का अभाव है। हमें यह देख कर बहुत हैरानी होती है कि गम्भीर लोग भी इस बहस में लगे हैं कि हमारे सकल घरेलू उत्पाद की दर 7 प्रतिशत होनी चाहिए या 8 प्रतिशत। ऐसे प्रदर्शन के साथ, हम बहुत थोड़े से लोगों को ही ग़रीबी की रेखा से बाहर कर पायेंगे। यदि चीन पिछले दो दशकों से अपनी जी.डी.पी. वृद्धि को दो अंकों में ला सकता है, तो हम एक दशक के लिए ऐसा क्यों नहीं कर सकते? निश्चित रूप से विकास की ऐसी दर को प्राप्त करने के लिए हमें कड़े कदम उठाने होंगे और इसके लिए हमारे पास एक मजबूत राजनीतिक इच्छाशक्ति की ज़रूरत है। इसके लिए हमें 2010 में विश्व निर्यात के 2 प्रतिशत से अधिक के भाग को पुनः प्राप्त करना पड़ेगा। फिर से, आने वाले सात वर्षों में 30 प्रतिशत से अधिक वार्षिक वृद्धि का लक्ष्य बहुत कठिन दिखाई देता है। निश्चित रूप से यह प्राप्त करने योग्य है। 1984–89 के दौरान, हमने लगभग 19 प्रतिशत की वार्षिक वृद्धि प्राप्त की थी, जिसकी बराबरी करना या उसे पार करना अभी भी शेष है। इससे हम प्रौद्योगिकी में सुधार करने तथा अर्थव्यवस्था के औद्योगिक आधार के विविधिकरण के लिए लगभग 200 बिलियन डॉलर के पर्याप्त इनपुट का आयात कर सकेंगे। यह लक्ष्य पूरी तरह से चुस्त–दुरुस्त व पारदर्शी प्रशासनिक कार्य प्रणालियों, सरल प्रपत्रों (फार्म) तथा न्यूनतम

व्यक्तिगत संपर्कों की मांग करता है। थकाऊ कागज़ी कार्यवाही तथा सैकड़ों हस्ताक्षरों की औपचारिकता के स्थान पर इलैक्ट्रॉनिक्स कारोबार से लैस एक आधुनिक कार्यप्रणाली को व्यवहार में लाना अत्यंत आवश्यक है।

हम ऐसा कर सकते हैं, बशर्ते कि हम इस व्यवस्था को प्रोत्साहन देने वाले एक तंत्र को विकसित कर लें। यह महज एक योजना की कवायद नहीं होनी चाहिए बल्कि इसे निजी क्षेत्र से प्राप्त गम्भीर सूचनाओं के साथ सर्वोच्च राजनीतिक स्तर पर तैयार किया जाना चाहिए, जिसे ठोस आंकड़ों तथा विश्लेषण का समर्थन मिलना चाहिए।

यदि भारत को विश्व में एक ऊंचे स्थान पर खड़ा होना है, तो ग़रीबी को जड़ से उखाड़ फेंकना उसकी राष्ट्रीय तथा राजनीतिक प्राथमिकता होनी चाहिए। हालांकि, प्रशासन को सामाजिक क्षेत्रों में और अधिक भागीदारी करके नेतृत्व करना चाहिए, लेकिन निजी कॉरपोरेट क्षेत्र भी इस क्षेत्र में अपनी जिम्मेदारियों से पल्ला नहीं झाड़ सकता। भारत के सामाजिक विकास को तेज़ करने के लिए, कॉरपोरेट घरानों तथा बहुराष्ट्रीय कम्पनियों के पास कहीं अधिक सार्थक भूमिका निभाने के लिए कई अवसर मौजूद हैं। बेहतर परिणाम सुनिश्चित करने के लिए निजी क्षेत्र की प्रबंधकीय क्षमताओं का इस्तेमाल एक स्पष्ट शुरुआती बिंदु होगा। सार्वजनिक निजी भागीदारियों के लिए असंख्य अवसर मौजूद हैं किंतु अक्सर राजनीतिक इच्छा का अभाव आड़े आ जाता है। सबसे प्रमुख प्रश्न है कि क्या हमारी नौकरशाही, जो सामाजिक क्षेत्र पर शासन करती है, के पास बदलाव लाने की प्रेरणा मौजूद है और क्या वे देश के हित में आगे बढ़ने की इच्छा रखती है।

यही समय है जब हमें लोगों की गिनती बंद कर देनी चाहिए और लोगों को महत्त्व देना आरंभ कर देना चाहिए। हमें यह कतई नहीं भूलना चाहिए कि यदि वर्ष 2020 तक, भारत के लोगों के जीवन स्तर में कोई महत्त्वपूर्ण बदलाव होता है, तो तभी भारत को अपनी उपलब्धियों पर गौरव करना चाहिए। आर्थिक विकास के लिए यह आवश्यक है कि और अधिक सार्थक ढंग से नौकरियां उत्पन्न की जायें, स्वास्थ्य में सुधार लाया जाये, बुनियादी शिक्षा का विस्तार किया जाये तथा ग़रीबों के जीवन को और अधिक सुरक्षित किया जाये। आर्थिक प्रगति को बनाये रखने तथा उसे तीव्र करने का यही एक

उपाय है। आर्थिक समृद्धि का अर्थ ही एक ऐसी चीज़ से है, जिससे लोगों के जीवन को सुरक्षित बनाया जा सके।

प्रधानमंत्री जवाहर लाल नेहरू ने बड़े ध्यान से देश की शिशु लोकतांत्रिक संस्थाओं को सींचा था। उन्होंने देश के औपचारिक राष्ट्रपति पद के लिए सम्मान दर्शाया, उन्होंने जनता को कभी यह भूलने नहीं दिया कि शिष्टाचार के संदर्भ में ये कुलीन लोग (जनता) पद में उनसे ऊपर हैं। उन्होंने नियमित रूप से राज्यों के मुख्यमंत्रियों को पत्र लिख कर उन्हें अपनी नीतियों के संबंध में जानकारी दी और इस संबंध में उनकी प्रतिक्रिया जानने का प्रयास किया। उन्होंने स्वयं को ऐसा बना दिया था कि संसद में छोटे, झगड़ालू लेकिन निस्संदेह प्रतिभावान विपक्ष द्वारा उनसे किसी भी प्रकार का प्रश्न किया जा सकता था। अपने दल की बड़ी संख्या होने के बावजूद वह विपक्षी दल की छोटी संख्या को महत्त्व देते थे क्योंकि उन्हें यकीन था कि एक स्वस्थ लोकतंत्र के लिए एक मजबूत विपक्ष का होना आवश्यक है। वह ध्यान रखते थे कि उन्हें न्यायिक प्रणाली में दखलंदाजी न करनी पड़े। एक अवसर पर उन्होंने प्रैस सम्मेलन में एक न्यायाधीश की सार्वजनिक रूप से आलोचना कर डाली थी, लेकिन अगले ही दिन उन्होंने उस न्यायाधीश से क्षमा मांग ली थी तथा न्यायपालिका का तिरस्कार करने के लिए खेद प्रकट करते हुए भारत के मुख्य न्यायाधीश को पत्र लिखा था। वह कभी यह बात नहीं भूलते थे कि उन्हें भारत के लोगों ने ही अधिकार दिये थे। न केवल उन जैसे पद पर आसीन व्यक्ति तक लोगों की पहुंच थी, बल्कि उन्होंने हर सुबह, बिना उनसे मिलने का समय लिये, सभी आने वालों के लिए एक घंटा 'दर्शन' देने की शुरुआत की थी और यह परम्परा उनके उत्तराधिकारियों द्वारा तब तक जारी रखी गयी, जब तक कि उनकी सुरक्षा के कारण इस लोकलुभावन प्रथा को बंद नहीं कर दिया गया।

अपने प्रधानमंत्री काल के सत्रह वर्षों के दौरान नेहरू ने भारत को ऐसे दृष्टिकोण तथा व्यवहार का आदी बना दिया था। अपने भाषणों अपने वक्तव्यों और सबसे बड़ी बात कि स्वयं अपने व्यक्तिगत उदाहरण द्वारा नेहरू ने लोकतंत्र के संस्थानों तथा लोकतंत्र की प्रक्रिया को एक गरिमा प्रदान की, जिसने इसे भावी तानाशाहों की चुनौती से ऊपर रखा। एक बार अमरीकी सम्पादक नॉर्मन कज़िन्स ने नेहरू से पूछा कि वह भारत की विरासत को किस प्रकार देखते

हैं। तो नेहरू ने उत्तर दिया था कि 'चालीस करोड़ लोग स्वयं अपने आपको नियंत्रित करने में सक्षम हैं।'

आज भारत की जनसंख्या 112 करोड़ की हो चुकी है, लेकिन जिस विरासत की उन्होंने नींव रखी, वह एक गूंज के साथ बची हुई है, जो वर्ष 2020 तक, राष्ट्र को विश्व की चार महाशक्तियों में से एक महाशक्ति होने की दूरदृष्टि प्रदान करती है। जब किसी देश के लोग प्रगति करते हैं, तो देश भी प्रगति करता है। राष्ट्र का विज़न देश के प्रत्येक भारतीय के मन में गुंथ जाना चाहिए।

अनुक्रम

अध्याय–1

कृषि : अतीत की एक समीक्षा

सिंधु घाटी में हुई व्यापक खुदाई के दौरान मिली पुरातात्विक सामग्री में अन्य चीज़ों के साथ–साथ चावल, गेहूं, जौ आदि खाद्यान्न भी प्राप्त हुए थे। यह इस तथ्य का स्पष्ट संकेत करता है कि एक व्यवसाय के रूप में कृषि का अस्तित्व पांच हजार वर्ष पूर्व भी मौजूद था। ऐसे प्रारम्भिक काल के बाद से, कृषि व्यवसाय न केवल नदी घाटियों में फल–फूला और समृद्ध हुआ बल्कि उप महाद्वीप में उपलब्ध कृषि योग्य भूमि के विशाल मैदानों पर भी फला–फूला। भारतीय प्रतिभा ने न केवल खेती योग्य भूमि को जोता, अपितु वे विभिन्न जल संसाधनों को भी काम में लाये, जिससे भारत ऐसा जल संसाधन सम्पन्न देश बन गया, जो बाद में प्रचुर मात्रा में धन–दौलत का देश हो गया।

कई सदियों तक भारत में इस व्यवसाय की निरंतरता तथा प्रगति भारत में विदेशी यात्रियों के कई ऐतिहासिक वृत्तान्तों तथा ग्रंथों में दर्ज़ मिलती है। विदेशी यात्री अपने ग्रंथ यहीं छोड़ गए थे, जो भारतीय इतिहास लिखने की स्रोत सामग्री के रूप में काम आये। कौटिल्य का 'अर्थशास्त्र' अनेकों शिलालेख तथा ऐतिहासिक ग्रंथ जैसे आर. स्वेल का विजयनगर के संबंध में लिखा गया *'ए फॉरगॉटेन एम्पायर'* तथा बर्नियर इत्यादि जैसे विदेशी यात्रियों के ग्रंथ, सभी भारत की कृषि उन्नति तथा सिंचाई के चमत्कारों को एक शानदार सम्मान प्रदान करते हैं।

यह एक सामान्य ऐतिहासिक ज्ञान का विषय है कि ब्रिटेन तथा पुर्तगाल इत्यादि की यूरोपीय कम्पनियों ने एक दूसरे की होड़ में, तत्कालीन मुगल शासकों की अनुमति से अपने–अपने व्यापार केंद्र खोल लिये। वास्तव में, इंग्लैंड के राजदूत सर थॉमस हो ने सम्राट जहांगीर के निकट होने की भरपूर कोशिश की। वह भारत में व्यापार की सुविधायें प्राप्त करने के लिए ब्रिटेन के लोगों के लिए शासकीय

समर्थन को सुरक्षित करना चाहता था, विशेष रूप से पुर्तगाली लॉबी को ध्यान में रखते हुए, जो अंग्रेजों को कमज़ोर तथा छोटे व्यापारियों के रूप में चित्रित करने के लिए पुरज़ोर कोशिश कर रहे थे। स्वाभाविकतः, अंतर्राष्ट्रीय व्यापार के क्षेत्र में भारत एक बहुत बड़ा व्यापारिक देश बन गया था, जिसमें कृषि से संबंधित वस्तुओं की एक बहुत बड़ी भूमिका थी। दरअसल, अठारहवीं शताब्दी के उत्तरार्ध में भी, भारतीय अर्थव्यवस्था में कृषि का स्थान बहुत ऊंचा बना हुआ था, हालांकि केंद्रीय मुगल शासन बिखर चुका था, जैसा कि अगले पृष्ठों में देखा जा सकता है।

वर्ष 1765 और वर्ष 1820 के मध्य, ब्रिटेन की ईस्ट इंडिया कम्पनी पुराने मुगल साम्राज्य तथा उसके द्वारा उत्पन्न स्वायत्त तथा अर्ध–स्वायत्त उत्तराधिकारी राज्यों की जगह, अधिकांश प्रायद्वीपीय दक्षिण एशिया पर अपने राजनीतिक वर्चस्व का इस्तेमाल करने के लिए भारत आयी। ग्रामीण अर्थव्यवस्था, जिस पर अब ब्रिटेन का शासन था, विविध प्रकार की तथा अत्यंत जटिल थी और अठारहवीं शताब्दी में यह स्पष्ट है कि भारतीय देहात को कागज़ी अर्थव्यवस्था की तरह दूर किया जा रहा था जो पूंजी संचय तथा तकनीकी विकास से रहित था, जैसा कि शास्त्रीय राजनीतिक अर्थशास्त्रियों ने बताया।[1] वस्तुतः कृषि तथा इसके विस्तार व एकीकरण में निवेश अधिकांशतः विविध पैटर्न को अपना रहे थे, क्योंकि बड़े पैमाने पर घरेलू बाज़ार के लिए नई फसलों का उत्पादन किया गया था। उत्तर भारत में, चारों ओर कृषि संबंधी उद्यमियों द्वारा खेती के लिए नई भूमि का अधिग्रहण करने के लिए निवेश करना तथा उस पर पर्याप्त श्रमिकों की तैनाती करना एक सामान्य घटना थी। दक्षिण भारत में, हैदर अली तथा टीपू सुल्तान के उदय होने से, सिंचाई तथा खेती में निवेश होने के कारण राज्य की अर्थव्यवस्था को बहुत बढ़ावा मिला। शीघ्र ही मैसूर, रॉकेट तथा कृषि में उन्नति के साथ–साथ रेशम की खेती जैसे नये क्षेत्रों में प्रौद्योगिक पहल करके अग्रणी होकर, एक अजेय शक्ति बन गया। जब तक मैसूर की स्थिति एक पराधीन सत्ता तक कमज़ोर न हो गई, तब तक ब्रिटिश लोग चैन से नहीं बैठ सके। अन्य स्थान जैसे पेशवा के नेतृत्व में महाराष्ट्र दक्खन के पठारों में निज़ामी राज्य, उत्तर में मराठा शासित राज्य तथा अन्य कई क्षेत्र

1. बी. आर. टॉमिल्सन, 'द इकोनॉमी ऑफ मॉडर्न इंडिया' 1860–1970, द न्यू कैम्ब्रिज हिस्ट्री ऑफ इंडिया III–3, पृ. 38

व कई स्वतंत्र राज्य पर्याप्त ताकत व मजबूती के साथ मौजूद थे। सुरक्षा की मौजूदगी, ऋण सुविधायें तथा बाज़ार के अवसर उपलब्ध होने के कारण इन सभी स्थानों पर एक मजबूत कृषि अर्थव्यवस्था की महत्त्वपूर्ण उपस्थिति देखी गई। इसके परिणामस्वरूप किसान विभिन्न फसलों व फसल प्रणालियों को अपनाने में पर्याप्त रूप से सक्षम थे। किसान तथा शहरी व्यापारी, दोनों ही इतने सक्षम थे कि वे अपनी सैन्य शक्ति को बनाये रखने के लिए ऐसे स्थानीय राज्यों को धन मुहैया करवाते थे। इसके बदले में, किसानों तथा व्यापारियों को करों में छूट तथा स्थानीय सत्ता की सुरक्षा प्राप्त होती थी। बाज़ार के ऐसे नेटवर्क में देश के उत्तर तथा दक्षिण दोनों के व्यापक क्षेत्र शामिल होते थे। वे स्थानीय ज़रूरतों के साथ–साथ ब्रिटेन की ईस्ट इंडिया कम्पनी द्वारा प्रस्तुत मांगों को भी पूरा करते थे।

खेती हमेशा ही बड़े पैमाने पर समृद्धि तथा बढ़े हुए जनसंख्या घनत्व का एक कारण रही है। सिंचाई नदियों के डेल्टा तक ही सीमित थी। इसके साथ–साथ वह नहरों, नालों व अतीत में भारतीय राज्यों द्वारा नदियों पर बनाये गये बैराज, सिंचाई के लिए बनाये गए बांधों व पिकप इत्यादि के निर्माण के फलस्वरूप पानी प्राप्त करने वाले क्षेत्रों में सिंचाई की जाती थी। सिंचाई किसानों के लिए समृद्धि का एक माध्यम थी और शुष्क इलाकों तथा वर्षा पर निर्भर रहने वाली भूमि की तुलना में, श्रमिकों के लिए लाभकारी रोज़गार का एक ज़रिया भी। वास्तव में, सिंचित भूमि में उच्च घनत्व सिंचाई से होने वाली समृद्धि के कारण था। सामान्यतः सिंचाई के इन क्षेत्रों में चावल, जो कि अत्यंत श्रम की मांग करता है, मुख्य फसल के रूप में उगाया जाता था, जबकि अन्य क्षेत्रों में मांग के अनुसार उगायी जाने वाली अन्य फसलों के साथ–साथ गेंहू भी उगाया जाता था। इसमें ऊंची जाति के लोग भू माफिया होते थे और श्रमिकों के रूप में अनुसूचित जाति तथा अन्य पिछड़ा वर्गों के लोगों का इस्तेमाल किया जाता था।

सिंचाई के ऊपर वर्णित इलाकों के अतिरिक्त, देश में कृषि योग्य भूमि के बड़े हिस्से भी मौजूद थे, जो पूर्व से पश्चिम तथा उत्तर से दक्षिण तक फ़ैले हुए थे, जो खेती के लिए वर्षा पर निर्भर करते थे। ये भूमियां ऐसे क्षेत्रों में थीं, जहां जनसंख्या का घनत्व बहुत कम था और वे उद्यमी किसानों को खेती के लिए बहुतायत में उपलब्ध थीं। इसलिए, उन क्षेत्रों में कई किसान परिवार तथा उनके भाई बंधु भी दिखाई देने लगे जो वहां स्वयं खेती करते थे या कम से कम

मजदूरों की सहायता से खेती करते थे। ये किसान इतने उद्यमी थे कि वे न केवल खेती करते थे बल्कि वे सिंचाई के लिए कुंए खोद कर इन ज़मीनों की सिंचाई भी करते थे। ऐसा विशेष कर पंजाब तथा पश्चिमी उत्तर–प्रदेश के गंगा के तट पर बसे क्षेत्रों में तथा प्रमुख नदियों व जल स्रोतों से लगे अन्य स्थानों पर देखने को मिलता था, जहां भूमि के नीचे पानी का स्तर बहुत ऊंचा था। शुष्क क्षेत्रों में बाजरा, कपास तथा मूंगफली इत्यादि उगाये जाते थे और पानी की प्रचुरता वाले क्षेत्रों में गेंहू जैसी फसलें उगायी जाती थीं। चूकि वहां प्रचुर मात्रा में भूमि उपलब्ध थी, इसलिए किसानों ने भूमि की उर्वरता में सुधार करने के लिए हल चलाने के बाद बंजर भूमि को छोड़ देने की कला सीख ली थी। इसके अतिरिक्त, ये किसान नयी ज़मीनें प्राप्त करके व्यवसायी बन गए थे और स्वयं को अति संवेदनशील बना लिया था। वे उद्यमियों के रूप में न केवल विभिन्न कृषि वस्तुओं के देश के उत्पादन में सहयोग दे रहे थे, बल्कि वे इसके अलावा परिवहन व बाज़ार के बुनियादी ढांचे को भी सुरक्षा प्रदान कर रहे थे। उन दिनों, लंबी दूरी तक माल को लाना ले जाना निश्चित रूप से बहुत कठिन व महंगा होता था। प्रोफेसर बी.आर. टॉमिल्सन ने उन झेली गई कठिनाइयों, लागत खर्च तथा यातायात के साधनों का ग्राफिक्स द्वारा वर्णन किया है, जिसे नीचे उद्धृत किया गया है।

यहां ध्यान देने की बात है कि देश के अधिकांश भागों में, लंबी दूरी पर परिवहन की लागत, वस्तुओं को, विशेषकर खाद्यान्नों को लाने ले जाने में कम थी। यहां तक कि इलाहाबाद से गंगा किनारे बसे कलकत्ता जैसे अच्छे मार्गों पर भी, उन्नीसवीं शताब्दी की शुरुआत में जल परिवहन के ज़रिए भी 860 मील की दूरी को तय करने में 20 से 60 दिन लग जाते थे। हालांकि, उत्तर भारत के तटीय इलाकों तथा प्रमुख नदियों के आसपास के क्षेत्रों में व्यावहार्य लंबी दूरी की परिवहन व्यवस्था तथा अन्य स्थानों पर ठेला गाड़ियों पर, बंजारा मवेशियों तथा खानाबदोश व्यापारियों को नेटवर्क के रूप में माल लाना व ले जाना संभव था। स्वदेशी बाज़ार का परस्पर व्याप्त नेटवर्क अक्सर देश के सुदूर क्षेत्रों से जुड़ा होता था तथा कई क्षेत्रों में वह मौद्रिक व बाज़ार की स्थितियों से जुड़ा रहता था। सत्रहवीं शताब्दी में भारत में सबसे अधिक उद्धृत किये गये यूरोपीय यात्रियों में से एक, जीन बेप्टिस टेवर्नियर ने 10–20,000 माल से लदे बैलों के कारवां के बारे में लिखा कि 'वे उन क्षेत्रों में चावल ले जाते थे,

जहां मकई उगती थी और वहां नमक ले जाते थे, जहां नमक नहीं होता था।[1]

देश में विभाजित राजनीति की इन स्थितियों में, लंबी दूरी के व्यापार तथा यात्रा में बहुत जोखिम शामिल होता था क्योंकि इन यात्राओं में अलग–अलग शासकों द्वारा शासित राज्य व प्रदेश शामिल होते थे। लेकिन इस बार ब्रिटेन की प्रतिनिधि ईस्ट इंडिया कम्पनी एक अखिल भारतीय सैन्य तथा वित्तीय शक्ति बन चुकी थी। इसलिए, भारतीय व्यापारी व्यापार के लिए ईस्ट इंडिया कम्पनी तथा इसके अधिकारियों की ओर देखते थे, भले ही व्यापार की शर्तें उनके अनुकूल नहीं होती थीं, क्योंकि ईस्ट इंडिया कम्पनी तथा उसके अधिकारी आवश्यक सैन्य सुरक्षा प्रदान करने में सक्षम होते थे।

विदेशियों द्वारा पेश की गई प्रतिकूल व्यापार शर्तों के साथ–साथ, भारतीय हितों से बेख़बर, ईस्ट इंडिया कम्पनी द्वारा अपनायी गयी कई अन्य प्रतिकूल नीतियां, राजनीति, अर्थतंत्र तथा व्यापार इत्यादि पर विदेशी प्रभुत्व के लिए नफ़रत की उपमहाद्वीपीय प्रवृत्तियों में पक रही थीं। वह लावा 1857 के विद्रोह की शक्ल में फूट गया। किंतु एक सही केंद्रीय नेतृत्व तथा विभिन्न भारतीय समूहों के बीच आपसी तालमेल के अभाव में, इसका परिणाम भारतीय शक्तियों की पराजय के रूप में सामने आया।

1857 के विद्रोह में भारतीय शक्तियों की पराजय के बाद, भारत प्रत्यक्ष रूप से ब्रिटिश साम्राज्य के अधीन हो गया और विकास की तैयारी तथा कृषि से उत्पन्न समृद्धि का भविष्य विदेशी सत्ता के हाथों में जकड़ गया। लेकिन इस सत्ता की दिलचस्पी अधिकांशतः राजस्व की प्राप्ति में थी। उसमें मौजूदा भारतीय प्रणाली की अच्छाइयों की स्पष्ट समझ का नितांत अभाव था। उसे अपनी ज्ञान की श्रेष्ठता पर भरोसा था तथा उसके नीतिगत मापदण्ड ऐसी जटिल श्रेष्ठता पर आधारित थे।

अप्रत्याशित विकास

1857 के बाद, जितना भी खेती या सिंचित क्षेत्र रह गया हो, कृषि आधारित अर्थव्यवस्था को भारत में राजनीतिक स्थिरता का सामना करना पड़ा। इसके परिणामस्वरूप, व्यापारिक सिद्धान्तों पर आधारित वित्तीय सेवाओं ने पूरे विश्वास के साथ कृषि व्यापार की ओर रुख

1. संदर्भ वही, पृ. 41

कर लिया। इसके अतिरिक्त वर्ष 1860 तक, भारत के कृषि उत्पादों की विदेशों में भी भारी मांग होने लगी। इस प्रकार, भारत की कृषि आधारित अर्थव्यवस्था ने विश्व व्यापार में जगह बनाना आरंभ कर दिया। धीरे–धीरे यह विकास की ओर अग्रसर होने लगी। 1920 के दशक तक विकास का यह समय जारी रहा। असल में वे फसलें, जिनकी उन्नीसवीं शताब्दी के उत्तरार्ध में विदेशी बाज़ारों द्वारा मांग शुरु हो चुकी थी और विकास की यह प्रक्रिया 1920 के दशक के अंत तक चली, पूरी तरह से ग्रामीण क्षेत्रों में किसानी अर्थव्यवस्था पर आधारित थीं। वे फसलें थीं कपास, मूंगफली तथा अन्य तिलहन, जूट, गेहूं तथा चाय। केवल चाय ही एक ऐसी फसल थी, जो किसान आधारित न होकर, वृक्षारोपण पर आधारित थी (अधिकांशतः विदेशी स्वामित्व वाले वृक्षारोपण पर) किंतु विदेशी स्वामित्व के बावजूद, वृक्षारोपण ने ग्रामीण लोगों को आजीविका तथा वृक्षारोपण में आश्रय प्राप्त करने में मदद की। जहां बम्बई प्रांत में मौटे तौर पर कपास उगाया जाता था, वहीं मद्रास में मूंगफली व तिलहन उत्पन्न होता था, बंगाल जूट का योगदान देता था और गेहूं केंद्रीय व पश्चिमी तथा उत्तर भारत के सिंचाई क्षेत्रों से लाया जाता था। कहने की आवश्यकता नहीं कि चावल चाहे दक्षिण भारत में उगाया जाता हो या बंगाल अथवा कहीं और, इसे स्वदेशी शहरी उपयोग के लिए रखा जाता था।

उपरोक्त ब्रिटिश प्रांतों से सटे या उनके भीतर बसे भारतीय राज्यों में भी उसी तरह की जलवायु थी व भू–भाग थे, इसलिए वे भी ब्रिटिश प्रदेशों के आसपास या उससे सटे क्षेत्रों में उगायी जाने वाली फसलें उगाते थे। इसके सबसे अच्छे उदाहरण हैं, हैदराबाद व मैसूर राज्य जो बम्बई व मद्रास सूबों से सटे हुए थे। निर्यात व्यापार के सक्रिय एजेंट इन भारतीय राज्यों से भी निर्यात के लिए वैसी ही फसलें प्राप्त करते थे।

ऊपर वर्णित निर्यात होने वाली फसलों का संक्षिप्त विवरण नीचे दिया जा रहा है :

1. **कपास** : यह भारत की निर्यात होने वाली प्रमुख फसलों में से एक है। कपास इंग्लैंड व जापान सहित चीन तथा यूरोपीय देशों को निर्यात किया जाता था। उन्नीसवीं शताब्दी में कृषि अनुसंधान केंद्र खोल कर, ब्रिटिश सरकार ने भी इस फसल की गुणवत्ता को सुधारने में अपनी दिलचस्पी दिखाई थी। यहां तक कि इस अनुसंधान में अमरीकी कृषि वैज्ञानिकों को

भी भाग लेने के लिए आमंत्रित किया गया था। हालांकि आरंभ में, खेतों में प्रत्याशित परिणाम दिखाई नहीं दिये थे, किंतु समय बीतने के साथ–साथ कपास की अधिक मांग होने पर, धारवाड़–अमरीकी जैसी नई मिश्रित नस्लों के विकास का इन पर प्रभाव पड़ा जो किसानों द्वारा उपयोग में लायी जा रही थी। ये बेहतर किस्में थीं और इनका उत्पादन भी अधिक होता था। किसानों द्वारा कपास की इन नस्लों को अपनाने से बढ़ते निर्यात की मांग को पूरा करने के लिए कपास के उत्पादन को भी बढ़ाने में मदद मिली।

2. **मूंगफली तथा अन्य तिलहन :** भारत की मूंगफली तथा सफेद सरसों की यूरोप में बहुत मांग थी, विशेष रूप से फ्रान्स में नकली मक्खन (मार्जरीन) उद्योग की ज़रूरतों को पूरा करने के लिए, जो उस समय बहुत तरक्की कर रहा था। जब हम उस समय में मौजूद अधिशेष (सरप्लस) तिलहन की स्थिति की तुलना, वर्तमान में तिलहन की निरंतर कमी से करते हैं, जिसके फलस्वरूप हमें दक्षिण पूर्व एशियाई देशों से आयात करना पड़ता है, तो यह वास्तव में ही चिंता का विषय है।
3. **गेहूं :** यह दूसरी वस्तु थी, जिसकी कई देशों में बहुत मांग थी, लेकिन देशी परिवहन खर्चों के कारण इसके मूल्य की स्थिति हमारे अनुकूल नहीं थी। फिर भी, कभी–कभी दूसरे देशों में इसकी मांग हो जाती थी। जब कभी उन देशों में जलवायु की परिस्थितियां अनुकूल नहीं होती थीं, तो उनका उत्पादन विफल हो जाता था। ऐसे में भारत ऐसे बाज़ारों में गेहूं की पूर्ति करता था।
4. **जूट :** चूंकि जूट का उपयोग पैकिंग सामग्री के निर्माण में किया जाता है, जिसमें वस्तुओं को पैक करके बाज़ारों में और बंदरगाहों पर भेजा जाता है, इसलिए तेजी के दौरान कच्ची सामग्री व निर्मित चीज़ों के रूप में इसकी बहुत मांग रहती है।
5. **चाय :** आरंभ से ही यह एक वृक्षारोपण फसल रही है, यहां तक कि आज भी इसकी यही स्थिति है लेकिन बदलाव के रूप में केवल इसका स्वामित्व भारतीय हाथों में आ गया है।

जहां तक खाद्यान्नों का प्रश्न है, केवल गेहूं को छोड़ कर जिसका घरेलू उपभोग भी होता है, चावल व अन्य मोटे अनाजों का भी भारत में उपयोग किया जाता था। चावल व गेहूं प्रचुर मात्रा में शहरी बाज़ारों

में पाया जाता था, जबकि मोटे अनाज के साथ गेहूं की थोड़ी सी मात्रा, व थोड़े से चावल ग्रामीण व अर्ध–शहरी क्षेत्रों में उपयोग में लाये जाते हैं।

मूल संरचनात्मक सहयोग

उन्नीसवीं शताब्दी के उत्तरार्ध से (मौटे तौर पर 1860 के बाद) कृषि वस्तुओं के निर्यात में अत्यधिक तेजी का एक कारण था चार प्रमुख बंदरगाहों अर्थात् कलकत्ता, बम्बई, मद्रास व कराची के दूरदराज के इलाकों में संचार साधनों के नेटवर्क की प्रचुर उपलब्धता। यद्यपि आरंभ में संचार साधनों के नेटवर्क (सड़क नेटवर्क) के विकास को रणनीतिक उद्देश्य से शुरु किया गया था, लेकिन धी -धीरे व्यापार में तेजी आने के कारण संचार में भी तेजी आ गयी। इसके अतिरिक्त, वर्ष 1869 में स्वेज नहर के खुलने से भारतीय निर्यात को बहुत लाभ हुआ। इसके अलावा, ब्रिटेन ने रेलवे लाइन बिछा कर महत्त्वपूर्ण योगदान दिया। पहली रेलवे लाइन 1853 में बम्बई (अब मुम्बई) में बिछाई गई थी, उसके बाद 1854 में कलकत्ता (अब कोलकत्ता) में और फिर 1856 में मद्रास (अब चैन्नई) में। उसके पश्चात् वहां पैबंदकारी प्रक्रिया को अंजाम दिया गया, जिसका प्रारंभिक भाग रणनीतिक उद्देश्य के लिए था, जिसका अंत 1880 के दशक में प्रमुख शहरों में मुख्य ट्रंक लाइन नेटवर्क के निर्माण से हुआ। 1860 में उपमहाद्वीप में लगभग 850 मील के रेलमार्ग की शुरुआत की गयी, जो 1890 में 16,000 मील, 1920 तक 35,000 मील तथा 1946 तक 40,000 मील हो गयी। जिसका अर्थ है कि कुल भूमि क्षेत्र का 78 प्रतिशत एक रेलवे लाइन[1] से अधिक से अधिक 20 मील की दूरी पर था।

रेलवे लाइन से 20 मील के दायरे में 78 प्रतिशत को भूमि क्षेत्र की उपलब्धि भारत की ग्रामीण अर्थव्यवस्था के लिए एक बहुत बड़ा लाभ था, जहां रेलवे से पहले बैलगाड़ियां व बोट इत्यादि दिखाई देते हैं जो काफी समय व लागत के साथ कृषि वस्तुओं को ढोने का काम करते थे। यहां तक कि परिवहन की लागत भी काफी हद तक नीचे आ गयी थी, जैसा कि हम नीचे देख सकते हैं: भारतीय रेलवे ने निश्चित रूप से अब तक उपलब्ध परिवहन के साधनों से सस्ती व तेज परिवहन व्यवस्था उपलब्ध की है। एक अनुमान के अनुसार 1930 में भारतीय रेलवे के भाड़े की दरें प्रति टन प्रति मील,

1. संदर्भ वही, पृ. 55

1800–1840 के दौरान बैलों के भाड़े से 94 प्रतिशत कम थीं तथा 1840–60 के दौरान बैलगाड़ी से 88 प्रतिशत कम थी। जिससे राष्ट्रीय आय में लगभग 9 प्रतिशत की सामाजिक बचत होती थी। इसके अलावा, शुरुआती नेटवर्क ने मौजूदा व्यापार मार्गों को भी छोटा कर दिया था तथा बंदरगाहों वाले शहरों तथा विदेशी व्यापार के क्षेत्र के साथ व्यापार को एक महत्त्वपूर्ण लाभ प्रदान किया था।[1] सड़क मार्ग तथा रेल मार्ग के बुनियादी ढांचे में वृद्धि के साथ तथा प्रमुख बंदरगाहों वाले शहरों से में टर्मिनल बाज़ारों के साथ–साथ क्षेत्रीय बाज़ारों के साथ जुड़ने से, कृषि वस्तुओं के लिए घरेलू तथा विदेशी मांग में वृद्धि ने, भारतीय कृषि अर्थव्यवस्था में तेजी का वातावरण बनाया। एक अन्य कारक, जिसमें भारतीय कृषि क्षेत्र के लिए रूपयों के संबंध में ऊंची कीमत सुरक्षित रखने में मदद की, वह था पश्चिम की स्वर्णिम मुद्राओं की तुलना में भारत की रजत मुद्रा में हुआ मूल्यह्रास। इस सबके परिणामस्वरूप, कृषि में पर्याप्त लाभ तथा वित्तीय बाज़ारों से होने वाले अंतर्प्रवाह इस क्षेत्र की ओर आकर्षित हुए, जैसा पहले कभी नहीं देखा गया था।

नकदी में भू–राजस्व का भुगतान करने की आवश्यकता इसमें जागृति लाई, और उन्नीसवीं शताब्दी के पूर्वार्ध में शहरी महाजनों और व्यापारियों को सीधे किसानों के सम्पर्क में ले आयी। अब जबकि विशेष कृषि वस्तुओं की जबरदस्त मांग एक सच्चाई बन चुकी थी, पैसा उधार देने का व्यापार कई गुना बढ़ गया। ऐसी स्थिति में, स्वाभाविक रूप से किसानों की ऋणग्रस्तता काफी बढ़ गयी थी। ब्रिटिश सरकार किसानों की बढ़ी हुई ऋणग्रस्तता से सावधान हो गयी। उसकी इस सावधानी का कारण यह अनुमान था कि उधार पाने वाले किसान शायद उधार वापस नहीं चुका पायेंगे, जिसके परिणामस्वरूप किसानों की ज़मीनें बिक जायेंगी, जिससे किसानों में अशांति फैल सकती है। सरकार के इस कानून तथा व्यवस्था के विचार का परिणाम यह हुआ कि उसने कानून का सहारा लिया।

किसानों की सुरक्षा के लिए कई अधिनियम लागू किये गए जैसे डेक्कन एग्रीकल्चरिस्ट्स रिलीफ एक्ट (1879), पंजाब लैंड एलियनेशन एक्ट (1900) तथा बुंदेलखण्ड एक्ट (1903)। इन अधिनियमों में ग़ैर–कृषकों तथा शहरी लोगों को भूमि बेचने पर रोक लगा दी गयी।

1. संदर्भ वही, पृ. 58

वास्तव में यह निश्चित रूप से नहीं कहा जा सकता था कि तेज़ी के दौरान ऋणी किसानों ने अपनी भूमि को बेच दिया था या नहीं। सबसे पहले, चूंकि वह तेज़ी का समय था, इसलिए ऋणी किसान आसानी से अपना ऋण चुका सकते थे। दूसरे, यदि ऋण के भुगतान में कोई चूक हुई भी, तो ऋणदाताओं के लिए कई तरह की व्यावहारिक समस्याओं के चलते न्यायालय में जाने में कई मुश्किलें थीं, जैसे खेत खलिहान किसान के नाम दर्ज न होना, या सरकार के खाते में भूमि किसान के नाम पर न दिखाना, इत्यादि। इसके अतिरिक्त, कानूनी प्रक्रिया में इतना समय लग जाता था कि इसमें न केवल समय, बल्कि काफी पैसा भी खर्च होता था। यदि ऋणदाता इन सबसे निबट भी लेता, तो भूमि पर कब्ज़ा करना एक अग्नि परीक्षा की तरह होता था क्योंकि उसे पता ही नहीं होता था कि भूमि कहां पर है। इसके लिए उसे गांव के स्तर पर सरकारी मशीनरी की सहायता लेनी पड़ती थी, जैसे ग्रामीण अधिकारी और सर्वेक्षक इत्यादि। इन कठिनाइयों के अतिरिक्त, यदि वह भूमि पर कब्ज़ा पा भी जाता, तो उसे निम्नलिखित अन्य कठिनाइयों का सामना करना पड़ता था :

> सामाजिक बहिष्कार तथा रोक एक आम बात थी, अनुपस्थित भूमालिक मजदूरों को किराये पर रखने तथा सुरक्षित किरायेदारों को रखने में असमर्थ थे क्योंकि भूमि कोई दुर्लभ चीज़ नहीं थी।...बम्बई प्रांत में, जहां गैर–कृषक लोगों के लिए भूमि को डेक्कन एग्रीकल्चरिस्ट्स रिलीफ एक्ट के अनुसार हस्तांतरण को दर्ज करवाना होता था तथा उसकी निगरानी करनी होती थी, महाजनों ने **1875** से **1910** के बीच किसानों की भूमि के स्वामित्व में अपना हिस्सा **6** से **10** प्रतिशत बढ़ा दिया। **1911** में बम्बई सरकार यह स्वीकार करने को बाध्य हो गयी थी कि भूमि हस्तांतरण के संबंध में उसका डर बहुत अतिरंजित था।[1]

इस प्रकार आर्थिक अवसर के रूप में तेज़ी की अवधि के दौरान ऋण देने के कार्य पर विचार करने तथा किसानों को कम ब्याज दरों पर ऋण देने के लिए संस्थागत माध्यमों को प्रोत्साहित करने की अपेक्षा, सरकार ने ऋण देने वालों को भोले भाले किसानों के शिकारियों के रूप में, शक की निगाह से देखने की उलटी नीति अपनाई। वास्तव में, जैसा कि हम आगे चल कर देखेंगे, कि भारतीय कृषि निर्यात के लिए बढ़ती कीमतों के मद्देनजर, कई अन्य सक्रिय

---

1. संदर्भ वही, पृ. 65

व्यापार एजेंट, कृषि वस्तुओं की मांग को सुरक्षित बनाये रखने के लिए किसानों को उधार दे रहे थे, जिससे छोटे किसानों को भी लाभ मिल रहा था।

हालांकि, महाजन लोग भारत में लंबे समय से किसानों की नकद राजस्व भुगतान की आवश्यकताओं को पूरा करने के लिए पेशेवर ऋणदाताओं की भूमिका निभा रहे थे। पेशेवर होने के नाते, वे बाज़ार की नब्ज़ पहचानते हैं तथा उन्होंने किसानों के साथ काम करना जारी रखा। वे छोटे किसानों के साथ भी विभिन्न माध्यमों से व्यापार करते रहे थे। महाजन अपनी शर्तों पर ऋण प्राप्तकर्ताओं को पैसा देते थे और वह शर्त यह थी कि वे महाजन की इच्छा के अनुसार ही फसलों की किस्में उगायेंगे और फसलों की कटाई के बाद वे महाजनों को ही फसल की बिक्री करेंगे। दरअसल, वे खड़ी फसलों पर ऋण देने के लिए तथा कटी फसलों के रूप में ऋण चुकता करने के लिए, फसलों को बंधक रखने का काम करते थे। और सबसे बुरी स्थिति में, यदि कोई छोटा किसान ऋण अदायगी में चूक कर देता, तो वे उसे अपने यहां बंधक बना लेते थे और उसे मजबूर करते थे कि वह हमेशा अपनी फसलें उन्हें बेचे, जब तक कि उनका ऋण चुकता नहीं हो जाता। अपने उधार दिये गये धन को सुरक्षित रखने के लिए, वे भूमि का वास्तविक कब्ज़ा कर लेने के अतिरिक्त भी कई तरीके अपनाते थे।

1870 से 1929 के दौरान, व्यावसायिक तेजी में धन उधार देने वाले की एक और श्रेणी भी उभर कर सामने आयी थी। इस श्रेणी में, ग्रामीण समाज में स्थानीय ग्रामीण व्यवसायी शामिल थे। ये व्यवसायी किसानों की उच्च श्रेणी से निकल कर आये थे अर्थात् वे बड़े स्थानीय ज़मींदार थे। वे लोग बैलगाड़ियों, ठेलागाड़ियों, अतिरिक्त अनाज के लिए गोदामों के साथ–साथ बहुतायत में भूमि जैसे स्थानीय संसाधनों पर अपना कब्ज़ा रखते थे। इन्हें व्यापारियों, बैंकरों तथा कमीशन एजेंटों द्वारा 'आर्थिक रूप से व्यावहारिक विचार' कहना ठीक ही था। वास्तव में, इस अवधि के दौरान निजी विदेशी फर्में अथवा भारत में उनके एजेंट विदेशों से छोटी अवधि के धन को सुरक्षित रखते थे। इस धन को निर्यात के लिए वांछित कृषि वस्तुओं की ख़रीद के लिए ऋणदाताओं, व्यापारियों, ग्रामीण व्यवसायियों ज़मीदारों आदि जैसे विभिन्न माध्यमों से ज़रूरतमंद किसानों तक पहुंचाया जाता था। इस प्रक्रिया में कई लोग अपनी अपनी भूमिका निभाते थे।

पैसे के इस खेल में, कई लोगों द्वारा मोटा मुनाफ़ा कमाया जाता था, जिसमें धन उधार देने वाले, बड़े ज़मींदार–व्यवसायी, विदेशी फर्में तथा उनके स्थानीय एजेंट, शिपिंग फर्में इत्यादि शामिल होते थे। लेकिन कोई भी तेजी से बढ़ता हुआ बाज़ार यह दर्शाता है कि इससे न केवल ऊपर बताये गये बाज़ार के बड़े खिलाड़ियों को लाभ होगा बल्कि इसके अलावा ये लाभ छोटे किसानों तक भी पहुंचेंगे, बेशक वे कम मात्रा में होंगे। बी.आर. टॉमिल्सन ने इसी बात को निम्न प्रकार से बताया है:

> 1860 व 1930 के मध्य, दूसरों पर निर्भर किसानों के पास सीधे अपने खाते में वाणिज्यिक फसलों का उत्पादन करने के कई अवसर उपलब्ध थे और इस प्रकार वे व्यावहारिक रूप से गुज़ारे लायक अर्थव्यवस्था से बाहर निकल कर, नकदी अर्थव्यवस्था में प्रवेश कर सकते थे। पश्चिमी भारत के खाण्डेश के कपास उगाने वाले किसान, 1870 के बाद से अपनी फसलों के उत्पादन तथा विपणन को नियंत्रित करने में पूरी तरह सक्षम थे और उन्हें प्रतिस्पर्धी सेवा अर्थव्यवस्था से अपने कृषि उत्पादों तथा ऋणों का अच्छा लाभ प्राप्त हुआ था। बंगाल में, 1900 के दशक में जूट के क्षेत्र में आयी तेज़ी से फ़रीदपुर तथा ढाका जिलों के किसानों को अस्थायी रूप से ऋणों से मुक्ति मिल गयी थी। वे कुछ समय के लिए बिना दादान (पिछले सीज़न के बाज़ार मूल्य से आधे मूल्य पर अपनी खड़ी फसलों को बेचना) के सहारे, स्वतंत्र रूप से अपनी फसलों को बेचने में सक्षम हो गये थे। तमिलनाडु के मैदानी इलाकों में मूंगफली की खेती की शुरुआत ने भी ऐसे अवसर उपलब्ध कराये थे।[1]

अब थोड़ा विराम लें, ऐसी स्थिति में, जहां छोटे किसान तक भी अपने खाते खोल सकते हों, तो तब कृषि समृद्धि को तय मान लेना चाहिए। बड़े ज़मींदारों व ग्रामीण उद्यमियों ने काफी लाभ कमाये थे व बड़ी बचत की थी। वे छोटे किसानों को उधार देकर सक्रिय व्यापार के एजेंटों की भूमिका भी निभा रहे थे।

विश्व मंदी का दौर

हालांकि दुनिया भर में मंदी की शुरुआत 1929 के अंत में हुई थी, बाज़ार पर आधारित अर्थव्यवस्था के प्रतिकूल नतीजे भारत में 1928 से ही महसूस होने शुरू हो चुके थे। चूंकि भारतीय कृषि अर्थव्यवस्था

1. संदर्भ वही, पृ. 88

तेजी के दौरान मुख्यतः सक्रिय निर्यात व्यापार के खिलाड़ियों द्वारा उपलब्ध कराये जाने वाले ऋणों की उपलब्धता पर निर्भर थी, जो लाभकारी निर्यात के परिणाम स्वरूप, मौसमी खेती के कार्यों व ऋणों के भुगतान के लिए विदेशी स्रोतों से अल्पकालिक ऋण प्राप्त करते थे। तेजी की अवधि के दौरान, साल–दर–साल यह प्रक्रिया चलती रही, जब किसानों को अल्पावधि के ऋणों का विस्तार, बोई जाने वाली फसलों पर निर्भर होता था। इसलिए ऋणदाताओं ने, जो उगाई जाने वाली फसलों की किस्में तय करने वाले सक्रिय व्यापार के एजेंट थे, पहले ही निर्यात की अपेक्षाओं की योजना बना लेते थे और यह सब फसलें बोने के सत्र से काफी पहले ही हो जाता था। इसी के अनुसार, किसानों को ऋण दिया जाता था। किंतु 1928 तक विश्व बाज़ार में, भारतीय फसलों के विकल्प भी उपलब्ध हो रहे थे। इसलिए इन ऋण योजनाओं के धराशयी हो जाने के कुछ प्रभाव 1928 में ही महसूस होने लगे थे। इसके अलावा, 1929 के अंत में दुनियाभर में मंदी की शुरुआत होने का प्रतिकूल असर भारत के कृषि निर्यात पर भी हुआ। दुनियाभर की मंदी के कारण निर्यात में गिरावट होने के बावजूद भी भारत में घरेलू मांग बनी हुई थी। 1930 तक भारत में शहरीकरण में भी वृद्धि हो चुकी थी और देश की जनसंख्या भी बढ़ गयी थी। भारत में कपड़ा मिलों में भी कपास की काफी मांग थी। इस प्रकार, स्थानीय बाज़ारों ने काफी हद तक कृषि आधारित अर्थव्यवस्था को सहारा दिया, बेशक वह बहुत अधिक नहीं था।

भारत के शहरी व ग्रामीण क्षेत्रों में खाद्यान्नों की मांग कृषि–अर्थव्यवस्था द्वारा पूरी की जा रही थी। वर्ष 1930 तक शहरीकरण ने चीनी, मूंगफली तथा तम्बाकू जैसे व्यंजनों का स्वाद भी चख़ लिया था, जिनकी मांग खाद्यान्नों के साथ–साथ बनी हुई थी। इस प्रकार कृषि अर्थव्यवस्था के लिए पूरे सफाये जैसी कोई बात नहीं थी, बल्कि यह फसलों के ढांचे में एक बदलाव के समान था, जिससे हालांकि ग्रामीण क्षेत्र में धन अर्जित करने की कुछ क्षमता बरकरार रखी थी, लेकिन यह बढ़ती कीमतों तथा लाभ से मेल नहीं बना सकी थी, जिसका आनंद कृषि अर्थव्यवस्था ने तेजी की अवधि के दौरान उठाया था।

लेकिन इस प्रकार की अर्थव्यवस्था की जीविका के लिए सबसे महत्त्वपूर्ण मुद्दा उधार का था। भारतीय कृषि अर्थव्यवस्था तथा सक्रिय निर्यात व्यापार के एजेंटों की तलाश करने वाले विदेशों के धन प्रवाह के दिन अब लद चुके थे। यहां तक कि पहले निर्यात करने योग्य

कृषि वस्तुओं में कारोबार करने वाले शहरी महाजन, व्यापारी तथा कमीशन एजेंट इत्यादि भी, मंदी के शुरुआती वर्षों में हुए घाटे के कारण विवश हो चुके थे। तब बैंकों या वित्तीय संस्थाओं जैसा कोई दूसरा संस्थागत तंत्र मौजूद नहीं था, जो बदले हुए घरेलू मांग के परिदृश्य में, छोटे व मध्यम किसानों की उधार की ज़रूरतों को निष्पक्ष ढंग से पहचान पाता।

हमने देखा है कि तेज़ी के दौरान स्थानीय बड़े ज़मींदारों व ग्रामीण उद्यमियों ने काफी बड़ी मात्रा में सम्पत्ति जुटा ली थी। दरअसल, मंदी के इन दिनों में, ये ज़मींदार ही ग्रामीण ऋणों का एकमात्र स्रोत रह गये थे। स्पष्टतः ऋण प्राप्ति के स्रोतों के कम होने के साथ ही सम्पत्तियों की कीमतें घट गयी थीं। इसके परिणामस्वरूप, उन किसान परिवारों ने, जिनके पास पर्याप्त भूमि थी, पारिवारिक श्रमिकों के साथ स्वयं खेती करनी शुरु कर दी थी, जिन्होंने खेती के लिए बाहरी मजदूरों को नियुक्त नहीं किया था, या वे बेहतर गुणवत्ता वाले बीज खरीदने लगे थे अथवा वे कुंए खोदने जैसे पूंजीगत व्यय करने लगे थे। इसलिए, कृषि संबंधी दक्षता तथा उत्पादकता कम हो गयी थी। इसके अलावा, छोटे व ग़रीब किसानों के पास, जिनके पास पर्याप्त भूमि नहीं थी, मजदूर आवश्यकता से अधिक हो गये थे, यहां तक कि स्वयं उनके परिवार के कुछ लोग भी इसी श्रेणी में आ गये थे। इसलिए, उनके परिवार के कुछ सदस्यों को बाहर जाकर, अल्पकालिक या पूर्णकालिक, नौकरी करने के लिए मजबूर होना पड़ा था। जहां कई भूमिहीन मजदूर भी नौकरी की तलाश में भटक रहे थे। संक्षेप में कहें तो गांव के श्रम बाज़ार में श्रमिकों की संख्या काफी बढ़ गयी थी और उनमें से कई श्रमिक शहरों को स्थानांतरित हो गये थे। गांवों में पूंजी की कमी तथा श्रमिकों की अधिकता की इस स्थिति में, बड़े ज़मींदारों–ग्रामीण उद्यमियों, जिन्होंने तेजी के दिनों में अकूट धन–सम्पत्ति जुटा ली थी, अपने लाभ के लिए इस स्थिति का शोषण करने के लिए बड़ी अच्छी स्थिति में थे। बहरहाल, छोटे किसानों ने श्रमिकों तथा बीजों इत्यादि पर होने वाला जितना खर्च बचाया था, उसका कुछ श्रेय सफलतापूर्वक कृषि कार्यों को भी दिये जाने की आवश्यकता थी।

जैसा कि हमने पहले भी वर्णन किया है, ऋण का मुख्य स्रोत बड़े ज़मींदार थे और जैसा कि पहले बताया जा चुका है, पूंजीगत वस्तुएं बहुत महंगी हो चुकी थीं, इसलिए ये ज़मींदार ज़रूरतमंद किसानों

को ऊंची ब्याज दरों पर ऋण देने लगे। इस प्रकार, एक ओर तो ये ज़मींदार छोटे किसानों को ऊंची ब्याज दरों पर पैसा देकर धन जुटा रहे थे और दूसरी ओर, ऊंचे लाभ कमाने के लिए उन्होंने अपनी बड़ी–बड़ी ज़मीनों पर खेती करने के लिए कई माध्यमों से श्रमिकों का शोषण किया। उनके द्वारा किये जाने वाले कार्य इस प्रकार थे :

बड़े ज़मींदारों ने व्यक्तिगत श्रमिकों को काम पर रखने की अपेक्षा श्रमिक–समूहों के पूरे परिवार को ही काम पर रखना शुरू कर दिया क्योंकि स्वतंत्र श्रमिक की अपेक्षा श्रमिक परिवार में प्रति व्यक्ति मजदूरी कम थी। यदि वे श्रमिक परिवार से बाहर स्वतंत्र श्रमिक को काम पर रखते भी थे तो उनको कम मजदूरी देते थे। श्रमिकों द्वारा मिलजुल कर खेती करने तथा बंधक मजदूरों की प्रथा ज़ोर पकड़ने लगी और जो लोग ऋणों का भुगतान नहीं कर पाते थे, उनसे बंधक मजदूरों के रूप में काम लिया जाता था। बड़े ज़मींदारों की बड़ी ज़मीनों पर काश्तकारी करने की प्रथा भी बढ़ने लगी। मिलजुल कर खेतों में कटाई करने तथा काश्तकारी करने की शर्तें भी केवल बड़े ज़मींदारों के अनुकूल होती थीं। इसलिए, छोटे किसानों, काश्तकारों, मिलजुल कर खेती करने वाले श्रमिकों तथा भूमिहीन मजदूरों की आय भी बहुत कम होती थी। इसलिए, ये वर्ग कभी भी दोनों किनारों को कभी मिला नहीं पाये। बड़े किसानों के लालच को इन पंक्तियों में देखा जा सकता है: 'तमिलनाडु में फसलों के बंटवारे की काश्तकारी की वराम प्रणाली के अंतर्गत, काश्तकार को कुल उत्पादन का केवल 20 प्रतिशत तक का हिस्सा ही मिल सकता है...।'[1]

इस प्रकार, कभी खुश रहने वाला छोटा किसान, जो तेजी के दौरान अपनी फसलों को बंधक रखने पर निर्भर रहे बिना अपने खाते में खेती कर सकता था, अब अदृश्य हो चुका था। भूमिहीन श्रमिक, जो उन दिनों बहुत सारा काम पा जाता था, ज़मींदारों की शर्तों पर कार्य करने के लिए या शहरों की ओर स्थानांतरित होने के लिए विवश हो गया था।

द्वितीय विश्व युद्ध तथा पुनर्निर्माण का समय

1939 में दूसरा विश्व युद्ध आरंभ हो गया और इसके साथ ही मुद्रास्फीति के साथ–साथ कृषि वस्तुओं में ज़ोरदार मांग भी शुरू हो गयी। कृषि वस्तुओं की मांग की यह स्थिति द्वितीय विश्व युद्ध

1. संदर्भ वही, पृ. 81

के समाप्त होने के बाद, भी, 1945 से लेकर लगभग 1950 तक बनी रही। 1945 से 1950 तक की इस अवधि को विश्व के सभी हिस्सों में पुनर्निर्माण की अवधि के रूप में माना जाता है, जो द्वितीय विश्व युद्ध के दौरान बुरी तरह प्रभावित हुआ था।

इस अवधि के दौरान, भारत की जनसंख्या बढ़ गयी थी। 1921 के बाद जनसंख्या में वृद्धि की दर कम थी, फिर भी, 1951 तक यह दर औसतन 1 प्रतिशत से अधिक थी। 1941 तक, भारत की जनसंख्या 38 करोड़ से अधिक थी। इस प्रकार, खाद्यान्नों तथा अन्य कृषि वस्तुओं की मांग बढ़ रही थी। लेकिन कृषि के मोर्चे पर, खेती के क्षेत्र में अथवा प्रति एकड़ उत्पादकता में, मंदी काल की तुलना में, बहुत कम वृद्धि देखी गयी।

मंदी काल में हमने देखा है कि ब्याज पर उपलब्ध ऋणों की दर बहुत ऊंची थी। छोटे किसान केवल बीजों की छंटाई करने तक ही सीमित रह गए, जिससे कृषि उत्पादकता में दक्षता का काफी नुकसान हुआ। इसी प्रकार, कम मजदूरी पर श्रमिकों को काम पर रखने की अनुचित प्रथा के कारण अथवा काश्तकारी के लिए भूमि पर मिल–जुल कर खेती करने वालों या काश्तकारों को देने की शर्तें भी ज़मींदारों के पक्ष में थी, जिसके कारण ये कमज़ोर वर्ग निराश व निरुत्साहित हो गये। इसलिए, प्रोत्साहन की कमी से बड़े किसानों के खेतों में भी उत्पादकता में गिरावट आ गयी। इस प्रकार, खाद्यान्नों सहित कृषि का उत्पादन नीचे गिर गया।

एक अन्य कारक, जिसने छोटे किसानों की निराशा को जारी रखने में सहयोग किया और जिसने कृषि श्रमिकों, किराये पर खेती करने वाले किसानों तथा काश्तकारों को हतोत्साहित किया, वह यह था कि सरकार ने बड़े ज़मींदारों के एकाधिकार पर काबू पाने तथा किसानों को आसान शर्तों पर ऋण देने की कोई व्यवस्था नहीं की। दरअसल, इन श्रमिकों, छोटे किसानों, किराये पर खेती करने वाले किसानों तथा काश्तकारों की संख्या बहुत ज़्यादा थी, जैसा कि नीचे दिये गए राष्ट्रीय प्रतिदर्श सर्वेक्षण (नेशनल सैम्पल सर्वे) आंकड़ों से हम देख सकते हैं :

1930 तथा 1940 के दशकों में तथा ब्रिटिश शासन के अंतिम 50 वर्षों के दौरान सम्पत्तियों से संबंधित कोई भी आंकड़े उपलब्ध नहीं हैं। भूमि से संबंधित सर्वोत्तम आंकड़े 1950 के दशक के मध्य में उपलब्ध हो सके, जब राष्ट्रीय प्रतिदर्श सर्वेक्षण ने देश में सामाजिक

आर्थिक स्थिति को आंकने के लिए वैज्ञानिक सर्वेक्षण करवाये। एन.एस.एस. भारत सरकार के आठवें दौर के परिणाम 1956 में उपलब्ध हो सके, जो नीचे दिये जा रहे हैं :

राष्ट्रीय प्रतिदर्श सर्वेक्षण के आंकड़ों के अनुसार 1954–55 में 23 प्रतिशत ग्रामीण श्रमिकों के पास कोई भूमि नहीं थी और 75 प्रतिशत के पास 5 एकड़ से कम भूमि थी।[1] इस प्रकार शेष 2 प्रतिशत श्रमिक अवश्य ही मध्य प्रकार के किसान परिवारों से होंगे, जिनके पास 5 एकड़ से थोड़ी अधिक भूमि थी, जिन्हें अपनी भूमि पर पर्याप्त कार्य न होने के कारण बड़े ज़मींदारों के पास काम की तलाश रही होगी। इसे कमोबेश 1930 के दशक के दौरान भू सम्पत्तियों की स्थिति ही मानी जानी चाहिए, क्योंकि इनके अलावा कोई आंकड़े उपलब्ध नहीं हैं। इस प्रकार, भारत में 1940 के दशक के दौरान, कृषि श्रमिकों, छोटे किसानों, किराये पर खेती करने वालों तथा काश्तकारों की एक बड़ी जनसंख्या मौजूद थी, जो बहुत कम आय या मजदूरी पर निर्भर थे, जैसा कि नीचे दिये गये विवरण से देखा जा सकता है।

श्रमिकों, छोटे किसानों, काश्तकारों तथा किराये पर खेती करने वालों के शोषण की यह तस्वीर मंदी काल के बाद, बल्कि द्वितीय विश्व युद्ध के बाद भी जारी रही। हालांकि, यह संभव है कि ग्रामीण ग़रीबों (श्रमिकों, छोटे किसानों, किराये पर खेती करने वाले काश्तकारों) की आय या मजदूरी में थोड़ी बहुत वृद्धि हुई हो, किंतु खाद्यान्नों जैसे जीवन निर्वाह की आवश्यक वस्तुओं की मुद्रास्फीति की ऊंची दर ने इन कमज़ोर वर्गों को उनकी दयनीय दशा से बाहर आने की अनुमति नहीं दी। जैसा कि हमने राष्ट्रीय प्रतिदर्श सर्वेक्षण के ऊपर दिये गये आंकड़ों में देखा है कि प्रतिशत की दृष्टि से इन ग़रीब व दु:खी ग्रामीण लोगों की संख्या बहुत अधिक है। इसलिए समग्र दृष्टि से भी मुख्य रूप से कृषि पर निर्भर एक देश के 38 करोड़ की कुल जनसंख्या में यह संख्या बहुत ज़्यादा है। द्वितीय विश्व युद्ध तथा पुनर्निमाण के अंतिम दिनों के दौरान भी यह स्थिति जारी थी। ऐसा लगता है कि *अधिक अन्न उपजाओ* (ग्रो मोर फूड–जी.एम.एफ.) अभियान भी घरेलू ज़रूरतों को पूरा करने के लिए पर्याप्त खाद्यान्न उपलब्ध कराने में सफल नहीं हो पाया। जैसा कि ऊपर बताया गया है, जनसंख्या में वृद्धि व कृषि संबंधी अक्षमता से देश में प्रतिव्यक्ति खाद्यान्न की उपलब्धता और भी कम हुई है। बीसवीं शताब्दी के

1. संदर्भ वही, पृ. 78

शुरुआती वर्षों से खाद्यान्नों की उपलब्धता को 1946 तक नीचे दी गयी तालिका में दिखाया गया है :

बीसवीं शताब्दी के शुरुआती वर्षों से 1946 तक खाद्यान्नों की प्रति व्यक्ति दैनिक उपलब्धता

समयावधि	उपलब्धता (ग्राम में) प्रति व्यक्ति/प्रतिदिन
1921	502 से 613 के बीच
1931	447 से 557 के बीच
1946	390 से 446 के बीच

स्रोतः संदर्भ वही, पृ. 76

इस प्रकार, खाद्यान्नों की कम उपलब्धता तथा ग्रामीण क्षेत्रों में ग़रीब वर्गों की आय/मजदूरी में अपेक्षाकृत कम वृद्धि ने, जैसा कि पहले बताया जा चुका है, जीवन निर्वाह को बहुत कठिन बना दिया था। कम मजदूरी/आय के कारण, जो कि खर्चों को पूरा करने में असमर्थ थी, ग्रामीण क्षेत्रों से शहरी क्षेत्रों में लोगों के स्थानातंरण की प्रवृत्ति आपसी युद्धों के दौरान भी जारी रही। उनके शहरों में स्थानांतरित होने के बाद भी, रहने के लिए घर तथा पर्याप्त वेतन हासिल करना निश्चित नहीं था। इस प्रकार, शहरी श्रमिकों को भी बड़े स्तर पर कम मजदूरी मिल रही थी। इससे भी बुरी स्थिति थी कि बड़े ज़मींदारों तथा व्यापारियों द्वारा खाद्यान्नों की जमाखोरी की आदत ने कीमतों को और भी बढ़ा दिया था तथा ग्रामीण व शहरी ग़रीबों को जीवन निर्वाह के लिये खाद्यान्नों को ख़रीदने में और भी अक्षम बना दिया था। भारत में कई स्थानों पर अकाल की स्थितियां देखी गयीं। इनमें सबसे बड़ा अकाल बंगाल में 1943 में पड़ा था, जिसके कारण उस वर्ष लगभग 20 लाख लोगों की जानें गयीं थीं और 20 लाख अन्य लोग कुपोषण, भूख इत्यादि से अगले तीन वर्षों में मृत्यु का ग्रास बन गये थे। वास्तव में कुछ लोग सुझाव देते हैं कि यह अकाल शायद 1942 में फसलों की विफलता के कारण ही पड़ा था। यह पूरी तरह से ग़लत है। वास्तव में भारतीय ग्रामीण समाज कई शताब्दियों तक सद्भावपूर्ण ढंग से रहता रहा। यदि हम मंदी से पहले के समय के हाल के अतीत को भी देखें या जिसे हम तेजी का समय कहते हैं, तो वहां ऐसे बड़े खिलाड़ी मौजूद थे, जिनका प्रतिनिधित्व महाजन, व्यापारी, बड़े ज़मींदार करते थे तथा कमज़ोर

वर्ग का प्रतिनिधित्व छोटे किसानों, खेतिहर मजदूरों, किराये पर खेती करने वालों तथा काश्तकारों द्वारा होता था। दरअसल, ऐसा न केवल तेजी के दौरान था, बल्कि उसके पहले भी यही ढांचा मौजूद था। कई शताब्दियों तक ग्रामीण समाज कुछ ग्राभीण मानवीय माहौल के कारण बचा रहा। जब भी कमज़ोर वर्ग किसी मुसीबत में फंसा या उसे अकाल इत्यादि का सामना करना पड़ा, धनी वर्ग के लोगों ने कमज़ोर वर्गों में अपने ग्राहकों को उधार इत्यादि के माध्यम से उनकी सहायता की, जिसे उन्होंने आगे चल कर उस ऋण के बदले में कृषि उत्पादों के रूप में अथवा मजदूरी के रूप में वापस वसूल लिया। किंतु संयोग से तेजी के कारण अन्य वर्गों में भू मालिकों के पास बड़ी मात्रा में धन सम्पत्ति जमा हो गयी और मंदी ने गांव के बाहर से महाजनों, व्यापारियों इत्यादि से उधार प्राप्ति के रिश्ते ख़त्म कर दिये, जिससे बड़े ज़मींदारों–ग्रामीण उद्यमियों का गांव में वित्तीय प्रवाह पर एकाधिकार हो गया। इसके परिणामस्वरूप, गांव के एकमात्र नियंत्रकों के पास और भी धन इकट्ठा होता गया और इसके साथ–साथ उनकी धन सम्पत्तियों के लिये लालच भी बढ़ता गया। जैसा कि बताया जा चुका है, शहरी क्षेत्रों के व्यापारियों, कमीशन एजेंटों, इत्यादि ने मंदी के दौरान किसानों को उधार देना बंद कर दिया और इसलिए उनके साथ ग्राहकों जैसा कोई संबंध नहीं रहा।

अचानक, जब 1939 में द्वितीय विश्व युद्ध छिड़ गया, तो कृषि संबंधी वस्तुओं की बढ़ती हुई मांग के साथ, आर्थिक अवसर भी उत्पन्न हो गये। व्यापारियों तथा बड़े ज़मींदारों ने इस अवसर का फायदा उठाया। दुर्भाग्य से, ये बड़े धनिक समय की कसौटी पर जांचे परखे ग्राहक ढांचे पर आधारित मानवीय संबंधों को ताक पर रख कर लालची हो उठे। इन परिस्थितियों में, हालांकि मुद्रास्फीति के कारण, ग्रामीण तथा शहरी, दोनों क्षेत्रों में कमज़ोर वर्गों की आय या मजदूरी थोड़ी सी बढ़ गयी थी, लेकिन वे फिर भी ऐसी परिस्थितियों में जकड़े हुए थे, जहां उनके लिए गुज़ारा करना कठिन हो रहा था।

इसलिए, बंगाल के अकाल जैसी महात्रासदी सामने आई। यहां यह बताना और भी ज़रूरी है कि सरकार ऐसा कोई महत्त्वपूर्ण उपाय या प्रणाली विकसित नहीं कर पायी, जिसके अंतर्गत कमज़ोर वर्गों को उचित दरों पर खाद्यान्न उपलब्ध कराये जा सकते। इस प्रकार शहरी तथा ग्रामीण ग़रीबों की बेरोज़गारी तथा कम मजदूरी वाले रोज़गार कमज़ोर वर्गों के दुःखों का कारण बने और यह सब ग्रामीण

व शहरी धनी वर्ग के लोगों के लालच के चलते हुआ, जिनके पास खाद्यान्न की भारी मात्रा मौजूद थी या उन्होंने खाद्यान्नों की जमाखोरी कर ली थी और उन्होंने खाद्यान्नों इत्यादि को ऊंची कीमतों पर बेचा। इसे कालाबाज़ारी कहा गया। इस कालाबाज़ारी का उत्तर सरकार द्वारा अक्षम राशन प्रणाली द्वारा दिया गया, जो शहरी व ग्रामीण क्षेत्रों में ग़रीब वर्ग में वांछित राशन वितरित करने के उद्देश्य को पूरा नहीं कर सकी।

1950 के बाद भी, विभिन्न प्रकार के भ्रष्टाचार, मजदूरों से व्यवहार करने, काश्तकारी, किराये पर खेती करने के कारण ग्रामीण अर्थव्यवस्था लगातार नीचे गिर रही थी। वास्तव में, आय के बंटवारे तथा जीवन स्तर पर भारत सरकार की कमेटी (महानालोबिस समिति) की रिपोर्ट के अनुसार 1964 में, 1950 के दशक में आय की असमानताओं की समीक्षा करने के बाद, काफी हद तक, भारतीय अर्थव्यवस्था में आर्थिक केंद्रीयकरण की घटना बेरोज़गारी तथा अल्प रोज़गार का परिणाम है और कहा जाये तो इसके फलस्वरूप वितरणात्मक चरित्र की संरचनात्मक असमानताओं की तुलना में, श्रम की प्रति इकाई कम उत्पादकता अर्थात् अपर्याप्त आर्थिक विकास हुआ...।[1]

महानालोबिस द्वारा अल्प रोज़गार तथा बेरोज़गारी के पहचाने गये रोग तथा इसके फलस्वरूप श्रम इकाई पर धन उपलब्धता आज भी जारी है। हम हरित क्रान्ति के दौर से भी गुज़रे हैं और अब दूसरी हरित क्रान्ति की मांग ज़ोर पकड़ रही है। 1991 से हमने आर्थिक सुधार भी लागू किये थे और इसके प्रभाव के कारण पर्याप्त मात्रा में समृद्धि भी आयी, जिससे शहरी क्षेत्रों के निम्न आय वर्ग को बड़ी मात्रा में सहायता मिली, हालांकि हम इन शहरी समूहों को पर्याप्त निवास स्थान नहीं दे पाये। आज, वित्तीय संस्थाओं की मौजूदगी के बावजूद भी, किसानों द्वारा आत्महत्याएं करने, नौकरी की खोज में लोगों का गांवों से शहरों की ओर पलायन की घटनायें जारी हैं। इस पुस्तक को लिखने का उद्देश्य उन उपायों का सुझाव देना है जिनके माध्यम से ग्रामीण क्षेत्र में निरंतर समृद्धि को लाया जा सके। इस पुस्तक में उन सिफारिशों को प्रस्तुत करने का प्रयास किया गया है, जिससे इस तरह का बदलाव लाया जा सके।

---

1. संदर्भ वही, पृ. 79

अध्याय–2

भूमि का उपयोग

भारत के सबसे महत्त्वपूर्ण प्राकृतिक संसाधनों मे से एक है भूमि। सर्वोत्कृष्ट तरीके से भूमि का प्रयोग देश के आर्थिक विकास की प्रक्रिया में अत्यंत आवश्यक है। भारत सरकार के कृषि एवं सहकारिता मंत्रालय ने एक रिपोर्टिंग प्रणाली का गठन किया है, जिसके अंतर्गत प्रतिवर्ष प्रत्येक राज्य/संघ शासित प्रदेश से कृषि संबंधी वार्षिक आंकड़े प्राप्त किये जायेंगे, जिनमें अन्य बातों के साथ–साथ देश के कुल सूचित क्षेत्र को दर्शाती एक स्टेटमेंट भी शामिल होगी और उसके साथ इस क्षेत्र का अलग–अलग विवरण भी दिया जायेगा, जो भूमि के उपयोग के मानक नौ सूत्रीय वर्गीकरण के अनुसार वर्गीकृत होगा। यह मानक वर्गीकरण (वांछित वर्गीकरण की ऐसी वस्तुओं के निश्चित विवरण के साथ) भूमि के उपयोग से संबंधित चर्चाओं के बाद, इस अध्याय में दिया गया है।

यह वार्षिक रिपोर्ट, जिसे प्रत्येक राज्य/संघ शासित प्रदेश कृषि मंत्रालय को भेजता है, संबंधित राज्य/संघ शासित प्रदेश में प्रत्येक जिले से मिली रिपोर्ट के एकीकरण पर आधारित है। प्रत्येक जिले की रिपोर्ट प्रत्येक तहसील की रिपोर्ट को प्राप्त करके तथा उसका एकीकरण करके तैयार की जाती है। परिणामस्वरूप, तहसील रिपोर्ट ग्रामीण स्तर की रिपोर्टों के एकीकरण तथा प्रस्तुतिकरण पर आधारित होती है (उसमें भी संबंधित तहसीलों के शहरी क्षेत्र भी शामिल होते हैं)। रिपोर्ट का ग्रामीण स्तर/शहरी क्षेत्र का एकीकरण भूमि के उपयोग पर निर्भर होता है, जिसमें भूमि के प्रत्येक टुकड़े को प्रत्येक गांव/शहरी क्षेत्र की प्रत्येक सर्वेक्षण संख्या में दर्ज किया जाता है। दूसरे शब्दों में प्रतिवर्ष देश के समूचे क्षेत्र को एकीकृत वार्षिक कृषि संबंधी आंकड़ों की रिपोर्ट में शामिल किया जाता है। इस प्रकार, वह रिपोर्ट जिसमें अन्य बातों के साथ–साथ भूमि के उपयोग से

संबंधित आंकड़ों तथा सूचित कुल क्षेत्र को शामिल किया जाता है, उसमें भारत में ज़मीन का प्रत्येक टुकड़ा भी दर्ज़ किया जाना चाहिये इसलिए, भारत सरकार द्वारा प्राप्त की गयी भूमि के उपयोग से संबंधित आंकड़ों की रिपोर्ट के आधार पर कुल सूचित क्षेत्र देश के कुल भौगोलिक क्षेत्र के बराबर होना चाहिए, जो 328.73 मिलियन हेक्टेअर है। लेकिन, वास्तविकता में, यह पिछले वर्षों में भारत सरकार द्वारा जारी की गयी रिपोर्टों में दिखाये गये आंकड़ों से मेल नहीं खाता। इस विरोधाभास को अगले पैराग्राफ में समझाया गया है।

इसके दो कारण हैं, अर्थात्

1. हमारे कई क्षेत्र गै़र–कानूनी ढंग से चीन व पाकिस्तान के अधीन हैं,
2. कुछ गांवों के संबंध में, ग्रामीण स्तर के रिपोर्टर या तो रिपोर्ट ही नहीं करते और यदि करते भी हैं, तो वे गांवों के पूरे क्षेत्र को इसमें नहीं दर्शाते। ऐसा इन आंकड़ों के महत्त्व को महसूस करने के लिए नियुक्त ग्रामीण स्तर के प्रभारी अधिकारियों की अक्षमता तथा अयोग्यता के कारण होता है। संक्षेप में, भूमि की उपयोगिता से संबंधित आंकड़ों की रिपोर्टों में सारी भूमि का क्षेत्र शामिल नहीं होता, जो 328.26 मिलियन हेक्टेअर है।

उपरोक्त कारणों को देखते हुए यह देखा गया था कि 1950–51 से 1961–62 तक, देश का कुल सूचित क्षेत्र 1950–51 में 284.32 मिलियन हेक्टेअर से 1960–61 में 298.46 मिलियन हेक्टेअर तक जाता है, जो 1961–62 में 299.15 मिलियन हेक्टेअर था।[1] इस अवधि के दौरान, यह किसी भी वर्ष 300 मिलियन हेक्टेअर के आंकड़े को नहीं छू पाया। केवल 1962–63 में ही ऐसा हुआ था कि रिपोर्टिंग एरिया 300 मिलियन हेक्टेअर तक बढ़ गया था। उसके बाद, सूचित क्षेत्र 304 मिलियन हेक्टेअर से 305 मिलियन हेक्टेअर के बीच घटता–बढ़ता रहा, जो 300 मिलियन हेक्टेअर से अधिक था। ऐसा लगता है कि 1950 के दशक से ठीक 1961–62 तक, वहां बड़ी मात्रा में अधूरी रिपोर्ट प्रस्तुत की गई थी, शायद ऐसा अवधारणाओं या निचले स्तर पर रिपोर्ट करने वाली एजेंसियों की दी गई भूमि के उपयोग के वर्गीकरण की परिभाषा की अस्पष्टता के कारण था या फिर विभिन्न स्तरों पर रिपोर्टिंग करने वाले अधिकारों की अन्य अक्षमताओं के कारण

1. योजना आयोग वेबसाइट : http://planningcommission.gov.in

था। स्पष्टतः समय बीतने पर, निचले स्तर पर अवधारणाओं तथा परिभाषाओं को स्पष्ट कर दिया गया तथा 1962–63 तक, कुछ सूचित क्षेत्र एक ऐसे स्तर तक आ गया, जहां उसकी तुलना 1999–2000 तक के स्तर से की जा सकती थी। इसलिए, भूमि उपयोग का तुलनात्मक विश्लेषण 1962–63 से भूमि के कुछ बाद के वर्षों तक नीचे दिया गया है।

कुल भौगोलिक क्षेत्र बनाम सूचित क्षेत्र

तालिका 2.1, 1962–63 से लेकर अगले कुछ वर्षों तक भौगोलिक क्षेत्र बनाम सूचित क्षेत्र के आंकड़ों को दर्शाती है, जिसमें दशकीय वर्ष 1970–71, 1980–81 तथा 1990–91 शामिल हैं। 1993–94 तथा 1999–2000 के अस्थायी आंकड़े 1990–91 से परे दो चुनिंदा वर्षों के लिए, भूमि उपयोग के संकेत के रूप में दिये गये हैं, जब अर्थव्यवस्था में उदारीकरण की घोषणा की गयी थी। देश के कुल सूचित क्षेत्र बनाम भौगोलिक क्षेत्र को दर्शाती एक तालिका नीचे दी दिखायी गई है :

तालिका 2.1 कुल भौगोलिक क्षेत्र बनाम सूचित क्षेत्र

(मिलियन हेक्टेअर)

क्रम संख्या	मद	1962–63	1970–71	1980–81	1990–91	1993–94	999–2000 अस्थायी
1.	भौगोलिक क्षेत्र	328.73	328.73	328.73	328.73	328.73	328.73
2.	सूचित क्षेत्र	304.98	303.76	304.16	304.86	304.86	306.05
3.	सूचित क्षेत्र व भौगोलिक क्षेत्र का अनुपात	93	92	93	93	93	93

स्रोत : ऊपर उद्धृत 1962–63 से 1993–94 के क्षेत्र संबंधी आंकड़े योजना आयोग की वेबसाइट से तथा 1999–2000 के आंकड़े सीधे योजना आयोग को लिख कर प्राप्त किये गये हैं।

इस प्रकार, सूचित क्षेत्र सामान्यतया कुल भौगोलिक क्षेत्र के 93% अधिक है, सिवाय 1970–71 को छोड़ कर, जहां यह 92% था।

भूमि का नौ आवृत्ति वाला मानक वर्गीकरण

कृषि योग्य भूमि :

भूमि के वर्गीकरण के अंतर्गत, जिसे नौ आवृत्तियों वाला वर्गीकरण कहा गया है, भूमि के चार वर्गीकरण हैं, जो कृषि योग्य भूमि से संबंधित हैं। इनका वर्णन नीचे किया गया है:

1. शुद्ध बुवाई क्षेत्र (Net Sown Area) : यह भूमि का शुद्ध क्षेत्र है जिसमें एक वर्ष में, एक सीज़न में बोई गयी भूमि की मात्रा को दर्ज़ किया जाता है। यदि कोई भूमि एक से अधिक सीज़न में बोई गयी है, तो इस सीज़न के दौरान बोया गया क्षेत्र, पहले सीज़न के बाद, एक बार से अधिक बोया गया क्षेत्र कहलाता है। यदि एक बार से अधिक बोये गये क्षेत्र को, शुद्ध बोये गये क्षेत्र में मिला दिया जाये तो इसे कुल फसल क्षेत्र या कुल सिंचित क्षेत्र कहा जाता है। ये दो प्रकार के वर्गीकरण अर्थात् एक बार से अधिक बोया गया क्षेत्र तथा कुल फसल क्षेत्र, शुद्ध बुवाई क्षेत्र में शामिल नहीं किये जाते और ये भूमि के नौ आवृत्ति वाले वर्गीकरण का हिस्सा नहीं होते। इनके बारे में अलग से चर्चा की गयी है। किंतु नौ आवृति वाले वर्गीकरण में भूमि की गणना करते हुए बुवाई के लिए दर्ज़ किया गया एक मात्र वर्गीकरण शुद्ध बुवाई क्षेत्र है क्योंकि केवल शुद्ध बोये गये क्षेत्र के साथ–साथ आठ अन्य प्रकार के भूमि के उपयोग वाला क्षेत्र, ही कुल सूचित क्षेत्र बता सकता है।
2. वर्तमान अजोत भूमि (Current Fallows) : यह कृषि योग्य भूमि वर्तमान वर्ष में बिना बोये छोड़ दी गयी भूमि है।
3. वर्तमान अजोत भूमि के अलावा अजोत भूमि (Fallows other than Current Fallows) : यह कृषि योग्य भूमि एक वर्ष से पांच वर्षों तक बिना बोये छोड़ दी गई भूमि है।
4. कृषि योग्य उजाड़ भूमि (Cuitivable waste) : यह कृषि योग्य भूमि, पांच वर्षों से अधिक समय से बिना बोये छोड़ दी गयी भूमि है।
5. हम ऊपर बतायी गई 2,3, तथा 4 श्रेणियों के अंतर्गत वर्णित भूमियों को कृषि योग्य लेकिन न बोई गई भूमि कह सकते हैं, फिर भी नौ आवृति वाले वर्गीकरण के अंतर्गत 'कृषि योग्य न बोये गये क्षेत्र' को नौ आवृत्ति वाले मानक वर्गीकरण के अंदर नहीं रखा जा सकता।

इस प्रकार, पहले चार प्रकार के भूमि उपयोग अर्थात् 1. शुद्ध बुवाई क्षेत्र, 2. वर्तमान अजोत भूमि, 3. वर्तमान अजोत भूमि के अलावा अजोत तथा 4. कृषि योग्य उजाड़ भूमि का वर्गीकरण नौ आवृति वाले वर्गीकरण के अंतर्गत आता है। चलिए, अब हम 1962–63 से 1999–2000 के बीच के वर्षों में, इन चार श्रेणियों के अंतर्गत भूमि उपयोग के तुलनात्मक रुझान का अध्ययन करते हैं। इसे निम्न तालिका में दिखाया गया है :

तालिका 2.2 : कृषि योग्य भूमि का वर्गीकरण

(मिलियन हेक्टेअर)

क्र. सं.	मद	1962–1963	1970–1971	1980–1981	1990–1991	1993–1994	1999–2000 अस्थायी
1.	शुद्ध बोया गया क्षेत्र	136.34 (45)	140.27 (46)	140.00 (46)	143.00 (47)	142.10 (46)	141.23 (46)
2.	कृषि योग्य क्षेत्र, जो बोया नहीं गया						
	क. वर्तमान अजोत भूमि	11.06 (4)	11.12 (3)	14.83 (5)	13.70 (5)	14.33 (5)	14.80 (5)
	ख. वर्तमान अजोत भूमि के अलावा अजोत भूमि	10.20 (3)	8.76 (3)	9.92 (3)	9.67 (3)	9.70 (3)	10.11 (3)
	ग. कृषि योग्य उजाड़ भूमि	17.91 (6)	17.50 (6)	16.74 (6)	15.00 (5)	14.47 (5)	13.83 (5)
	घ. कृषि योग्य कुल भूमि, जो बोई नहीं गयी (क + ख + ग)	39.17 (13)	37.38 (12)	41.49 (14)	38.37 (13)	38.50 (13)	38.74 (13)
	कृषि योग्य भूमि 1 + 2	175.71 (58)	177.65 (58)	181.49 (60)	181.37 (58)	180.60 (59)	179.97 (58)
	कुल सूचित क्षेत्र	304.98	303.76	304.16	304.86	304.86	306.05

(कोष्टकों में दिखाये गये आंकड़े प्रत्येक मद में, कुल सूचित क्षेत्र का प्रतिशत दिखाते हैं)

इस प्रकार, ऊपर दिखायी गई तालिका 2.2 से निष्कर्ष निकलता है कि :

1. शुद्ध बुवाई क्षेत्र सूचित क्षेत्र के 45% से 47% के बीच घटता–बढ़ता रहा है। वास्तव में, क्षेत्र की दृष्टि से यह 1962–63 में 136 मिलियन हेक्टेअर से बढ़ कर 1970–71 तथा

1980–81 में 140 मिलियन हेक्टेअर हो गया। 1990–91 में यह 143 मिलियन हेक्टेअर तक जा पहुंचा। इससे परे, यह 142 मिलियन हेक्टेअर से 141 मिलियन हेक्टेअर के बीच घटता–बढ़ता रहा है।

2. न बोया गया कृषि योग्य क्षेत्र, सूचित क्षेत्र के 12% से 14% के बीच घटता–बढ़ता रहा और 37 मिलियन हेक्टेअर से 41 मिलियन हेक्टेअर के बीच घटता–बढ़ता रहा। इस क्षेत्र में निम्नलिखित को शामिल किया जा सकता है:
   - क. कृषि योग्य भूमि जिसे बिना बोये छोड़ दिया गया था अथवा वर्तमान अजोत भूमि जो 1962–63 में 4% थी और 1970–71 में सूचित क्षेत्र का 3% गिर गयी और बाद के वर्षों में 5% बढ़ गयी। क्षेत्र की दृष्टि से यह रिपोर्ट के अंतर्गत वर्षों में 11 से 14 मिलियन हेक्टेअर के बीच घटती बढ़ती रही।
   - ख. वर्तमान अजोत भूमि के अलावा अजोत भूमि वह कृषि योग्य भूमि है जिसे एक से पांच वर्षों के दौरान बोया नहीं गया। यह सूचित क्षेत्र जो 8 से 10 मिलियन हेक्टेअर के बीच बदलता रहा, के 3 प्रतिशत पर स्थिर रहा।
   - ग. कृषि योग्य उजाड़ भूमि जो कृषि योग्य भूमि है लेकिन उसे पांच वर्ष से अधिक समय तक बिना बोये छोड़ दिया गया है, रिपोर्टिंग वाले पहले तीन वर्षों में सूचित क्षेत्र के 6% तक स्थिर रहा है और बाद के वर्षों में यह सूचित क्षेत्र का 5% हो गया। समग्र दृष्टि से यह क्षेत्र, जो 1962–63 तथा 1970–71 में 17 मिलियन हेक्टेअर था, धीरे धीरे बाद के वर्षों में 1990–2000 तक 13 मिलियन हेक्टेअर रह गया।

एक रुझान जो समझने योग्य है, वह यह है कि कृषि योग्य भूमि जो बोई नहीं गयी, वह कुल सूचित क्षेत्र के 12% से 14% के बीच घटती–बढ़ती रही और 1990–91 के बाद से यह सूचित क्षेत्र के लगभग 13% के आसपास बनी रही। इसमें बहुत ज़्यादा घटत–बढ़त देखने में नहीं आयी। कृषि योग्य क्षेत्र (शुद्ध बोया गया क्षेत्र+कृषि योग्य क्षेत्र, जो बोया नहीं गया) सामान्य तौर पर सूचित क्षेत्र के 58% के स्तर पर बना रहा, सिवाय 1980–81 के, जब यह 60% के स्तर को छू गया तथा 1993–94 में कुल सूचित क्षेत्र का 59% हो गया।

जिन कारणों को चालू वर्ष में बिना बोई रह गयी भूमि का जिम्मेदार ठहराया जा सकता है, वह मुख्य तौर पर किसान का निर्णय है, जिसके कई कारण हो सकते हैं जैसे मानसून की कमी, ऋण की अनुपलब्धता या फिर ख़राब स्वास्थ्य जैसे कुछ निजी कारण, किंतु अन्य दो श्रेणियों अर्थात् वर्तमान अजोत भूमि के अलावा अजोत भूमि या कृषि योग्य उजाड़ भूमि ऐसी भूमियां हैं, जो शायद किसी कानूनी झगड़े के कारण, या वे लवणयुक्त अथवा क्षारीय हो गयी हैं या ज्यादा सिंचाई के कारण दलदली होने से, भूमि पर किसी प्रकार के ऋण होने से, या भूमि सुधारों के लागू होने के बावजूद बेनामी भूमि होने के कारण बोई नहीं गयीं। या विशेष रूप से कृषि योग्य उजाड़ भूमि के मामले में यह काफी हद तक हवा व नमी के थपेड़ों से मिट्टी की उपजाऊ ऊपरी परत में कटाव के कारण होता है। ये कारण केवल व्याख्यात्मक रूप से दिये गये हैं, विस्तार से नहीं।

किसी भी तरह, हमारे सामने एक ऐसी स्थिति है, जिसमें बोया गया शुद्ध अधिकतम क्षेत्र 1990–91 में 143 मिलियन हेक्टेअर है। वास्तव में, भू स्वामित्व के वितरण की तालिका के अनुसार भारत में 105.20 मिलियन हेक्टेअर क्रियाशील कृषि भूमि के स्वामित्व थे, जो 1990–91[2] में 165.60 मिलियन हेक्टेअर थे। इस प्रकार, ऐसा प्रतीत होता है कि यदि हम 1990–91 में कृषि योग्य भूमि (शुद्ध बोया गया क्षेत्र+कृषि योग्य न बोया गया क्षेत्र) 180 मिलियन हेक्टेअर मान भी लें और यह उस वर्ष इस के आसपास ही था, तब यह मानते हुए भी कि किसानों के कब्जे में 165.6 मिलियन हेक्टेअर भूमि थी, तब 180–165.6=14.4 मिलियन हेक्टेअर भूमि, जिसे कृषि योग्य समझा गया, किसी किसान के कब्ज़े में नहीं थी। संभव है कि यह भूमि सरकारी भूमि हो, जो या तो अनाधिकृत बुवाई के अधीन थी अथवा वह बिना बोये गये क्षेत्र के रूप में छोड़ दी गयी थी। सबसे अधिक सम्भावना यही होगी कि वह कृषि योग्य उजाड़ भूमि होगी अथवा वह चालू अजोत भूमि के अलावा अजोत भूमि रही होगी।

काफी हद तक कृषि योग्य भूमि, 1966–67 से देश में उच्च पैदावार किस्म कार्यक्रम (हाई यील्डिंग वैरायटी प्रोग्राम–एच.वाई.वी.पी.) के लागू होने के बावजूद, बिना बोये छोड़ दी गयी है। दूसरे शब्दों में, शुद्ध बोये गये क्षेत्र पर न तो हरित क्रान्ति का ज़्यादा प्रभाव

2. *कृषि सांख्यिकी पर एक नज़र* 1996, आर्थिक एवं सांख्यिकी निदेशालय, भारत सरकार, एग्रीकल्चरल डाटा रिसर्च बुक 1996, भारतीय कृषि अनुसंधान परिषद।

हुआ और न ही आर्थिक सुधारों का। हरित क्रान्ति के अंतर्गत उच्च उत्पादन प्राप्त करने का दावा निश्चित रूप से कृषि क्षेत्र में वृद्धि होने के कारण नहीं था। ऐसा प्रतीत होता है कि यह प्रति हेक्टेअर उच्च उत्पादकता तथा उसी शुद्ध बोये गये क्षेत्र में एक बार से अधिक बोये गये क्षेत्र में वृद्धि के कारण था, जिससे कुछ बोये गये क्षेत्र में वृद्धि हुई, विशेष रूप से सिंचाई में वृद्धि के चलते।

हमारे देश का भौगोलिक क्षेत्र 329 मिलियन हेक्टेअर अथवा समूचे विश्व की ज़मीन का 9.45% है और जनसंख्या 1027 मिलियन अथवा विश्व की कुल जनसंख्या का 16% है। बढ़ती हुई जनसंख्या के साथ और इष्टतम पर्यावरणीय चिंताओं के साथ हमारे आर्थिक विकास के कारण, हमें वनों के लिए तथा गैर कृषि उद्देश्यों जैसे सड़कों, उद्योग इत्यादि के लिए तथा बड़ी संख्या में मौजूद हमारे पशुओं के चारे के लिए भूमि की आवश्यकता होती है।

चलिए, अब हम देखते हैं कि अर्थव्यवस्था के अन्य क्षत्रों द्वारा भूमि की अन्य प्रतिस्पर्धी मांगों को देखते हुए हमारा शुद्ध बोया जाने वाला क्षेत्र कितना होना चाहिये। हमने 37 वर्ष के कुछ चुनिंदा वर्षों में अधिकतम क्षेत्र को देखा है। चूंकि हमने भारत में क्रियाशील भूमि के रूप में 165.6 मिलियन हेक्टेअर अपने पास रखे हैं जैसा कि हम पहले देख चुके हैं, हम 150 मिलियन हेक्टेअर को कुछ बोये गये क्षेत्र के लिए अधिकतम सीमा मानेंगे।

जैसा कि ऊपर बताया गया है, हमने इस अध्ययन के उद्देश्य से 150 मिलियन हेक्टेअर का शुद्ध बोये गये क्षेत्र का लक्ष्य रखा है और इसके उत्पादन के निहितार्थ आगे कहीं और व्याख्या की गयी है। तालिका 2.2 से पता चलता है कि 1990–91 में, जहां शुद्ध बोया हुआ क्षेत्र 143 मिलियन हेक्टेअर था, न बोया गया क्षेत्र 38 मिलियन हेक्टेअर था। इसलिए, यदि शुद्ध बोया गया क्षेत्र 150 मिलियन हेक्टेअर होता है, तो कृषि योग्य न बोया गया क्षेत्र कम से कम 31 मिलियन हेक्टेअर होगा। 31 मिलियन हेक्टेअर की यह भूमि हमारे पास अन्य कार्यों के उपयोग के लिए उपलब्ध होगी।

एक बार से अधिक बोया गया क्षेत्र तथा कुल कृषि योग्य क्षेत्र

अब हम एक बार से अधिक बोये गये क्षेत्र तथा सिंचाई की उपलब्धता में वृद्धि के साथ इसकी वृद्धि और उसी शुद्ध बोये गये क्षेत्र से बढ़े हुये सकल फसली क्षेत्र (या सकल सिंचित क्षेत्र) पर चर्चा करेंगे।

शुद्ध बुवाई क्षेत्र में, यदि फसलें केवल एक ही सीज़न में बोई जाती हैं तब बुवाई किया गया क्षेत्र उतना ही बना रहता है। किंतु, वास्तविकता में, यहां कुछ क्षेत्र ऐसे भी हैं, जो एक वर्ष में एक सीज़न से अधिक बार बोये जाते हैं, विशेष रूप से सिंचाई के कारण। ऐसे क्षेत्र, जिनमें एक वर्ष में एक सीज़न से अधिक बार फसलें उगायी जाती हैं, एक बार से अधिक बोये गये क्षेत्र बन जाते हैं। यदि हम शुद्ध बुवाई किये गये क्षेत्र में, एक बार से अधिक बोये गये क्षेत्र को भी शामिल कर लें, तो हमें सकल फसली क्षेत्र या सकल सिंचित क्षेत्र अथवा कुल बोया गया क्षेत्र प्राप्त हो जाता है।

तलिका 2.3 : शुद्ध बुवाई क्षेत्र, एक से अधिक बार बोया गया क्षेत्र तथा सकल सिंचित क्षेत्र

वर्ष	शुद्ध बुवाई क्षेत्र (मिलियन हेक्टेअर)	एक बार से अधिक बोया गया क्षेत्र (मिलियन हेक्टेअर)	एक बार से अधिक बोया गया क्षेत्र (शुद्ध बुवाई क्षेत्र का:)	सकल सिंचित क्षेत्र (मिलियन हेक्टेअर)	सकल सिंचित क्षेत्र (शुद्ध बुवाई क्षेत्र का:)
1962–63	136.34	20.42	15	156.76	115
1970–71	140.27	25.52	18	165.79	118
1980–81	140.00	32.62	23	172.62	123
1990–91	143.00	42.74	30	185.74	130
1993–94	142.00	44.32	31	186.42	131
1999–2000	141.23	48.51	34	189.74	134
1962–63 की तुलना में 1999–2000 में वृद्धि का प्रतिशत	4%	138%	126%	21%	17%

विकास का रुझान

i. *कृषि योग्य क्षेत्र में रुझान* (तालिका 2.3 पर आधारित)

1. कुल बुवाई क्षेत्र: कुल बुवाई क्षेत्र जो 1962–63 में 136.34 मिलियन हेक्टेअर था, वह 1970–71 में बढ़ कर 140.27 मिलियन हेक्टेअर हो गया अर्थात् उसमें 3% की वृद्धि हुई किंतु बाद में, 1980–81 में थोड़ी सी गिरावट के साथ 140 मिलियन हेक्टेअर हो गया और 1990–91 में इसमें 1962–63 के मुकाबले 6.6 मिलियन हेक्टेअर अथवा 5% की वृद्धि के साथ यह 143 मिलियन हेक्टेअर के शीर्ष पर पहुंच गया।

उसके पश्चात् 1993–94 में मामूली गिरावट के साथ यह 142 मिलियन हेक्टेअर हो गया और फिर यह 1999–2000 में दुबारा गिर कर, 141.23 मिलियन हेक्टेअर तक आ गया लेकिन अभी भी 1999–2000 का स्तर 1962–63 के स्तर की तुलना में 4.89 मिलियन हेक्टेअर अथवा 1962–63 के स्तर का 5% ज़्यादा था। इस प्रकार, तालिका 2.3 में दिखाये गये 37 वर्षों के विश्लेषण को देखें तो कुल बुवाई क्षेत्र 1962–63 के आधार स्तर के क्षेत्र के 3% से 5% के बीच घटता–बढ़ता रहा। इस प्रकार, औसत वृद्धि 4% या 0.1% प्रति वर्ष थी। यदि हम यह मान भी लें कि वर्ष 2020 तक कुल बुवाई क्षेत्र 150 मिलियन हेक्टेअर की अधिकतम सीमा तक जायेगा, तो उस समय हम 1962–63 की तुलना में 11% ऊपर जा चुके होंगे। कुल बुवाई क्षेत्र की धीमी गति को देखते हुए, 150 मिलियन हेक्टेअर के स्तर को स्थिर मान लेना सफल तरीका होगा।

2. एक बार से अधिक बोया गया क्षेत्र : एक बार से अधिक बोया गया क्षेत्र, जो वर्ष 1962–63 में 20.42 मिलियन हेक्टेअर था, 1970–71 में बढ़कर 25.52 मिलियन हेक्टेअर हो गया, किन्तु उसके पश्चात् यह धीमी गति से बढ़ता हुआ 1980–81 में 32.62 मिलियन हेक्टेअर, 1990–91 में 42.74 मिलियन हेक्टेअर तथा 1999–2000 में 48.51 मिलियन हेक्टेअर हो गया अर्थात् 1962–63 के स्तर में इसमें 138% की वृद्धि हुई या कहें कि 37 वर्षों के दौरान औसत वार्षिक वृद्धि की दर 3.7% रही। इस प्रकार, इस क्षेत्र ने अत्यंत महत्त्वपूर्ण वृद्धि दिखायी थी। इसे बाद में तालिका 2.4 में दिखायी गयी रिपोर्ट में देखा जा सकता है, यह काफी हद तक सिंचाई के कारण है, जो एक ही भूमि पर एक बार से अधिक बुवाई करने को सम्भव बनाता है।
3. कुल सिंचित क्षेत्र (सकल सिंचित क्षेत्र) 1962–63 में 156. 76 मिलियन हेक्टेअर था। यह 1970–71 में बढ़कर 165. 79 मिलियन हेक्टेअर हो गया तथा 1980–81 में मामूली सा बढ़कर 172.6 मिलियन हेक्टेअर हो गया। बाद के वर्षों में यह धीरे–धीरे बढ़ता हुआ 1990–91 में 185.74 मिलियन हेक्टेअर, 1993–94 में 186.42 मिलियन तथा 1990–2000

में 189.74–156.76त्र32.98 मिलियन हेक्टेअर अथवा 37 वर्षों में 1962–63 की तुलना में 20% की वृद्धि दर्ज की गयी, जो लगभग 0.6% प्रतिवर्ष औसत वृद्धि थी। यह बहुत महत्त्वपूर्ण वृद्धि थी। स्पष्टतया, इस अवधि के दौरान, एक बार से अधिक बोये गये क्षेत्र के 100% से अधिक क्षेत्र के कारण ही सकल सिंचाई क्षेत्र में ऐसी वृद्धि ही पायी थी।

4. इस प्रकार, यह निष्कर्ष निकाला जा सकता है कि 0.1% प्रति वर्ष शुद्ध बुवाई क्षेत्र की धीमी वृद्धि की तुलना में सकल सिंचित क्षेत्र 0.6% प्रति वर्ष की तीव्र वृद्धि का कारण, एक बार से अधिक बोये गये क्षेत्र में हुई वृद्धि की तीव्र दर थी, जो 37 वर्षों में 3.7% प्रति वर्ष की औसत दर पर थी।

ii. सिंचित क्षेत्र

तालिका 2.4 : शुद्ध सिंचित क्षेत्र, एक बार से अधिक बोया गया क्षेत्र, तथा कुल सिंचित क्षेत्र

(मिलियन हेक्टेअर)

क्रम संख्या	वर्ष	शुद्ध सिंचित क्षेत्र	एक बार से अधिक बोया गया क्षेत्र	कुल सिंचित क्षेत्र (सकल)
1.	1962–63	25.67	3.79	29.45
2.	1970–71	31.10	7.09	38.19
3.	1980–81	38.72	11.05	49.77
4.	1990–91	48.02	15.18	63.20
5.	1993–94	51.45	16.92	68.37
6.	1999–2000	57.24	19.10	76.34
	1962–63 की तुलना में 1999–2000 में वृद्धि का प्रतिशत	123	404	159

1. वर्ष 1962–63 के 25.67 मिलियन हेक्टेअर के शुद्ध सिंचित क्षेत्र से, हमारे अध्याय के अंतर्गत आने वाले वर्षों में, निरंतर वृद्धि करता हुआ 1999–2000 में 57.24 मिलियन हेक्टेअर हो गया या उसमें 37.57 मिलियन हेक्टैयर की अथवा 123% की वृद्धि हुई, जिसे हम 37 वर्षों में 3.3% की वार्षिक वृद्धि की दर कह सकते हैं।
2. एक बार से अधिक बोया गया क्षेत्र मे 1962–63 में 3.7 मिलियन हेक्टेअर के स्तर से बड़ी तेजी से बाद के वर्षों में,

1999–2000 के बीच 19.10 मिलियन हेक्टेअर तक बढ़ोत्तरी हो गयी, जो 1962–63 की तुलना में 404% अधिक थी या 11% की औसत वृद्धि की दर।

3. कुल सिंचित क्षेत्र (या सकल सिंचित क्षेत्र) या संचित क्षेत्र भी 1962–63 में 29.45 मिलियन हेक्टेअर से बढ़कर 1999–2000 में 76.34 मिलियन हेक्टेअर हो गया अर्थात् उसमें 46.89 मिलियन हेक्टेअर की वृद्धि हुई या आधार वर्ष अथवा वार्षिक 4.3% की औसत वृद्धि से 159% वृद्धि हुई।

यद्यपि शुद्ध सिंचित क्षेत्र में औसत वार्षिक वृद्धि की दर 3.3% थी, फिर भी यही सकल फसली/सिंचित क्षेत्र की वार्षिक औसत वृद्धि 4.3% थी। यह स्पष्ट रूप से एक से अधिक बार बोये गये सिंचित क्षेत्र में दर्ज की गयी 11% की वार्षिक औसत वृद्धि के कारण सम्भव हुआ था। यह संकेत करता है कि सिंचाई की बढ़ती मात्रा के साथ, एक बार से अधिक बोये गये क्षेत्र की वृद्धि दर में तेजी से बढ़ोत्तरी होती है। वास्तव में, बड़ी मात्रा में एक बार से अधिक बोये गये क्षेत्र को बढ़ाने की गुंजाइश रहती है, बशर्ते कि जल के उपयोग में किफायत के कारण, पानी के हल्के छिड़काव/पानी टपकाने जैसी माइक्रो–हाइडल प्रणालियाँ इस्तेमाल की जायें।

वन : निम्न तालिका भारत के कुल सूचित क्षेत्र तथा वन–क्षेत्र की मात्रा को दर्शाता है।

तालिका 2.5

क्रम संख्या	वर्ष	क्षेत्र, मिलियन हेक्टेअर में: वन क्षेत्र	सूचित क्षेत्र	वन क्षेत्र व सूचित क्षेत्र का%
1.	1962–63	60.54	304.98	19.9
2.	1970–71	63.91	303.76	21.0
3.	1980–81	67.07	304.16	22.1
4.	1990–91	67.81	304.86	22.2
5.	1993–94	68.42	304.86	22.4
6.	1999–2000	69.02	306.05	22.6
	1962–63 की तुलना में 1999–2000 में क्षेत्र में वृद्धि का %	14%		

समय के साथ–साथ, वन क्षेत्र में 1962–63 से 1998–2000 के बीच, समग्र दृष्टि से तथा वन क्षेत्र और कुल सूचित क्षेत्र के प्रतिशत की दृष्टि से, तेज़ी से वृद्धि हुई। इन 37 वर्षों में, कुल वन क्षेत्र में 14% की वृद्धि हुई अथवा प्रति वर्ष 0.4% की औसत दर से वृद्धि हुई। ऐसा होना आवश्यक भी था, क्योंकि जल–संभरण (वाटरशेड) प्रबंधन जैसे अन्य विभागों के साथ–साथ वन विभाग तथा बड़ी व मध्यम सिंचाई परियोजना के जलाशयों के जल–संग्रहण क्षेत्रों में नदी घाटी कार्यक्रमों व ग्रामीण विकास इत्यादि में क्षेत्र–विकास कार्यक्रम, वनारोपण कार्यक्रमों को काफी महत्त्व दे रहे हैं। वास्तव में, विभिन्न योजनाओं के तहत उपलब्ध कराई गयी राशि तथा किए गये प्रयासों को ध्यान में रखते हुए, 0.4% की औसत वृद्धि बहुत कम समझी जानी चाहिये।

लेकिन, राष्ट्रीय वन नीति, भूमि का 33% भाग वन–भूमि के अंतर्गत चाहती है, जिसका 40% भाग पहाड़ी इलाकों में होगा और 20% मैदानी इलाकों में। इसका अर्थ है कि 1999–2000 में हम राष्ट्रीय वननीति के 33% वनों के लक्ष्य से 10.4% पीछे रह गये हैं और 0.4% वार्षिक औसत दर की उपलब्धि के साथ लक्ष्य पाने में 1999–2000 के बाद लगभग छब्बीस वर्ष लगेंगे या यह लक्ष्य 2020–26 तक भी पहुँच सकता है। इसलिए, वनारोपण की गति में तेज़ी लाना बहुत ज़रूरी है। हमें यह याद रखना चाहिए कि प्रायद्वीपीय भारत में वन हमारी कई नदियों के उद्‌गम का स्रोत भी हैं। इस प्रकार, वन कई नदियों को जन्म देते हैं, जिन पर कई बाँध बनाये गये हैं, तथा जिन पर सिंचाई के लिए अन्य जल स्रोतों का निर्माण किया गया है। इसलिए, वनारोपण को और अधिक महत्त्व दिये जाने की आवश्यकता है। वास्तव में, यदि हम विश्व बैंक द्वारा जारी किये गये विकास 2006 के संकेतों पर ध्यान दें, तो विश्व में 30.5% भूमि पर वन हैं और हमारे देश में विश्व औसत का बहुत कम वन क्षेत्र है। इसके अतिरिक्त, जापान जैसे औद्योगिक तथा उन्नत देशों में 68.2% भूमि वन क्षेत्र है तथा अमरीका में 33.1%।

इस प्रकार, यह राष्ट्रीय हित में है, विशेष रूप से भारतीय कृषि के हित में कि 306.05 मिलियन हेक्टैयर के सूचित क्षेत्र के 33% अथवा 101 मिलियन हेक्टैयर के क्षेत्र को वन क्षेत्रों के अंतर्गत लाया जाये। इसका अर्थ है, 101–69.2 = 31.98 मिलियन हेक्टेअर भूमि का शीघ्रातिशीघ्र वन क्षेत्र के अंतर्गत लाना ज़रूरी है और

पिछली उपलब्धियों के अनुसार, इसे अनुमानित 2025–26 की अपेक्षा 2020 तक इस लक्ष्य को प्राप्त करना आवश्यक है।

विभिन्न खाद्यान्न देने वाले वृक्षों के अंतर्गत भूमि तथा उपवन जो शुद्ध बुवाई क्षेत्र में शामिल नहीं हैं।

बाँस के पेड़ों तथा अन्य कई पेड़ वनों से भी दूर, अलग निर्जन स्थानों पर उगते हों। इन वृक्षों के क्षेत्रफल को निम्न तालिका में प्रदर्शित किया गया है–

तालिका 2.6 : विभिन्न वृक्षारोपण के अंतर्गत क्षेत्र तथा कुल सूचित क्षेत्र

(मिलियन हेक्टेअर)

क्रम संख्या	वर्ष	विभिन्न खाद्यान्न देने वाले वृक्षों तथा उपवनों के अंतर्गत क्षेत्र	कुल सूचित क्षेत्र	कॉलम 3 व कॉलम 4 का प्रतिशत
1.	1962–63	4.56	304.98	1.5
2.	1970–71	4.30	303.76	1.4
3.	1980–81	3.60	304.16	1.2
4.	1990–91	3.82	304.86	1.2
5.	1993–94	3.66	304.86	1.2
6.	1999–2000	3.62	306.05	1.2

इस प्रकार की भूमि के अंतर्गत आने वाला क्षेत्र, समग्रता की दृष्टि से तथा कुल सूचित क्षेत्र के प्रतिशत की दृष्टि से भी कम हो गया है। वर्तमान में यह सूचित क्षेत्र का 1.2% है, सम्भवतः इसे भूमि के अन्य उपयोग जैसे ग़ैर–कृषि उपयोग या वृक्षारोपण क्षेत्र में उपयोग में लाया जा सकता था। इस भूमि को वनों में परिवर्तित करने के लिए वृक्षारोपण तथा उपवनों के विकसित करने पर विचार किया जा सकता है। यदि वहाँ मूल्यवान प्रजाति के वृक्ष हैं, तो उस भूमि को मूल्यवान वन–क्षेत्र भी घोषित किया जा सकता है।

ग़ैर-कृषि उपयोग के अंतर्गत भूमि

यह भूमि का एक और महत्त्वपूर्ण उपयोग है तथा इसमें गाँवों, कस्बों तथा शहरों की रिहायशी भूमि, सड़कें, रेलवे, उद्योग,

एयरपोर्ट, बंदरगाह, विशेष आर्थिक क्षेत्र तथा जलाशय इत्यादि शामिल हैं। नीचे दी गयी तालिका सूचित भौगोलिक क्षेत्र तथा ग़ैर–कृषि भूमि के अंतर्गत, 1962–63 से विभिन्न वर्षों में इन क्षेत्रों को दर्शाता है –

तालिका 2.7 : ग़ैर-कृषि उपयोग के अंतर्गत क्षेत्र तथा भारत का कुल सूचित क्षेत्र

(मिलियन हेक्टेअर)

क्रम संख्या	वर्ष	ग़ैर–कृषि उपयोग के अंतर्गत क्षेत्र	कुल सूचित क्षेत्र	सूचित क्षेत्रा के अनुपात में ग़ैर कृषि योग्य क्षेत्र
1.	1962–63	15.11	304.98	5.0
2.	1970–71	16.48	303.76	5.4
3.	1980–81	19.66	304.16	6.5
4.	1990–91	21.09	304.86	6.9
5.	1993–94	22.04	304.86	7.2
6.	1999–2000	22.97	306.05	7.5

1962–63 से 1999–2000 में सैंतीस वर्षों के दौरान, समग्र दृष्टि से तथा कुल सूचित क्षेत्र के प्रतिशत की दृष्टि से, ग़ैर–कृषि योग्य क्षेत्र में सतत् वृद्धि दिखायी देती है। समग्र दृष्टि से यह 7.86 मिलियन हेक्टेअर बढ़ा है तथा प्रतिशत की दृष्टि से, यह सूचित क्षेत्र के 5% से लेकर 7.5% तक बढ़ा है अथवा इसमें 37 वर्षों के दौरान 2.5% की वृद्धि भी कह सकते हैं। यदि हम बुनियादी ढांचे, बांधों, नहरों, सड़क परिवहन, रेलवे, हवाई–अड्डों, बंदरगाहों, उद्योगों, शैक्षिक संस्थानों तथा निवास इत्यादि विभिन्न क्षेत्रों में हुए महत्त्वपूर्ण विकास को देखें तो यह वृद्धि आशा के अनुरूप है। इन क्षेत्रों में हुआ यह विकास भारत द्वारा अपनायी गयी विकास की योजनाबद्ध प्रणाली तथा उदारीकरण के कारण हुआ है। यदि हम यह भी सोचें कि वर्ष 2020 तक हमारी बढ़ती हुई ज़रूरतों को पूरा करने के लिए हमें सूचित क्षेत्र के और 2% की वृद्धि की ज़रूरत है, तो हमें इस उद्देश्य के लिए 306.05 मिलियन हेक्टेअर के 2% या 6.1 मिलियन हेक्टेअर भूमि की आवश्यकता होगी।

स्थायी चारागाह तथा अन्य चारा-भूमि क्षेत्र

तालिका 2.8 : स्थायी चारागाह तथा अन्य चारा-भूमि तथा कुल सूचित क्षेत्र

(मिलियन हेक्टेअर)

क्रम संख्या	वर्ष	स्थायी चारागाह तथा अन्य चारा–भूमि	कुल सूचित क्षेत्र	सूचित क्षेत्र के प्रतिशत के अन्तर्गत ग़ैर–कृषि उपयोग भूमि
1.	1962–63	14.10	304.98	4.6
2.	1970–71	13.26	303.76	4.4
3.	1980–81	11.97	304.16	3.9
4.	1990–91	11.40	304.86	3.7
5.	1993–94	11.18	304.86	3.7
6.	1999–2000	11.04	306.05	3.6

स्थायी चारागाह भूमि तथा अन्य चारा योग्य भूमि हमारे पशुधन के किए चारे की दृष्टि से बहुत महत्त्वपूर्ण है। इस प्रकार, क्षेत्र की समग्रता की दृष्टि से, यह भूमि धीरे–धीरे और निरंतर कम होती जा रही है जो 1962–63 में 14.10 मिलियन हेक्टेअर थी, वह 1999–2000 (37 वर्ष) में घटकर 11.04 मिलियन हेक्टेअर रह गयी। कुल सूचित क्षेत्र के प्रतिशत की दृष्टि से भी, यह उन्हीं 37 वर्षों में धीरे–धीरे घटकर 4.6% से 3.6% रह गयी। हमारे पशुधन के चारे की दृष्टि से, हमारे ग्रामीण जीवन की यह एक महत्त्वपूर्ण आवश्यकता है क्योंकि भारत के पशुधन की संख्या विश्व में सबसे अधिक है। कई स्थानों पर, यह चारा भूमि बड़ी मात्रा में ग्रामीण रिहायशी क्षेत्रों में तब्दील हो चुकी है। हमें चारा क्षेत्र के अंतर्गत भूमि में वृद्धि किये जाने की अत्यंत आवश्यकता है।

इसे कम से कम 1970–71 में 13.26 मिलियन हेक्टैयर तक ले जाने की ज़रूरत है। इसका अर्थ है, इसके लिए 2.2 मिलियन हेक्टैयर अतिरिक्त भूमि की आवश्यकता होगी।

इसके अलावा, वन भूमि पर हम वन–उद्योग तथा पशुपालन से संबंधित कार्यों को अपनाया जा सकता है, जिसमें वृक्षों के

बीच पशुओं के लिए चारा उगाया जा सकता है, जिससे चारे की उपलब्धता बढ़ेगी।

बंजर तथा खेती के अयोग्य भूमि

कुछ भूमि पहाड़ों, पत्थरों व चट्टानों से ढकी होती है, जिसे खेती के लिए उपयोग में नहीं लाया जा सकता या कुछ स्थानों पर, यदि चट्टानों पर मिट्टी वग़ैरह पड़ी हुई हो तो, वहाँ कुछ प्रकार के वृक्षों की बहुलता हो सकती है। समय के साथ–साथ पहाड़ी ढलानें वर्षा और हवा से इतनी बुरी तरह प्रभावित होकर टूट चुकी हैं कि वहाँ की भूमि खेती के योग्य नहीं रही। चलिए, अब हम देखते हैं कि समय के साथ–साथ उनकी मात्रा में कैसे भिन्नता आयी है –

तालिका 2.9 : बंजर व खेती के अयोग्य भूमि तथा कुछ सूचित क्षेत्र

(मिलियन हेक्टेअर)

क्रम संख्या	वर्ष	बंजर तथा खेती के अयोग्य भूमि	कुल सूचित	कॉलम 4 व कॉलम 3 का प्रतिशत
1.	1962–63	35.16	304.98	11.5
2.	1970–71	28.16	303.76	9.2
3.	1980–81	19.96	304.16	6.6
4.	1990–91	19.69	304.86	6.5
5.	1993–94	18.98	304.86	6.2
6.	1999–2000	19.44	306.05	6.4

यह भूमि 35.16 मिलियन हेक्टेअर से घटकर, समग्र दृष्टि से 18.98 मिलियन हेक्टेअर रह गयी है और 1962–63 से 1993–94 के बीच 31 वर्षों में यह सूचित क्षेत्र के 11.5% से 6.2% रह गयी है। लेकिन, 1999–2000 में, यह 1993–94 में 18.98 मिलियन हेक्टेअर से बढ़कर 19.44 मिलियन हेक्टेअर हो गया या कहें कि यह 0.46 मिलियन हेक्टेअर बढ़ गया और

प्रतिशत की दृष्टि से यह सूचित क्षेत्र के 6.2% से बढ़कर 6.4% हो गया। 1962–63 से 1999–2000 के मध्य इसमें 15.72 मिलियन हेक्टेअर की कमी आयी। स्पष्ट है कि इस भूमि का प्रयोग किसी और श्रेणी में किया गया। कुछ पहाड़ी ढलानों को वृक्षारोपण के लिए तथा चारागाहों के रूप में विकसित किया जा सकता है। वास्तव में, वह भूमि, जिसकी ऊपर सतह पहाड़ी क्षेत्रों में पानी के अत्यधिक कटाव के कारण खेती के योग्य नहीं रही हो, उस पर घास उगाकर उसे खेती योग्य बनाया जा सकता है क्योंकि वह घास भूमि को पहले वर्ष में बहने से रोके रखने के काम आती है। उसके पश्चात् कुछ झाड़ियाँ व वृक्ष भी उगाये जा सकते हैं। उसके कुछ समय बाद, इसके कुछ भाग को वनों में परिवर्तित करने की सम्भावना बढ़ जाती है। वास्तव में, राष्ट्रीय वन नीति स्वयं यह कहती है कि 33% वन क्षेत्रों के लक्ष्य को पाने के लिए हमें इसके 40% वन क्षेत्र को पहाड़ी इलाकों में तथा 20% मैदानी इलाकों में लाना होगा। दरअसल, इस भूमि के ग़ैर–कृषि योग्य भूमि के अंतर्गत भी लाया जा सकता है लेकिन, 19.44 मिलियन हेक्टैयर से कितना क्षेत्र ग़ैर–कृषि योग्य भूमि के अंतर्गत लाया जा सकता है, कहना मुश्किल है, किन्तु कम से कम 3% या 5.8 मिलियन हेक्टेअर भूमि अन्य क्षेत्रों के लिए काम में लायी जा सकती है, क्योंकि 1962–63 से लेकर 1999–2000 तक के 37 वर्षों के दौरान, 16.71 मिलियन हेक्टेअर भूमि या 0.4% प्रति वर्ष की औसत वार्षिक दर से पहले ही अन्य कार्यों के लिए उपयोग में लायी जा चुकी है।

विभिन्न आवश्यकताओं की पूर्ति हेतु, एक श्रेणी से दूसरी श्रेणी तक भूमि की उपलब्धता तथा उसका पुनरुपयोग

पूर्व की गयी चर्चा से यह निष्कर्ष सामने आया है कि :

कृषि योग्य क्षेत्र : इस श्रेणी में कुल बुवाई क्षेत्र, वर्तमान अजोत भूमि, वर्तमान अजोत भूमि के अलावा अजोत भूमि तथा कृषि योग्य उजाड़ भूमि शामिल है। हमने चर्चा की है कि कुल बुवाई क्षेत्र 1.50 मिलियन हेक्टेअर तक सीमित रहेगा, इस प्रकार 181 मिलियन हेक्टेअर से 31 मिलियन हेक्टैयर भूमि कृषि योग्य भूमि के रूप में उपलब्ध होगी, जिसमें कुल बुवाई क्षेत्र, वर्तमान अजोत भूमि, वर्तमान अजोत भूमि के अलावा अजोत भूमि तथा कृषि योग्य उजाड़

भूमि सम्मिलित हैं। वास्तव में, यदि वर्तमान कुल बुवाई क्षेत्र में कुछ भूमि उद्योगों, सड़कों इत्यादि जैसे अन्य ग़ैर–कृषि उपयोग में लायी जाती हैं, तो हम बुवाई के अंतर्गत किन्हीं भी तीन कृषि योग्य भूमियों को (दो प्रकार की अजोत भूमियाँ तथा कृषि योग्य उजाड़ भूमि) अंतर्गत लाकर, कुल बुवाई क्षेत्र में होने वाले नुकसान को कम कर सकते हैं और यह ऐसी भूमि को कृषि योग्य भूमि बनाने के लिए आवश्यक लागतों को पूरा करके किया जा सकता है। इस प्रकार, भूमि–उपयोग के वर्गीकरण के पहली चार मदों के समूह से, उदाहरण के लिए पीछे चर्चा की गयी कृषि योग्य भूमि, 31 मिलियन हेक्टेअर भूमि अन्य भूमि उपयोग के लिए इस्तेमाल किये जाने के लिए उपलब्ध है।

वन : हमने ऊपर वर्षों से संबंधित खण्ड में देखा है कि कुल भूमि की 33 भूमि को राष्ट्रीय वननीति के उद्देश्यों के अनुसार, वन क्षेत्रों के अंतर्गत लाने के लिए और 31.98 मिलियन या 32 मिलियन हेक्टैयर भूमि की आवश्यकता है।

ग़ैर-कृषि उपयोग के अंतर्गत भूमि : जैसाकि पहले चर्चा की गयी है, इसके लिए 6.1 मिलियन हेक्टेअर भूमि की और आवश्यकता पड़ेगी।

स्थायी चारागाह तथा चारा-भूमि : जैसा कि पहले चर्चा की गयी है, इसके लिए 2.2 मिलियन हेक्टेअर भूमि की और ज़रूरत हो सकती है। इसके अतिरिक्त, वनों में पशुओं के लिए चारा उगाने का प्रयास किया जा सकता है जिससे चारे की उपलब्धता में वृद्धि हो सकती है।

विभिन्न खाद्यान्न देने वाले वृक्षों के अंतर्गत भूमि तथा उपवन जो कुल बुवाई क्षेत्र में शामिल नहीं है।

1999–2000 के अन्त में इनके अंतर्गत आने वाली भूमि 3.62 मिलियन हेक्टेअर थी। वास्तव में, इससे जुड़ी हुई भूमि को वृक्षों से आच्छादित भूमि के अंतर्गत लाकर इस सारी भूमि को वन क्षेत्र में परिवर्तित किया जा सकता है जिससे निर्जन भूमि पर उगे वृक्षों व उपवनों को वन भूमि के छोटे–छोटे खण्डों में बांटा जा सके।

बंजर व कृषि के अयोग्य भूमि : भूमि के इस वर्ग में, हमने देखा है कि कम से 5–8 मिलियन हेक्टेअर भूमि को वृक्षों से आच्छादित क्षेत्र में इसका ग़ैर–कृषि उपयोग की मदों जैसे निवास, उद्योगों इत्यादि में परिवर्तित किया जा सकता है।

सारांश

इस प्रकार, भूमि के उपयोग से संबंधित बजट को निम्न प्रकार से साररूप में प्रस्तुत किया जा सकता है–

सारणी 2.10 : भू-उपयोग बजट

क्रम संख्या	वर्गीकरण	मिलियन हेक्टेयर में उपलब्ध क्षेत्र*	वर्गीकरण	वांछित अतिरिक्त भूमि (मिलियन हेक्टेयर में)
1.	कृषि योग्य क्षेत्र जिसमें कुल बुवाई क्षेत्र के 4 वर्ग + वर्तमान अजोत भूमि + वर्तमान अजोत भूमि के अतिरिक्त अजोत भूमि + कृषि योग्य उजाड़ भूमि शामिल हैं	31.0	वन क्षेत्र	32.0
			ग़ैर–कृषि उपयोग के अंतर्गत भूमि	6.1
2.	वनों के लिए उपलब्ध बंजर व खेती के अयोग्य भूमि या ग़ैर–कृषि उपयोग के अंतर्गत भूमि	5.80	स्थायी चारागाह व चारा–भूमि	2.2
3.	विभिन्न खाद्यान्न देने वाले वृक्ष तथा उपवन	3.62	–	–
	योग	40.42		40.30

* अन्य भूमि उपयोग में परिवर्तित करने हेतु

इस प्रकार, एक भूमि उपयोग से दूसरे भूमि उपयोग में परिवर्तित होने के लिए 40.42 मिलियन हेक्टेअर की उपलब्ध भूमि के विरुद्ध हमें 40.30 मिलियन हेक्टेअर भूमि की आवश्यकता है। लेकिन, हमने

व्यवस्थित जानकारी के उपलब्ध न होने के कारण, व्यापक अनुमान ही दिये हैं। भूमि के उपयोग से संबंधित विषयों का गहराई से अध्ययन करने तथा विभिन्न क्षेत्रों व इसी प्रकार के रुझानों को प्रभावित करने वाले सभी प्रासंगिक कारकों में विकास के रुझानों के बारे में अत्यधिक जुड़े आंकड़ों व जानकारियों के आधार पर अनुमान लगाने की आवश्यकता है लेकिन, फिर भी, एक मोटे अनुमान के रूप में यह प्रतीत होता है कि अनुमानित वृद्धि दर के अनुरूप हमारी सभी स्थानिक आवश्यकताओं को संतुलित करने की सम्भावना मौजूद है, बशर्ते कि हम प्रौद्योगिकी, माइक्रो–हाइडल उपकरणों के अंतर्गत संचालित सिंचाई तथा आवश्यक जानकारियों का उपयोग करके अपने कृषि उत्पादन तथा उत्पादकता को बढ़ाने में सक्षम हों ताकि अनुसंधान व प्रभावपूर्ण विस्तार सेवाओं द्वारा बेहतरीन खेती कर सकें। वास्तव में, कृषि–उत्पादन हमारी आवश्यकता से अधिक होता है, जो कि एक सम्भावना है, जिसे इस अध्ययन में आगे चलकर देखा जा सकता है, तो यहाँ कृषि योग्य भूमि से अन्य उपयोग के लिए कुछ और क्षेत्र को दूसरे काम में लगाने की पूरी सम्भावना है।

उपलब्ध अतिरिक्त भूमि को वन उद्योगों में लगाने के वर्तमान परिदृश्य में कई अन्य लाभ हैं। वनीकरण कार्यक्रम को वर्तमान वैश्विक पर्यावरणीय समस्याओं, जैसे, ग्लोबल वार्मिंग, के साथ जोड़ने से देश को बेहद फायदा मिल सकता है, क्योंकि कार्बन अनुक्रमण (कार्बन सीक्वन्सिंग) के उद्देश्य से कार्बन क्रेडिट के रूप में विशाल विदेशी सहायता को आकर्षित कर सकता है। यह जठरोपा तथा करंज (पोंजेमिया) जैसी प्रजाति के पेड़ उगाकर जैव–ईंधन को बढ़ावा देने में उपयोगी सिद्ध हो सकता है, इसलिए यह वर्तमान तेल संकट को, जहाँ तक सम्भव हो, कम कर सकता है।

इस संबंध में, सबसे आशाजानक प्रजाति का वृक्ष लक्ष्मी तरु (सिमारोबा ग्लौका) की कहानी, जिसे 'स्वर्ग का पेड़' भी कहा जाता है, बहुत ज्ञानवर्धक है। लक्ष्मी तरु, जो सदाबहार, बहुउपयोगी वृक्ष प्रजाति है तथा मूलतः यह दक्षिण व मध्य अमरीका में पाया जाने वाला पेड़ है, भारत में पहली बार 1960 के दशक में पाया गया था। दो समर्पित भारतीय वैज्ञानिक, डॉ. शाम सुंदर जोशी तथा डॉ. शान्ता जोशी, 1980 से इस प्रजाति को बढ़ावा देने के लिए कृषि विज्ञान विश्वविद्यालय, बंगलौर (अब बंगलुरू) में बड़ी प्रतिबद्धता व गहराई से काम कर रहे हैं। इसकी प्रत्यक्ष विशेषताओं तथा अद्भुत उपयोग के

कारण, यह देश के विभिन्न भागों के किसानों से लेकर ग़ैर–सरकारी संगठनों (एन.जी.ओ.) तक, नीति निर्माताओं से लेकर धार्मिक गुरुओं तक बहुत तेज़ी से स्वीकार्यता तथा प्रसिद्धि हासिल कर रहा है।

लक्ष्मी तरु बड़ी आसानी से बहुत बुरी ज़मीन तथा जलवायु में भी अपने–आपको अनुकूल बना सकता है तथा बहुत कम वर्षा में खेती के अयोग्य, घटिया मिट्टी पर भी उग सकता है। यह पौधा एक वर्ष में 6 से 8 महीनों के शुष्क दिनों में भी जीवित रह सकता है। एक हेक्टेअर में 500 के आसपास पेड़ लग सकते हैं तथा इनकी ऊँचाई 15 मीटर तक हो सकती है। यह पेड़ 4–6 वर्षों के बाद फल देना शुरू कर देता है और इस पेड़ का प्रत्येक भाग किसी न किसी रूप में उपयोगी है। इसका सबसे मुख्य भाग, जिसका आज सबसे अधिक व्यावसायिक मूल्य है, इसके बीजों से निकला तेल है, जिसे खाद्य तेलों के साथ–साथ ईंधन के रूप में भी उपयोग में लाया जाता है। इसके फल को शर्बत तथा जैम तैयार करने में इस्तेमाल किया जा सकता है तथा इसके पत्ते, टहनियाँ तथा तना क्रमशः खाद, ईंधन तथा लकड़ी के रूप में उपयोगी है।

लक्ष्मी तरु का तेल ख़राब कोलेस्ट्रोल से मुक्त है तथा रासायनिक संरचना में इसकी तुलना जैतून के तेल से की जा सकती है। अल साल्वाडोर तथा अन्य मध्य अमरीकी देश व्यावसायिक स्तर पर लक्ष्मी तरु के तेल का खाद्य तेल के रूप में इस्तेमाल करते हैं। एक हेक्टेअर में उगे लक्ष्मी तरु के पेड़ों से प्रति वर्ष 2 टन के लगभग तेल निकाला जा सकता है। तेल निकालने के बाद बाय–प्रॉडक्ट के रूप में पौधों के पोषक तत्वों के रूप में बहुत अच्छा माना जाता है, इसलिए, यह जैव–खाद का एक अच्छा स्रोत भी है। फ़िल्टर्ड कच्चा तेल डीज़ल के साथ मिलाने के लिए या बायो–डीज़ल तैयार करने के लिए भी इस्तेमाल किया जा सकता है। एक हेक्टेअर में लगे लक्ष्मी तरू के पेड़ों से लगभग 10 टन गूदा प्राप्त किया जा सकता है, जिसमें लगभग 11% शर्करा (शुगर) होती है, जो जैम तथा शर्बत तैयार करने के लिए बहुत उपयोगी है। शूगर से भरे इस गूदे को इथानोल तैयार करने में भी उपयोग में लाया जा सकता है। एक हेक्टेअर भूमि से मिले फलों के गूदे से लगभग 1,000 लीटर इथानोल उत्पन्न किया जा सकता है। दस वर्ष पुराने पेड़ के तने से लगभग 10 क्यूबिक फुट लकड़ी प्राप्त की जा सकती है, वज़न में हल्की व आकर्षक दानेदार होती है और उस पर कीड़ा नहीं लगता। प्रत्येक लक्ष्मी तरु लगभग 40 किलो

पत्तियाँ पैदा करता है, जो विभिन्न कीड़ों का उपयोग करके बनी खाद (लगभग 15 टन प्रति हेक्टेअर प्रति वर्ष) का बहुत अच्छा स्रोत है।

लक्ष्मी तरू से अप्रयुक्त लकड़ी, खली, पत्तियों, टहनियों, छिलके इत्यादि के रूप में बड़ी मात्रा में जैव–ईंधन भी उत्पन्न होता है, जो बड़े प्रभावी रूप से तापीय विद्युत (थर्मल पावर) उत्पादन के लिए इस्तेमाल किया जाता है या इसे दूसरी पीढ़ी के जैव–ईंधन के उत्पादन में कच्ची सामग्री के रूप में प्रयोग किया जाता है। इस संबंध में, लक्ष्मी तरु को आधुनिक युग का कल्पवृक्ष कहा जा सकता है, जिसमें अत्यंत आवश्यक खाद्य तेल, जैव–ईंधन, लकड़ी तथा खाद के रूप में भारत के आर्थिक विकास के लिए योगदान देने की असीम क्षमता है।

प्रस्तावित वनारोपण कार्यक्रम विभिन्न सम्पत्ति अधिकार पद्धतियों के अंतर्गत लाने पर विचार किया जा सकता है, जैसे कृषि–वानिकी (किसानों के स्वामित्व में), सामाजिक वानिकी (समुदायों के नियंत्रण में), वृक्षारोपण वानिकी (कॉर्पोरेट निकायों तथा बड़े खेतों के नियंत्रण के तहत) और ये केवल राज्य के स्वामित्व वाले वानिकी तक ही सीमित नहीं होने चाहिये।

व्यक्तियों, किसानों, कॉर्पोरेट निकायों तथा समुदायों को प्रेरित करने के लिए एक उचित प्रोत्साहन व लाभ साझा करने के तंत्र की आवश्यकता है, जो अपनी भूमि इसके लिए समर्पित करें तथा वनारोपण के क्षेत्र में सक्रिय रूप से शामिल हों।

रिपोर्टिंग प्रणाली में सुधार

इस अध्याय के आरम्भ में, हमने देखा है कि भूमि उपयोग के आंकड़े, वार्षिक कृषि सांख्यिकी रिपोर्ट के रूप में वार्षिक रूप से सुरक्षित रखे जाते हैं और देश में गठित बहुस्तरीय रिपोर्टिंग प्रणाली के आधार पर अर्थशास्त्र एवं सांख्यिकी निदेशालय, कृषि एवं सहकारिता मंत्रालय द्वारा समाहित किया जाता है। सबसे निचले स्तर का रिपोर्टिंग अधिकारी गाँव का मुंशी (लेखाकार) कहलाता है (पूर्व में इसे शानबोग या पटवारी इत्यादि के नाम से जाना जाता था), इससे ऊपर का अधिकारी क्षेत्र/होबली का राजस्व निरीक्षक होता है, जिसके अधिकार क्षेत्र में सभी गाँव तथा शहरी क्षेत्र आते हैं। वह अपने अधिकार क्षेत्र में आने वाले सभी गाँवों व शहरों से रिपोर्ट प्राप्त करता है। शहरी क्षेत्रों में सामान्यतः वे क्षेत्र सम्मिलित होते हैं, जो ग़ैर–कृषि उपयोग के साथ कुछ अन्य उपयोग जैसे नहरों इत्यादि के लिए उपयोग में

लाये जाते हैं, शहरी भूमि के ऐसे क्षेत्र के रूप में जाने जाते हैं क्योंकि वे नगर निगम की सीमा में होते हैं। नगर निगम की सीमाएँ अच्छी तरह से परिभाषित हैं और आमतौर पर उनका क्षेत्र भी एक सा रहता है। जब नगर निगम की सीमाएँ बढ़ाई जाती हैं, तो ग्रामीण क्षेत्रों से शहरी क्षेत्रों में परिवर्तित क्षेत्र, भूमि अधिग्रहण दस्तावेज़ का एक हिस्सा बन जाते हैं तथा इसकी हद को भूमि अधिग्रहण अधिसूचना सर्वेक्षण में संख्या अनुसार अधिसूचित किया जाता है। इस प्रकार, ये विस्तारित क्षेत्र भी खाते में दर्ज़ हो जाते हैं। लेकिन, फिर भी, इन क्षेत्रों के लिए भी, तहसील कार्यालय के राजस्व विभाग रिपोर्टें प्राप्त करता रहता है।

जहाँ तक गांवों का संबंध है, गाँव का मुंशी (पटवारी), जो गाँव के लेखे–जोखे का प्रभारी होता है, प्रति वर्ष प्रत्येक सर्वे नम्बर का दौरा करता है ताकि प्रत्येक सत्र में, जिस उपयोग के लिए इसे रखा गया है, उसकी पुष्टि की जा सके। वह रोपित क्षेत्र (सिंचित या असिंचित) के साथ–साथ अन्य भूमि के उपयोगों जैसे चारा भूमि, ग़ैर–कृषि उपयोग के अंतर्गत भूमि इत्यादि को मिलता है। इस प्रकार समूची व्यवस्था जनसाधारण स्तर के कर्मचारियों की ईमानदारी पर निर्भर रहती है। इसके अतिरिक्त, राजस्व निरीक्षकों, तहसीलदारों, सहायक आयुक्तों/सहायक जिलाधीशों, जिला सांख्यिकी अधिकारियों द्वारा भी निरीक्षण किया जाता है। राजस्व निरीक्षकों द्वारा गाँव के पटवारियों/शहरी सांख्यिकी अधिकारी के पास भेज दिया जाता है, जो अपने ज़िला के लिए इन्हें समेकित करता है और इन्हें संबंधित राज्य/संघीय अर्थशास्त्र एवं सांख्यिकी ब्यूरो के पास भेज देता है। ये ब्यूरो राज्य/संघों के लिए आंकड़ों को समेकित (कंसोलिडेट) करते हैं और अर्थशास्त्र एवं सांख्यिकी निदेशालय, कृषि एवं सहकारिता मंत्रालय, भारत सरकार के पास भेज देते हैं। ऐसी सभी रिपोर्टों की प्राप्ति के आधार पर, एक अखिल भारतीय रिपोर्ट लायी जाती है।

लेकिन, यदि हज़ारों में नहीं तो सैंकड़ों सर्वे में दौरा करने का कार्य बहुत बड़ा कार्य है, जो प्रत्येक सीज़न में अकेले अधिकारी अर्थात् ग्रामीण लेखाकार द्वारा किया जाता है। यहाँ एक प्रवृत्ति के अधीन सर्वे सेवाओं के लिए प्रत्येक सत्र में बोई जाने वाली फसलों के बारे में किसानों से जानकारी लेकर इन्हें रिकॉर्ड में दर्ज़ किया जाता है तथा इन दौरों में कमी लायी जाती है या उन्हें शून्य कर दिया जाता है। इस दृष्टिकोण से, समय पर रिपोर्टिंग करने की एक योजना शुरू की गयी है, जिसमें नीचे बतायी गयी नमूना तकनीकों द्वारा भूमि के 20%

भाग का चयन किया जाता है तथा उच्च स्तरीय अधिकारियों द्वारा ऐसी भूमि के लिए निरीक्षकों की एक निर्धारित संख्या तय की जाती है। प्रत्येक मौसम में, नमूनाकरण की तकनीक को लागू करके, किये गये निरीक्षणों के आधार पर, गाँव के लेखाकार सूचित किये गये आंकड़ों में सुधार करते हैं। यह प्रणाली से यह प्रश्न उठता है कि 80% भूमि का क्या होता है। स्पष्टतः इसका मुख्य स्रोत सर्वव्यापी गाँव के लेखाकार या पटवारी होते हैं। एक अन्य प्रश्न निरीक्षक अधिकारियों की ईमानदारी के संबंध में भी उठाया जा सकता है। एक समय था जब भू–राजस्व राज्य के ख़जाने का मुख्य स्रोत होता था और महत्त्वपूर्ण व निरंतर किये जाने वाले उच्च स्तरीय निरीक्षण बड़े प्रभावपूर्ण ढंग से किये जाते थे। अब इन निरीक्षणों को गम्भीरता से नहीं लिया जाता।

सूचना एवं संचार प्रौद्योगिकी

सैटेलाइट लिंक से लैस सूचना एवं संचार प्रौद्योगिकी के इस युग में, कृषि संबंधित वार्षिक आंकड़ों को इकट्ठा करने की कोई आवश्यकता नहीं है, विशेष रूप से परिष्कृत व वैज्ञानिक तरीके से एकत्रित भूमि के उपयोग से संबंधित आंकड़ों को। वास्तव में, पश्चिम बंगाल में, सिंगूर में टाटा मोटर्स संयंत्र के मुद्दे को बहुत अधिक विरोध का सामना करना पड़ा। इसलिए, राज्य सरकार द्वारा गठित बोर्ड द्वारा एक अद्यतनीकृत भूमि उपयोग का चलचित्र तैयार किया जा रहा है, जिसके विधानसभा के शीतकालीन सत्र की शुरुआत होने तक पूरा होने की उम्मीद है।[1] अब प्रश्न उठता है कि क्या उपग्रहीय चित्रों पर आधारित ऐसे मानचित्र, एक उच्च स्तर के संकल्प के साथ गांव और तालुक के लिए प्रति वर्ष या प्रति सीज़न में तैयार नहीं किये जा सकते? इससे भौगोलिक स्थानिक जानकारी शीघ्रता से उपलब्ध हो सकेगी जिससे अन्य चीज़ों के अलावा, उपयुक्त भूमि उपयोग की योजना बनाने में सहायता मिलेगी।

वास्तव में, कर्नाटक में भूमि परियोजना कम्प्यूटर के माध्यम से भू–अधिकारों के संख्यानुसार सर्वेक्षण रिकॉर्ड उपलब्ध कराने में सफल रही है। लेकिन, खेती/भूमि के उपयोग के विववरण इस योजना के अंतर्गत कोई अंतिम परिणाम नहीं है।

इसके अतिरिक्त, भारतीय अंतरिक्ष अनुसंधान संगठन (इसरो) के अंतरिक्ष विभाग के श्री वी.एस. हेगड़े द्वारा 3 जुलाई 2007 को लेखक,

1. कृषि उद्योग सर्वेक्षण, नवम्बर 2006, वड़ामलई मीडिया ग्रुप

जो दूसरे प्रशासनिक सुधार आयोग के तत्कालीन आयुक्त थे, को दी गयी संक्षिप्त जानकारी से ग्रामीण विकास के लिए अंतरिक्षीय प्रौद्योगिकी की क्षमताओं के बारे में निम्नलिखित मुख्य अंश सामने आये।

भारत के भू–अवलोकन(अर्थ ऑब्ज़र्वेशन)/भारतीय सुदूर संवेदन उपग्रह प्रणालियाँ (रिमोट सेंसिंग सैटेलाइट सिस्टम्स) 2001 से 2010 तक भूमि की छवि बनाने तथा सागर व वातावरण को देखने के लिए निम्न सुविधाओं को प्राप्त करने की योजना बना रहे हैं और ऐसा अन्य बातों के अलावा मानचित्रण की सहायता से किया जा रहा है। निम्नलिखित कुछ मुख्य अंश इस विषय में प्रासंगिक हैं :

कृषि

- फसलों के क्षेत्रफल तथा उत्पादन का अनुमान लगाना
- फसलों की पैदावार की बानगी

बागवानी

- विस्तृत सूची तथा बागवानी
- नारियल के सूखने की बीमारी

भूमि की दुर्दशा

- जलभराव वाले क्षेत्रों का मानचित्रण तथा निगरानी
- नमक प्रभावित मिट्टी तथा कटी हुई भूमि (नोट : हमने ऊपर दी गयी मदों में इसकी मौजूदा क्षमताओं और प्रस्तावित क्षमताओं में से केवल कुछ ही मदों को चुना है। कई अन्य चीज़ें भी ऐसी हैं जिन्हें इसरो कर सकता है।

वास्तव में, फसलों का क्षेत्रफल या कृषि और बागवानी का क्षेत्र इस अध्याय के लिए बहुत प्रासंगिक है। यदि इसे नियमित रूप से किया जा सके और हम प्रत्येक सीज़न में उपग्रह–आधारित आंकड़ों को प्राप्त कर सकें, तो हम अपने कृषि संबंधी सांख्यिकी में सुधार करने के साथ–साथ अधिक शीघ्रता से तथा सटीकता के साथ भूमि के विवरणों में सुधार ला सकेंगे।

फसलों की प्राप्ति/अनुमान से संबंधित अन्य जानकारी भी अत्यंत ज़रूरी है, क्योंकि वर्तमान में, हमें उपलब्ध विश्वसनीय अनुमान केवल क्रमरहित नमूनों के आधार पर किये गये फसलों का आकलन सर्वेक्षणों पर आधारित है, जिनके तहत क्रमरहित ढंग से चुने गये भूखंडों में फसल काटने के प्रयोग किये गये हैं। ये प्रयोग भी प्राथमिक कर्मचारियों की ईमानदारी पर निर्भर करते हैं। इसलिए, यदि इसरो

कृषि तथा बागवानी की फसलों की उत्पादकता के अनुमान की वैकल्पिक प्रभावपूर्ण प्रणाली उपलब्ध करवा सके, तो निश्चित रूप से इसका स्वागत किया जायेगा। लेकिन यह किया जाना आवश्यक है।

फसलों की बीमारियाँ

सूचना और संचार प्रौद्योगिकी का बड़े स्तर पर फसलों के नुकसान का अनुमान लगाने में भी उपयोग किया जा सकता है, ताकि प्रभावपूर्ण ढंग से फसल बीमा योजना को लागू किया जा सके। बागवानी के अंतर्गत बतायी गयी नारियल सूख जाने की बीमारी को भी उपग्रह से ली गई तस्वीरों द्वारा रिकॉर्ड किया जा रहा है। कहा गया है कि अंतर–एकीकृत (इंटरग्रेटेड) कीट प्रबंधन को भी अंतरिक्ष प्रौद्योगिकी के माध्यम से सफल बनाया जा सकता है। इन्हें भी शीघ्र ही व्यवहार में लाया जाना चाहिये।

भूमि दुर्दशा

जलभराव वाली क्षारीयता तथा लवणता से प्रभावित कृषि तथा बागवानी के अंतर्गत आने वाली भूमि को भी उपग्रह से प्राप्त तस्वीरों से मानचित्रित किया जा सकता है। यदि इसे व्यवहार में लाया जाये, तो कहने की ज़रूरत नहीं कि ऐसी सुविधा भूमि के समुचित उपयोग में एक लम्बा रास्ता तय करेगी।

संक्षेप में, ऊपर लिखी सभी योजनायें तथा ग्रामीण विकास के लिए इसरो की योजना का बहुत स्वागत है। यहाँ यह सलाह दी जाती है कि कृषि मंत्रालय, भारत सरकार समय–समय पर इसरो, राज्य तथा संघीय सरकारों के प्रतिनिधियों के साथ एक बैठक करे, जिसमें कृषि, सिंचाई तथा ग्रामीण विकास में, एक समयावधि में व्यवस्थित रूप से इसरो की क्षमता के उपयोग के बारे में निर्णय ले सकें तथा जानकारी को सुरक्षित रखने के लिए इन वैज्ञानिक प्रणालियों की शुरुआत की जाये तथा प्रचलन से बाहर हो चुकी पुरानी प्रक्रियाओं को बदला जा सके।

निम्नलिखित से इसरो की क्षमता की झलक मिलती है :

- इसरो ने देश में बंजर भूमि की एक एटलस तैयार की है, जो राज्यवार, संघीय क्षेत्रवार विभिन्न प्रकार की बंजर भूमियों के संबंध में आंकड़े दर्शाती है। इन आंकड़ों को ज़िला स्तर पर भी विभाजित किया गया है। ये आंकड़े वर्ष 2007 से संबंधित हैं। यह निश्चित रूप से एक बहुत अच्छा प्रयास है। यदि इस मानचित्रण को गाँवों के अनुसार किया जाये तथा यदि इन बंजर भूमियों को उपयोगी भूमियों में परिवर्तित करके उनके उपयोग

की शुरुआत के लिए कार्यक्रम बनाया जा सके, तो निश्चित रूप से यह देश के सकल घरेलू उत्पाद में एक बड़ा योगदान होगा।

- इन बंजर भूमियों को इसरो ने 28 श्रेणियों में बाँटा है। इनमें न केवल कृषि योग्य भूमियाँ शामिल हैं, जिन्हें व्यर्थ कर दिया गया है, बल्कि चारा पैदा करने वाली भूमि, खानों के अंतर्गत भूमियाँ, उद्योगों द्वारा रसायनों के बहाव से बेकार हो चुकी भूमियाँ, बिना वृक्षों से आच्छादित वनों में व्यर्थ हो गयी भूमियाँ शामिल हैं। बंजर भूमि का कुल क्षेत्रफल अनुमानतः 55.25 मिलियन हेक्टेअर है। यदि इन्हें कृषि योग्य बनाया जाये तथा उपयुक्त उपयोग में लाया जाये और यदि इससे 1,000 रुपये प्रति वर्ष प्रति हेक्टेअर की थोड़ी–सी आय भी नहीं होती है, तो इससे 55,250 मिलियन रुपये अथवा 5,525 करोड़ रुपये की आय प्राप्त हो सकती है।
- यह स्पष्ट करने के लिए कि हमारे मूल्यवान भू–संसाधन किस प्रकार बर्बाद किये जा रहे हैं, आइये हम इसरो द्वारा प्रस्तुत आंकड़ों को देखते हैं। इसरो द्वारा यह स्पष्ट रूप से दर्शाया गया है कि ख़राब हो चुके चारागाह तथा चारा–भूमियाँ 19,34,430 हेक्टेअर या 1.9 मिलियन हेक्टेअर थीं। इस रिपोर्ट की तालिका 2.8 इस तथ्य को दर्शाती है कि 1999–2000 में हमारे वार्षिक कृषि आंकड़ों के अनुसार चारा योग्य भूमि 11.04 मिलियन हेक्टेअर थी अर्थात् चारा भूमि का 17% बिना चारे या बिना घास के बंजर भूमि बन चुकी है।
- इस रिपोर्ट में आगे हम देख सकते हैं कि सूचना एवं संचार प्रौद्योगिकी के लिए सिफारिशें की गयी हैं (भारत में सभी 6 लाख गांवों में शुरुआत करने के लिए) अर्थात् इन सभी गांवों में इंटरनेट की सुविधा वाले कम्प्यूटर चालू किये जायेंगे और इसके अतिरिक्त उनमें सामुदायिक रेडियो सुविधा भी प्रदान की जायेगी। यदि इसरो विभिन्न क्षेत्रों में डिजिटल रूप से मानचित्र प्रदान करे, जिसकी क्षमता होने का वे दावा करते हैं, तो निश्चित रूप से गाँवों की प्रगति का मार्ग प्रशस्त होगा और यहाँ तक कि नौ वर्गीकरणों के अनुसार देश की भूमि को प्रति वर्ष ज़्यादा सही ढंग से तथा तुरंत उपग्रहीय–चित्रों के अंतर्गत लाया जा सकेगा।

अध्याय–3

भारत में कृषि विकास

भारत के कृषि विकास के लिए अपनायी गई रणनीतियाँ तथा कार्यक्रम नीचे वर्णित किये गये हैं।

1960 से पूर्व पहला चरण

द्वितीय विश्व युद्ध के दौरान, हालांकि भारत में ब्रिटेन का शासन था, फिर भी सरकार और अधिक खाद्यान्न उगाने की आवश्यकता के प्रति पूरी तरह सचेत थी। अकाल ने कई स्थानों पर कहर ढाया था, विशेषकर बंगाल में। इस कारण सरकार देश में और खाद्यान्न उगाने के लिए बहुत सतर्क हो चुकी थी। इसके लिए पहला योजनाबद्ध प्रयास 'अधिक अन्न उपजाओ' (ग्रो मोर फूड) अभियान के माध्यम से किया गया था, जिसकी शुरुआत 1943–44 में की गयी थी। 'अधिक अन्न उपजाओ' अभियान के ध्येय थे :

(i) भूमि के पुनरूपयोग द्वारा खाद्यान्न वाली फसलों के अंतर्गत आने वाले क्षेत्रों में विस्तार लाना,

(ii) ग़ैर–खाद्यान्न वाले क्षेत्र को खाद्यान्न वाले क्षेत्र में बदलना,

(iii) उत्पादकता बढ़ाने के लिए उर्वरकों तथा खाद का उपयोग करना, तथा

(iv) सिंचाई की क्षमता में वृद्धि करना।

हालांकि ब्रिटिश लोगों ने इस कार्यक्रम में पहल की थी, भारत के विभाजन तथा नई केन्द्रीय व राज्य सरकारों की स्थापना के मामलों के कारण उत्पन्न अशांति के बावजूद, इसे और भी योजनाबद्ध तरीके से 1947–48 में क्रियान्वित किया गया था। इसलिए, 1951–52 तक, चार लाख टन अतिरिक्त खाद्यान्नों का उत्पादन किया गया था। यह, संयोग से पहली पंचवर्षीय योजना का पहला वर्ष था। पहले पंचवर्षीय योजना के दस्तावेज ने यह स्पष्ट कर दिया कि बिना खाद्यान्नों के

उत्पादन में भारी वृद्धि किये तथा बिना उद्योगों के लिए आवश्यक कच्ची सामग्री में बढ़ोत्तरी किये, औद्योगिक विकास की ऊँची गति को बनाये रखना असम्भव था। सरकार ने 1952 में एक 'अधिक अन्न उपजाओ' जाँच समिति भी स्थापित कर दी थी। यह समिति बड़ी बारीकी से अधिक अन्न उपजाओ की कार्यपद्धति की जाँच कर रही थी और उसने निष्कर्ष निकाला कि तय लक्ष्यों को प्राप्त नहीं किया जा सका और कि, यह अभियान केवल ग्रामीण अर्थव्यवस्था को ही छू पाया था। इससे भी महत्त्वपूर्ण यह बात देखने में आयी कि 'अधिक अन्न उपजाओ' योजना का लाभ बड़े किसानों के छोटे वर्ग को ही मिल पाया था और यह कि इसे एक राष्ट्रीय आंदोलन नहीं कहा जा सकता था। लेकिन, समिति की एक महत्त्वपूर्ण सिफारिश थी कि एक राष्ट्रीय विस्तारण सेवा संगठन बनाया जाना चाहिए ताकि समुदाय विकास कार्यक्रम के माध्यम से किसानों के जीवन–स्तर को ऊपर उठाया जाये। 'समुदाय विकास' की यह अवधारणा भारत की योजना प्रक्रिया द्वारा लागू की गयी थी लेकिन इसका ध्यान उन कार्यक्रमों की ओर अधिक था, जिसके अंतर्गत कुछ लघु सिंचाई तथा भूमि उद्धार कार्यक्रमों सहित विभिन्न ग्रामीण कार्य किये गये थे, जिनसे कृषि को काफी हद तक लाभ पहुँचा।

एक बार फिर दूसरी पंचवर्षीय योजना में मुख्य उद्देश्यों में कृषि को कोई महत्त्व नहीं दिया गया था। जनसंख्या में तेज़ वृद्धि से खाद्यान्नों के आयात में 1955 में 0.5 मिलियन टन की तुलना में 1957 में 3.7 विभाजन टन की आवश्यकता महसूस की गयी। इसके अतिरिक्त, 1957–58 में पड़े गम्भीर सूखे के कारण उत्पादन में भारी गिरावट ने सरकार को महसूस कराया कि खाद्यान्नों के उत्पादन में पर्याप्त ध्यान देने की ज़रूरत थी। इसीलिए, भारत सरकार ने फोर्ड फाउंडेशन से विशेषज्ञों की एक टीम को अपने यहाँ आमंत्रित किया ताकि स्थिति को अच्छी तरह समझा जा सके और उसमें सुधार के लिए उचित सुझाव दिये जा सकें। वह टीम भारत में आयी, उसने स्थिति का अध्ययन किया और अप्रैल 1959 में अपनी अनुशंसायें प्रस्तुत कीं। भारत सरकार ने कुछ विशेष क्षेत्रों में कुछ फसलों की अधिक गहन खेती के संबंध में टीम की अनुशंसाओं को स्वीकार कर लिया। इस प्रकार, 'गहन कृषि जिला कार्यक्रम' की वर्ष 1960 में शुरुआत हुई। फोर्ड फाउंडेशन ने इस कार्यक्रम के लिए वित्तीय तथा तकनीकी सहायता देना भी स्वीकार कर लिया। इसके साथ–साथ, 'गहन कृषि

क्षेत्र कार्यक्रम' (इंटेंसिव एग्रीकल्चरल एरिया प्रोग्राम–आई.ए.डी.पी.) भी आरम्भ किया गया।

दूसरा चरण - 1960-65

यही वह चरण था, जिसमें गहन कृषि जिला कार्यक्रम (आई.ए.डी.पी.) तथा गहन कृषि क्षेत्र कार्यक्रम (आई.ए.ए.पी.) की शुरुआत हुई।

गहन कृषि जिला कार्यक्रम

गहन कृषि जिला कार्यक्रम की शुरुआत करने के पीछे दृष्टिकोण यह था कि अन्य क्षेत्रों में सामान्य प्रयासों को नुकसान पहुँचाये बिना, सभी आवश्यक क्षमताओं वाले जिलों में गहन प्रयास किया जाये। इसके निम्नलिखित मुख्य कार्य थे :

- उन्नत कृषि प्रणालियों तथा जानकारियों के एक पैकेज का विकास करना, तथा
- किसानों में उपयुक्त तकनीकी जानकारी का प्रसार करके, उन्हें कृषि उत्पादन विकसित करने में सक्षम बनाना।

इन उन्नत कार्य प्रणालियों में प्रमुख फसलों के लिए उन्नत बीज, उर्वरक, खादें, कीटनाशक, उन्नत उपकरण, भूमि की उचित जुताई तथा जल प्रबंधन इत्यादि शामिल थे। कृषि प्रणालियों के पैकेज के उपयोग में किसानों की शिक्षा की एक तकनीक के रूप में, कृषि योजना की शुरुआत करने की दिशा में भी प्रशंसनीय प्रगति की गयी।

कार्य स्तर

गहन कृषि जिला कार्यक्रम के अंतर्गत 1962–63 के अंत तक काफी धीमी चलने वाले कार्य स्तर ने 1963–64 में गति पकड़ ली। 1967–68 के अंत में, आई.ए.डी.पी. के अंतर्गत जिलों में 85.50 लाख हेक्टेअर कुल कृषि योग्य क्षेत्रों में से, इस कार्यक्रम में 32 लाख हेक्टेअर भूमि को लाया गया।

परिणाम : 1960–66 की अवधि के दौरान विभिन्न रिपोर्टों के आकलन में निम्नलिखित परिणाम पाये गये :

1. 1964–65 की अवधि के दौरान, पैकेज से पूर्व की तुलना में अलीगढ़ तथा लुधियाना में प्रमुख फसल, जैसे गेहूँ की उत्पादकता में क्रमशः 55% तथा 95% की वृद्धि दर्ज की गयी।

2. मांडला में 1964–65 में इसकी प्रमुख फसल चावल की उपज दर में 64% की वृद्धि देखी गयी।
3. 300 फसलों के काटने के अनुभव के आधार पर, यह देखा गया कि प्री–पैकेज अवधि की तुलना में पश्चिम गोदावरी, मांड्या, बर्धवान तथा काहार में 1965–66 तथा 1966–67 में चावल की उत्पादकता में वृद्धि अधिक थी।

निष्कर्ष

गहन कृषि जिला कार्यक्रम के आकलन व मूल्यांकन पर विशेषज्ञ समिति का प्रमुख निष्कर्ष था आई.ए.डी.पी. जैसी योजना के सफल क्रियान्वयन के लिए, सरकार के क्रेडिट, विपणन, कीमतों, जानकारियाँ प्रदान करने तथा आयात निवेशों के उत्पादन के लिए उद्योगों, भूमि आदि की बुनियादी नीति में संशोधन की काफी आवश्यकता है। यह भी देखा गया है कि एक बार जब भारतीय किसानों को विश्वास हो जाता है कि कोई विशेष नयी पहल उसके लिए उपयोगी भी है और उसकी पहुँच के भीतर भी, तो वह दुनिया के किसी भी अन्य किसान की तरह तुरंत उस पर अपनी प्रतिक्रिया देता है।

गहन कृषि क्षेत्र कार्यक्रम (इन्टेंसिव एग्रीकल्चर एरिया प्रोग्राम-आई.ए.ए.पी.)

तीसरी पंचवर्षीय योजना के मध्यावधि मूल्यांकन ने ज़ोर दिया कि वैज्ञानिक व प्रगतिशील कृषि के विकास के लिए एक गहन तरीके से ज़ोर दिया जाना चाहिये, विशेष रूप से उन क्षेत्रों में (जिलों के विपरीत जहाँ गहन कृषि जिला कार्यक्रम में विशेष कवरेज दिया गया था) जहाँ संसाधन बड़ी मात्रा में मौजूद हैं तथा कृषि उत्पादन में भारी सम्भावनायें उपस्थित हैं। तदनुसार वर्ष 1964 में, पिछली नीति से हटाये गये प्रमुख कार्यक्रम अपनाये गये थे जिनका विवरण नीचे दिया गया है :

1. 20% से 25% कृषि योग्य भूमि पर प्रयासों को केन्द्रित किया जायेगा, जहाँ सिंचाई की उपलब्धता से उत्पादन में तेज़ी से वृद्धि सुनिश्चित होगी।
2. इन क्षेत्रों में, बेहतर क्रियान्वयन के साथ–साथ, विज्ञान व प्रौद्योगिकी के प्रयोग को विस्तार देने के लिए एक व्यवस्थित प्रयास किया जायेगा। तदनुसार, अक्टूबर 1965 में कार्यक्रम की शुरुआत हुई।

3. इस कार्यक्रम में उर्वरक, कृषि उपकरण तथा उन्नत किस्म के बीजों इत्यादि के उपयोग से संबंधित गतिविधियाँ शामिल हैं। लेकिन सीमित पूर्ति व अपर्याप्त तकनीकी कर्मचारियों के परिणामस्वरूप इस कार्यक्रम में हुई प्रगति धीमी रही, हालांकि यह स्वीकार करना होगा कि 'गहन कृषि क्षेत्र कार्यक्रम' ने आने वाले वर्षों में बड़ी मात्रा में आधुनिक प्रौद्योगिकी अपनाये जाने का एक आधार तैयार कर दिया था।

तीसरा चरण-(1965 के बाद का समय)- उच्च पैदावार वाली किस्मों का कार्यक्रम

सरकार की ओर से भी व्यापक खेती के लिए अधिक भूमि उपलब्ध करने के प्रति जागरूकता दिखायी गयी। लेकिन वर्ष 1965 में धान व गेहूँ की नयी किस्में क्रमशः ताइवान और मैक्सिको द्वारा उत्पन्न करने के साथ–साथ, भारतीय अनुसंधान ने कृषि विकास की एक नयी नीति की घोषणा की। इस नयी नीति में मुख्य मुद्दा था अधिक उपज देने वाली किस्मों को अपनाना। अधिक उपज देने वाली किस्मों का कार्यक्रम वास्तव में 1966–67 के दौरान ख़रीफ के सीज़न में शुरू किया गया था। इसमें धान, गेहूँ, मक्का, ज्वार तथा बाजरा की उच्च पैदावार वाली किस्में शामिल थीं।

आरम्भ में, इस कार्यक्रम के लिए कुछ चुने गये क्षेत्रों का दृष्टिकोण अपनाया गया था। जिला, ब्लॉक, क्षेत्रों तथा किसानों के चुनाव का आधार था–(i) सुनिश्चित सिंचाई अथवा वर्षा (ii) उचित जल निकासी (iii) प्राकृतिक आपदाओं का ख़तरा न होना (iv) सहकारिता जैसी मजबूत इनपुट वाली संस्थाओं का अस्तित्व (v) फसल का महत्त्व (vi) मिट्टी की उर्वरता (vii) तकनीकी कर्मचारियों की उपलब्धता।

बाद में, सिंचाई के बढ़ने और प्रशिक्षण तथा दौरा करने की प्रणाली के अंतर्गत एक्सटेंशन स्टॉक में बढ़ोत्तरी होने पर, जिसमें गाँवों के एक छोटे परिमंडल के लिए कृषि सहायक की उपस्थिति सुनिश्चित करने के साथ–साथ कृषि विस्तार अधिकारियों तथा संभागीय (सब–डिवीज़नल) स्तर पर सहायक कृषि निदेशक का व्यापक सुपरवाइज़िंग स्टॉफ व फसल विशेषज्ञ के अतिरिक्त जिला स्तर पर उप–कृषि निदेशक का भी सहयोग प्राप्त था, विस्तार कार्य को असली बढ़ावा दिया गया। इस प्रकार, इन कार्यक्रमों ने बड़े पैमाने पर कई आयाम ग्रहण किये। इन कार्यक्रमों के आवश्यक

तत्व निम्न प्रकार हैं :

विभिन्न उन्नत साधनों के माध्यम से, बेहतर खेती करने के ज्ञान के साथ–साथ प्रगतिशील किसानों को पुरस्कार दिये जाने जैसे प्रोत्साहन व बीजों के लिए मिनीकिट/जानकारी इत्यादि प्रदान की गयी, जिनमें किसान के खेतों पर विस्तार मशीनरी का उपयोग करके एक प्रदर्शन का आयोजन भी शामिल है। इसके अतिरिक्त, कृषि विज्ञान विश्वविद्यालयों के साथ सहयोग के मोर्चे पर किये गये विशाल उपाय/प्रजनक बीज देने में प्रमुख भूमिका निभा रहे हैं, जो बुनियादी बीज (फाउंडेशन सीड) के रूप में राज्य बीज खेती (स्टेट सीड फार्म) द्वारा गई गुना बढ़ गया था और उसके बाद इसे प्रमाणित बीज (सर्टिफाइड सीड) विकसित करने के लिए प्रगतिशील किसानों को दे दिया गया। राज्य बीज निगम ने प्रमाणित बीज उगाने के लिए प्रगतिशील किसानों (पंजीकृत बीज उत्पादक) को बुनियादी बीज देने में केन्द्रीय भूमिका निभायी। जो इस प्रकार राज्य बीज प्रमाणक एजेंसी द्वारा प्रमाणित किये गये थे और किसानों को वितरित किये गये थे। इसके अलावा, निजी क्षेत्र ने भी ग्रामीण स्तर पर अधिक उपज देने वाली किस्मों (एच.वाई.वी.) की आपूर्ति में प्रभावपूर्ण भूमिका निभायी। इसके अतिरिक्त, यदि कोई बीज प्रमाणित नहीं भी था, तो पंजीकृत बीज उत्पादकों ने किसानों को लगभग समान क्षमता वाले, वास्तव में लेबल लगे बीजों की बिक्री भी की। इसके अलावा, सहकारी क्षेत्रों के साथ–साथ अनुसूचित बैंकों के माध्यम से भी प्रचुर मात्रा में कृषि ऋण की उपलब्धता ने प्रामाणिक ऋण के रूप में बहुत मदद की। उसके बाद, निजी विक्रेताओं के अतिरिक्त, राज्य कृषि उद्योग निगम तथा राज्य सहकारी विपणन संघ ने भी बीजों, उर्वरकों तथा कीटनाशकों के वितरण में भूमिका निभायी। इसके अलावा, समय के विभिन्न चरणों में, ज्वार, बाजरा तथा रागी या मडुआ इत्यादि अनाजों के लिए विशेष खाद्य उत्पादन कार्यक्रम जैसे विभिन्न विशेष कार्यक्रम अपनाये गये। छोटे और ग़रीब किसानों को अनाज व मोटे अनाजों में उत्कृष्टता लाने के लिए विशेष मिनी किट वितरण कार्यक्रम आरम्भ किये गये। इन सारी जानकारियों की आपूर्ति/विस्तार सेवाओं/विशेष प्रयासों इत्यादि के नेटवर्क से बड़े पैमाने पर अधिक उपज देने वाली किस्मों का उपयोग शुरू हुआ जिसके कारण हरित क्रांति का आरम्भ हुआ।

अन्य कार्यक्रम

अनाजों के अतिरिक्त, बड़ी सफलतापूर्वक दालों के विकास, तिलहन के विकास, उत्पादन तथा वृद्धि के लिए भी प्रयासों में बढ़ोत्तरी हुई। वास्तव में, अन्य सभी फसलें जैसे कपास, गन्ना, फलों व सब्जियों इत्यादि को भी विभिन्न विकास कार्यक्रमों की शुरुआत करके उचित महत्त्व प्रदान किया गया।

कहने की आवश्यकता नहीं कि सरकारी कार्यक्रमों के साथ–साथ निजी क्षेत्र के प्रयासों ने भी बीज, उर्वरक, कीटनाशक इत्यादि का पूरा ध्यान रखा। इस प्रकार कम से कम खाद्यान्नों, विशेष रूप से अनाजों में लम्बे समय से एक क्रांतिकारी वृद्धि का प्रभाव महसूस किया गया। अन्य फसलों में भी काफी प्रगति दर्ज़ की गयी, हालांकि कुछ मामलों में, जैसे तिलहन और दालों में, आत्म–निर्भरता प्राप्त नहीं हो पायी।

प्रगति का विश्लेषण

चलिए, अब हम भारत सरकार द्वारा 2005–06 में आर्थिक सर्वेक्षण में प्रकाशित आंकड़ों के आधार पर कई फसलों के क्षेत्र, उत्पादन तथा उत्पादकता में दर्ज़ की गयी प्रगति का विश्लेषण करते हैं।

यदि हम वर्ष 1960–61 को आधार वर्ष मान कर चलें, जब भारत के कृषि कार्यक्रम जैसे गहन कृषि विकास कार्यक्रम तेज़ी से वृद्धि करने के लिए अपना रास्ता तलाश रहे थे और उत्पादन में वृद्धि के लिए जानकारियों के एक बेहतर पैकेज आरम्भ करने के लिए संघर्ष कर रहे थे, तो बेहतर होगा। यहाँ तक कि 1960–61 से 1970–71 के दशक के मध्य में तक चयनात्मक क्षेत्र दृष्टिकोण के साथ, आवश्यक जानकारियों इत्यादि के संबंधित पैकेज के साथ अधिक उपज वाली किस्मों का कार्यक्रम शुरू किया गया था। शुरुआती वर्षों में, जैसा कि पहले बताया जा चुका है, गिने चुने प्रयास किये गये थे, लेकिन जब बीज, उर्वरक तथा ऋण के साथ–साथ गहन सिंचाई तथा स्टॉक की उपलब्धता की शक्ल में अत्यधिक सहयोग किया, तो इसने एक बड़ी शक्ल ले ली। इसलिए विश्लेषण का आधार वर्ष 1960–61 को चुना गया है।

खाद्यान्न

सभी खाद्यान्नों के दशकीय वर्षों में सकल क्षेत्र, उत्पादकता तथा उत्पादन को नीचे दिखाया गया है–

तालिका 3.1 : खाद्यान्नों का सकल क्षेत्र, उत्पादन तथा उत्पादकता

क्रम संख्या	वर्ष	सकल क्षेत्र (मिलियनहेक्टेअर)		उत्पादन (मिलियन टन)		उत्पादकता (किलो / हेक्टेअर)	
1	2	3	4	5	6	7	8
1.	1960–61	115.6	–	82.0	–	710	–
2.	1970–71	124.3	8	108.4	32	872	23
3.	1980–81	126.7	10	129.6	58	1,023	44
4.	1990–91	127.8	11	176.4	115	1,380	94
5.	2000–01	121.0	5	196.7	140	1,626	129
6.	2001–02	122.8	6	212.8	160	1,734	144
7.	2002–03	113.9	–2	174.7	113	1,535	116
8.	2003–04	123.3	7	213.4	160	1,731	143
9.	2004–05	120.2	4	204.6	150	1,703	140

नोट : कॉलम संख्या 4, 6 और 8 1960–61 के स्तर पर क्रमशः, उत्पादन तथा उत्पादकता में प्रतिशत वृद्धि या गिरावट को दर्शाते हैं।

वर्ष 2000–01 से 2004–05 के पांच वर्षों का वार्षिक औसत।

क्षेत्र : 120.2 मिलियन हेक्टेअर (1960–61 के स्तर से 4% की वृद्धि)

उत्पादन : 200.4 मिलियन टन

उत्पादकता : 1,666 किलो प्रति हेक्टेअर या 1.7 टन प्रति हेक्टेअर

उपरोक्त तालिका से निम्न निष्कर्ष निकाले जा सकते है :

सकल क्षेत्र : यह 1960–61 में 115.6 मिलियन हेक्टेअर से 1990–91 में 127.8 मिलियन हेक्टेअर तक बढ़ा है (1960–61 के स्तर से 11% की वृद्धि), 2000–01 में थोड़ा सा गिर कर 121 मिलियन हेक्टेअर हो गया (1960–61 की तुलना में 5% की वृद्धि) और उसके बाद यह 120 मिलियन से थोड़ा ऊपर स्थिर हो गया, सिवाय वर्ष 2002–03 को छोड़कर, जब यह गिर कर 113.9 मिलियन हेक्टेअर के स्तर पर आ गया (1960–61 के स्तर से –2% की गिरावट)। इस प्रकार, हालांकि क्षेत्र पहले तीन दशकों में काफी ज़ोर देने के कारण 1970–71 में 8% से 1990–91 में तेज़ी से बढ़कर 11% हो गया, किन्तु 2000–05 में औसतन 120 मिलियन हेक्टेअर के वार्षिक स्तर तक नीचे आ गया या कहें कि इसमें 1960–61 के स्तर की तुलना में 4% की वृद्धि हुई।

उत्पादन व उत्पादकता : उत्पादन निरंतर 1960–61 में 82 मिलियन टन से बढ़कर 2001–02 में 212.8 मिलियन टन हो गया। 1960–61 में प्रतिशत की दृष्टि से, उत्पादन में उत्तरोत्तर 160% की

वृद्धि दर्ज की गयी। लेकिन, 2000–2005 में औसतन 200 मिलियन टन प्रतिवर्ष की औसत रही या कहें कि 1960–61 के स्तर में 143% की वृद्धि हुई। इसी प्रकार, उत्पादकता में भी 1960–61 के 710 किलो प्रति हेक्टेअर से 2001–02 में 1,734 किलो प्रति हेक्टेअर के स्तर को छू लिया। तत्पश्चात्, यदि 2002–03 (सूखा से ग्रस्त वर्ष) को छोड़ दें, तो 2000–05 के दौरान, उत्पादकता 1,666 किलो प्रति हेक्टेअर प्रति वर्ष स्थिर रही। इसका श्रेय अधिक उपज देने वाली किस्मों को दिया जा सकता है, जिनकी शुरुआत 1960–61 तथा 1970–71 के मध्य में की गयी थी, जिसने हरित क्रांति लाने की दिशा में महत्त्वपूर्ण भूमिका निभायी। इसके अतिरिक्त, सिंचाई तथा प्रभावी विस्तार सेवाओं में भी अतिरिक्त योगदान दिया है। यह क्रांतिकारी प्रभाव इस 2000 के दशक में प्रतीत होता है कि अब एक मुकाम तक पहुँच चुका है।

अनाज और दालें : 1960–61 से 1999–2000 की समयावधि के दौरान तथा वर्ष 2004–05 तक इक्कीसवीं शताब्दी के प्रत्येक वर्ष में अनाजों के क्षेत्र, उत्पादन तथा उत्पादकता को तालिका 3.2 में दिखाया गया है।

क्षेत्र (तालिका 3-2 पर आधारित) : वर्ष 1960–61 से वर्ष 2004–05 में किसी भी वर्ष अनाजों तथा दालों, दोनों के क्षेत्रों में 1960–61 से लेकर 2004–05 तक कोई महत्त्वपूर्ण अंतर नहीं है। अनाजों का औसत सकल वार्षिक क्षेत्र 98.5 मिलियन हेक्टेअर था, जबकि दालों के लिए 2000–05 की अवधि का वार्षिक औसत 21.7 मिलियन हेक्टेअर था। वर्ष 1960–61 में यह 92 मिलियन हेक्टेअर था और दालों के लिए यह 23.7 मिलियन हेक्टेअर था। इस प्रकार, अनाजों के लिए क्षेत्रवार कोई बहुत ज़्यादा भिन्नता नहीं देखी गयी, जबकि दालों के लिए इसमें थोड़ी सी गिरावट आयी है। हालांकि अनाजों की कुछ प्रमुख फसलों के अंतर्गत सिंचित क्षेत्र तालिका 3.3 तथा 3.4 में दिखाया गया है, किन्तु दालों के लिए यह नहीं दिखाया गया। नवीनतम उपलब्ध आंकड़ों के अनुसार, वर्ष 2002–03 में दालों के अंतर्गत सिंचित क्षेत्र 3 मिलियन हेक्टेअर था या दालों के अंतर्गत कुल क्षेत्र का 14.1% था, जो प्रमुख फसलों जैसे चावल या गेहूँ के सिंचाई प्रतिशत की तुलना में बहुत कम है, जैसाकि तालिका 3.3 तथा 3.4 से संकेत मिलता है।

तालिका 3.2 : अनाजों व दालों का क्षेत्र, उत्पादन तथा उत्पादकता

वर्ष	सकल क्षेत्र (मिलियन हेक्टेअर)	अनाज उत्पादन (मिलियन टन)	अनाज उत्पादकता (किलो/हेक्टेअर)	दालें क्षेत्र (मिलियन/हेक्टेअर)	दालें उत्पादन (मिलियन टन)	उत्पादकता किलो/हेक्टेअर
1960–61	92.0	69.3	753	23.6	12.7	539
1970–71	101.8	96.6	949	22.6	11.8	524
1980–81	104.2	119.0	1142	22.5	10.6	173
1990–91	103.2	162.1	1571	24.7	14.3	578
2000–01	100.7	185.7	1844	20.3	11.0	544
2001–02	100.8	199.5	1980	22.0	13.3	607
2002–03	93.4	163.6	1753	20.5	11.1	543
2003–04	99.9	198.5	1967	23.4	14.9	637
2004–05	97.7	191.2	1918	22.5	13.4	595
5 वर्ष (2000–05) का वार्षिक औसत	98.5	187.7	1905	21.7	12.7	585

• **उत्पादन तथा उत्पादकता (तालिका 3.2 पर आधारित) :** जहाँ तक अनाजों का प्रश्न है, 1960–61 से 2000–01 तक, उत्पादन तथा उत्पादकता, दोनों में नियमित वृद्धि देखी गयी है, जब उत्पादन 69.3 मिलियन से 185.7 मिलियन टन हो गया और उत्पादकता टन भी 753 किलो प्रति हेक्टेअर से उसी अवधि के दौरान, 1844 किलो प्रति हेक्टेअर हो गयी थी या उसमें 144% की वृद्धि हुई थी। इस प्रकार, अनाजों में हरित क्रांति स्पष्ट थी। इक्कीसवीं शताब्दी के शेष वर्षों में, 191. 2 से 199.5 मिलियन टन में थोड़ा–सा उतार–चढ़ाव मौजूद था, सिवाय वर्ष 2002–03 के, जब सूखे के कारण यह 163.6 मिलियन टन तक गिर गया था। किसी भी स्थिति में, 2000 के दशक में पाँच वर्षों के दौरान वार्षिक उत्पादन औसत 187.7 मिलियन टन था जिसे इक्कीसवीं शताब्दी में एक स्थिर स्तर माना जा सकता है। उत्पादकता में भी ऐसा ही फेरबदल दिखायी देता है, जब इक्कीसवीं शताब्दी के पाँच वर्षों का वार्षिक औसत, 1,905 किलो प्रति हेक्टेअर था, जिसे एक स्थिर स्तर माना जा सकता है।

और जहाँ तक दालों की बात है, हरित क्रांति में इन्हें बहुत महत्त्व नहीं दिया गया था। वास्तव में, 1960 के दशक में घोषित उच्च

पैदावार वाली किस्मों में, मुख्य अनाजों को शामिल किया गया था और यहाँ तक कि सिंचित क्षेत्र में भी ज़्यादातर अनाजों जैसे गेहूँ व चावल को ही शामिल किया गया था। इस कारण से, उत्पादन व उत्पादकता की दृष्टि से दालों में बहुत वृद्धि नहीं देखी गयी। दालों का उत्पादन कम हो गया था जैसा कि तालिका 3.2 में देखा जा सकता है। वर्ष 2000–2005 के पाँच वर्षों का वार्षिक औसत 12.7 मिलियन टन है, जो 1960–61 के उत्पादन के बराबर है। इसलिए, दालों के विकास कार्यक्रम को महत्त्व देने की आवश्यकता है।

अलग-अलग अनाज की फसलें

चावल

तालिका 3.3 : चावल का सकल क्षेत्र, सिंचित क्षेत्र, उत्पादन व उत्पादकता

वर्ष	सकल क्षेत्र (मिलियन हेक्टेअर)		सिंचित क्षेत्र (मिलियन हेक्टेअर)		उत्पादन (मिलियन टन)		उत्पादकता (किलो/हेक्टेअर)	
		*		**		*		*
1960–61	34.1				34.6		1,013	
1970–71	37.6	10	14.3	38	42.2	22	1,123	11
1980–81	40.1	8	16.4	41	53.6	55	1,336	32
1990–91	42.7	25	19.4	45	74.3	115	1,740	72
2000–01	44.7	31	23.9	53	85.0	145	1,901	88
2001–02	44.9	32	24.5	54	93.3	170	2,079	105
2002–03	41.2	21	21.6	52	71.5	107	1,744	72
2003–04	42.5	25	लागू नहीं	–	88.2	156	2,077	105
2004–05	42.1	24	लागू नहीं		85.3	147	2,026	100

* 1960–61 के स्तर का प्रतिशत

** सकल क्षेत्र का प्रतिशत

(सिंचित क्षेत्र उन वर्षों का दिया गया है, जिस वर्ष के लिए यह उपलब्ध था)

वर्ष 2000–01 से 2004–05 तक के पाँच वर्षों का वार्षिक औसत

क्षेत्र : 43.1 मिलियन हेक्टेअर

उत्पादन : 84.6 मिलियन टन

उत्पादकता : 1,965 किलो प्रति हेक्टेअर या 1.96 टन प्रति हेक्टेअर

तालिका 3.3 में हमने देखा कि,

1. 1960–61 से 1970–71 के दशक के मध्य में, 1967–68 में, आरम्भ में उच्च पैदावार किस्म कार्यक्रम कुछ चुनिंदा क्षेत्रों में शुरू किया गया और यदि 1960–61 से तुलना की जाये तो 1970–71 तक कोई शानदार प्रगति दर्ज नहीं की गयी।
2. जब उच्च पैदावार किस्म कार्यक्रम (एच.वाई.वी.पी.) ने गति पकड़ी, तो उत्पादकता का स्तर, जो 1980–81 में 32% तक बढ़ गया था, तेज़ी से 1990–91 में 72% तथा 2000–01 में 88% तक बढ़ गया, जो बाद में 1960–61 की तुलना में 2001–02 के दौरान 105% बढ़ गया। इसके अतिरिक्त, यह सूखे वाले वर्ष को छोड़कर लगभग स्थिर था। फलस्वरूप, क्षेत्र में थोड़ी सी वृद्धि के साथ, उत्पादन में तेज़ी से वृद्धि हुई और यह 1960–61 में केवल 34.6 मिलियन टन की तुलना में 2001–02 में 93.3 मिलियन टन हो गया। लेकिन 2002 से 2005 के तीन वर्षों में, क्षेत्र, उत्पादन तथा उत्पादकता 2001–02 में चरम की अपेक्षा कम है जैसा कि तालिका में देखा जा सकता है। यह उत्पादन के रुझान में ठहराव का संकेत है, किन्तु, 2000 से 2005 के पाँच वर्षों में, वार्षिक औसत क्षेत्र, उत्पादन तथा उत्पादकता क्रमशः 43.1 मिलियन हेक्टेअर, 84.6 मिलियन टन तथा 1,965 किलो पर स्थिर हो गया।
3. अध्ययन के वर्षों के अंतर्गत, सकल संचित क्षेत्र के प्रतिशत के रूप में सिंचित क्षेत्र 1970–71 के 38% की तुलना में 2001–02 में 54% की वृद्धि हुई लेकिन 2002–03 (सूखा वर्ष) में इसमें 2% की मामूली गिरावट आयी। इस प्रकार, चावल की फसल में वृद्धि होने का सिंचाई एक प्रमुख कारक है। लेकिन, यह नहीं भूलना चाहिए कि चावल असिंचित क्षेत्रों में भी उगाया जाता है, जहाँ भारी वर्षा निश्चित है।

गेहूँ

तालिका 3.4 से निम्नलिखित तथ्य उभर कर सामने आते हैं :

वर्ष 1970–71 में, उत्पादन में 1960–61 की अपेक्षा 116% की वृद्धि देखी गयी, जिसका कारण था क्षेत्र में 41% की वृद्धि तथा

उत्पादकता में 54% की वृद्धि। चूंकि शुरुआती वर्षों में, अधिक उपज किस्मों का कार्यक्रम उच्च क्षमता वाले चुनिंदा क्षेत्रों में ही आरम्भ किया गया था, इसलिए यहाँ मामूली वृद्धि देखी गयी थी। यदि हम 1980–81 से लेकर 2003–04 तक के बाद के वर्षों को देखें, तो यह उत्पादन में 1960–61 के स्तर से 1980–81 में 230% से 2001–02 में 562% की एक स्थिर विकास की गाथा है, सिवाय सूखा काल (2002–03) को छोड़कर, जहाँ इसमें 1960–61 के स्तर से 498% के स्तर तक आ गया। बाद में, उत्पादन में वृद्धि 2003–04 तथा 2004–05 में 550% पर स्थिर हो गयी। उत्पादकता के संबंध में भी ऐसा ही रुझान देखा गया, जैसा कि तालिका में देखा जा सकता है। लेकिन ऐसी उच्च वृद्धि वाले उत्पादन तथा उत्पादकता के साथ, क्षेत्र में 2003–04 तथा 2004–05 के स्तर में 1960–61 के स्तर से 106% की वृद्धि हुई। अन्य कारक, जिसने महत्त्व पूर्ण भूमिका निभायी वह थी पैदावार के अंतर्गत कुल क्षेत्र के प्रतिशत के रूप में सिंचित क्षेत्र में हुई वृद्धि, जो 1970–71 में सकल या पैदावार के अंतर्गत 54.3% क्षेत्र से बढ़कर 2002–03 में 88% हो गयी। निश्चित वर्षा वाले असिंचित क्षेत्रों में गेहूँ भी उगाया गया।

2. तालिका 3.4 में यह देखा जा सकता है कि इक्कीसवीं शताब्दी के पहले पाँच वर्षों के दौरान, गेहूँ में हुई हरित क्रांति उत्पादन या उत्पादकता में हुई बहुत कम वृद्धि या गिरावट के साथ लगभग फिर भी इन पाँच वर्षों (2000–05) के लिए उत्पादन, उत्पादकता तथा क्षेत्र की वार्षिक औसत को तालिका 3.4 में नीचे दिखाया गया है :

तालिका 3.4 : गेहूँ के अंतर्गत क्षेत्र, सिंचित क्षेत्र, उत्पादन व उत्पादकता

वर्ष	सकल क्षेत्र (मिलियन हेक्टेयर)	सकल क्षेत्र में 1960–61 के स्तर में % के रूप में हुई वृद्धि	सिंचित क्षेत्र (मिलियन हेक्टेयर)	सकल क्षेत्र % के रूप में सिंचित क्षेत्र	उत्पादन (मिलियन टन)	उत्पादन में 1960–61 के स्तर में % के रूप में वृद्धि	उत्पादकता (किलो / हेक्टेयर)	उत्पादकता में 1960– 61 के स्तर में % के रूप में हुई वृद्धि
1960–61	12.9				11.0		851	
1970–71	18.2	41	9.9	54.3	23.8	116	1,307	54
1980–81	22.3	73	15.6	70.0	36.3	230	1,630	92
1990–91	24.2	88	19.5	81.1	55.1	401	2,281	168
2000–01	25.7	99	22.6*	87.6	69.7	534	2,708	218
2001–02	26.3	104	23.1*	87.8	72.8	562	2,762	225
2002–03	25.2	95	22.2*	88.1	65.8	498	2,610	207
2003–04	26.6	106	लागू नहीं		72.1	556	2,713	219
2004–05	26.5	106	लागू नहीं		72.0	555	2,718	219

* अनंतिम

वर्ष 2000–01 से 2004–05 तक के पाँच वर्षों की वार्षिक औसत

क्षेत्र : 26.1 मिलियन हेक्टेअर

उत्पादन : 70.5 मिलियन टन

उत्पादकता : 2702.2 किलो प्रति हेक्टेअर या 2.7 टन प्रति हेक्टेअर

ज्वार, मक्का तथा बाजरा

तालिका 3.5 : 1960-61 से 2000-01 के दशकों में तथा 2004-05 तक के उत्तरोत्तर वर्षों में ज्वार, मक्का तथा बाजरा का क्षेत्र, उत्पादन तथा उत्पादकता

	ज्वार			मक्का			बाजरा		
वर्ष	सकल क्षेत्र (मिलियन हेक्टेयर)	उत्पादन (मिलयन हेक्टेयर)	पैदावार (किलो / हेक्टेयर)	सकल क्षेत्र (मिलियन हेक्टेयर	उत्पादन (मिलियन टन)	पैदावार (किलो / हेक्टेयर)	सकल क्षेत्र (मिलियन हेक्टेयर)	उत्पादन (मिलयन हेक्टेयर)	पैदावार (किलो / हेक्टेयर)
1960—61	18.4	9.8	533	4.4	4.1	926	11.5	3.3	286
1970—71	17.4	8.1	466	5.8	7.5	1,279	12.9	8.0	622
1980—81	15.8	10.4	660	6.0	7.0	1,159	11.7	5.3	458
1990—91	14.4	11.7	814	5.9	9.0	1,518	10.5	6.9	658
2000—01	9.9	7.5	764	6.6	12.0	1,822	9.8	6.8	688
2001—02	9.8	7.6	771	6.6	13.2	2,000	9.5	8.3	869
2002—03	9.3	7.0	754	6.6	11.2	1,681	7.7	4.7	610
2003—04	9.4	7.2	763	7.3	14.9	2,039	10.6	12.1	1,145
2004—05	9.1	7.7	841	7.5	14.1	1,887	9.3	8.1	876
2004—05 की वार्षिक औसत	9.5	7.4	779	6.9	13.1	1,886	9.4	8.0	838

क्षेत्र

1. कुछ छोटे अनाज ऐसे भी होते हैं, जो चावल या गेहूँ की तुलना में कम क्षेत्र घेरते हैं। लेकिन, फिर भी, ज्वार का क्षेत्र 1960–61 में 18.4 मिलियन हेक्टेअर से 2004–05 में 9.1 मिलियन हेक्टेअर तक नीचे आ गया है। यह लगभग आधे से भी कम हो गया है, किन्तु बाजरे का क्षेत्र इसी अवधि में 11.5 मिलियन हेक्टेअर से मामूली सा घटकर 9.3 मिलियन हेक्टेअर हो गया। केवल मक्का की फसल ही ऐसी है, जिसका क्षेत्र 1960–61 से 2004–05 के दौरान 4.4 मिलियन हेक्टेअर से बढ़कर 7.5 मिलियन हेक्टैयर हो गया अर्थात् इसमें 243% की वृद्धि हुई।
2. ये ऐसी फसलें हैं, जिनका सिंचित क्षेत्र आर्थिक सर्वेक्षण 2005–06 के अनुसार कम है। नवीनतम उपलब्ध वर्ष अर्थात् 2002–03 के लिए सिंचित क्षेत्र ज्वार के लिए 8.6% बाजरा के लिए 91.1% तथा मक्का के लिए 19.4% य था। ये सभी सस्ते अनाज हैं और प्रमुख भोजन हैं, विशेष रूप से देश के कुछ स्थानीय क्षेत्रों में। इन अनाजों में, मक्का का कुल क्षेत्र के प्रतिशत के रूप में सिंचित क्षेत्र तथा क्षेत्र में आनुपातिक दृष्टि से बढ़ता हुआ प्रतीत होता है। जैसाकि हम देख सकते हैं, मक्का का उत्पादकता स्तर भी ज्वार तथा बाजारा की तुलना में बहुत ऊँचा है।

उत्पादन तथा उत्पादकता

ज्वार का उत्पादन वास्तव में 1960–61 के 9.8 मिलियन टन की तुलना में गिरकर 2004–05 में 7.7 मिलियन टन रह गया है। इसे घेरे गये क्षेत्र में गिरावट का रुझान माना जा सकता है, जो धीरे–धीरे गिरकर 1960–61 में 18.4 मिलियन हेक्टेअर से 2004–05 में 9.1 मिलियन हेक्टेअर रह गया। लेकिन, ज्वार की उत्पादकता ने दिखाया कि उच्च पैदावार किस्म कार्यक्रम का प्रति हेक्टेअर उत्पादकता पर प्रभाव पड़ा था, जो 1960–61 में 533 किलो प्रति हेक्टेअर से, इक्कीसवीं शताब्दी के प्रथम पाँच वर्षों के दौरान वार्षिक औसत 779 किलो प्रति हेक्टेअर हो गयी। वास्तव में,

1990–91 के दौरान यह 814 किलो प्रति हेक्टेअर के स्तर तक पहुँच गयी थी।

मक्का

यह फसल काफी आशाजनक प्रतीत होती है। जैसा कि हमने देखा है, न केवल इसका क्षेत्र नियमित रूप से बढ़ा है, बल्कि उत्पादकता ने भी अच्छा प्रदर्शन किया है। यह 1960–61 के 926 किलो प्रति हेक्टेअर से बढ़कर इक्कीसवीं शताब्दी के प्रथम पाँच वर्षों के दौरान इसकी वार्षिक औसत 1886 किलो प्रति हेक्टेअर हो गयी। वास्तव में जैसा कि तालिका में देखा जा सकता है, इसकी उत्पादन तथा उत्पादकता, क्षेत्रों में नियमित रूप से बढ़ोत्तरी का एक रुझान दिखायी देता है।

बाजरा

तालिका 3.5 में देखा जा सकता है कि हरित क्रांति के रुझान के साथ इसकी उत्पादकता में वृद्धि हुई है। इसलिए, 1960–61 में 286 किलो प्रति हेक्टेअर के स्तर से, यह इक्कीसवीं शताब्दी के प्रथम पाँच वर्षों के दौरान वार्षिक औसत के रूप में 838 किलो प्रति हेक्टेअर के स्तर तक पहुँच गयी। इसी प्रकार, हालांकि तालिका में पिछले कुछ वर्षों में क्षेत्रफल में मामूली गिरावट देखी गयी है, फिर भी, इसके उत्पादन में वृद्धि का रुझान देखा गया है, जो 1960–61 के 3.3 मिलियन टन से वार्षिक औसत उत्पादन के रूप में 8.3 मिलियन टन हो गया, जो इक्कीसवीं शताब्दी के प्रथम पाँच वर्षों में पहुँच गया था।

अन्य अनाज

यहाँ रागी, जौ इत्यादि जैसे मोटे अनाज भी होते हैं, जो बड़ी कम मात्रा में स्थानीय किसानों द्वारा उगाये जाते हैं, उदाहरणार्थ रागी सामान्यतः तमिलनाडु, कर्नाटक, आंध्र प्रदेश इत्यादि में उगाया जाता है। अन्य अनाजों के अंतर्गत आने वाले क्षेत्रफल, उत्पादन तथा उत्पादकता को समग्र रूप में अध्ययन की अवधि के लिए तालिका 3.6 में दिखाया गया है।

तालिका 3.6 : अन्य अनाजों का क्षेत्रफल, उत्पादन तथा उत्पादकता

वर्ष	क्षेत्रफल		उत्पादन		उत्पादकता	
	मिलियन हेक्टेअर	1960–61 के स्तर में वृद्धि का प्रतिशत	मिलियन टन	1960–61 के स्तर में वृद्धि का प्रतिशत	किलो हेक्टेअर	1960–61 के स्तर में वृद्धि का प्रतिशत
1960–61	10.7		6.5		608	
1970–71	9.9	-7	7.0	8	707	16
1980–81	8.3	-22	6.4	-2	771	27
1990–91	5.5	-34	5.1	-22	929	53
2000–01	4.0	-49	4.7	-28	1,175	93
2001–02	3.7	-65	4.3	-34	1,162	91
2002–03	3.4	-68	3.4	-48	1,000	64
2003–04	3.5	-68	4.0	-38	1,142	88
2004–05	3.2	-70	4.0	-38	1,250	105

2004–05 का वार्षिक औसत
क्षेत्रफल : 3.5 मिलियन हेक्टेअर
उत्पादन : 4.1 मिलियन टन
उत्पादकता : 1146 किलो प्रति हेक्टेअर

तालिका 3.6 से निम्नलिखित निष्कर्ष निकलते हैं :

1. क्षेत्रफल निरंतर कम होता गया है, जिसमें 1960–61 से 2004–05 तक लगभग 70% के उतार–चढ़ाव आये हैं।
2. लेकिन, उत्पादकता में निरंतर वृद्धि होती रही है, जो 1960–61 के 608 किलो प्रति हेक्टैयर से बढ़कर 2004–05 में 1,250 किलो प्रति हेक्टेअर हो गयी, जो लगभग 105% की वृद्धि है।
3. उत्पादन का रुझान घटता–बढ़ता रहा है क्योंकि क्षेत्रफल कम होता गया है और उत्पादकता में मामूली उतार–चढ़ाव के साथ लगातार वृद्धि होती रही है।

अवलोकन : ऐसा प्रतीत होता है कि यदि इन फसलों की ओर उचित ध्यान दिया जाये, तो बेहतर उत्पादकता तथा उच्च उत्पादन की सम्भावना हो सकती है। यहाँ यह बात नोट करने योग्य है कि इस समूह में जौ जैसी फसलें भी हैं, जिनका ऊँचा नकद मूल्य है और समय के साथ–साथ ये जैव ईंधन (बायो–फ़्यूल) के लिए कच्ची सामग्री का काम दे सकती हैं।

2000-05 के दौरान वार्षिक औसत

2000 के दशक में 2000–05 की अवधि के दौरान समस्त खाद्यान्नों का वार्षिक औसत क्षेत्रफल, उत्पादन तथा उत्पादकता नीचे दिये गये हैं–

तालिका 3.7 : 2000-05 के दौरान खाद्यान्नों के क्षेत्रफल, उत्पादन तथा उत्पादकता का वार्षिक औसत स्तर

क्रमांक	फसल	क्षेत्रफल (मिलियन हेक्टेअर	उत्पादन (मिलियन टन)	उत्पादकता (किलो / हेक्टेअर)
1.	चावल	43.1	84.6	1,965
2.	गेहूँ	26.1	70.5	2,702
3.	ज्वार	9.5	7.4	779
4.	मक्का	6.9	13.1	1,886
5.	बाजरा	9.4	8.0	838
6.	अन्य अनाज	3.5	4.1	1,146
7.	कुल अनाज	98.5	187.7	1,905
8.	दालें	21.7	12.7	585
9.	कुल खाद्यान्न	120.2	200.4	1,666

उपरोक्त तालिका से निम्न निष्कर्ष निकलते हैं :

1. खाद्यान्नों का वार्षिक औसत क्षेत्रफल 120.2 मिलियन हेक्टेअर तक पहुँच चुका है, जिसमें अनाजों का हिस्सा है 98.5 मिलियन हेक्टेअर तथा दालों का हिस्सा 21.7 मिलियन हेक्टेयर है अर्थात् खाद्यान्नों के अंतर्गत क्षेत्रफल का 82% अनाजों का था और 18% दालों का।
2. सभी तीन मापदण्डों के अंतर्गत अर्थात् क्षेत्रफल, उत्पादन व उत्पादकता के अंतर्गत, खाद्यान्नों में चावल तथा गेहूँ में प्रमुख स्थान हासिल कर लिया है। लेकिन, अभी भी चावल तथा गेहूँ की उत्पादकता क्रमशः 1,965 किलो प्रति हेक्टेअर तथा 2,702 किलो प्रति हेक्टेअर बनी हुई है। इससे भी अधिक चिंता का विषय यह है कि उत्पादकता के स्तर उसी गति से नहीं बढ़ रहा, जिस गति से हरित क्रांति के समय बढ़ा था।

इसके अलावा, निम्न तालिका दिखाती है कि अन्य देशों की तुलना में इक्कीसवीं शताब्दी में हमारी उपलब्धि उत्पादकता के स्तर से बहुत नीची है।

तालिका 3.8 : वर्ष 2002 में चावल, गेहूँ तथा मक्का की प्रति हेक्टेअर पैदावार

(किलो में)

देश	चावल/धान (किलो प्रति हेक्टेअर)	देश	गेहूँ (किलो प्रति हेक्टेअर)	देश	मक्का (किलो प्रति हेक्टेअर)
मिस्र	9,135	फ्रांस	7,449	मिस्र	7,789
जापान	6,582	चीन	3,885	फ्रांस	8,813
अमरीका	7,372	ब्रिटेन	8,043	इटली	9,560

1. इस प्रकार, इक्कीसवीं शताब्दी के शुरुआती भाग में, उत्पादकता में किसी स्थिरता तक पहुँचना, कोई सतत् घटना नहीं हो सकती। यदि उचित अनुसंधान किया जाये, तो इसमें भी गुंजाइश हो सकती है और दूसरे देशों में प्रचलित प्रणालियों की बराबरी की जा सकती है।
2. फिर भी हमने ऊपर देखा है कि कुल सिंचाई के अनुपात में कम उगाये जाने के बावजूद, मक्का एक सम्भावनाशील फसल के रूप में उभर रहा है, भले ही यह अन्य देशों की प्रति हेक्टेअर पैदावार के स्तर से काफी नीचे हैं। यह इस बात का संकेत भी देता है कि इस क्षेत्र में बेहतर प्रयास किये जाने की आवश्यकता है।
3. जैसे–जैसे हम अनुसंधान, अन्य देशों की कार्य प्रणालियों के अध्ययन तथा प्रभावपूर्ण विस्तार कार्य प्रणालियों के माध्यम से, बेहतर उत्पादकता प्राप्त करने की दिशा में बढ़ते हैं, हम यह भी जांचकर सकते हैं कि क्या चावल व गेहूँ के अलावा अन्य फसलों को अधिक क्षेत्र को खाद्यान्न उत्पादन के साथ–साथ, देश की अर्थव्यवस्था के हित में होगा।

खाद्यान्नों की उपलब्धता

खाद्यान्नों के उत्पादन का अर्थ यह नहीं क इसकी पूरी मात्रा मनुष्यों के उपभोग के लिए है। अनाजों के कुल उत्पादन का 12.5% भाग बीजों, पशुओं के चारे तथा क्षति इत्यादि के लिए सुरक्षित रखा जाता है। शुद्ध खाद्यान्न उत्पादन (बीजों, चारे इत्यादि के लिए 12.5% सुरक्षित रख लेने के बाद) की उपलब्धता बनाम जनसंख्या के विश्लेषण को तालिका 3.9 में दिखाया गया है :

तालिका 3.9 अनाजों व दालों की शुद्ध उपलब्धता

		अनाज				दालें			
वर्ष	जनसंख्या (मिलियन)	शुद्ध उत्पादन (मिलियन टन)	शुद्ध आयात (मिलियन टन)	सरकारी भंडार में बदलाव (मिलियन टन)	शुद्ध उपलब्धता (मिलियन टन)	शुद्ध उपलब्धता (मिलियन टन)	शुद्ध खाद्यान्नों की उपलब्धता प्रति व्यक्ति, प्रति दिन		योग
1960—61	442.4	60.9	3.5	—0.2	64.6	11.1	399.7	69.0	468.7
1970—71	551.3	84.5	2.0	2.5	84.0	10.3	417.6	51.2	468.8
1980—81	688.5	104.1	0.5	—0.2	104.8	9.4	417.3	37.5	454.8
1990—91	851.7	141.9	—0.6	—4.4	145.7	12.9	468.5	41.6	510.1
2000—01	1,033.2	162.5	—4.5	12.3	145.6	11.3	386.2	30.0	416.2
2001—02	1,050.6	174.5	—8.5	—9.9	175.9	13.6	458.1	35.4	494.1
2002—03	1,068.2	143.2	—7.1	—23.2	159.3	11.3	408.5	29.1	437.6
2003—04	1,085.6	173.7	—7.7	—3.3	169.3	14.2	427.4	35.9	463.3

स्रोत : आर्थिक सर्वेक्षण 2005–06 तालिका एस–21

नोट : 1. जनसंख्या के आंकड़े वर्ष के मध्य से संबंधित हैं। 2. शुद्ध उत्पादन, उत्पादन का 87.5% लिया गया है। जून–जुलाई 1960–61 के बाद, उत्पादन का 12.5% हिस्सा बीजों, चारे व क्षति इत्यादि के लिए सुरक्षित रखा गया है। 3. ऊपर दिखायी गयी प्रति व्यक्ति शुद्ध उत्पादकता वास्तविक उपभोग का प्रतिनिधित्व नहीं करती क्योंकि इसमें व्यापारियों, उत्पादकों तथा उपभोक्ताओं के पास रखे भंडार में बदलाव नहीं दिखाया गया है। लेकिन इसके बावजूद यह उपभोग में कुछ निश्चित रुझानों को दर्शाता है। 4. प्रति व्यक्ति शुद्ध उपलब्धता की गणना के लिए, 1980–81 तथा 1990–91 में शुद्ध आयात के आंकड़े केवल सरकारी निर्यात व आयात पर आधारित हैं। बाद में, निश्चित रूप से सरकारी व निजी आयात व निर्यात को इसमें शामिल किया गया है।

मुख्य निष्कर्ष

1. शुद्ध आयात, जो निर्यात में से आयात को घटा देने पर दिखाया गया है, 1960–61 में 3.5 मिलियन टन था, जो बढ़कर 1970–71 में 2 मिलियन टन हो गया और 1980–81 में गिरकर 0.5 मिलियन टन रह गया। उसके बाद, वर्ष 2003–04 तक, इसमें बढ़ता हुआ नकारात्मक रुझान का संकेत मिलता है, जिससे हमारी हरित क्रांति का प्रभाव पड़ा।
2. सरकारी भंडारों में बदलाव आमतौर पर एक नकारात्मक रुझान दिखाता है। उसके बाद, हमने अप्रत्याशित कमी या अप्रत्याशित मांग से निबटने के लिए एक सुरक्षित भंडार अथवा बफर स्टॉक के मानकों के अतिरिक्त भी, खाद्यान्नों की कमी के समय आकस्मिक जरूरतों को पूरा करने के लिए खाद्यान्नों का एक विशाल भंडार बनाने का निर्णय किया है, जिसे निम्नलिखित तालिका में देखा जा सकता है :

तालिका 3.10 : गेहूँ व चावल का केन्द्रीय खाद्यान्न भंडार

मास/वर्ष	सुरक्षित भंडार मानक (मिलियन टन)	वास्तविक भंडार (मिलियन टन)
जनवरी 2001	16.8	45.7
जनवरी 2002*	16.8	58.0
जनवरी 2003*	16.8	48.2
जनवरी 2004*	16.8	24.4
जनवरी 2005*	16.8	21.1

* अनंतिम

स्रोत : आर्थिक सर्वेक्षण 2005–06

इस प्रकार, अभी भी हम आकस्मिक आवश्यकताओं की पूर्ति के लिए पर्याप्त खाद्यान्नों के भंडारण के लिए वांछित मानकों से ऊपर चल रहे हैं। हमें केन्द्रीय खाद्यान्न भंडार में वास्तविक भंडार को कम करने की प्रक्रिया को जारी रखने की आवश्यकता है।

3. राष्ट्रीय पोषण संस्थान, हैदराबाद के अनुसार, खाद्यान्नों की प्रति व्यक्ति प्रति दिन की आवश्यकता 500 ग्राम है, जिसमें 40 ग्राम दालें होनी चाहिये। तालिका 3.9 का अवलोकन

दिखाता है कि खाद्यान्नों की प्रति व्यक्ति प्रतिदिन की उपलब्धता केवल 1990–91 में ही 510 ग्राम से अधिक थी, अन्य वर्षों में यह 500 ग्राम से कम थी। जहाँ तक दालों का संबंध है, इसकी सामान्य उपलब्धता प्रति व्यक्ति प्रति दिन 40 ग्राम के मानक से कम थी। लेकिन फिर भी, तालिका 3.9 के नीचे एक महत्त्व पूर्ण नोट 3 बताता है कि दिखायी गई प्रति व्यक्ति शुद्ध उपलब्धता वास्तविक उपभोग को नहीं दर्शाती क्योंकि इसमें व्यापारियों, उत्पादकों तथा उपभोक्ताओं के पास रखे भंडार में किसी बदलाव को शामिल नहीं किया गया। हो सकता है, यदि इन भंडारों को भी ध्यान में रखा जाये, तो शुद्ध उपलब्धता प्रति व्यक्ति प्रति दिन की आवश्यकता के बराबर अथवा उससे मामूली सी अधिक हो। किन्तु, जिस दूसरे तत्त्व को ध्यान में नहीं रखा गया, वह यह है कि भले ही खाद्यान्न देश में उपलब्ध हों, लेकिन गरीबी रेखा से नीचे रहने वाले कई लोगों के पास क्रय शक्ति उपलब्ध नहीं भी हो सकती, विशेष रूप से ग्रामीण क्षेत्रों में। इस तरह, इस प्रकार के वर्गों को ग़रीबी से पार पाने की तत्काल आवश्यकता है।

4. ज्वार, बाजरा तथा अन्य छोटे अनाजों का खाद्य पदार्थों तथा ग़रीब लोगों की पोषण संबंधी सुरक्षा पर बहुत अधिक प्रभाव पड़ता है, विशेषतया ग्रामीण क्षेत्रों के साथ–साथ आदिवासी जनसंख्या पर। जैसा कि तालिका 3.5 तथा 3.6 में हमने देखा है, इन फसलों का उत्पादन 1960 के दशक में लगातार गिरता गया है। इस गिरावट को रोकने तथा छोटे अनाजों के उत्पादन में वृद्धि करने की आवश्यकता है और जहाँ पर सम्भव व आवश्यक हो, इन्हें बड़ी संख्या में सार्वजनिक वितरण प्रणाली (पब्लिक डिस्ट्रीब्यूशन सिस्टम) के माध्यम से वितरित किये जाने की ज़रूरत है।
5. उपरोक्त आंकड़े यह समझाने के लिए पर्याप्त हैं कि हम आत्मनिर्भरता या अक्षमता के एकदम हाशिये पर खड़े हैं। वास्तव में, अब हमने गेहूँ का आयात करना आरम्भ कर दिया है, भले ही वह थोड़ी मात्रा में है। इसलिए, दालों को अत्यधिक महत्त्व देने के साथ–साथ सभी अनाजों के उत्पादन में वृद्धि करने के लिए कड़े प्रयासों की आवश्यकता है।

खाद्यान्नों के लिए आवश्यक क्षेत्र

भारत में सिंचाई की क्षमता 140 मिलियन हेक्टेअर है। ड्रिप सिंचाई/छिड़काव यंत्र से सिंचाई द्वारा इस सिंचाई क्षमता को 50% तक बढ़ाया जा सकता है, जिससे वर्ष 2020 तक 210 मिलियन हेक्टेअर तक ले जाने का सुझाव है। कृषि के अंतर्गत क्षेत्र में वृद्धि का मामला भौगोलिक सीमाओं तथा वंचित भूमि के लिए अन्य क्षेत्रों की आवश्यकताओं पर विचार करने पर आधारित है। हमने भूमि के उपयोग के संबंध में लिये अध्याय में इस मामले की जांच की है और देखा है कि कुल बुवाई क्षेत्र 150 मिलियन हेक्टेअर तक जा सकता है। वर्ष 2020 तक, यदि हम सिंचाई क्षमता का 210 मिलियन हेक्टेअर के लक्ष्य को प्राप्त कर लेते हैं, तो 150 मिलियन हेक्टेअर के कुल बुवाई क्षेत्र के साथ–साथ एक से अधिक बार बोये गये क्षेत्र के अंतर्गत अन्य 60 मिलियन हेक्टेअर पर भी सिंचाई की जा सकेगी, जिससे वर्ष 2020 तक सिंचाई की कुल क्षमता का उपयोग किया जा सकेगा।

1996–97 तथा 1997–98 वर्षों के औसत के रूप में इन दो वर्षों के 191.35 मिलियन हेक्टेअर को औसत रोपित क्षेत्र का 65% क्षेत्र, खाद्यान्न फसलों के अंतर्गत था जो गणना करने का 124 मिलियन हेक्टेअर होता है। यदि हम सकल रोपित क्षेत्र के 65% को खाद्यान्न फसलों के लिए सुरक्षित रखे रहें, तो वर्ष 2020 तक, खाद्यान्न फसलें 210 मिलियन हेक्टेअर की 65% अर्थात् 136.50 मिलियन हेक्टेअर होंगी। इस लक्ष्य को प्राप्त किया जा सकता है, क्योंकि इक्कीसवीं शताब्दी के प्रथम पाँच वर्षों के औसत के रूप में, हम खाद्यान्नों के अंतर्गत, 120 मिलियन हेक्टेअर से अधिक पहले ही प्राप्त कर चुके हैं। अंतर केवल यह है कि हालांकि वर्ष 2004–05 के अंत तक सिंचाई के अंतर्गत खाद्यान्नों का अधिकांश क्षेत्र चावल व गेहूँ के लिए उपयोग में लाया जाता था, जबकि वर्ष 2020 तक, सभी खाद्यान्न फसलों के अंतर्गत क्षेत्र को नियमित रूप से ड्रिप तथा स्प्रिंकलर उपकरणों के माध्यम से सींचा जायेगा। यहाँ पानी तथा मिट्टी को सुरक्षित रखने तथा शुष्क भूमि क्षेत्र की उत्पादकता बढ़ाने के लिए, उन्नत शुष्क कृषि प्रौद्योगिकी तथा जल–संभरण विकास कार्यक्रमों की क्षमताओं के बारे में बताने की ज़रूरत नहीं है।

खाद्यान्न उत्पादन का अनुमान

नदियों के आस–पास की भूमि को आपस में जोड़ने के लिए सुरेश पी.प्रभु की अध्यक्षता वाले भारत सरकार के कार्यबल के अनुसार, वर्षा से सिंचित स्थितियों के अंतर्गत खाद्यान्नों के लिए, पैदावार

2010 में 1.1 टन प्रति हेक्टेअर से 2050 तक 1.5 टन प्रति हेक्टेअर तक बढ़ जायेगी तथा सिंचित क्षेत्रों की खाद्यान्न पैदावार वर्ष 2010 में 3 टन प्रति हेक्टेअर से वर्ष 2050 में 4 टन प्रति हेक्टेअर हो जायेगी। इसलिए, वर्ष 2020 तक यह आशा रखना उचित होगा कि सिंचित क्षेत्रों में खाद्यान्नों की पैदावार 3.5 टन प्रति हेक्टेअर तक बढ़ जाये।

लेकिन, इक्कीसवीं शताब्दी के पहले पाँच वर्षों में, यदि पैदावार के स्तर की स्थिरता के संदर्भ में देखें, तो 3.5 टन प्रति हेक्टेअर पैदावार का लक्ष्य एक चुनौतीपूर्ण कार्य प्रतीत होता है। तालिका 3.1 में देखें, तो 2000–05 के पाँच वर्षों की अवधि में, प्रति हेक्टेअर औसत वार्षिक उपज या पैदावार 1.7 टन प्रति हेक्टेअर थी। इसलिए 2005 से 2020 की अवधि के 15 वर्षों में, हमें उत्पादकता में 3.5-1.7=1.8 टन प्रति हेक्टेअर की वृद्धि करनी है। लेकिन अध्याय 3 में तालिका 3.1 को देखते हुए, हम जानते हैं कि खाद्यान्नों की पैदावार को 1960–61 में 0.7 टन प्रति हेक्टेअर से 2000 के दशक के प्रथम पाँच वर्षों तक 1.7 टन प्रति हेक्टेअर की वार्षिक औसत तक पहुँचने के लिए चार दशकों का समय लग गया था। अर्थात्, चालीस वर्षों में, प्रति हेक्टेअर पैदावार में बढ़ोत्तरी 1.7-0.7=1 टन प्रति हेक्टेअर देखी गयी। लेकिन अब चुनौती यह है कि पंद्रह वर्षों के दौरान, चालीस वर्षों में हरित क्रांति की धूमधाम के बीच 1टन प्रति हेक्टयर पैदावार प्राप्त की, लगभग दो गुणा अतिरिक्त पैदावार अर्थात् 1.8 टन प्रति हेक्टेअर की पैदावार का लक्ष्य प्राप्त करना होगा। लेकिन एक तसल्ली यह है कि वर्ष 2004–05 तक मोटे तौर पर गेहूँ तथा चावल की आंशिक सिंचाई की तुलना में, वर्ष 2020 तक सभी खाद्यान्नों की फसलों को सिंचाई के अंतर्गत लाये जाने की योजना है।

पिछले अध्याय में प्रस्तुत आंकड़ों को ध्यान से देखने पर 1960–61 से लेकर इक्कीसवीं शताब्दी के वार्षिक औसत के चालीस वर्षों के लिए, निश्चित वर्षा अथवा सिंचाई के अंतर्गत उगायी जाने वाली फसलों अर्थात् गेहूँ व चावल की उत्पादकता के निम्नलिखित लक्ष्यों का पता चलता है।

1. चावल की उत्पादकता 1960–61 में वार्षिक औसत 1 टन प्रति हेक्टेअर से बढ़कर 2000 के दशक के प्रथम पाँच वर्षों में 1.96 अथवा 2 टन प्रति हेक्टेअर हो गयी।
2. इसी अवधि के लिए, गेहूँ की उत्पादकता 0.9 टन प्रति हेक्टेअर से बढ़कर 2.7 टन प्रति हेक्टेअर हो गयी।

इसका अर्थ है, सिंचाई का निश्चित वर्षा के साथ भी, उच्च पैदावार वाली किस्मों तथा कई अन्य प्रगतिशील प्रणालियों के क्रियान्वयन के साथ, चालीस वर्षों के दौरान चावल तथा गेहूँ जैसी फसलों की उत्पादकता क्रमशः लगभग 1 से 1.8 टन प्रति हेक्टेअर बढ़ी है।

इसलिए, पंद्रह वर्षों में व्यापक रूप से खाद्यान्नों की उत्पादकता में, सभी खाद्यान्न फसलों के अंतर्गत 2 टन की वृद्धि एक चुनौतीपूर्ण कार्य है। इसका कारण, अनुसंधान के विस्तार तथा कार्यप्रणालियों इत्यादि में कड़े प्रयास करने होंगे, क्योंकि जो लक्ष्य हरित क्रांति में प्राप्त किये गये थे, उन्हें अब आधी समयावधि में प्राप्त करना होगा।

इस चुनौती से निपटने के लिए आवश्यक तरीकों तक माध्यमों के संबंध में अगले अध्याय में विस्तार से बताया गया है। फिर भी, हमें यह याद करने की ज़रूरत है कि पारंपरिक तरीके से कृषि भूमि की आंशिक सिंचाई करने से, माइक्रो–हाइडल उपकरणों के साथ 100% सिंचाई की ओर बढ़ रहे होंगे, जिसमें वर्तमान स्तर से, यहाँ तक कि पारंपरिक रूप से सिंचित भूमि में भी, उत्पादकता में 30% वृद्धि करने की क्षमता विद्यमान है। यह बहुत महत्त्वपूर्ण कारक है। इसके अलावा अगले अध्याय में, विभिन्न कार्यों जैसे गहन अनुसंधान, प्रभावी विस्तार कार्यप्रणालियों की, जिन्हें सूचनाओं तथा संचार प्रौद्योगिकी का समर्थन प्राप्त हो, अनुशंसा की गयी है। इन सबके साथ, हमें खाद्यान्नों के अंतर्गत 136.5 मिलियन हेक्टेअर के क्षेत्र के साथ 3.6 टन प्रति हेक्टेअर की उत्पादकता के स्तर तक पहुँचने में सक्षम होना चाहिए, तभी हमें वर्ष 2020 तक 478 मिलियन टन का उत्पादन प्राप्त हो सकेगा।

वर्ष 2020 में भारत की अनुमानित जनसंख्या 1,379 मिलियन होगी तथा 1,379 मिलियन लोगों को भोजन देने के लिए 376 मिलियन टन खाद्यान्नों की आवश्यकता होगी, जिसकी गणना सुरेश पी. प्रभु के कार्यबल के आधार पर की गयी है। वर्ष 2050 तक 1,640 मिलियन लोगों के लिए 450 मिलियन टन या 275 किलो प्रति व्यक्ति प्रति वर्ष की आवश्यकता होगी। यदि हम इस अनुमान पर चलें, तो हमारे पास 478–376=102 मिलियन टन खाद्यान्नों का अधिशेष (सर्प्लस) होगा। लेकिन, तालिका 3.9 में हमने 500 ग्राम प्रति दिन प्रति व्यक्ति की अनुमानित आवश्यकता को खाद्यान्नों की आवश्यकता के रूप में माना है, जो 182.5 किलो प्रति वर्ष प्रति व्यक्ति बैठती है, लेकिन तालिका में, शुद्ध उत्पादन, उत्पादन का 12.5% बीजों, चारे तथा आकस्मिक क्षति के लिए रिज़र्व को ध्यान

में रखकर प्रस्तुत किया है। इसलिए, सुरेश पी. प्रभु का अनुमान अधिक स्पष्ट प्रतीत होता है तथा केवल मानव उपभोग के अलावा अन्य सभी आवश्यकताओं का ध्यान में रखकर किया लगता है, इसलिए, हम 102 मिलियन टन को खाद्यान्नों के अधिशेष के रूप में लेंगे, जो हमें वर्ष 2020 तक उपलब्ध होगा।

वर्ष 2020 तक, हमारे पास 210 मिलियन हेक्टेअर का कुल बुवाई क्षेत्र होगा, जिसमें से 136.5 मिलियन हेक्टेअर क्षेत्र खाद्यान्न फसलों के अंतर्गत होगा, जो बिना नदियों को आपस में जोड़े, जैसा कि नदियों को परस्पर जोड़ने पर कार्य बल द्वारा अनुशंसित है, वर्तमान सिंचाई जल की उपलब्धता से, पूरी तरह से सिंचाई की ड्रिप पद्धति या स्प्रिंकल पद्धति द्वारा सिंचित होगा। इसके अतिरिक्त, कथित कार्यबल ने अनुमान लगाया है कि सिंचाई की पारंपरिक प्रवाह विधि (लो मैथड) को अपनाने से, प्रति हेक्टेअर पैदावार वर्ष 2050 तक 4 टन होगी। इस प्रकार, 136.5 मिलियन हेक्टेअर में, यदि पारंपरिक प्रवाह विधि प्रयोग में लायी जाये, तो उत्पादन 546 मिलियन टन होगा। किन्तु अब हमने सिंचाई की ड्रिप विधि और स्प्रिंकल विधि को प्रयोग करने का पस्तुत रखा है, जिससे प्रवाह विधि की तुलना में 30% उत्पादन अधिक होगा। इस प्रकार, वर्ष 2050 तक, हमारे पास खाद्यान्नों का उत्पादन 710 मिलियन टन होगा, जबकि 2050 तक 1,640 मिलियन स्थिर जनसंख्या के भोजन के लिए हमें मांग 450 मिलियन टन खाद्यान्नों की आवश्यकता होगी। हमारा देश तब, आवश्यकता से अधिक खाद्यान्न उत्पन्न करने वाला देश होगा और ऐसा नदियों को आपस में जोड़कर अतिरिक्त जल की उपलब्धता का उपयोग किये बिना होगा, जिससे कार्य बल के अनुसार 35 मिलियन हेक्टेअर में सिंचाई की जा सकती है। लेकिन, यदि नदियों का आपस में जोड़ा जाता है, तो अतिरिक्त जल को ग़ैर–कृषि उद्देश्यों के लिए उपयोग में लाया जा सकता है।

बागवानी

भूमि–आधारित गतिविधियों में, बागवानी एक उच्च उत्पादकता, उच्च मूल्य तथा अपनी पैदावार की उच्च पोषक सामग्री के लिए जानी जाती है। इससे काफी बड़ी मात्रा में लोगों को रोज़गार मिलता है। भारत फलों तथा सब्जियों के उत्पादन में विश्व का दूसरा सबसे बड़ा उत्पादक देश है। कृषि के क्षेत्र में विविधता लाने के उद्देश्य

से मई 2005 में राष्ट्रीय बागवानी मिशन (नेशनल हॉर्टीकल्चर मिशन –एन.एच.एम.) की शुरुआत हुई ताकि उच्च मूल्य वाली इन फसलों से किसानों की आय में बढ़ोत्तरी की जा सके। राष्ट्रीय बागवानी मिशन कार्यक्रम का उद्देश्य वर्ष 2011 तक बागवानी उत्पादन को दुगुना करना तथा इसके क्षेत्रफल को 5.4 लाख हेक्टेअर तक पहुँचाना है। वास्तव में, वर्ष 2020 तक हम 2004–05 के स्तर से चार गुना उत्पादन में वृद्धि का लक्ष्य रख सकते हैं और हम माइक्रो–हाइडल उपकरणों द्वारा 100% सिंचाई करके, इस ओर पूरा ध्यान देकर तथा विस्तार गतिविधियों के द्वारा बागवानी के क्षेत्र तथा उत्पादकता में वृद्धि कर सकते हैं।

तालिका 3.11 मुख्य बागवानी फसलों के क्षेत्र, उत्पादन तथा उत्पादकता को दिखाती है।

तालिका 3.11 में एक आश्चर्यजनक तथ्य यह दर्शाता है कि अनाजों तथा दालों की अपेक्षा, बागवानी की फसलों की उत्पादकता तथा उत्पादन कहीं अधिक है। विशेष रूप से, फलों तथा सब्जियों की उत्पादकता, अनाजों की उत्पादकता की तुलना में क्रमशः 5 से 7.5 गुणा अधिक है। उदाहरण के लिए, वर्ष 2004–05 में, फलों व सब्जियों की उत्पादकता क्रमशः 10,620 किलो प्रति हेक्टेअर तथा 15,016 किलो प्रति हेक्टेअर थी, जबकि उसी वर्ष अनाजों की उत्पादकता 1,957 किलो प्रति हेक्टेअर थी, यहाँ तक कि खाद्यान्न फसलों की तुलना में मसालों तथा बागानों की पैदावार भी अधिक थी।

वर्ष 2004–05 में, फलों तथा सब्जियों का 361.7 मिलियन डॉलर का निर्यात हुआ तथा संसाधित खाद्य पदार्थों (फल व सब्जियाँ) का निर्यात 344.2 मिलियन डॉलर का था। इसके अतिरिक्त, बागवानी के अंतगत, वर्ष 2004–05 में, मसालों तथा काजू जैसी बागान की पैदावार का निर्यात मूल्य क्रमशः 399.3 तथा 520 मिलियन डॉलर था। वास्तव में, देश में काजू का आयात पुनर्संसाधन तथा निर्यात के लिए किया जाता है। इसके अलावा, घरेलू खपत में फलों तथा सब्जियों के पोषण मूल्य पर शायद ही ज़ोर देने की ज़रूरत होती है किन्तु घरेलू खपत तथा निर्यात की मांग के लिए इसके पोषण मूल्य की दृष्टि से फसलों के विशेष महत्त्व को देखते हुए, इस उप–क्षेत्र से उत्पन्न होने वाले संसाधित (प्रोसेस्ड) उत्पादों सहित, इनके क्षेत्रफल को बढ़ाये जाने की ज़रूरत है। 2005 में गठित राष्ट्रीय

तालिका 3.11 : बागवानी की मुख्य पैदावार का क्षेत्रफल, उत्पादन तथा उत्पादकता

वर्ष	2002—03			2003—04			2004–05		
फसलें	सकल क्षेत्र (मिलियन हेक्टेयर)	उत्पादन (मिलियन टन)	उत्पादकता (किलो / हेक्टेयर)	सकल क्षेत्र (मिलियन टन)	उत्पादन (मिलियन टन)	उत्पादकता (किलो / हेक्टेयर)	सकल क्षेत्र (मिलियन हेक्टेयर)	उत्पादन (मिलयन टन)	उत्पादकता (किलो / हेक्टेयर)
फल	3.8	45.2	11,895	4.8	49.2	10,250	5.0	53.1	10,620
सब्जियां	6.1	84.8	13,902	5.9	84.8	14,273	6.1	91.6	15,016
मसाले	2.4	2.9	1,208	2.4	3.8	1,583	2.5	4.1	1,640
बागान फसलें**	3.0	9.7	3,233	3.1	13.1	4,225	3.2	14.1	4,406
फूल	0.1	0.2	2,000	0.1	0.2	2,000	0.1	0.2	2,000
अन्य	1.0	1.6	1,600	0.9	0.9	1,000	0.9	1,0	1,111
कुल शेष	16.4	144,4	8,805	17.2	152,0	8,837	17.8	164.1	9,219

* अनुमान

** इसमें नारियल, मसाले, काजू की पैदावार शामिल है।

बागवानी मिशन वर्ष 2011 तक बागवानी उत्पादन को दुगुना करने तथा 5.4 लाख हेक्टेअर के अतिरिक्त क्षेत्रफल को पैदा करने का सुझाव देता है। इसके मद्देनजर, तीन वर्षों का 17.13 मिलियन हेक्टेअर का वर्तमान वार्षिक औसत 17.13+0.54=17.67 मिलियन हेक्टेअर हो जायेगा। वास्तव में, वर्ष 2020 तक, यदि हम क्षेत्रफल को 0.86 मिलियन हेक्टेअर और बढ़ा लेते हैं, तो यह विस्तारित क्षेत्र वर्ष 2020 तक 17.67+0.86=18.53 मिलियन हेक्टेअर हो जायेगा। वर्ष 2020 तक, उत्पादन को 2004–05 के स्तर से चार गुणा बढ़ाना होगा तथा क्षेत्रफल में मामूली सी वृद्धि करनी होगी। हमारे सामने यह एक और चुनौती है।

तिलहन : यह एक ऐसा क्षेत्र है, जिसमें हम वर्ष–दर–वर्ष आयात पर निर्भर हैं। वर्ष 2004–05 में, खाद्य तेलों का आयात 4,574.74 हजार टन का था, जिसका मूल्य 2,338 मिलियन डॉलर था। इसलिए, इस क्षेत्र में क्षेत्रफल तथा उत्पादकता दोनों में वृद्धि करके उत्पादन को बढ़ाये जाने की आवश्यकता है।

मूँगफली (तालिका 3.11 पर आधारित)

यह ऐतिहासिक दृष्टि से तेल देने वाला एक प्रमुख बीज है। मूँगफली का क्षेत्रफल आमतौर पर 6.0 मिलियन हेक्टेअर से 7 मिलियन हेक्टेअर के बीच रहा है, सिवाय 1970–71 के, जब यह 7.3 मिलियन हेक्टेअर था। वर्ष 1990–91 में, यह 8.3 मिलियन हेक्टेअर था और 2002–03 के सूखा वर्ष में यह 5.9 मिलियन हेक्टेअर था। 6–7 मिलियन हेक्टेअर के आसपास के क्षेत्रफल को सामान्य बुवाई क्षेत्र माना जा सकता है, जबकि, 2000–05 के पाँच वर्षों में प्रति वर्ष औसत क्षेत्रफल 6.3 मिलियन हेक्टेअर था।

लेकिन दशकीय वर्ष 1980–81 में मामूली गिरावट को छोड़कर 1960–61 के 745 किलो प्रति हेक्टेअर उत्पादकता को बढ़ाकर 2001–02 में 1,127 किलो प्रति हेक्टेअर करने के प्रयास सफल रहे थे। उसके बाद दुबारा, इसने सूखा पड़ने के कारण वर्ष 2002–03 में 694 किलो प्रति हेक्टेअर के निचले स्तर को छुआ और उसके बाद यह लगातार बढ़ता गया जैसा कि तालिका 3.12 में दिखाया गया है। 2000–05 के पाँच वर्षों की औसत वार्षिक पैदावार प्रति हेक्टेअर 1,042 किलो है, जिसे 2000–05 के पाँच वर्षों के दौरान प्राप्त तथा स्थिर औसत वार्षिक पैदावार कहा जा सकता है।

1990–91 में क्षेत्रफल के 8.3 मिलियन हेक्टेअर तक बढ़ जाने के कारण, उत्पादन 1960–61 के 4.8 मिलियन टन की तुलना में तेज़ी में 1990–91 में 7.5 मिलियन टन हो गया। इसके अलावा, 1990–91 में उत्पादकता भी 900 किलो प्रति हेक्टेअर रिकॉर्ड की गयी। उसके बाद, 2000–05 के पाँच वर्षों के दौरान, वार्षिक क्षेत्रफल 6 मिलियन हेक्टेअर से ऊपर बना रहा तथा उत्पादकता में उतार–चढ़ाव के आधार पर उत्पादन 6.4 मिलियन टन से 8.2 मिलियन टन के बीच घटता–बढ़ता रहा।

2000 के दशक के पाँच वर्षों में से चार वर्षों में उत्पादकता तालिका 3.12 में प्रस्तुत पहले पाँच दशकों से मामूली सी बेहतर है।

सफेद सरसों तथा सरसों (तालिका 3.12 पर आधारित)

क्षेत्रफल : इनका क्षेत्रफल 1960–61 में 2.9 मिलियन हेक्टेअर से निरंतर बढ़ता हुआ 2004–05 में 6.8 मिलियन हेक्टेअर तक हो गया, हालांकि 2000–01 तथा 2002–03 में यह मामूली गिरावट के साथ क्रमशः 5.1 मिलियन हेक्टेअर तथा 4.5 मिलियन हेक्टेअर था, लेकिन यह 2003–04 तथा 2004–05 में एक बार फिर बढ़कर क्रमशः 5.4 मिलियन हेक्टेअर तथा 6.8 मिलियन हेक्टेअर हो गया। 2000 के दशक के पाँच वर्षों में औसत वार्षिक क्षेत्रफल 5.3 मिलियन हेक्टेअर तक पहुँच गया था, जो 1960–61 से 1980–81 तक एक बड़ी वृद्धि है।

उत्पादन भी 1960–61 के 1.4 मिलियन टन से नियमित रूप से बढ़कर 2004–05 में 8.4 मिलियन टन तक जा पहुँचा लेकिन वृद्धि के इस रुझान में 2000–01 तथा 2002–03 में एक बार फिर यह क्रमशः 4.2 मिलियन टन तथा 3.9 मिलियन टन तक आ गया और यह गिरावट वस्तुतः क्षेत्रफल में गिरावट के कारण थी। लेकिन, पिछले कुछ वर्षों में उत्पादकता में तेज़ी से वृद्धि हुई। यह 1960–61 में 467 किलो प्रति हेक्टेअर के स्तर से 2001–02 में 1,002 किलो प्रति हेक्टेअर हो गयी। हालांकि 2002–03 में वृद्धि के रुझान में मामूली सी निराशा दिखायी दी। फिर से, शेष वर्षों में अर्थात् 2003–04 तथा 2004–05 में उत्पादकता ऊँचे स्तर पर आ गयी। हम देख सकते हैं कि 2000–2005 के बीच वार्षिक औसत उत्पादन 5.6 मिलियन टन तथा उत्पादकता 1,032 किलो प्रति हेक्टेअर (वार्षिक औसत) थी।

तालिका 3.12 : तिहलनों का क्षेत्रफल, उत्पादन तथा उत्पादकता

फसल	मूँगफली			सफेद सरसों			कुल तिलहन**		
वर्ष	क्षेत्रफल (मिलियन हेक्टेयर)	उत्पादन (मिलियन टन)	उत्पादकता (किलो / हेक्टेयर)	क्षेत्रफल (मिलियन टन)	उत्पादन (मिलियन टन)	उत्पादकता (किलो / हेक्टेयर)	क्षेत्रफल (मिलियन हेक्टेयर)	उत्पादन (मिलयन टन)	उत्पादकता (किलो / हेक्टेयर)
1960—61	6.5	4.8	745	2.9	1.4	467	13.8	7.0	507
1970—71	7.3	6.1	834	3.3	2.0	594	16.6	9.6	579
1980—81	6.8	5.0	736	4.1	2.3	560	17.6	9.4	532
1990—91	8.3	7.5	904	5.8	5.2	904	24.1	18.6	771
2000—01	6.6	6.4	977	4.5	4.2	935	22.8	18.4	810
2001—02	6.2	7.0	1,127	5.1	5.1	1,002	22.6	20.7	915
2002—03	5.9	4.1	694	4.5	3.9	854	21.5	14.8	691
2003—04	6.0	8.2	1,364	5.4	6.2	1,151	23.7	25.3	1067
2004—05	6.7	7.0	1,050	6.8	8.4	1,220	27.0	26.1	967
वार्षिक औसत 2000—05	6.3	6.5	1,042	5.3	5.6	1,032	23.5	21.0	892

** इनमें मूँगफली, सफेद सरसों तथा सरसों, तिल, अलसी, अरंडी के बीज, राम तिल या काला तिल, सूरजमुखी तथा सोयाबीन शामिल हैं।

सभी तिलहन (तालिका 3.12 पर आधारित)

क्षेत्रफल

तिलहन के क्षेत्रफल में भी वृद्धि का रुझान देखा गया है। 1960–61 में 13.8 मिलियन हेक्टेअर से निरंतर बढ़कर यह से 1990–91 में 24.1 मिलियन हेक्टेअर हो गया। यदि हम 2000 के दशक के प्रथम पाँच वर्षों के वार्षिक औसत क्षेत्रफल को लें, तो यह 23.5 मिलियन हेक्टेअर था, जिसे विकास प्रक्रिया द्वारा प्राप्त स्तर कहा जा सकता है।

आर्थिक सर्वेक्षण के अुनसार, तिलहन के अंतर्गत सकल सिंचित क्षेत्र के प्रतिशत के रूप में सिंचाई के अंतर्गत क्षेत्रफल, 1970–71 के 7% से बढ़कर 1980–81 में 14% तथा 1990–91 में 22.9% हो गया। उसके बाद, यह घटता–बढ़ता रहा, जो 2004–05 में मामूली रूप से 22.6% पर आकर समाप्त हुआ।, इस प्रकार, तिलहनों के अंतर्गत बुवाई क्षेत्र के प्रतिशत के रूप में तिलहनों के अंतर्गत सिंचित क्षेत्र को 23.5% माना जा सकता है।

तिलहनों की उत्पादकता भी निरंतर बढ़ती हुई 1960–61 में 507 किलो प्रति हेक्टेअर से 2000–01 में 913 किलो प्रति हेक्टेअर हो गयी और फिर यह 2001–02 में गिरकर 810 किलो प्रति हेक्टेअर तक आ गयी। 2002–03 के सूखे वाले वर्षों में उत्पादकता और भी गिर कर 691 किलो प्रति हेक्टेअर तक पहुँच गयी। लेकिन 2003–04 में दुबारा, यह 1,061 किलो प्रति हेक्टेअर तक बढ़ गयी, जो 2004–05 में एक बार फिर से 967 किलो प्रति हेक्टेअर के स्तर तक लुढ़क गयी। 2000–05 के बीच, पाँच वर्षों की वार्षिक औसत पैदावार 890 किलो प्रति हेक्टेअर थी, जो 1990–91 तक देखी गयी उत्पादकता से अधिक थी।

तिलहनों का उत्पादन 1960–61 में 7 मिलियन टन के स्तर से बढ़कर 2001–02 में 20.6 मिलियन टन हो गया, लेकिन यह 2002–03 के सूखे के वर्षों में गिरकर 14.8 मिलियन टन तक जा पहुँचा। तत्पश्चात्, यह बढ़कर 2003–04 तथा 2004–05 में क्रमशः 25.3 मिलियन टन तथा 26.1 मिलियन टन हो गया। पाँच वर्षों (2000–05) के दौरान औसत उत्पादन 21 मिलियन टन था।

इस प्रकार, यह स्पष्ट है कि क्षेत्रफल, उत्पादन तथा उत्पादकता में वृद्धि करने के कड़े प्रयास किये गये हैं तथा इनके अंतर्गत

सिंचित क्षेत्र में बढ़ोत्तरी करने की कोशिशें भी की गयी हैं किन्तु ये हमारी आत्म–निर्भरता के लिए पर्याप्त नहीं थीं। हमें बड़ी मात्रा में खाद्य–तेलों के आयात पर निर्भर होना पड़ेगा। इसलिए, तिलहनों के क्षेत्रफल तथा सिंचाई में विस्तार लाने के साथ–साथ उत्पादकता बढ़ाने के लिए अनुसंधान कार्य करने की भी आवश्यकता है।

2000–05 के पाँच वर्षों के दौरान तिलहनों के अंतर्गत औसत वार्षिक क्षेत्रफल 23.5 मिलियन हेक्टेअर था, जिससे 21 मिलियन टन तिलहन की पैदावार हुई, फलस्वरूप 6.2 मिलियन टन तेल का उत्पादन हुआ। यह विकास की धीमी गति को दिखाता है। किन्तु इस अवधि में तेलों की हमारी वार्षिक खपत 10.7 मिलियन टन थी। माँग और पूर्ति के बीच के असंतुलन को सोयाबीन तथा पॉम ऑयल के आयात से पूरा किया गया जो कि घरेलू खपत का लगभग 40% है। उदाहरण के लिए, 2004–05 के दौरान अनुमानित आयात 4.5 मिलियन टन था।

तालिका 3.9 से हमने देखा है कि वर्ष 2002–03 में देश की जनसंख्या 1,068.2 मिलियन थी तथा 2003–04 में 1,085.6 मिलियन यानि उसमें 1.6% की वृद्धि हुई। जनसंख्या वृद्धि का यही घटक 2004–05 में 1,103 मिलियन था। इसलिए, 1,103 मिलियन लोगों के लिए, हमें 10.7 मिलियन टन खाद्य तेलों की आवश्यकता है। लेकिन, वर्ष 2020 में, देश की जनसंख्या 1,369 मिलियन होगी, जिसके लिए खपत की इसी दर से, हमें 13.28 मिलियन टन खाद्य–तेलों की आवश्यकता होगी। हमने देखा है कि 6.2 मिलियन टन खाद्य तेलों को प्राप्त करने के लिए 21 मिलियन टन तिलहनों का उत्पादन करने की ज़रूरत होगी (2004–05 का वार्षिक औसत)। इसलिए, 13.28 मिलियन टन खाद्य तेलों को उत्पन्न करने के लिए, हमें वर्ष 2020 तक 45 मिलियन टन तिलहनों का उत्पादन करना पड़ेगा। यदि 890 किलो प्रति हेक्टेअर की उत्पादकता 2000–05 में वार्षिक औसत के रूप में 100% सिंचाई तथा माइक्रो–हाइडल उपकरणों के उपयोग के साथ–साथ अनुसंधान, विस्तार इत्यादि से प्राप्त जानकारी के साथ दुगुनी भी हो जाती है, तो यह गणनानुसार 1,780 किलो प्रति हेक्टेअर हो जायेगी। प्रति हेक्टेअर इस पैदावार के साथ, 45 मिलियन टन तिलहनों का उत्पादन करने के लिए, हमें तिलहनों के अंतर्गत 25.3 मिलियन हेक्टेअर क्षेत्र की

आवश्यकता होगी। यह एक और चुनौती है, जिसको हमें वर्ष 2020 तक पूरा करना होगा। 2020 के बाद भी, हमें आत्म–निर्भर के रहने के लिए तिलहनों के क्षेत्रफल तथा उत्पादकता को उचित महत्त्व देना होगा।

गन्ना

भारत चीनी का सबसे बड़ा उपभोक्ता है और चीनी का दूसरा सबसे बड़ा उत्पादक देश भी है, जो विश्व के चीनी उत्पादन का 15% भाग उत्पादित करता है। वस्त्रों के बाद, चीनी भारत में दूसरा सबसे बड़ा कृषि आधारित उद्योग है। देश में 571 चीनी मिले हैं, जिनके पास 19.2 मिलियन टन चीनी का उत्पादन करने की क्षमता है। लगभग 45 मिलियन गन्ना उगाने वाले तथा बड़ी संख्या में ग्रामीण श्रमिक अपनी आजीविका के लिए गन्ना या चीनी उद्योग पर निर्भर हैं। यद्यपि गन्ना उत्पादन कुल क्षेत्र का 3% भाग ही उपयोग करता है, लेकिन यह कृषि उत्पादन के सकल मूल्य में 7.5% का सहयोग देता है। 1960–61 से 2000–01 तक की अवधि में तथा इक्कीसवीं शताब्दी में 2000–01 से 2004–05 तक, गन्ने के क्षेत्रफल, उत्पादन तथा उत्पादकता को तालिका 3.13 में दिखाया गया है।

तालिका 3.13 : गन्ने का क्षेत्रफल, उत्पादन तथा उत्पादकता

वर्ष	क्षेत्रफल (मिलियन हेक्टेअर)	उत्पादन (मिलियन टन)	उत्पादकता (टन/हेक्टेअर)
1960–61	2.4	110.0	46
1970–71	2.6	126.4	48
1980–81	2.7	154.2	58
1990–91	3.7	241.0	65
2000–01	4.3	296.0	69
2001–02	4.4	297.2	67
2002–03	4.5	287.4	64
2003–04	4.0	237.3	59
2004–05	3.6	232.3	64

स्रोतः आर्थिक सर्वेक्षण 2005–06

गन्ने का क्षेत्रफल 1960–61 में 2.4 मिलियन हेक्टेअर से नियमित रूप से बढ़ता हुआ 2000–01 में 4.3 मिलियन हेक्टेअर हो गया। उसके बाद, यह मामूली सा गिरकर 2003–04 में 4.0 मिलियन हेक्टेअर तथा 2004–05 में 3.6 मिलियन हेक्टेअर हो गया। 2000 के दशक के पाँच वर्षों के दौरान औसत क्षेत्रफल 4.16 मिलियन हेक्टेअर या 4.2 मिलियन हेक्टेअर हो गया, जो 1960–61 के क्षेत्रफल से 75% अधिक है। यह एक ऐसी फसल है, जिसके लिए बड़ी मात्रा में निश्चित वर्षा या सिंचाई की आवश्यकता होती है। 2000 के दशक में 91% से भी अधिक गन्ने के क्षेत्रफल की सिंचाई हुई थी।

गन्ने का उत्पादन 1960–61 के 110.0 मिलियन टन से बढ़कर 2001–02 में 296 मिलियन टन हो गया। उसके बाद, 2001–02 के बाद की अवधि में, इसके उत्पादन तथा उत्पादकता में मामूली सी गिरावट देखी गयी। जैसा कि हमने ऊपर देखा है, 2000–05 के दौरान क्षेत्रफल (वार्षिक औसत) 4.2 मिलियन हेक्टेअर है तथा इसी अवधि के दौरान, वार्षिक औसत उत्पादकता 64.6 टन प्रति हेक्टेअर है। 2000–05 के पाँच वर्षों में, औसत वार्षिक उत्पादन 271 मिलियन टन था। 1960–61 में 110 मिलियन टन के उत्पादन की तुलना में यह वृद्धि बहुत अधिक है, किन्तु गन्ने के उत्पादन को बढ़ाने की गुंजाइश अभी भी मौजूद है, जो 2002 में अन्य देशों की संबंधित पैदावार से देखा जा सकता है। मिस्र में उत्पादकता 119.8, ग्वाटेमाला में 94 तथा कोलम्बिया में 95 टन प्रति हेक्टेअर है। इसलिए, हमारा प्रयास कम से कम 100 टन प्रति हेक्टेअर को छूने का होना चाहिये। वास्तव में, जब से व्यापक रूप से ड्रिप या स्प्रिंकलर प्रणालियों को अपनाये जाने की अनुशंसा की गयी है, हम गन्ना उगाने के लिए उच्च उत्पादकता तथा लाभ के साथ ड्रिप प्रणाली का उपयोग कर सकते हैं। गन्ना उगाने के लिए ड्रिप सिंचाई पद्धति का उपयोग करके विभिन्न परीक्षणों के द्वारा वसंत दादा चीनी संस्थान, मंजरी, महाराष्ट्र ने अच्छे परिणाम प्राप्त किये हैं। इन परिणामों के अंतर्गत, पानी की बचत 50–55% थी, पैदावार में बढ़ोत्तरी 25–30% तथा उर्वरकों की 25–30% बचत हुई। इसलिए गन्ने की उत्पादकता में वृद्धि की चुनौती से व्यवस्थित रूप से अनुसंधानों तथा ड्रिप पद्धति का व्यापक उपयोग करके निपटा जा सकता है।

जूट तथा जपाकुसुम (मेस्ता)

तालिका 3.14 : जूट तथा जपाकुसुम का क्षेत्र, उत्पादन तथा उत्पादकता

वर्ष	क्षेत्रफल (मिलियन हेक्टेअर)	उत्पादन (180 किलो मिलियन गाँठें)	उत्पादकता (किलो / हेक्टेअर)
1960–61	0.9	5.3	1,049
1970–71	1.1	4.8	1,032
1980–81	1.3	7.0	1,130
1990–91	1.0	9.8	1,634
2000–01	1.0	9.5	1,867
2001–02	1.0	10.0	2,007
2002–03	1.0	8.6	1,960
2003–04	1,0	13.9	2,021
2004–05	0.9	17.0	2,107

क्षेत्रफल में अधिक उतार–चढ़ाव नहीं देखा गया; 1960–61 से 1980–81 तक यह 0.9 मिलियन हेक्टेअर से 1.3 मिलियन हेक्टेअर के बीच झूलता रहा है। इसके बाद, यह 1990–91 से 2003–04 तक 1 मिलियन हेक्टेअर पर स्थिर रहा और 2004–05 में यह गिरकर 0.9 मिलियन हेक्टेअर तक आ गया। इसलिए, 2000–05 में वार्षिक औसत क्षेत्रफल 1 मिलियन हेक्टेअर माना जा सकता है। लेकिन उत्पादकता में महत्त्वपूर्ण वृद्धि दिखायी देती है। 1960–61 में 1,049 किलो प्रति हेक्टेअर के स्तर से यह नियमित रूप से बढ़कर 2004–05 में 2,107 किलो प्रति हेक्टेअर हो गयी। यहाँ तक कि 2000–05 की अवधि के पाँच वर्षों में वार्षिक औसत उत्पादकता भी 1,992 किलो प्रति हेक्टेअर थी। इसलिए स्वाभाविक है कि उत्पादन में भी तदनुसार वृद्धि हुई। इस लक्ष्य को ध्यान में रखते हुए, कि जूट के विविध उपयोग होने लगे हैं तथा पर्यावरणीय कारणों से भी, यह पैकिंग के लिए उपयोग में लाया जाता है, इसकी उत्पादकता को अनुसंधान द्वारा बढ़ाये जाने की आवश्यकता है।

कपास

तालिका 3.15 : कपास का क्षेत्रफल, उत्पादन तथा उत्पादकता

वर्ष	क्षेत्रफल (मिलियन हेक्टेअर)	उत्पादन (170 किलो की मिलियन गाँठें)	उत्पादकता (किलो / हेक्टेअर)
1960–61	7.6	5.6	125
1970–71	7.6	4.8	106
1980–81	7.6	7.0	152
1990–91	7.4	9.8	225
2000–01	8.5	9.5	190
2001–02	9.1	10.0	186
2002–03	7.7	8.6	191
2003–04	7.6	13.9	309
2004–05	8.9	17.0	324

वर्ष 2000–01, 2001–02 तथा 2004–05 को छोड़कर, जब क्षेत्रफल क्रमशः 8.5, 9.1 तथा 8.9 मिलियन हेक्टेअर था, क्षेत्रफल सामान्यतः 7.6 मिलियन हेक्टेअर या उसके आस–पास बना रहा। संक्षेप में, कपास की कुछ विशेष क्षेत्रों में ही खेती की जाती है, जहाँ यह स्थानीय रूप से उगाया जाता है और इसलिए उन क्षेत्रों में सीमांत वृद्धि या कमी बाज़ार की ताकतों सहित विभिन्न कारणों पर निर्भर होती है। लेकिन, फिर भी 2000 के दशक में, इसमें मुख्यतः वृद्धि का रुझान दिखायी देता है। 2000 के दशक के प्रथम पाँच वर्षों में वार्षिक औसत क्षेत्रफल 8.4 मिलियन हेक्टेअर है, जिसे 2000 के दशक में प्राप्त माना जा सकता है।

उत्पादन तथा उत्पादकता : 1960–61 में 125 किलो प्रति हेक्टेअर से उत्पादकता बढ़कर 1980–81 में 152 किलो प्रति हेक्टेअर हो गयी। 1970–71 के दौरान यह उत्पादकता 106 किलो प्रति हेक्टेअर थी। केवल 1990–91 में ही इसने 225 किलो प्रति हेक्टेअर के स्तर को छुआ। 2000–05 की अवधि में वार्षिक औसत पैदावार का स्तर 240 किलो प्रति हेक्टेअर निकलता है। इसलिए, 170 किलो प्रति गाँठ का उत्पादन, जो 1960–61 में 5.6 मिलियन गाँठों था,

वह 2004–05 में बढ़कर 17 मिलियन गाँठें हो गया। 2000–05 की अवधि में कपास का वार्षिक औसत उत्पादन 11.8 मिलियन गाँठें था। 2004–05 में कच्चे कपास का निर्यात 176 हजार टन था, जिसका मूल्य 84 मिलियन डॉलर था। 2004–05 में इसका आयात 187 हजार टन था, जिसका मूल्य 245 मिलियन डॉलर था। स्पष्ट है कि हम अपने वस्त्र उद्योग के लिए परिष्कृत कपास का आयात करते हैं। इसलिए, कपास के बीजों अर्थात् बिनौलों को विकसित करना तथा उनकी विभिन्न किस्मों का प्रसार करना अध्ययन का विषय है, जिससे हम अपने वस्त्र उद्योग के लिए आवश्यक परिष्कृत कपास के उत्पादन के लिए प्रवृत्त होंगे। कपास की उत्पादकता को बढ़ाने का एक और माध्यम होगा पानी का उपयोग, जिसकी ड्रिप/स्प्रिंकलर पद्धति का उपयोग करके नियमित रूप से आपूर्ति की जायेगी। इसके अलावा, हमें यह याद रखना होगा कि हमें इसके रेशों (फाइबर) की गुणवत्ता में भी सुधार लाना होगा ताकि हमें उत्कृष्ट सूती वस्त्रों के निर्माण के लिए आयात पर ही निर्भर न रहना पड़े।

बागान फसलें

हमारी पारंपरिक बागान फसलें हैं चाय, कॉफी तथा रबड़ इत्यादि। इन फसलों के उत्पादन में भारत का स्थान बहुत ऊँचा है, जो मुख्य रूप से भारत के उत्तर पूर्वी राज्यों तथा दक्षिणी राज्यों में उगायी जाती हैं। इनके क्षेत्रफल, उत्पादन तथा उत्पाकदता में, विश्व में भारत का स्थान तालिका 3.16 में दिखाया गया है।

तालिका 3.16 : बागान फसलों में भारत का स्थान

फसल	क्षेत्रफल	उत्पादन	उत्पादकता	निर्यात
चाय	2	1	2	4
कॉफी	7	6	3	6
रबड़	5	3	1	नगण्य

तालिका 3.17 : बागान फसलों का क्षेत्रफल, उत्पादन तथा उत्पादकता

	चाय			कॉफी			रबड़		
वर्ष	कुल क्षेत्रफल (मिलियन हेक्टेयर)	चाय उत्पादन (मिलयन हेक्टयर)	उत्पादकता (किलो / हेक्टेयर)	तोड़ा गया क्षेत्रफल (मिलियन हेक्टेयर	उत्पादन (मिलियन टन)	उत्पादकता (किलो / हेक्टेयर)	दोहन क्षेत्र (मिलियन हेक्टेयर)	उत्पादन (मिलयन टन)	उत्पादकता (किलो / हेक्टेयर)
1960–61	0.3	0.3	971	0.1	नगण्य	448	0.1	0.1	354
1970–71	0.4	0.4	1182	लागू नही	0.1	लागू नही	0.1	0.2	663
1980–81	0.4	0.6	1491	0.2	0.1	624	0.2	0.3	788
1990–91	0.4	0.7	1794	0.2	0.2	732	0.3	0.6	1076
2000–01	0.5*	0.8	1673	0.3	0.3	959	0.6	0.6	1576
2001–02	0.5	0.9	1800	0.3	0.3	937	0.4	0.6	1576
2002–03	0.5	0.9	1800	0.3	0.3	839	0.4	0.6	1592
2003–04	लागू नहीं	0.9	लागू नही	0.3*	0.3*	824	0.4	0.7	1663
2004–05	लागू नही	लागू नही	लागू नही	0.3*	लागू नही	891*	0.4	0.7	1705*

* अनंतिम आंकड़े

यहाँ प्रत्येक बागान फसल का विश्लेषण दिया जा रहा है (तालिका 3.17 पर आधारित)

चाय : चाय के अंतर्गत क्षेत्र में 1960–61 के 0.3 मिलियन हेक्टेअर में कोई वृद्धि नहीं हुई। 1970–71 से लेकर 1990–91 तक यह 0.4 मिलियन हेक्टेअर तक बना रहा, इससे आगे यह 0.5 मिलियन हेक्टयर पर स्थिर हो गया। चूंकि यह एक ऐसी फसल है, जो विशेष प्रकार के भू–भाग पर होती है, इसलिए इसके क्षेत्रफल में विस्तार की सीमाएँ हैं। प्रति हेक्टेअर पैदावार की वृद्धि ने शानदार बढ़ोत्तरी दिखायी है। यह 1960–61 में 971 किलो प्रति हेक्टेअर से बढ़कर 1990–91 में 1,794 किलो प्रति हेक्टेअर हो गयी। उसके बाद, 2000–01 में मामूली गिरावट दिखायी थी और फिर बाद के सभी वर्षों में, वार्षिक औसत पैदावार 1,800 किलो प्रति हेक्टेअर है। इसलिए, उत्पादन में भी उसी अनुसार बदलाव होता रहा है।

चाय की खेती से दास लाख से भी अधिक लोगों को सीधा रोज़गार प्राप्त होता है; जिनमें अधिकांशतः महिलायें हैं। इसके उत्पादन, प्रोसेसिंग तथा विपणन इत्यादि जैसी सहायक गतिविधियों में, 20 लाख से अधिक लोगों को रोज़गार मिला हुआ है। जीवमंडल तथा भूमि का संरक्षण, चाय की खेती के दो बड़े लाभ हैं। जैसाकि हम देखते हैं, भारत विश्व में चाय के उत्पादन तथा चाय की खपत वाला सबसे बड़ा देश है। भारत के हिस्से में विश्व के चाय उत्पादन का 27% के आसपास तथा विश्व व्यापार का 13% आता है। 2004–05 में चाय का निर्यात घरेलू खपत का लगभग 25% था। बाद में, चाय की कुछ मात्रा सम्मिश्रण के लिए तथा पुनः निर्यात करने के लिए आयात की जाती है। इन सब सकारात्मक बिन्दुओं के साथ, शोध पर निर्भरता के लिए चाय बोर्ड बनाये जाने की आवश्यकता है ताकि बागानों से उत्पन्न सामग्री की बेहतर गुणवत्ता प्राप्त की जा सके तथा विभिन्न प्रकार की बीमारियों व कीटों पर नज़र रखी जा सके, जो फसलों को संक्रमित करते हैं और उसी का मुकाबला करते हैं।

कॉफी : शुरुआती वर्षों में, 1960–61 से 1990–91 तक कॉफी का दोहन किया गया क्षेत्रफल (प्लक एरिया) 1960–61 में 0.1 मिलियन हेक्टेअर से बढ़कर 1980–81 तथा 1990–91 में 0.2 मिलियन हेक्टेअर हो गया और उसके बाद, यह 0.3 मिलियन हेक्टेअर पर स्थिर हो गया। इस प्रकार, 2000 के दशक में वार्षिक औसत क्षेत्रफल 0.3 मिलियन हेक्टेअर है। 1960–61 में उत्पादन नगण्य था, बिन्दु

1970–71 तथा 1980–81 में यह 0.1 मिलियन टन हो गया। 1990–91 में, यह 0.2 मिलियन टन हो गया और उसके बाद यह 0.3 मिलियन टन प्रति वर्ष के स्तर पर स्थिर हो गया। उत्पादकता, जो वास्तविक आंकड़ों पर आधारित है तथा जिसे आर्थिक सर्वेक्षण 2005–06 में प्रस्तुत किया गया है, इक्कीसवीं शताब्दी के प्रथम पाँच वर्षों में 824 किलो प्रति हेक्टेअर से 959 किलो प्रति हेक्टेअर के बीच परिवर्तित होती रही है। 2000 के दशक के पाँच वर्षों में, वास्तविक गणना के आधार पर वार्षिक औसत पैदावार 890 किलो प्रति हेक्टेअर बैठती है। इस प्रकार, हमारे सामने प्रति हेक्टेअर उत्पादकता को बढ़ाने की चुनौती है ताकि हम अंतर्राष्ट्रीय स्तर पर प्रतिस्पर्धा में शामिल हो सकें। हमारे अनुसंधानों का पूरा ध्यान इसके स्वाद की गुणवत्ता में सुधार करने तथा प्रति हेक्टेअर उत्पादकता में वृद्धि करने पर होना चाहिये।

सरकार के राजस्व में वृद्धि करने के साथ–साथ भारतीय कॉफी पर्यावरण को बचाने तथा प्रकृति के संरक्षण में भी अत्यधिक योगदान दे रही है। अधिकांश कॉफी उत्पादन दक्षिण भारत में पश्चिमी घाट कहे जाने वाले ऊष्णकटिबंधकीय वानिकी क्षेत्र में वनों में उगे वृक्षों की छाया में किया जाता है। इन पश्चिमी घाटों को जैव विविधता वाले 20 विशाल क्षेत्रों में से एक तथा विश्व की नौ सबसे महत्त्वपूर्ण पर्वत श्रृंखलाओं में से एक माना जाता है। कॉफी उगाने की साधारण सी गतिविधि के द्वारा, कॉफी उत्पादकों ने वन क्षेत्रों को बढ़ाने में किसी भी अन्य व्यक्ति या संस्था से अधिक योगदान दिया है और इस प्रकार, वे पर्यावरणीय दृष्टि से संवेदनशील पश्चिमी घाटों के क्षेत्र में वनस्पतियों तथा पशुवर्ग का संरक्षण कर रहे हैं। पर्यावरणविदों के आकलन के अनुसार, पश्चिमी घाट क्षेत्र में कॉफी उत्पादन निम्न योगदान दे रहे हैं – (i) वे लगभग 60 करोड़ कॉफी के पौधों को छाया प्रदान करने के लिए, विभिन्न प्रजायितों के लगभग छः करोड़ वृक्षों को बचा रहे हैं। (ii) कॉफी बगानों के अंदर बने लगभग 40,000 पानी के तालाबों को संरक्षण दे रहे हैं। इससे बड़ी मात्रा में सूक्ष्म–वनस्पतियों तथा पशुवर्ग को संरक्षण प्राप्त हो रहा है, भू–जल की पुनः पूर्ति हो रही है, भारी वर्षा के दौरान मिट्‌टी के कटाव को नियंत्रित करने तथा वृक्षों तथा कॉफी के पौधों से पत्ते गिरने से कार्बनिक सामग्री के जमाव के माध्यम से भूमि के संवर्धन में सहायता मिल रही है।

इसलिए, कॉफी उत्पादकों ने एक राहत पैकेज की माँग की है, जिसमें ऋण, ब्याज में छूट, पूँजीगत ब्याज से राहत, खेती ऋण के लिए कम ब्याज (4%), आई.पी. सैट के लिए बिजली की समय पर आपूर्ति, कॉफी की खेती में मशीनीकरण को बढ़ावा देने के लिए आयात शुल्क में कमी की जाये ताकि श्रम की कमी की समस्या को दूर किया जा सके तथा 5 हेक्टेअर से कम भूमि वाले छोटे किसानों के लिए अनिवार्य रूप से भविष्य निधि को लागू करने में छूट का प्रावधान हो, क्योंकि इन मामलों में परिवार का अकेला श्रमिक ही काम में लगा होता है। राहत के उपाय बहुत महत्त्वपूर्ण हैं तथा इनमें से कुछ उपायों को लाभ हो चाय–कॉफी उत्पादकों तक भी पहुँचाया जा सकता है।

रबड़ : रबड़ के लिए उपयोग में लाया गया क्षेत्रफल 1960–61 तथा 1970–71 में 0.1 मिलियन हेक्टेअर था। उसके बाद, उत्तरोत्तर बढ़ता हुआ यह 2000–01 में 0.6 मिलियन हेक्टेअर हो गया। तत्पश्चात्, यह गिरकर 0.4 मिलियन हेक्टेअर तक आ गया। लेकिन उत्पादन, जो 1960–61, 1970–71 तथा 1980–81 में नियमित रूप से बढ़ता हुआ 0.1 से 0.2 और फिर 0.3 हो गया तथा 1990–91 में बढ़कर 0.6 मिलियन हेक्टेअर के स्तर को छू गया और 2002–03 तक इसका बढ़ना जारी रहा। लेकिन 2003–04 तथा 2004–05 में, उत्पादकता में वृद्धि होने से उत्पादन बढ़कर 0.7 मिलियन टन प्रति वर्ष हो गया।

वर्ष 2000–01 से 2004–05 तक के पाँच वर्षों में औसत उत्पादन 0.64 मिलियन टन प्रति वर्ष या 0.6 मिलियन टन को सामान्य वार्षिक उत्पादन कहा जा सकता है। पैदावार के स्तर ने आरम्भ से अन्त तक वृद्धि की प्रवृत्ति दिखायी है, जो 1960–61 में 354 किलो प्रति हेक्टेअर से बढ़कर 1990–91 में 1,076 किलो प्रति हेक्टेअर हो गयी और 2000–01 से 2004–05 तक निरंतर बढ़ती रही। 2000 के दशक में अर्थात् 2000–05 के पाँच वर्षों के दौरान वार्षिक औसत पैदावार 1,622 किलो प्रति हेक्टेअर थी। इस रुझान को बनाये रखने की आवश्यकता है।

बागान की फसल में आने वाली चुनौतियाँ निम्न प्रकार से हैं–

1. उत्पादकता में अनुसंधान तथा उत्पादन की गुणवत्ता।
2. जिन पौधों का आर्थिक जीवन समाप्त हो चुका है, उन्हें बदला जाना। चूंकि जब तक प्रतिस्थापित अथवा बदले गये

पौधों से पैदावार नहीं मिलती, तब तक इस अवधि में आय में गिरावट आ जाती है। इसलिए, तब तक वैकल्पिक आय उत्पन्न करने की योजनायें लाने की आवश्यकता है, विशेष रूप से छोटे तथा ग़रीब उत्पादकों के लिए। ऐसे उत्पादकों द्वारा प्रस्तावित व्यवहार्य परियोजनाओं को बैंकों द्वारा सहायता दी जानी चाहिये।

3. जैविक खेती द्वारा उत्पन्न कॉफी तथा चाय का बाज़ार मूल्य अपेक्षाकृत कहीं अधिक है, विशेष रूप से निर्यात बाज़ार में। भारतीय कॉफी के पर्यावरण के अनुकूल होने के कारण पहले ही 'छाया कॉफी' का नाम मिल चुका है, क्योंकि यह दक्षिण भारत के पश्चिमी घाटों के सदाबहार ऊष्णकटिबंधीय वन–क्षेत्रों में उगायी जाती है। इसलिए पर्यावरण के अनुकूल जैविक कॉफी तथा चाय के उत्पादन तथा निर्यात को बड़े पैमाने पर बढ़ावा देने की आवश्यकता है। बायो–गैस संयंत्रों से उत्पन्न इस्तेमाल किये गये घोल अथवा गारे में, इस संबंध में विशाल क्षमता मौजूद है। ये बायो गैस संयंत्र कॉफी और चाय बागानों में ड्रिप और स्प्रिंकलर विधि द्वारा सिंचाई के लिए बिजली उपलब्ध कराने के लिए लगाये जायेंगे।

ऊपर दिये गये विस्तृत विवरणों से, संक्षेप में निम्नलिखित निष्कर्ष निकलते हैं–

पहले चरण में वर्ष 1960 से पूर्व सरकार द्वारा उठाये गये वे कदम शामिल हैं, जिनमें अन्य बातों के साथ–साथ, वर्ष 1943–44 में ब्रिटिश शासकों द्वारा शुरू किया गया 'अधिक अन्न उगाओ' अभियान भी सम्मिलित है। 1950 के बाद, सरकार ने राष्ट्रीय बागवानी विस्तार सेवा के तहत सामुदायिक विकास खण्ड कार्यक्रम के माध्यम से किसानों को सहायता प्रदान की। दूसरे चरण में, 1960 के दशक की शुरुआत में, फोर्ड फाउंडेशन के सुझाव तथा सहायता से आरम्भ किया गया 'गहन कृषि विकास कार्यक्रम' (इंटेंसिव एग्रीकल्चर डिवेल्पमेंट प्रोग्राम–आई.ए.डी.पी.) शामिल है। तीसरा चरण वास्तव में एक गहन चरण था, जिसमें 1966–67 में 'उच्च पैदावार किस्म कार्यक्रम' (एच.वाई.वी.पी.) शुरू किया गया था, जिससे फसलों की उत्पादकता को कई गुणा बढ़ावा मिला, विशेष रूप से खाद्यान्नों को और धीरे–धीरे यह पूरे देश में फैल गया। इसके परिणामस्वरूप

हरित क्रांति का जन्म हुआ, जिसने कृषि के क्षेत्र में भारत को बहुत ऊँचा स्थान दिया। अंतर्राष्ट्रीय बाज़ारों में, भारत खाद्यान्नों के आयातक से एक निर्यातक देश बन गया। इसके अतिरिक्त, भारत अपनी आकस्मिक आवश्यकताओं की पूर्ति के लिए खाद्यान्नों का एक सुरक्षित भंडार (बफर स्टॉक) बनाने में सक्षम हो गया। वास्तव में, कई फसलों के उत्पादन में कृषि संबंधी चौतरफा प्रगति देखी गयी।

1960–61 से 2000–01 तक तथा 2004–05 तक साल–दर–साल, विभिन्न फसलों के क्षेत्रफल, उत्पादन तथा उत्पादकता के हमारे दशकीय सांख्यिकीय विश्लेषणों से स्पष्ट संकेत मिलते हैं कि 1990–91 तक विभिन्न फसलों में उत्पादकता तथा उत्पादन में उच्च वृद्धि की प्रवृत्ति मौजूद थी। उसके पश्चात् 2000–01 तक धीमी गति से ही सही, लेकिन एक निश्चित वृद्धि देखी गयी। फिर भी, इक्कीसवीं शताब्दी के प्रथम पाँच वर्षों में, अधिकांश फसलों की उत्पादकता तथा उत्पादन में मामूली उतार–चढ़ाव देखने को मिले, जो यह दिखाते हैं कि स्थिरता का दौर आरम्भ हो चुका है। जहाँ तक क्षेत्रफल का प्रश्न है, भौगोलिक सीमाओं के कारण केवल थोड़ी सी वृद्धि ही देखी गयी है और यह देखा गया है कि सिंचाई के कारण प्रत्येक वर्ष में बुवाई की बारंबाता में वृद्धि हुई है, ताकि जहाँ भी सिंचाई पहुँच चुकी है, वहाँ एक बार से अधिक बोये गये क्षेत्रफल में वृद्धि हो। हमने यह भी देखा है कि सिंचाई की सीमित उपलब्धता अधिकांशतः चावल, गेहूँ, गन्ने इत्यादि जैसी फसलों के लिए ही है, अन्य फसलें सिंचित भूमि का एक मामूली–सा हिस्सा ही साझा करती है। हमने यह भी देखा है कि जहाँ तक खाद्यान्नों का सवाल है, तो हम इक्कीसवीं शताब्दी में उस स्तर तक पहुँच चुके हैं, जिसमें हमारा खाद्यान्न उत्पादन, हमारी बढ़ती हुई जनसंख्या को दृष्टि में रखते हुए पर्याप्त नहीं है अथवा कम है। यदि हम इस सच्चाई को अनदेखा कर दें, तो हम फिर से अन्य देशों पर निर्भर हो सकते हैं, यहाँ तक कि अनाजों की अपनी आवश्यकताओं के लिए भी। विश्लेषण से यह भी निष्कर्ष निकला है कि दालों और तिलहनों के क्षेत्र में भी हम अक्षम हैं। यहाँ यह भी ध्यान दिया गया है कि विभिन्न फसलों के लिए जो कुछ किया जाना है, उसकी भी व्याख्या की जा चुकी है और जहाँ पर आवश्यकता है, उसे वहाँ आंकड़ों की सहायता से दिखाया गया है। ऐसा प्रतीत होता है कि

उपरोक्त तथ्यों को ध्यान में रखते हुए, डॉ. मनमोहन सिंह ने प्रधानमंत्री का कार्यभार सम्भालने के बाद कहा था कि 1990 के दशक के मध्य से कृषि क्षेत्र की अनदेखी की गयी है और उन्होंने योजना आयोग से सुधारात्मक उपाय करने को कहा है।

आंकड़ों के उपरोक्त विस्तृत विश्लेषण से यह बात ध्यान देने की आवश्यकता है कि आंकड़ों के दो भिन्न–भिन्न स्रोतों से भी एक से आंकड़े उपलब्ध नहीं होते, यद्यपि ये अंतर मामूली हो सकते हैं। इससे उपग्रह से प्राप्त चित्रों तथा अन्य उन्नत उपकरणों की सहायता से आधुनिक आंकड़ों को इकट्ठा करने की आवश्यकता महसूस होती है।

अध्याय–4

पशुधन और मत्स्यपालन

पशुधन क्षेत्र

17वीं पशुधन जनगणना (मध्य अक्टूबर 2003) के अनुसार, जिसके परिणाम जनवरी 2005 में जारी किये गये थे, भारत विश्व में सबसे अधिक पशुधन जनसंख्या वाले देशों में से एक था। दुनिया में भैसों की जनसंख्या का 57% तथा मवेशियों की जनसंख्या का 16% भाग भारत के खाते में आता है। हालांकि हमारे यहां अधिकांश पशु उत्कृष्ट स्थितियों में नहीं पल रहे, फिर भी भारत सबसे बड़ा दुग्ध उत्पादक देश है। भैंसों की जनसंख्या के आधार पर यह प्रथम स्थान पर, बकरियों की जनसंख्या में दूसरे स्थान तथा भेड़ों की जनसंख्या के आधार पर इसका स्थान विश्व में तीसरा है। इसके अलावा, यह क्षेत्र घास के अंबार जैसे कृषि उप–उत्पादों के उपयोग में भी एक महत्त्वपूर्ण भूमिका निभाता है। इस क्षेत्र में 2004–05 में 90.7 मिलियन टन दूध, 45.2 बिलियन अण्डे, 2.1 मिलियन टन मीट तथा 44.5 मिलियन किलो ऊन का उत्पादन हुआ। लेकिन अभी भी 2004–05 के दौरान, 'कृषि तथा सम्बन्ध उत्पादों' के अंतर्गत आने वाली चीजों जैसे मीट तथा मीट से तैयार वस्तुओं इत्यादि का भी 399 मिलियन डॉलर का निर्यात करते हैं। 'निर्मित वस्तुओं' के अंतर्गत 'चमड़ा तथा चमड़े से बनी वस्तुओं' का उत्पादन 2,323 मिलियन डॉलर का है। यदि हम समग्र रूप से देखें, निर्यात की सभी मदों के तहत पशुपालन क्षेत्र का योगदान जोडें, तो यह 2,722 मिलियन डॉलर का होता है, जो 2004–05 में 80,540 मिलियन अमरीकी डॉलर की सभी वर्गीकृत मदों का 3% बैठता है। वास्तव में, जब हम भारत में पशुधन की जनसंख्या की विश्व के अलग–अलग देशों से पशुओं की जनसंख्या से तुलना करते हैं, तो निर्यात के इस स्तर को अच्छा स्तर नहीं कहा जा सकता।

देश में पशुओं की मात्रा को देखते हुए, घरेलू तथा निर्यात, दोनों क्षेत्रों में, हमें पशु उत्पादों की मात्रा तथा उसकी गुणवत्ता को बेहतर

बनाने की आवश्यकता है। किन्तु अभी हम ऐसा कर पाने में सक्षम नहीं हैं। एक उदाहरण को देखें, तो हम मोटे तौर पर 44.5 मिलियन टन निम्न गुणवत्ता वाली ऊन पैदा करते हैं, जो कम्बल तथा खुरदरे कपड़े बनाने के काम में लायी जा सकती है, जबकि उत्कृष्ट कपड़े बनाने के लिए, हमने 2004–05 में 80,600 टन कच्ची ऊन आयात की। दूसरे शब्दों में, हमें अपने पशुओं की नस्लों को तथा उन्हें पालने–पोसने के वातावरण को सुधारने की आवश्यकता है।

डेरी उद्योग : भारत विश्व में दूध का सबसे बड़ा उत्पादक देश है। डेरी उद्योग बड़ी मात्रा में भूमिहीन श्रमिकों तथा छोटे व ग़रीब किसानों की आजीविका का एक महत्त्वपूर्ण स्रोत है। ऑपरेशन फ़्लड के परिणामस्वरूप, वर्तमान में ग्रामीण स्तर पर 1.10 लाख से भी अधिक सहकारी समितियाँ हैं, जिनमें लगभग 13 मिलियन दूध उत्पादक सदस्य हैं। ये समितियाँ प्रतिदिन 200 लाख किलो से भी अधिक दूध ख़रीदती है। ये सहकारी समितियाँ मिलकर राष्ट्रीय दुग्ध ग्रिड का निर्माण करती हैं जो देश के दूध उत्पादकों को 700 से अधिक शहरों तथा नगरों के उपभोक्ताओं से जोड़ता है। इसके फलस्वरूप, दूध की उपलब्धता में होने वाले मौसमी तथा क्षेत्रीय परिवर्तन काफी कम हो गये हैं। इसके साथ–साथ यह भी सुनिश्चित हुआ कि उत्पादकों को उचित बाज़ार मूल्य प्राप्त हो तथा उपभोक्ताओं को दूध तथा दूध से बने पदार्थों की अच्छी गुणवत्ता उचित मूल्य पर मिलती रहे। देश के कई भागों में बड़ी मात्रा में काम करने वाली डेरियाँ भी संगठित हुई हैं।

देश में ग़ैर–ऑपरेशन फ़्लड वाले क्षेत्रों में पहाड़ी तथा पिछड़े इलाकों में एक गहन डेरी विकास परियोजना (आई.डी.डी.पी.) की शुरुआत हुई, जिसका उद्देश्य था दुधारू पशुओं का विकास, तकनीकी जानकारी सेवा उपलब्ध करवा कर दूध का उत्पादन बढ़ाना, दूध ख़रीदना, उसकी प्रोसेसिंग करना तथा कम लागत वाली प्रभावी विपणन व्यवस्था कायम करना इससे ऐसे क्षेत्रों में अतिरिक्त रोज़गार के अवसर पैदा करने के अलावा, दूध उत्पादकों के लिए लाभकारी मूल्य सुनिश्चित हो रहा है।

गहन डेरी विकास परियोजना तथा ऑपरेशन फ़्लड के अंतर्गत, जिनके तहत सरकार ने ग्रामीण स्तर पर डेरी सहकारी समितियों से दूध जुटाने के लिए कई राज्यों में बड़ी डेरियों को संगठित किया है तथा उसकी पास्चुरीकरण तथा पैंकिंग की व्यवस्था की, ताकि अमूल प्रणाली की तर्ज़ पर दूध शहरों व नगरों में वितरित किया जा सके।

इन डेरियों में उन लोगों को भी लाभ मिला है, जिसके पास गांवों में दुधारू पशु हैं। लेकिन, इन बड़ी डेरियों के अतिरिक्त, अन्य निजी व्यवसायी भी अपनी डेरियों के माध्यम से इस व्यवसाय में लगे हुए हैं। इस क्षेत्र का रोज़गार का ढांचा संकेत देता है कि डेरी उद्योग 11 मिलियन लोगों का प्रमुख व्यवसाय तथा 9 मिलियन लोगों का पूरक व्यवसाय है। पशुधन क्षेत्रों में महिला श्रम शक्ति का योगदान 69% है, जबकि खेती में यह अनुपात 35% है।

दूध का उत्पादन 1950–51 के 17 मिलियन टन से बढ़कर 2004–05 में 90.7 मिलियन टन हो गया और इसी अवधि में प्रति व्यक्ति दूध की उपलब्धता 124 ग्राम प्रतिदिन से बढ़कर 232 ग्राम प्रतिदिन हो गयी।

ग़रीबी–विरोधी कार्यक्रमों के अंतर्गत, ग्रामीण विकास तथा पंचायती राज विभाग, जिला पंचायतों के माध्यम से, ग़रीब लोगों को उनकी ग़रीबी दूर करने के लिए, आय के पूरक के रूप में दो दुधारू पशु, पशुशाला के खर्चे इत्यादि दे रहा है। अनुदान तथा ऋणों के रूप में उन्हें वित्तीय सहायता भी दी जा रही है।

यह भी अनुशंसा की गयी है कि ग़रीबी–विरोधी कार्यक्रमों के अतिरिक्त, जिनमें दो दुधारू पशु देने के लिए आर्थिक सहायता तत्त्व जुड़ा हुआ है, पशुपालन और पशु–चिकित्सा सेवा विभाग को युवा निजी उद्यमियों को प्रोत्साहित करना चाहिए, जिन्होंने 100 दुधारू पशुओं को पालने–पोसने के लिए, उनकी नस्ल को सुधारने तथा सरकारी डेरियों अथवा निजी डेरियों को उनके दूध की आपूर्ति करने के लिए कम से कम दसवीं श्रेणी तक की शिक्षा प्राप्त की है। इन उद्यमियों को प्रत्येक इलाके में 10–12 ऐसे उद्यमियों के समूह में काम करना चाहिए ताकि पशुओं के प्रजनक (ब्रीडर) तथा सेवायें प्रदान करने वाले जैसे पशुओं को चारे की आपूर्ति करने वाले तथा मध्यम श्रेणी के डेरी मालिक, जो दूध ख़रीदते और उसकी मार्केटिंग करते हैं, इकट्ठे होकर अपने निजी डेरी उपक्रम तथा मार्किट नेटवर्क की स्थापना कर सकें। ऐसे कार्यक्रमों से बड़ी संख्या में लोगों को रोज़गार प्रदान करने के अतिरिक्त उन्नत मवेशियों की नस्लें पैदा करने तथा उन्हें पालने–पोसने की आदर्श पद्धतियों का क्रियान्वयन करके दूध के उत्पादन में वृद्धि होगी। इसके लिए, आवश्यक तकनीकी प्रशिक्षण तथा उद्यमशीलता पाठ्यक्रमों की व्यवस्था की जा सकती है और इसके लिए दसवीं कक्षा तक पढ़े–लिखे युवा बेरोज़गार पुरुषों व महिलाओं

को चुना जा सकता है, उन्हें प्रशिक्षण दिया जा सकता है तथा समूह आधारित व्यवहार्य परियोजनाओं के आधार पर वित्त की उपलब्धता के लिए बैंकों से जोड़ा जा सकता है। यदि प्रत्येक उद्यमी द्वारा 100 दुधारू पशुओं को भी पाला–पोसा जाता है, तो जीवन में उनके ऊपर उठने की सम्भावना बनी रहेगी और बिना सब्सिडी के भी डेरी व्यवसाय सफल होगा। इससे भारत के सकल घरेलू उत्पाद में योगदान देकर बड़े पैमाने पर बेरोज़गारी की समस्या हल हो जायेगी।

इसके अलावा, इन इकाइयों के सफल होने पर, पशु–चारा की नई इकाईयों तथा निजी स्रोतों व वर्तमान सरकारी कार्यक्रमों द्वारा, यदि कोई हो तो, मिश्रित नस्ल के पशुओं की आपूर्ति के लिए कार्ययोजना तैयार की जानी चाहिये। चूंकि मिश्रित–नस्ल के पशुओं का भाग बहुत कम है, इसलिए कृत्रिम–गर्भाधान कार्यक्रमों को तेज़ करने की आवश्यकता है। चूंकि 100 दुधारू पशु रखने वाले युवा उद्यमियों को प्रोत्साहन देने की आवश्यकता है, इसलिए ऐसे सभी समूहों में, जहाँ ये उद्यमी कार्य करते हैं, मिश्रित नस्ल वाली बछिया को पैदा करने तथा उनकी आपूर्ति करने के लिए उत्साहित करना चाहिए तथा उद्यमियों समेत उन सभी लोगों को इनकी आपूर्ति करनी चाहिए, जिन्हें इनकी आवश्यकता है। अभी तक तो देश से दूध का निर्यात नहीं किया जाता। दुग्ध संघों को दूध से बने उत्पादों को निर्यात तथा टेट्राबिक्स इत्यादि जैसे नये उत्पादों की शुरुआत करके, उनकी विपणन गतिविधियों को आगे लाने के लिए अपने सहयोग की पेशकश करनी चाहिये। इस प्रकार, इस क्षेत्र में बड़ी मात्रा में आय तथा रोज़गार उत्पन्न किये जा सकते हैं। यहाँ यह बता देना चाहिए कि समूह–आधारित ये कार्य बैंकों को स्वीकार्य होने चाहिये।

स्वदेशी बैलों को पाल–पोसकर अच्छी गुणवत्ता वाली स्थानीय नस्लों के संरक्षण से, पशुओं की स्थानीय नस्लों, जो डेरी तथा औषध, दोनों प्रयोजनों के लिए उपयुक्त हों, के संरक्षण के लिए कदम उठाये जाने चाहिये। ऐसे प्राकृतिक संरक्षण वाले प्रजनन के लिए चुनिंदा उत्पादकों को समुचित प्रोत्साहन दिया जाना चाहिये।

ज़मीनी फसलों (बहुमंजिला फसल पद्धति के अंतर्गत, एक ही क्षेत्र में दो या तीन फसलें उगाने के चलन के समान) के साथ–साथ अच्छी गुणवत्ता वाले हरे चारे को उगाने की पद्धति का प्रचार करने के लिए व्यापक उपाय किये जाने चाहिये। देश के अलग–अलग हिस्सों में, जहाँ भी उपयुक्त हो, पशु चारा संयंत्र लगाने के लिए पूँजी सब्सिडी के रूप में प्रोत्साहन दिया जाना चाहिये।

मुर्गीपालन

भूमिहीन मजदूर कभी–कभी अपनी आय का 50% भाग पशुधन से, विशेष रूप से मुर्गीपालन से अर्जित करते हैं। भारत में मुर्गीपालन का व्यवसाय प्रति वर्ष 30,000 करोड़ रुपये का है और यह 15% प्रतिवर्ष[1] की दर से बढ़ रहा है। आर्थिक सर्वेक्षण 2005–06 के अनुसार, यह क्षेत्र प्रत्यक्ष अथवा अप्रत्यक्ष रूप से 2 मिलियन से भी अधिक लोगों को रोज़गार प्रदान करता है। 2004–05 में 45 बिलियन अन्डों का उत्पादन हुआ और विश्व में अन्डे पैदा करने वाले सबसे बड़े छः देशों में भारत का भी स्थान है तथा वह सबसे अधिक मुर्गे का मीट उत्पादित करने वाले पाँच देशों में से एक है (खाद्य व कृषि संगठन, 2004, अनंतिम आंकड़े)। वर्ष 2004 में लगभग 1.6 मिलियन टन मुर्गे के मीट का उत्पादन हुआ। आर्थिक सर्वेक्षण 2005–06 के अनुसार, भारत सरकार ग़रीबी मिटाने, पोषण की आवश्यकता पूरी करने के लिए तथा लैंगिक सशक्तिकरण के लिए मुर्गी पालन के विकास को बढ़ावा दे रही है, 'राष्ट्रीय मुर्गी फार्म' के तहत केन्द्र द्वारा प्रायोजित योजना की शुरुआत की गयी है, जिसके अंतर्गत उत्तर पूर्व के राज्यों को 100% आर्थिक सहायता प्रदान की जा रही है तथा अन्य राज्यों को उनकी आवश्यकता की 80% आर्थिक सहायता मिल रही है। मुर्गी पालन करने वाले लोगों द्वारा ख़रीदे जाने वाले एक दिन के चूज़ों को पैदा करने वाले फार्मों को प्रोत्साहन देने के लिए, मौजूदा उद्यमियों के अतिरिक्त, निजी उद्यमियों को सभी प्रकार का तकनीकी प्रशिक्षण प्रदान करके उन्हें प्रोत्साहित किया जाना चाहिये।

ज़िला पंचायतों को ग़रीबी–विरोधी कार्यक्रमों के अंतर्गत, जिन्हें अब स्वर्ण जयंती स्वरोज़गार योजना कहा जाता है, 100 पक्षियों वाली छोटी इकाईयों को पक्षियों के लिए उचित आश्रय–स्थल बनाने के लिए सब्सिडी के साथ सहायता प्रदान की गयी है। एक बार फिर, मुर्गी पालन के क्षेत्र में बेरोज़गार युवकों को, जो कम से कम दसवीं कक्षा तक पढ़े हुए हैं, 500 पक्षियों के बसेरे के लिए पशु–पालन तथा पशु–चिकित्सा सेवा विभाग द्वारा इकाईयों की स्थापना के लिए प्रशिक्षण दिया जा सकता है। इस प्रशिक्षण में उद्यमशीलता प्रबंधन के साथ–साथ तकनीकी जानकारी भी शामिल होनी चाहिये। प्रशिक्षण के बाद इन प्रशिक्षुओं को सब्सिडी पर ऋण उपलब्ध कराने के लिए बैंकों के साथ जोड़ा जाना चाहिये। राष्ट्रीय कृषि और ग्रामीण विकास बैंक (नाबार्ड) द्वारा पूँजी उद्यम योजना (जिसमें निवेश का 50% ऋण कम ब्याज पर दिया जाता है) की शुरुआत करके एक नयी पहल की

1. इन्वेस्टर्स, गाईड; द इकोनॉमिक्स टाइम्स, 27 सितम्बर, 2004

गयी, जिससे देश के विभिन्न भागों में मुर्गीपालन में पूँजी लगाना सम्भव हो गया। इन इकाईयों को समूहों में इस प्रकार बनाया जाना चाहिए कि मुर्गियों के खाने तथा पॉल्ट्री उत्पादों की आपूर्ति की पिछली व अगली श्रृंखला को आपस में जोड़ने में मदद मिले। जैसाकि पशुओं की इकाईयों के मामले में सिफारिश की गयी है, मुर्गियों के लिए चारा बनाने तथा पोल्ट्री प्रोसेसिंग इकाईयों का निर्माण करने वाली इकाईयों के लिए पूँजी अनुदान से, यदि एक समूह–दृष्टिकोण अपनाया जाता है, सभी आवश्यक सम्पर्कों को एक व्यवहार्य तरीके से पूरा किया जा सकता है। निजी क्षेत्र की पोल्ट्री विपणन कम्पनियों को सामूहिक दृष्टिकोण से गांवों में 'अनुबंध खेती' को बढ़ावा देने के लिए सहयोग दिया जाना चाहिये। ऐसी फर्में अक्सर पुराने चूज़ों, मुर्गियों के खाने तथा पशु चिकित्सा सेवाओं सहित सभी जानकारियाँ देने का कार्य करती हैं। इसके अलावा, वे निश्चित रूप से तथा समय पर पक्षियों की मार्केटिंग करने की सेवायें प्रदान करती हैं। ऐसे दूरदर्शी स्व–रोज़गार में लगे युवा लोग गाँवों में रोज़गार के अवसर प्रदान करने के साथ–साथ सकल घरेलू उत्पाद में भी सहयोग देते हैं।

बर्ड–फ़्लू के परिणामस्वरूप, जिसने कई देशों को अपने शिकंजे में जकड़ लिया था, भारत में फ़्लू पर नियंत्रण करने के लिए कई कदम उठाये हैं और यह नियंत्रण में है। इन उपायों के फलस्वरूप, देश में मुर्गीपालन पूरी तरह से सुरक्षित है और हमें अपने पूर्वी पड़ोसियों की तुलना में लाभ की स्थिति में रखा गया है।

सरकारी पोल्टी फार्म चूज़ों की आपूर्ति कर रहे हैं और कई किसान इस सेवा का लाभ उठा रहे हैं। इसके साथ–साथ, यह क्षेत्र इतना बड़ा बन चुका है कि निजी क्षेत्र के फार्म भी किसानों को ऐसे चूज़ों की आपूर्ति कर रहे हैं। स्वाभाविक है कि यदि हम उद्यमियों के ऐसे समूहों का विकास करें, जो बड़ी मुर्गीपालन इकाईयों की स्थापना करें, तो चूज़ों के सप्लायर भी ऐसे क्षेत्रों में सेवायें दे सकेंगे क्योंकि बड़े पैमाने पर उत्पादन करने में लागत में कमी होने के कारण वे ऐसी आपूर्ति शुरू करने में सफल होंगे।

भेड़ पालन

भेड़ पालन ने वर्ष 2004–05 में 2.21 मिलियन टन मीट तथा 44.5 मिलियन टन ऊन के उत्पादन में एक बड़ा योगदान दिया। उससे भी महत्त्वपूर्ण बात, यह आर्थिक कार्य, ज़िला पंचायतों के माध्यम से ग्रामीण विकास तथा पंचायत राज विभाग द्वारा चलाये गये

ग़रीबी–विरोधी कार्यक्रमों के तत्त्वों में से एक है। प्रत्येक ग़रीब परिवार को इस उद्देश्य के लिए सब्सिडी सहित दिए जाने वाले ऋण के साथ 20 मादा भेडें तथा 1 नर भेड़ दी जायेगी।

इसके अलावा, दसवीं कक्षा तक पढ़े ग्रामीण युवकों को भी 100 मादा भेड़ों तथा 5 नर भेड़ों के बड़े झुण्ड की देख–रेख करने का प्रशिक्षण किया जाना चाहिये। समुचित ढंग से प्रशिक्षित ऐसे उद्यमियों को एकरूप सेवाओं तथा नवीनीकरण की तकनीक प्रदान की जानी चाहिये। इस सुविधा को उन समूहों तक भी सब्सिडी के साथ ऋण के रूप में बैंक वित्त सहित पहुँचाया जा सकता है, जिनके पास जानकारी, सामग्री, वित्त तथा उत्पादकों व ग्राहकों को जोड़ने वाली वितरण प्रणाली मौजूद है। भेड़ और बकरियाँ पालने वालों को स्वयं–सहायता समूहों के रूप में संगठित करने की आवश्यकता है ताकि वे नई उभरती सुपरमार्किटों तथा रीटेल–चेन बाज़ारों के माध्यम से मार्केटिंग श्रृंखला तक पहुँच सकें। भेड़ों तथा बकरियों को पालने की क्षमता में वृद्धि करने के दृष्टिकोण के रूप में ठेके पर खेती करने की पद्धति को प्रोत्साहन दिया जा सकता है।

किसानों को प्रजनक नर भेड़ों की आपूर्ति करने के लिए सरकारी भेड़ गृह स्थापित किए गये हैं ताकि स्थानीय नस्लों में सुधार लाया जा सके। वास्तव में, हरियाणा में स्थित करनाल में भारत सरकार के फार्म में आस्ट्रेलिया इत्यादि स्थानों से कोरेडेल जैसी प्रजातियों को लाया जाता है तथा उनकी स्थानीय प्रजाति की भेड़ों से मिश्रित–प्रजाति की नर भेड़ पैदा की जाती है और इस प्रकार, स्थानीय किसानों को प्रजनक नर भेड़ों की आपूर्ति की जाती है। इन प्रजनक भेड़ों से उत्पन्न प्रजातियों से श्रेष्ठ किस्म की ऊन तथा बड़ी मात्रा में माँस प्राप्त किया जाता है। ये फार्म अभी अपने पूरी क्षमता का लाभ नहीं उठा रहे। यदि उद्यमियों के समूह बड़े पैमाने पर भेड़ों को पालने के लिए संगठित हो जाते हैं, तो यह व्यावहारिक होगा कि वे विदेशी नस्लों को पालने के लिए अपने फार्म स्थापित करें अथवा वैकल्पिक रूप में, यदि सरकारी फार्म अपनी पूर्ण क्षमता का उपयोग नहीं कर पाते तो वे निजी क्षेत्र को अपने फार्म लीज़ पर दे सकते हैं, ताकि भारतीय नस्लों के सुधार के लिए बड़ी संख्या में विदेशी नर भेडें उपलब्ध हो सकें। स्वयं–सहायता समूहों में लगे किसानों को वैज्ञानिक विधियों से भेड़ों–बकरियों को पालने तथा उन्हें लाने–ले जाने के लिए प्रशिक्षित किए जाने की आवश्यकता है। भेड़ों व बकरियों के रहने तथा खाने के लिए, किसानों को स्टाल–फीडिंग पद्धति अपनाने के

लिए जानकारी दी जानी चाहिये। देश में उत्पादित मीट के लिए उपयुक्त बाज़ार (निर्यात सहित) को बढ़ाने के लिए वैज्ञानिक पद्धतियों से (भेड़ों तथा बकरियों आदि के) मीट की प्रोसेसिंग करने के लिए आधुनिक बूचड़खानों की स्थापना करना बहुत ज़रूरी है। ये आधुनिक बूचड़खाने निजी व सार्वजनिक भागीदारी के आधार पर देश के विभिन्न भागों में स्थापित किए जाने चाहिये, विशेष रूप से उन सभी ज़िलों में जो बड़ी मात्रा में मीट के उत्पादन के लिए जाने जाते हैं।

चारे इत्यादि के लिए भूमि

पिछले काफी समय से, घास के मैदान, जो परंपरागत रूप से पशुओं के चारे के लिए छोड़ दिये गये थे, चारे के लिए तथा अन्य प्रयोजनों जैसे गाँवों में मकान बनाने के लिए अंधाधुंध प्रयोग में लाये जाने के कारण निरंतर सिकुड़ रहे हैं। वर्ष 1999–2000 के लिए उपलब्ध भूमि के उपयोग से संबंधित आंकड़ों के अनुसार, घास के मैदानों का क्षेत्रफल, 3,06,054 हजार हेक्टेअर के सूचित क्षेत्र में 11,040 हजार हेक्टेअर अथवा सूचित क्षेत्र का 3.6% है। घास के जिन मौजूद मैदानों का ह्रास हो चुका है, उन्हें फिर से हरा–भरा करने की आवश्यकता है और जहाँ भी सम्भव हो, उन्हें पानी से सींचे जाने की ज़रूरत है ताकि घास की बेहतर गुणवत्ता तथा मात्रा उपलब्ध हो सके और जहाँ सम्भव हो, मवेशियों के स्टाल–फीडिंग को प्रोत्साहित किया जाना चाहिये। इसके अलावा, कुछ कृषि योग्य भूमियाँ, जिन पर पिछले पाँच वर्षों में खेती नहीं की गयी है, भी घास के मैदानों अथवा चारा भूमि के अंतर्गत लायी जानी चाहिये, जैसा कि भूमि उपयोग से संबंधित अध्याय 2 में चर्चा की गयी है। चारागाहों के बीच खाली पड़ी भूमि पर वन उगाकर, वन–चारागाहों को भी प्रोत्साहित किया जाना चाहिये। इन्हें वृक्ष रहित वन क्षेत्रों में भी बढ़ावा दिया जा सकता है।

फसलों के बचे हुए हिस्सों का पोषण मूल्य बढ़ाने के लिए संबंधित विभाग को प्रदर्शनियों का आयोजन करना चाहिए ताकि पशुओं के मालिक अपने पशुओं को और अधिक पौष्टिक चारा देना सीख सकें।

बटेर, खरगोश तथा सुअर इत्यादि

तेज़ी से बड़े होने वाले जानवरों, जैसे बटेर, खरगोश तथा सुअर आदि अन्य प्रजातियों के प्रजनन तथा पालन–पोषण को उपयुक्त व्यवहार्य बैंकों के अनुकूल योजनायें तैयार करके बढ़ावा दिया जाना चाहिए जिसमें श्रमिक, छोटे किसान और बेरोज़गार युवक अनुपूरक

आय तथा पर्याप्त आय उपार्जित करने में भागीदारी कर सकते हैं। बड़े पैमाने पर इन गतिविधियों को अपनाने के लिए बेरोज़गार शिक्षित युवकों की उद्यमीय भागीदारी को भी प्रोत्साहित किया जाना चाहिए, जैसा कि अन्य पशुओं के संबंध में किया गया है।

बीमा रक्षा

ये सभी निश्चित लाभ प्रदान करने वाली, कम जोखिम वाली आर्थिक गतिविधियां हैं। इन्हें आसानी से व्यवहारिक बीमा योजनाओं के अंतर्गत लाया जा सकता है। वास्तव में, कनार्टक में, कर्नाटक जनश्री योजना भेड़ों के लिए आरम्भ की गयी बीमा योजना विद्यमान है। बीमा कम्पनियों को इस क्षेत्र पर भी समुचित ध्यान देना चाहिए जो बड़े पैमाने पर निजी क्षेत्र की भागीदारी से, विभिन्न प्रकार के बीमा उत्पादों के लिए अत्यधिक व्यवहार्य क्षेत्र बन जायेगा।

मछली पालन

मछली उत्पादन में भारत का स्थान विश्व में तीसरा तथा देश के भीतरी भागों में मछली पालन में दूसरा है। जहाँ तक रोज़गार का प्रश्न है, 11 मिलियन लोग पूर्णकालिक रूप से तथा आंशिक रूप से मछली पालन व सम्बद्ध व्यवसायों में लगे हुए हैं। मछली के उत्पाद तथा निर्यात को तालिका 4.1 में दिखाया गया है।

तालिका 4.1 : समुद्री तथा देशी मछली का उत्पादन तथा निर्यात

वर्ष	उत्पादन (000 टन)			निर्यात	
	समुद्री	देशी	कुल योग	मात्रा (000' टन)	मूल्य (करोड़ रुपयों में)
1	2	3	4	5	6
1950–51	500	200	700	20	2
1960–61	900	300	1,200	20	4
1970–71	1,100	700	1,800	40	35
1980–81	1,500	900	2,400	80	235
1990–91	2,300	1,500	3,800	140	893
2000–01	2,800	2,800	5,600	503	6,296
2001–02	2,800	3,100	5,900	458	5,815
2002–03	3,000	3,400	6,400	412	6,086
2004–05	2,800	3,500	6,300	474	6,188

स्रोतः आर्थिक सर्वेक्षण 2005–06

जैसा कि उपरोक्त तालिका में दिखाया गया है, 1950–51 से 1990–91 तक, देशी मछली पालन का हिस्सा समुद्री मछली का 40% है, जिसका उत्पादन अन्त में 2000 के दशक में समुद्री मछली के उत्पादन से अधिक हो गया है। वास्तव में, समुद्री मछली तथा देशी मछली के उत्पादन में अपार सम्भावनायें मौजूद हैं।

समुद्री मछली पालन : जहाँ तक समुद्री मछली का संबंध है, हमारे देशीय समुद्रों का क्षेत्रफल 200 समुद्री मील (नॉटिकाल मील) तथा समुद्र में हमारा विशिष्ट आर्थिक क्षेत्र (एक्सक्लूज़िव इकोनॉमिक ज़ोन–ई.ई.जेड़) 2 मिलियन वर्ग किलोमीटर से अधिक है। ठीक ढंग से कहें, तो भारत का समुद्र तटीय क्षेत्रफल 8,041 किलोमीटर तथा विशिष्ट आर्थिक क्षेत्र 2.2 मिलियन वर्ग किलोमीटर का है। ऐसे विशाल आर्थिक क्षेत्र में, जहाँ हमारी मछली पकड़ने के कौशल में हस्तचालित तथा यंत्रचालित, दोनों तरीके ही शामिल हैं, हमारे पास गहरे सागर में जाकर मछली पकड़ने की क्षमता न होने के कारण, हम केवल एक सीमित दूरी तक ही जा सकते हैं। उदाहरणार्थ, कर्नाटक में, हमारे पास कुल महाद्वीपीय क्षेत्र का 27,000 वर्ग किलोमीटर का विशिष्ट आर्थिक क्षेत्र है, जबकि हम हस्तचालित और यांत्रिक मछली पकड़ने के कौशल द्वारा केवल 7,000 वर्ग किलोमीटर का ही दोहन कर पा रहे हैं। इस प्रकार हम केवल सीमित क्षेत्र में ही मछली पकड़ने में समर्थ हैं। इसलिए, हमारा समुद्री मछली उत्पादन बहुत सीमित है और कभी–कभी छोटी मछलियों की मात्रा जैसे युवा और उनसे थोड़ी बड़ी मछलियाँ ही पकड़ में आती हैं। अतः मत्स्य विभाग ने समुद्री पशुपालन का सहारा लिया है अर्थात् उसने प्रयोगशालाओं में उत्पन्न मछली के बीजों से समुद्र तट के निकटवर्ती क्षेत्र में मछली पालन करना आरम्भ कर दिया है। इसके अलावा, मछलियों को मछलियों के कम घनत्व वाले क्षेत्रों से उन क्षेत्रों की ओर स्थानांतरित कर दिया है, जहाँ मछली पकड़ने वाली नौकायें बहुत अधिक सक्रिय हैं। इस कार्य को सामुद्रिक पशुपालन कहा जाता है। समुद्र की गहराई में जाने के लिए और वैध महाद्वीपीय क्षेत्र का उपयोग करने के लिए, हमें गहरे समुद्र में मछली पकड़ने वाले पोतों की बहुत आवश्यकता है।

बड़े निजी उद्योगपति अपने प्रयासों द्वारा अथवा मछुवारों के सहकारी समूह राष्ट्रीय सहकारी विकास निगम (एन.सी.डी.सी.) की सहायता से, बड़े समुद्रों में मछली पकड़ने के पोत ख़रीद सकते हैं अथवा लीज़ पर ले सकते हैं। इस स्थिति में, उन्नत समुद्री मछली

की सम्पदा का हमारी निजी कम्पनियों तथा सहकारी समूहों द्वारा दोहन किया जा सकता है। यह हमारे वर्तमान लाभ से कहीं अधिक लाभ देगा और हम समुद्री कार्यों में परिवहन, प्रोसेसिंग, भण्डार तथा पैकेजिंग उद्योग में कई लोगों को रोज़गार प्रदान कर सकेंगे। वास्तव में, हमारे द्वारा अपने विशिष्ट आर्थिक क्षेत्र का पूरी तरह उपयोग न कर पाने के कारण, समृद्ध देश तथा विदेशी कम्पनियाँ, जो बड़े पोतों की शुरुआत को वहन कर सकते हैं, हमारे गहरे समुद्री आर्थिक क्षेत्र का जमकर दोहन कर रहे हैं। इस सम्भावना का हमारे द्वारा दोहन किए जाने की आवश्यकता है और वास्तव में आधुनिक भण्डारण तथा प्रोसेसिंग सुविधाओं में विस्तार लाकर, हम काफी हद तक अपने मछली उत्पादन, निर्यात तथा रोज़गार में वृद्धि कर सकते हैं।

देशीय मछली पालन

देशीय मछली पालन के क्षेत्र में भी आपार सम्भावनायें विद्यमान हैं। हम देशीय मछली पालन में मौजूद सम्भावनाओं के केवल थोड़े से भाग का ही दोहन कर पा रहे हैं, क्योंकि मत्स्य बीज फार्म तथा नर्सरी इत्यादि की कमी है। वास्तव में, केवल अकेले कर्नाटक में 5.3 लाख हेक्टेअर का देशीय जल क्षेत्र मौजूद है, जिसमें पानी की टंकियां, जलाशय व तालाब इत्यादि शामिल हैं। इसके अलावा, यहाँ 6,000 कि.मी. नदियों का क्षेत्र भी मौजूद है। बड़ी जल क्षेत्र इकाईयों को मत्स्य बीज की आपूर्ति के लिए, राज्य में 275 हेक्टेअर में फिश फार्म तथा नर्सरी तथा 30 छोटी मत्स्य पालन इकाईयाँ हैं, जो वर्ष में 195 मिलियन मछली के बच्चों की आपूर्ति करती हैं, जो स्पष्ट रूप से 5.03 लाख हेक्टेअर जल–विस्तार के लिए अपर्याप्त हैं। इस प्रकार, देशीय मछली पालन में भी, मत्स्य पालन के विकास के क्षेत्र में विशाल सम्भावनायें विद्यमान हैं जो इसके परिणामस्वरूप, पोषक भोजन तथा निर्यात सम्भावनाओं के अलावा बड़ी मात्रा में रोज़गार प्रदान करेंगी, बशर्ते भण्डारण, इन्सुलेटिड परिवहन व्यवस्था, कोल्ड स्टोरेज, प्रोसेसिंग तथा पैकेजिंग का पूरी तरह विकास हो चुका हो।

निजी क्षेत्र तथा निजी उद्यमियों की भागीदारी को मत्स्य बीजों के उत्पादन तथा विक्रय के क्षेत्र में, तकनीकी तथा उद्यमीय ज्ञान देकर प्रोत्साहन दिया जाना चाहिये। खारे देशीय समुद्रों तथा ताज़ा जल की झींगा मछली के संवर्धन के क्षेत्र में भी निजी क्षेत्र को बढ़ावा दिया जाना चाहिये। मछली पालन के लिए हमारी देशीय जल–विस्तार (वॉटर

शीट) के एक–एक इंच का उपयोग करने के साथ–साथ ऐसा किया जाना चाहिए, जिसमें अन्य निजी क्षेत्रों के अलावा कॉर्पोरेट संगठनों/निजी उद्यमियों/शिक्षित बेरोज़गार युवकों को शामिल करना चाहिए, जिन्हें मछली पालन का प्रशिक्षण दिया जा सकता है तथा उन्हें बैंकों तथा वित्तीय संस्थाओं के साथ जोड़ा जा सकता है। भारत सरकार के राष्ट्रीय मात्स्यिकी विकास बोर्ड के पास तालाब–मछली उत्पादन तथा जलाशय–मात्स्यिकी सहित देशीय मत्स्य उद्योग को बढ़ावा देने के लिए विशेष योजनायें उपलब्ध हैं। जिन क्षेत्रों में अंतर्देशीय मछली पालन सम्भव है, उन राज्यों में मत्स्य विभाग इन योजनाओं से लाभ प्राप्त करने के लिए किसानों की मदद कर सकता है। इस प्रकार देशीय तथा समुद्री क्षेत्र, दोनों में मछली पालन में अपार क्षमताएँ मौजूद हैं।

वर्ष 2020 के लिए पशुधन तथा मछली पालन के लक्ष्य

पूर्ववर्ती अनुच्छेदों में प्रस्तुत अनुशंसाओं को समझ लेने के पश्चात्, जहाँ आवश्यक हो, वहाँ उत्पादों की गुणवत्ता में सुधार करने के अलावा, पशुपालन क्षेत्र तथा मत्स्य क्षेत्र, दोनों में ही उत्पादन को दुगुना करने का लक्ष्य होना चाहिये।

स्वच्छता एवं कृषि पैदावार में रोगों को रोकने के उपाय

दूध का निर्यात न होने के कारणों में से एक है स्वच्छता के बेहतर उपायों का अभाव। राज्य दुग्ध संघ (स्टेट मिल्क फेडरेशन) ने गाँवों में दूध पॉर्लरों में लाये गये मवेशियों से दूध का संग्रह करने जैसे कुछ उपायों की शुरुआत की है, जहाँ दुधारू पशुओं को पहले नहलाया जाता है और फिर उनसे मशीनों द्वारा दूध निकाला जाता है। इससे बढ़े पैमाने पर दूध संग्रह करने की स्वच्छता की स्थिति में सुधार होता है। वास्तव में, विश्व व्यापार संगठन द्वारा इन उपायों के नियमों व शर्तों को देखते हुए, प्रत्येक राज्य/संघ शासित प्रदेशों के पशुपालन विभाग द्वारा दुग्ध–उत्पादकों के अधिक निर्यात करने में हमारे पशुपालन क्षेत्र को सूक्ष्म बनाने की दिशा में किसी भी प्रकार के वांछित उपायों को अपनाया जाना सुनिश्चित करने के लिए पूरी सावधानी बरतनी चाहिये। दुग्ध संघों को दुग्ध उत्पादों का निर्यात करने तथा टेट्राबिक्स जैसे नवीनतम उत्पादों के ज़रिए अपनी विपणन कार्य प्रणाली स्थापित करने में सहयोग दिया जाना चाहिये।

अध्याय–5

कृषि की चुनौतियां

पिछले अध्यायों में कही गयी बातों की जाँच करने से, ऐसा प्रतीत होता है कि कृषि उत्पादकता के रुझान को फिर से जीवंत करने से पहले किए जाने वाले कार्य भूमि के अधिकतम उपयोग, पानी, अनुसंधान, गहन विस्तार सेवाओं, बाज़ार के उचित वातावरण, समय से मिलने वाले ऋण तथा बुनियादी ढाँचे के निर्माण इत्यादि में निहित है।

चलिए, उपरोक्त घटकों पर विस्तार से चर्चा करते हैं :

भूमि तथा जल : पिछले अध्याय में, हमने भौगोलिक बाधाओं के कारण भूमि की उपलब्धता की सीमाओं को देखा है और कई क्षेत्रों में प्रतिस्पर्धी आवश्यकताएँ कृषि उद्देश्यों के लिए शुद्ध क्षेत्र को वर्ष 2020 तक अधिकतम 150 मिलियन हेक्टेअर तक ले जा सकती हैं। हमने यह भी देखा है कि वर्ष 2020 तक, भारत की 140 मिलियन हेक्टेअर की सिंचाई क्षमताओं का पूरा उपयोग करने के साथ–साथ, माइक्रो–हाइडल उपकरणों (ड्रिप/स्प्रिंकलर) का हर जगह उपयोग करके जल का अधिकाधिक उपयोग करने से, हम 210 मिलियन हेक्टेअर सकल क्षेत्रफल में सिंचाई करने में सक्षम हो जायेंगे, जिसमें 150 मिलियन हेक्टेअर सिंचित होगा और 60 मिलियन हेक्टेअर में एक बार में अधिक फसलें उगाने के लिए पानी उपलब्ध करायेगा।

अनुसंधान : जैसाकि हमने पिछले अध्याय में देखा है, अनुसंधान के योगदान से उत्पन्न बीजों की उच्च पैदावार वाली किस्मों तथा कार्य प्रणालियों के आदर्श पैकेजों इत्यादि के कारण ही हरित क्रांति का सपना साकार हुआ था। ऐसा प्रतीत होता है कि भारतीय कृषि अनुसंधान परिषद (आई.सी.ए.आर.) तथा राज्य कृषि विश्वविद्यालय (एस.ए.यू.) जैसे संस्थान, जिन्होंने अतीत में असाधारण उपलब्धियों में अपना बहुत बड़ा योगदान दिया था, बाद में उसी

मात्रा में, वैसा कार्य करते प्रतीत नहीं होते। उदाहरण के लिए, कृषि विज्ञान विश्वविद्यालय, बंगलौर को वर्ष 2007–08 में पहले से चल रही अनुसंधान परियोजनाओं के अतिरिक्त, 2007–08 में आठ अन्य परियोजनायें अपने संरक्षण में शुरू करने के लिए ली हैं और कृषि विज्ञान विश्वविद्यालय, धारवाड़, कर्नाटक ने भी 2007–08 के लिए इसी प्रकार पाँच नयी अनुसंधान परियोजनायें प्रस्तावित की हैं।[1] डॉ. एम.एस. स्वामीनाथन[2] ने तत्काल कृषि के क्षेत्र में अनुसंधान, विस्तार व शिक्षा में सुधार लाने तथा उन्हें पुनर्जीवित करने की आवश्यकता महसूस की। चूंकि हम अन्य मुद्दों पर बाद में चर्चा कर सकते हैं, इसलिए पहले हम अनुसंधान पर ही विचार करते हैं। जैसाकि पहले बताया गया है, देश में लगातार अनुसंधान किये जा रहे हैं, किन्तु उनके अन्तिम परिणाम इतने अच्छे नहीं रहे। यह भी एक सच्चाई है कि अनुसंधान के क्षेत्र में क्या कुछ किया जाना चाहिए, इस संबंध में भी विचारों की कमी नहीं है, जैसा कि हमने कृषि अनुसंधान एवं शिक्षा विभाग (डिपार्टमेंट ऑफ एग्रीकल्चरल रिसर्च एन्ड एज्यूकेशन–डी.ए.आर.ई.) के सचिव तथा भारतीय कृषि अनुसंधान परिषद के महानिदेशक, डॉ. मंगल राय द्वारा कृषि विज्ञान विश्वविद्यालय, बंगलौर में सम्बोधित 40वें दीक्षांत–समारोह से देखा जा सकता है। अपने सम्बोधन में, डॉ. राय ने वर्तमान में दुनिया में कृषि विज्ञान के क्षेत्र में अनुसंधान की नवीनतम प्रवृत्तियों के अनुसार अनुसंधान शुरू करने की आवश्यकता व्यक्त की। इसे स्पष्ट करने के लिए, उनके सम्बोधन से लिए गये दो पैराग्राफों को यहाँ उद्धृत करना पर्याप्त होगा, जो इस प्रकार हैं :

> अनुसंधान को मौजूदा तथा नये उभरते जैविक (कीट तथा रोग) और अजैव (सूखा, जल–भराव, खारापन इत्यादि) दबावों से निपटने के लिए अधिक केंद्रित होने की आवश्यकता है। जैविक और अजैव दबावों के विरुद्ध जनन–द्रव्य (जर्म प्लाज़्म) के सटीक तथा तेज़ी से मूल्यांकन के लिए और निहित उत्पादकता में आने वाली बाधाओं पर काबू पाने के लिए नये उपकरणों तथा तकनीकों को विकसित किए जाने की आवश्यकता है।

1. वार्षिक रिपोर्ट 2006–07, कृषि सचिवालय, कर्नाटक सरकार ।
2. एम.एस. स्वामीनाथन, ' फार्मर्स डिस्ट्रेस : कॉज़िज़ एन्छ क्योर्स ', द हिन्दू, 10 सितम्बर 2004।

उन्होंने आगे कहा,

> सतत विकास में गति लाने के लिए नवीनतम तकनीकों का अधिक से अधिक उपयोग करने की आवश्यकता होगी। स्थायी कृषि के लिए भारत जैसे देश को विवेकपूर्ण चुनाव करने की आवश्यकता होगी और यह भी, कि ये वर्तमान में उपलब्ध तकनीकों का उपयोग करने तक ही सीमित नहीं है। कृषि, पर्यावरण और मानव कल्याण के क्षेत्र में दीर्घकालिक स्थिरता के लिए आधुनिक प्रौद्योगिकियां जैसे जैव–प्रौद्योगिकी लम्बे समय तक उपयोग में लायी जा सकती है।

भूमि के संवधन और मिट्टी की उर्वरता को बचाये रखने के लिए खाद, डीकम्पोज़्ड जैव ईंधन और खरपतवार के साथ–साथ जैविक खाद के उपयोग का एक नया प्रचलन देश के विभिन्न भागों में किसानों को आकर्षित कर रहा है। केंचुवा–खाद, जीवमरूथम्, बीजमरूथम्, पंचगव्य, जैव कीटनाशक तथा रैपेलेन्ट इत्यादि उभरती हुई जैव प्रौद्योगिकी का उपयोग उन किसानों के मध्य अत्यंत लोकप्रिय हो रहा है, जिन्हें रासायनिक उर्वरकों और कीटनाशक के उपयोग की सीमाओं का अनुभव हो चुका है। कृषि विभाग तथा विभिन्न राज्यों में कृषि विश्वविद्यालयों को, इन जैविक कृषि प्रौद्योगिकियों को मान्यता देने तथा उन्हें बढ़ावा देने के लिए और देश के विभिन्न भागों में विशिष्ट फसलों व क्षेत्रों के अनुकूल कार्य–प्रणालियों को विकसित करने के लिए व्यवस्थित रूप से अनुसंधान करने चाहिये।

इस प्रकार, ऐसा प्रतीत होता है कि यह विचारों की कमी नहीं है, जिसके कारण अनुसंधान के क्षेत्र में होने वाली प्रगति में रुकावट आ रही है, बल्कि पिछले दशक से हम शायद कहीं न कहीं समन्वय तथा क्रियान्वयन में कमी के कारण असफल हो रहे हैं, इसलिए, डॉ. स्वामीनाथन ने ठीक ही कृषि अनुसंधानों में सुधार करने और उन्हें पुनर्जीवित करने की आवश्यकता पर बल दिया है। संक्षेप में, यहाँ सार्वजनिक क्षेत्र को अनुसंधान संस्थानों (आई.सी.ए.आर., राज्य कृषि विश्वविद्यालयों, वस्तु बोर्ड इत्यादि) तथा निजी क्षेत्र द्वारा समन्वित तरीके से निरंतर ध्यान रखते हुए अनुसंधान को प्रभावी ढंग से लागू करने की आवश्यकता है। इन संस्थानों को अपने अनुसंधान व विकास प्रयासों को, परियोजना उन्मुख दृष्टिकोण की वर्तमान कार्यप्रणाली से समस्या को हल करने और समाधान में वृद्धि करने के दृष्टिकोण की नई दिशा की ओर बढ़ना चाहिये। इसके लिए यह अनुशंसा की जाती है कि देश में अनुसंधान से संबंधित गतिविधियों की समय–समय

पर निगरानी के लिए एक शीर्ष मंच गठित किया जाये और उचित मार्गदर्शन प्रदान करने के लिए, काम के दोहराव से बचने के लिए और सभी परियोजनाओं को एक समय सीमा के भीतर सफल होने के लिए आवश्यक सभी चीज़ों के साथ सहयोग देने के लिए, उसकी प्रगति की समीक्षा की जाये।

इस शीर्ष मंच (एपेक्स फोरम) की स्थापना भारतीय कृषि अनुसंधान परिषद (आई.सी.ए.आर.) के अंदर होनी चाहिये। इसका प्रभारी सदस्य योजना आयोग, भारत सरकार में (जो राज्य मंत्री, भारत सरकार की कोटि का हो) अध्यक्ष के रूप में, आई.सी.ए.आर. का महानिदेशक, राज्य कृषि विश्वविद्यालयों के उप–कुलपति, कृषि मंत्रालय से संयुक्त सचिव/सचिव, सभी आई.सी.ए.आर. अनुसंधान संस्थानों/केन्द्रों के प्रमुख और प्रमुख निजी क्षेत्र, जैव–तकनीक/बीज उत्पादक कम्पनियों के मुख्य कार्यकारी अधिकारियों के रूप में एक सदस्य हो। इन मंचों की सभा में विशेष आमंत्रित लोग भी हो सकते हैं, जिनका निर्णय उन्हीं के द्वारा किया जाये। मंच का सचिव आई.सी.ए.आर. का एक उप–महानिदेशक होना चाहिए, ताकि मंच की सभी बैठकों की व्यवस्था करने के लिए आई.सी.ए.आर. एक सचिवालिय के रूप में काम कर सके। सचिव के कर्त्तव्यों में मंच की बैठकें बुलाना, विभिन्न निर्णयों पर की जाने वाली कार्रवाई के बताये गये संदर्भ के साथ मंच की कार्यवाही को रिकॉर्ड करना और कार्यवाही करने वाले अधिकारियों द्वारा की गयी कार्रवाही तथा किये गये निर्णयों के अनुपालन की जांच करना तथा अगली बैठक के लिए एजेंडा तैयार करना होना चाहिये। इस एजेंडों का भाग–1 होना चाहिए, पिछली बैठकों में लिए गये निर्णयों पर की गयी कार्रवाई। भाग–2 को निगरानी मापदण्डों की तुलना में क्रियान्वन के अंतर्गत सभी अनुसंधान परियोजनाओं की संक्षिप्त प्रगति को दिखाना चाहिये। इन मापदण्डों को प्रोजेक्ट प्रोफ़ाइल के भीतर ही बनाया जाना चाहिये। स्पष्ट है कि सभी चालू परियोजनाओं के लिए और आरम्भ होने वाली नयी परियोजनाओं के लिए, एक विस्तृत परियोजना–रूपरेखा (प्रोजेक्ट प्रोफ़ाइल) होनी चाहिए, जो परियोजनाओं के लक्ष्यों तथा उद्देश्यों को इंगित करने के साथ–साथ इसका वर्णन भी करें कि उच्च उत्पादकता की दिशा में उद्देश्यों की उपलब्धि किस प्रकार योगदान देगी। इसमें परियोजना की लागत, परियोजना के आरम्भ होने व उसके पूरा होने का समय, प्रत्येक वर्ष जारी किये गये फंड तथा समय–समय पर जारी किये

गये फंड की मात्रा तथा प्रति वर्ष की जाने वाली महत्त्वपूर्ण गतिविधियों की समय–सूची भी दिखायी जानी चाहिए ताकि परियोजना को निर्धारित समयावधि में ही पूरा किया जा सके। अधिक स्पष्ट करें तो, महत्त्वपूर्ण गतिविधियां इस प्रकार होंगी–

(i) प्रोजेक्ट कोऑर्डिनेटर की नियुक्ति

(ii) प्रोजेक्ट स्टॉफ की स्थापना

(iii) परियोजना के लिए भूखंडों का आबंटन

(iv) आवश्यक उपकरणों की खरीद

(v) वांछित सामग्री की ख़रीद

(vi) एक वर्ष में एकत्रित की गयी धनराशि तथा परिणामों इत्यादि को दर्ज़ करना।

इस प्रकार, शीर्ष स्तर के फोरम में, वित्तीय प्रगति तथा निर्धारित कार्यक्रम के सामने महत्त्वपूर्ण गतिविधियों की उपलब्धि, दोनों की समीक्षा की जानी चाहिए और इस दौरान पेश आई मुश्किलों को दूर किया जाना चाहिये।

फोरम प्रोजेक्ट प्रोफ़ाइल के आधार पर सार्वजनिक क्षेत्र में किये गये सभी अनुसंधानों की वर्ष में दो बार समीक्षा कर सकता है और देश में कृषि अनुसंधान के क्षेत्र में निजी कम्पनियों द्वारा (भले ही वे किसी प्रोजेक्ट प्रोफ़ाइल के आधार पर न किये गये हों) फिर से शुरू किये जा रहे कार्य के सारांश को भी हासिल कर सकता है, ताकि देश के लिए समग्र रूप से अनुसंधान में हुई प्रगति का एक मिला–जुला रूप दिखायी दे सके। फोरम की प्रत्येक समीक्षा बैठक से पूर्व, इसके सदस्यों, जैसे कृषि विश्वविद्यालयों के उप–कुलपतियों, वस्तु बोर्ड के अनुसंधान के निदेशकों और भारतीय कृषि अनुसंधान परिषद् के सभी अनुसंधान संस्थानों/केंद्रों के प्रमुखों द्वारा अपने सभी परियोजनाओं नेताओं के साथ मिलकर समीक्षाएँ करनी चाहिये। जिससे कि वे अपने स्तर पर समस्याओं को सुलझा सकें तथा प्रगति की सूचना एक सार्थक ढंग से फोरम के सचिव के पास भेज सकें ताकि वह पूरे भारत में अनुसंधान के क्षेत्र में हुई प्रगति का उचित मूल्यांकन कर सके। सफलतापूर्वक पूरी हो चुकी सब परियोजनाओं के लिए फोरम के सचिव को फोरम की प्रत्येक अर्ध–वार्षिक समीक्षा का एक सारांश वितरित करना चाहिये। प्रोफ़ाइल में वर्णित परियोजनाओं की समय–सूची के बरक्स सभी परियोजनाओं की प्रगति कम्प्यूट्रीकृत की जानी चाहिए और परियोजनाओं के स्तर से आई.

सी.ए.आर. को भेजनी चाहिए, ताकि विभिन्न स्तरों पर जानकारी आसानी से उपलब्ध कराई जा सके। यह प्रगति सार्वजनिक क्षेत्र को भी उपलब्ध कराई जानी चाहिए, जिससे किसानों तथा कृषि के क्षेत्र में काम कर रहे विभिन्न संगठनों को नवीनतम आविष्कारों की जानकारी प्रदान की जा सके और वे भी उपयोगी सुझाव दे सकें।

अनुसंधानकर्ताओं के लिए सुविधाएँ व प्रोत्साहन

सरकारी संगठनों में उच्च वित्तीय अधिकार दूसरों को सौंपने और लेखा–परीक्षा की प्रक्रियाओं को आसान बनाने की ज़रूरत है, जो सामान्य सरकारी खर्चों पर लागू होती है। दरअसल, रक्षा अनुसंधान एवं विकास संगठन (डी.आर.डी.ओ.) इसरो या परमाणु ऊर्जा प्रतिष्ठानों द्वारा अपनायी जाने वाली लेखा–परीक्षा प्रक्रिया कृषि अनुसंधान के लिए लागू की जानी चाहिये। यह आई.सी.ए.आर. और कृषि मंत्रालय तथा सलाहकार, कृषि योजना आयोग का दायित्व है कि वे मौजूदा प्रक्रियाओं का अध्ययन करें और वित्तीय अधिकार संबंधित अधिकारियों को सौंपने व लेखा–परीक्षा प्रक्रियाओं को आसान बनाने हेतु सुझाव दें।

और अन्त में, प्रोजेक्ट लीडर के साथ–साथ ऐसी परियोजनाओं पर काम कर रहे सभी वैज्ञानिकों को, परियोजनाओं की सफलता के आधार पर और उच्च उत्पादकता की दिशा में उनकी उपयोगिता पर आर्थिक प्रोत्साहन से पुरस्कृत किया जाये। वे बौद्धिक सम्पदा अधिकार अधिनियिम (इंटलेक्चुअल प्रॉपर्टी राईट–आई.पी.आर.) के तहत लाभ प्राप्त करने के अधिकारी होने चाहिये।

विस्तार सेवायें

कृषि क्षेत्र में पर्याप्त प्रगति न कर पाने के लिए बार–बार विस्तार सेवाओं को पहले के समान प्रभावशाली न होने के लिए जिम्मेदार ठहराया गया है। ऐसी कम कार्यक्षमता का योगदान देने वाले संगठन की बहुत बारीकी से जाँच करने की आवश्यकता है, जिसने अतीत में हरित क्रांति लाने में महत्त्वपूर्ण कृषि सेवायें दी हैं। हम जानते हैं कि स्वतंत्रता प्राप्ति के बाद, बहु–अनुशासनात्मक राष्ट्रीय विस्तार सेवा के एक महत्त्वपूर्ण भाग के रूप में, गांवों के स्तर पर कृषि विस्तार सेवा को 1950 के दशक में आरम्भ किया गया था जिसे सामुदायिक विकास खण्डों के रूप में शुरू करने की व्यवस्था की गई थी। ये

सामुदायिक विकास खण्ड राजस्व तालुकों के साथ सह–स्टेशन के रूप में थे या फिर बड़े तालुकों में दो खण्ड होते थे। प्रत्येक सामुदायिक विकास खण्ड का प्रभार सामान्यतः खण्ड विकास अधिकारी (ब्लॉक डिवेल्पमेंट ऑफिसर– बी.डी.ओ.) को ही सौंपा जाता था, जो विस्तार के दर्शन में पूरी तरह प्रशिक्षित होता था। कृषि के क्षेत्र में, बी.डी.ओ. का प्रमुख विस्तार अधिकारी, कृषि विस्तार अधिकारी (एग्रीकल्चरल एक्सटेंशन ऑफिसर–ए.ई.ओ.) था। हालांकि उसके पास अन्य क्षेत्रों जैसे पशुपालन, सहकारिता, सामाजिक कल्याण इत्यादि के लिए विस्तार अधिकारी होते थे, लेकिन उसका प्रमुख कार्य होता था अपने खेतों में उत्पादन तथा उत्पादकता में सुधार करने के लिए किसानों की सहायता करना। इस दिशा में, सामुदायिक विकास खण्ड के स्तर से निचले स्तर पर होते थे। ग्राम स्तर कार्यकर्ता (विलेज लेवल वर्कर्स–वी.एल.डब्ल्यू) या ग्राम सेवक जो प्रत्येक खण्ड में दस से बारह गाँवों के प्रभारी होते थे। बी.डी.ओ. और ए.ई.ओ. विकास के उच्च स्तर पर कार्य के लिए आवश्यक सभी प्रकार का मार्गदर्शन प्रदान करते थे जैसे बढ़े हुए कृषि उत्पादन का लाभ गाँव से लेकर ग्रामीण स्तर कार्यकर्ताओं तक पहुँचाना। इसके लिए, प्रशिक्षण की विस्तारण तकनीक, साहित्य के वितरण, किसानों के खेतों में प्रदर्शनी भूखण्डों के निर्माण के लिए चुनिंदा प्रगतिशील किसानों की सहायता करने, सफल प्रदर्शनी भूखण्डों में ट्रेड शो का आयोजन करने को कृषि विस्तार प्रौद्योगिकी का एक भाग बनाया। सभी सामुदायिक विकास खण्डों में, ज़िला स्तर पर किये गये कार्यों को बीज, उर्वरक, पौधों के संरक्षण, भूमि की रसायन प्रक्रिया इत्यादि में उच्च श्रेणी के विशेषज्ञों की एक टीम के साथ, कृषि के उप–निदेशक या प्रत्येक ज़िला में ज़िला कृषि अधिकारी की देख रेख में उप–मण्डलीय, समन्वय, निरीक्षण तथा मार्गदर्शन किया जाता था। धीरे–धीरे उप–मण्डलीय स्तर पर भी कई राज्यों में कृषि के सहायक निदेशक के मार्गदर्शन में ऐसी ही व्यवस्था की गई थी, हालांकि प्राथमिक कार्य बी.डी.ओ., ए.ई.ओ. और ग्रामीण स्तर के कार्यकर्ताओं के पास ही बने रहे। विभागीय स्तर पर, कृषि का संयुक्त सचिव ही कृषि के सभी उप–निदेशकों का ज़िला कृषि अधिकारियों तथा अपने अधिकार क्षेत्र में आने वाले निचले स्तर के कर्मचारियों को मार्गदर्शन तथा परामर्श प्रदान करता था। राज्य स्तर पर, कृषि से संबंधित सभी गतिविधियों का केन्द्र कृषि विभाग होता था जिसका

अध्यक्ष कृषि निदेशक होता था। पूरे मण्डल के प्रभावपूर्ण देख–रेख के कार्यों के निर्वहन में और राज्य में कृषि के विकास से जुड़े अन्य कार्यों को बहुत ही उच्च स्तर के विशेषज्ञों का सहयोग कृषि निदेशक को प्राप्त होता था।

लेकिन, फिर भी, बाद में विश्व बैंक की सहायता से राष्ट्रीय कृषि विस्तार परियोजना की शुरुआत से, विस्तार सेवाओं को वास्तव ही में बहुत बल मिला। प्राथमिक कर्मचारी अब ग्रामीण स्तर के कार्यकर्ता नहीं रहे थे। विज्ञान के सिद्धांतों में विधिवत प्रशिक्षित कृषि सहायकों की श्रेणी में कार्यकर्ताओं को ग्रामीण स्तर पर नियुक्त किया गया था। सिंचाई के इलाकों में 400 कृषक परिवारों तथा गैर–सिंचाई वाले क्षेत्रों में प्रत्येक 800 परिवारों के लिए, एक कृषि सहायक को तैनात किया गया था। इस प्रकार, कर्नाटक जैसे राज्य में 5,200 कृषि सहायक पूरे राज्य भर में फैले कृषक परिवारों के लिए कार्य कर रहे थे। प्रत्येक ताल्लुक में काम के आधार पर 25 से 50 कृषि सहायक तैनात थे, जिनके स्वतंत्र अधिकार क्षेत्र में 4–5 गाँव आते थे। 5 से 7 कृषि सहायकों के प्रत्येक समूह की निगरानी एक सहायक कृषि अधिकारी द्वारा की जाती थी। इस प्रकार, प्रत्येक तालुक में 5 से लेकर 7 सहायक कृषि अधिकारी होते थे। प्रत्येक उप–मण्डल में सभी कृषि–कार्यों की देखभाल करने के लिए सहायक निदेशक कृषि के द्वारा नेतृत्व किया जाता था। इस परिधि में यह एक संगठित समूह था। उच्च स्तर के कार्यालयों को उपयुक्त ढंग से मजबूत बनाया गया था। इस व्यवसाय को प्रशिक्षण एवं भेंट प्रणाली (ट्रेनिंग एन्ड विज़िट सिस्टम) कहा जाता है।

कृषि सहायकों की गहन निगरानी में काम के सटीक कार्यक्रम निर्धारित किये गये थे। इस कार्यक्रम को विश्व बैंक से वित्तीय सहायता प्राप्त थी। इसे देश के लगभग सभी राज्यों में हर जगह स्वीकार किया गया। संयोग से, यह कार्यक्रम ऐसे समय में अस्तित्व में आया, जब देश हरित क्रांति की प्रक्रिया में था। यह विस्तार सेवा हरित क्रांति के समृद्ध दिनों के दौरान उत्पादन तथा उत्पादकता में शानदार वृद्धि के लिए सबसे प्रभावी जानकारियों में से एक थी। लेकिन, इसी अवधि में, विभाग के कार्यों के प्रभावपूर्ण ढग से निर्वहन के लिए, कार्यक्रम में निरीक्षणात्मक स्तर पर कुछ बदलाव किये गये। कर्नाटक में, प्रभागीय संयुक्त निदेशक के पदों को समाप्त कर दिया गया और विभाग में प्रत्येक ज़िले की अध्यक्षता एक संयुक्त निदेशक और तालुकों

की अध्यक्षता सहायक निदेशक, कृषि को सौंप दी गयी। स्वाभाविक था कि उप–प्रभागीय सहायक निदेशकों के पद भी समाप्त हो गये थे। इस प्रकार, राज्य उच्च स्तरीय निरीक्षण को गाँवों के क़रीब ले आये। लेकिन कृषि विस्तार परियोजना की अवधि पूरी होने के बाद विश्व बैंक की सहायता बंद कर दी गयी। इतना बड़ा प्रशासन–तंत्र राष्ट्र के खजाने पर एक बोझ समझा जा रहा था। समय के साथ–साथ, जबकि तालुका, ज़िला और राज्य स्तर के पद पूर्ववत् बने रहे, लेकिन कुल्हाड़ी उच्च स्तर के कर्मचारियों, जैसे कृषि सहायक स्तर के कर्मचारियों पर चली। कर्नाटक में, कृषि सहायकों के 5,200 पद विश्व बैंक राष्ट्रीय कृषि विस्तार परियोजना के लिए स्वीकृत किये गये, एक बार जब परियोजना की अवधि समाप्त हो गयी, तो राज्य ने पदों को कम करने का सहारा लिया। वर्तमान में कृषि सहायकों के 2,938 पद हैं, जिनमें से केवल 2,311 पद ही भरे हैं। जब भी किफायत के लिए कदम उठाये गये हैं, कुल्हाडी इन्हीं पदों पर गिरती रही है। इस प्रकार, हमारे कर्मचारी, जो किसानों के नज़दीकी सम्पर्क में होने चाहिये थे, उनका कार्यक्षेत्र अपेक्षाकृत बड़ा हो गया और वर्तमान में उनके और किसानों के बीच की दूरी बढ़ गयी है। इसमें विस्तार सेवाओं पर विपरीत असर पड़ा है।

वास्तव में, भूमि और जल संरक्षण कार्य की, जिसने अंततः जलग्रहण क्षेत्र विकास कार्यक्रम का आकार ले लिया, कृषि विभाग में शुरुआत हुई। समय के साथ–साथ, यह कृषि विभाग का एक व्यापक कार्यक्रम बन गया, जिसका प्रबंधन स्वयं उस विभाग द्वारा किया जा सकता था, किन्तु कर्नाटक जैसे कुछ राज्यों में, जल ग्रहण विभाग को एक अलग विभाग के रूप में आरम्भ किया गया। इसके अलावा, सिंचित क्षेत्र विकास प्राधिकरण (कमांड एरिया डिवेल्पमेंट ऑथारिटी) के पास किसानों की सहायता करने के लिए ग्रामीण स्तर पर भी अपने कर्मचारी मौजूद थे। यहाँ तक कि जलग्रहण क्षेत्र विभाग तक सिंचित क्षेत्र विकास प्राधिकरण ने कृषि विभाग से प्रति नियुक्ति पर रखे गये कर्मचारियों सहित कृषि सहायकों को निष्कासित कर दिया। इससे कृषि विभाग में विस्तार कर्मचारियों की संख्या में भी कमी हो गयी।

अब समय आ गया है कि हमें ग्रामीण स्तर से लेकर इसकी पुरानी स्थिति तक, विस्तार कर्मचारियों को बहाल कर देना चाहिये। यदि ज़रूरत हुई तो जलग्रहण विभाग तथा सिंचित क्षेत्र विकास प्राधिकरण

का कार्य आसानी से कृषि विभाग को सौंपा जा सकता है। यदि ये कदम उठाये जाते हैं, तो हम दो या तीन गांवों के लिए भी कृषि सहायकों को रख सकते हैं। कृषि, भूमि विकास, भूमि एवं जल प्रबंधन तकनीकों में विस्तार सेवाओं के सभी कार्य प्रभावपूर्ण ढंग से एक ही छत के नीचे, जैसे कृषि विभाग के अंतर्गत किये जा सकते हैं। इन विस्तार कर्मचारियों को आवश्यक वस्तुओं जैसे बीज, उर्वरक व मिट्टी परीक्षण आदि की मांग व पूर्ति की भी जांच करते रहना चाहिए और जिला में अपने उच्च अधिकारियों को इस संबंध में जानकारी देते रहना चाहिए, ताकि फसलों के मौसम के दौरान ये आवश्यक वस्तुएं आसानी से उपलब्ध रहें। वे परीक्षण के लिए मिट्टी के नमूने भेज कर तथा ऐसे परीक्षणों के आधर पर किसानों को उचित सलाह देकर उनकी सहायता कर सकते हैं। कहने की आवश्यकता नहीं कि इन विस्तार कर्मचारियों द्वारा हरित क्रांति के समय में किये गये कार्य, ग्रामीण स्तर पर कर्मचारियों को नियुक्ति के बाद, अधिक से अधिक तीव्रता के साथ किये जा सकते हैं। इसके अतिरिक्त, कृषि कर्मचारियों द्वारा एक भागीदारी दृष्टिकोण अपनाकर स्थानीय किसानों के साथ–साथ प्रतिभावान बाहरी लोगों और स्वैच्छिक संगठनों के साथ सूचना प्रौद्योगिकी के उपयोग में एक नयी दिशा का वर्णन आगे किया गया है। इससे विस्तार सेवाओं के साथ–साथ सामग्री आपूर्ति प्रणाली आदि में भी काफी मदद मिलेगी।

सूचना और संचार प्रौद्योगिकी का उपयोग

अब समय आ चुका है कि भारत में सूचना और संचार प्रौद्योगिकी के माध्यम का विस्तार सेवा के रूप में उपयेाग किया जाये। कर्नाटक प्रशासन के विभिन्न पहलुओं में सूचना प्रौद्योगिकी का उपयोग करने वाला देश का सबसे अग्रणी राज्य है। अति प्रशंसित 'भूमि' परियोजना ने भूमि से संबंधित दस्तावेजों के रखरखाव में क्रांतिकारी बदलाव ला दिया है और इसने कर्नाटक के लाखों किसानों के लिए आवश्यकता पड़ने पर अपनी भूमि से संबंधित दस्तावेजों को प्राप्त करना बहुत आसान बना दिया है। वी–सैट नेटवर्क से जुड़े केन्द्रीकृत डाटा सेंटर में 200 लाख से भी अधिक भूमि संबंधी रिकॉर्ड रखे गये हैं। कृषि और कृषि विपणन विभाग विभिन्न फसलों के लिए अनुशंसित कार्य प्रणालियों पर जानकारियों के लेन–देन के लिए तथा कृषि उपज की विभिन्न मदों के लिए बाज़ारों के बारे में जानकारी प्राप्त करने

के लिए पहले से ही इंटरनेट पोर्टल्स का इस्तेमाल कर रहे हैं। कस्बा स्तर के 800 गांवों में नये–नये शुरू किये 'नेम्मड़ी' केन्द्रों में ग्रामीण क्षेत्रों में लोगों के लिए इंटरनेट आधारित जानकारी तक पहुँचना आसान बना दिया है। इसलिए, सूचना प्रौद्योगिकी ने कृषि और संबद्ध गतिविधियों के विकास को सुविधाजनक बनाने के लिए कई मायनों में बड़ी अपेक्षायें जगायी हैं। इंटरनेट और अन्य इलेक्ट्रॉनिक मीडिया के उपयोग कृषि तथा संबद्ध गतिविधियों के विकास को बढ़ावा देने के लिए प्रौद्योगिकी व व्यावसायिक जानकारी के प्रसार के सबसे अधिक लागत–प्रभावी व उपयोगी तरीके हो सकते हैं।

इसी प्रकार, एम.एस. स्वामीनाथन रिसर्च फाउंडेशन ने पांडिचेरी में समुदाय केंद्रित तथा समुदाय द्वारा संबंधित ग्राम ज्ञान केंद्र स्थापित करने की दिशा में काम अपने हाथ में ले लिया है। इस प्रयास ने दिखाया है कि सूचना एवं संचार प्रौद्योगिकी ने समयबद्धता और कृषि–कार्यों की दक्षता में सुधार किया है और उत्पादकों के अनुकूल बाज़ारों के माध्यम से आय में वृद्धि की है। इस अनुभव से यह भी देखा गया है कि आर्थिक असमानता को समाप्त करना लैंगिक खाई पाटने की एक शक्तिशाली विधि है। इसलिए, ज्ञान से जुड़ना एकाधिक आर्थिक व सामाजिक लाभ प्रदान करता है। कृषि के अलावा, पांडिचेरी में सूचना तथा संचार प्रौद्योगिकी की विषय–वस्तु विभिन्न सरकारी योजनाओं की जानकारी पर स्थान विशेष की आधार–सामग्री है। उदाहरणार्थ, पांडिचेरी में, ग़रीबों की सहायता के लिए 150 से भी अधिक योजनायें बनाई गयी हैं। इसके बावजूद, लगभग 20% परिवार ग़रीबी रेखा से नीचे हैं। डिजिटल युग की शुरुआत के बाद, जानकारी और उस तक पहुँचने के ज्ञान में बहुत तेज़ी से वृद्धि हुई है।

1993 के बाद से, एम.एस. स्वामीनाथन रिसर्च फाउंडेशन पांडिचेरी के अनुभव को दोहराने और राष्ट्रीय गठबंधन 2007 के माध्यम से 15 अगस्त 2007 तक भारत में छः लाख गाँवों को इसके अंतर्गत लाने के उद्देश्य को पूरा करने का प्रयास कर रहा है, जिसमें लगभग 80 संगठन होंगे। ऐसा प्रतीत होता है कि यह विशाल परियोजना अभी आरम्भ ही नहीं हुई है। पंचायत कार्यालयों में या उत्तर पूर्वी राज्यों में परंपरागत परिषदों के कार्यालयों में 2.34 लाख ग्राम ज्ञान केन्द्रों के साथ इस कार्य को शुरू करना व्यावहारिक प्रतीत होता है। क्योंकि जब एम.एस. स्वामीनाथन रिसर्च फाउंडेशन में पंचायती राज के नेता मिले थे तो उन्होंने टेलिफोन, बिजली तथा स्थान उपलब्ध

कराने का वायदा किया था। फिर भी, यदि निजी संगठन और व्यक्ति किसी भी तरीके से इस कार्य में सहायता करते हैं, तो उनका स्वागत किया जाना चाहिये। इन ग्राम ज्ञान केंद्रों के पास इंटरनेट की सुविधा सहित कम्प्यूटर तथा सामुदायिक रेडियो होंगे। यह व्यावहारिक है क्योंकि 90% फाइबर ऑप्टिकल मूलभूत सुविधाओं का उपयोग नहीं किया गया और 6.7 लाख किलोमीटर के क्षेत्र में केबल बिछाने का अधिकांश कार्य अंधेरे में लटका हुआ है। यदि इसका उपयोग किया जाये तो पूरे राष्ट्र भर में गाँवों को दूरसंचार सुविधा के कार्य को सम्भव बनाया जा सकता है। इन केंद्रों के साथ कार्य आरंभ होने के प्रथम पांच वर्षों तक कोई फीस नहीं ली जानी चाहिये। भारतीय दूरसंचार विनियामक प्राधिकरण (ट्राई) ने सुझाव दिया है कि गांवों में दूरसंचार सेवा का ख़र्च सार्वभौमिक सेवा दायित्व निधि (यूनिवर्सल सर्विस ऑब्लिगेशन फंड) से पूरा किया जा सकता है। एक अन्य उपकरण, जो इन केंद्रों के पास होना चाहिए, वह है सामुदायिक रेडियो, जिसका लाइसेंस एकल खिड़की निकासी प्रणाली (सिंगल विंडो क्लीयरेंस सिस्टम) द्वारा प्रदान किया जाना चाहिये। निःसंदेह, इंटरनेट तथा सामुदायिक रेडियो, मिलकर सक्रिय जानकारी प्रदान करने की एक शक्तिशाली विधि/सलाह हो सकती है।

जहाँ तक इन केंद्रों के प्रबंधन का संबंध है, स्वैच्छिक संगठनों के साथ–साथ स्थानीय पुरुषों व महिलाओं का इसमें स्वागत है, किन्तु इन केंद्रों के कार्यों में समन्वय का अधिकार ग्राम पंचायत के सचिव तथा गाँव के कृषि सहायक के पास होना चाहिए, जिनमें एक व्यक्ति सामान्य मामलों का प्रभारी हो और दूसरा कृषि मामलों का। दूसरे शब्दों में, प्रथम पाँच वर्षों के लिए, यह सेवा उन किसानों तथा अन्य लोगों के लिए निःशुल्क उपलब्ध होगी, जिनकी रुचि इस योजना में हो। इस तथ्य को ध्यान में रखते हुए कि हम माइक्रो–हाइडल उपकरणों (ड्रिप/स्प्रिंकलर) के द्वारा 100% सिंचाई प्रदान करने जा रहे हैं, किसानों की क्रय–शक्ति में निश्चित रूप से वृद्धि होगी। इसके अतिरिक्त, जैसा कि बाद में इस रिपोर्ट से देखा जा सकेगा, देश में बड़ी संख्या में लोगों को ग़ैर–कृषि क्षेत्र में रोज़गार (स्वयं रोज़गार सहित) दिया जायेगा जिससे इतनी आय होगी कि वे इस सेवा के लिए शुल्क का भुगतान कर सकें। निःसंदेह इन सेवाओं को प्रदान करने का शुल्क इतना होना चाहिए कि आसानी से उनका भुगतान किया जा सके। इन केंद्रों द्वारा उपयोग में लायी जाने वाली सेवाओं

की सूची निम्न प्रकार से होगी 4:

1. कृषि, बागवानी, भू एवं जल प्रबंधन, जल ग्रहण प्रबंधन, पशुपालन तथा मछली पालन से संबंधित सारी जानकारी, प्रत्येक स्थानीय क्षेत्र के लिए प्रासंगिक, बहुत ही सावधानी से तैयार की गयी सामग्री के द्वारा प्रदान की जानी चाहिए, जिससे उच्च उत्पादकता व उच्च आय पैदा की जा सकती है।
2. सभी ग़ैर–कृषि गतिविधियाँ, जिनमें लोग संबंधित क्षेत्र में आवश्यक कौशल प्राप्त करके अपने लिए रोज़गार सुरक्षित कर सकते हैं।
3. आय में वृद्धि करने के लिए, सभी गाँवों में किये जाने वाले कार्यों की कहानियों को व्यापक रूप से लोगों में प्रचलित किया जाना चाहिए ताकि स्थानीय लोगों में और अधिक आय उपार्जित करने का आग्रह बढ़ जाये।
4. मौसम की स्थिति, कीमतों, बाज़ारों की तथा अन्य उपयोगी जानकारी मीडिया के माध्यम से प्रदान की जानी चाहिये। ऐसा ही एक संवादमूलक पोर्टल कृषि विपणन विभाग या किसानों के लिए बाज़ार संबंधी सूचनायें एकत्रित करने के प्रति समर्पित एक स्वतंत्र संस्था द्वारा चालू किया जाना चाहिये। देश में अलग–अलग बाज़ारों में विभिन्न वस्तुओं की कीमतों से संबंधित जानकारी दैनिक आधार पर इस पोर्टल पर उपलब्ध करायी जानी चाहिये। इसके अतिरिक्त, ई–कॉमर्स प्रणाली और किसानों के स्वयं सहायता समूह इंटरनेट पर ख़रीदारों के लिए अपने उत्पादों की पेशकश कर सकते हैं और ख़रीददार भिन्न–भिन्न स्थानों पर उन उत्पादों की बोली लगा सकते हैं। कृषि विपणन विभाग को ऑनलाइन क्रय–विक्रय की सुविधा के लिए, भंडारण गोदामों से जुड़ी एक ई–कॉमर्स की सुविधा देने के लिए विचार करना चाहिये। इससे किसानों द्वारा अपने उत्पादों के विपणन के लिए किये गये लेनदेन की लागत में कमी होगी और वे उनकी उचित कीमतें पाने में सक्षम होंगे।
5. सरकार, व्यावसायिक बैंकों, सहकारी समितियों, ग़ैर–बैंकिंग वित्त कम्पनियों, बीमा समूहों इत्यादि द्वारा प्रस्तावित सभी कार्यक्रम/योजनाओं को भी इस माध्यम के द्वारा उपलब्ध कराया जाना चाहिये। इस जानकारी में न केवल उन

कार्यक्रमों/योजनाओं के नामों का वर्णन होना चाहिए, बल्कि इन सुविधाओं को पाने के लिए आवेदन करने के तरीके सहित पूरा विवरण भी दिया जाना चाहिये। बैंकों से ऋण की स्वीकृति के लिए आवेदन करते समय किसानों को, उधार देने वाले बैंकों को संतुष्ट करने के लिए कि आवेदकों ने पहले ही अन्य संस्थाओं से उधार नहीं लिया है, किसी क्षेत्र में विभिन्न बैंकों से शून्य देयता प्रमाणपत्र (नो ड्यूज़ सर्टिफिकेट) या अनापत्ति प्रमाणपत्र (जो ऑब्जेकशन सर्टिफिकेट) प्राप्त करने के लिए काफी कठिनाई का अनुभव करते हैं। जिन किसानों ने ऋण लिया है या जिनका किसी बैंक में खाता है, उन किसानों की सूची को अलग–अलग राज्यों में ''भूमि'' की तरह की किस प्रणाली द्वारा सुरक्षित रखे गये भूमि संबंधी रिकॉर्ड को आंकड़ों के साथ एकीकृत करना सम्भव है। इससे बैंकों को संबद्ध बैंकों से अनापत्ति प्रमाण पत्र इत्यादि प्राप्त करना सरल हो जायेगा और इसके अतिरिक्त, इस उद्देश्य के लिए किसानों को भी कई बैंकों के पास भागने–दौड़ने से छुटकारा मिल जायेगा। ''भूमि'' जैसी विभिन्न प्रणालियों में सुरक्षित रखे गये आंकड़े भी ग्रामीण क्षेत्रों में कार्य करने वाले प्रत्येक बैंक के लिए उपलब्ध हो सकेंगे, ताकि बैंक किसानों द्वारा ऐसे रिकॉर्ड्स प्राप्त करने की आवश्यकता के बिना, अपने किसी ग्राहक की भू–संपत्ति के बारे में आवश्यक जानकारी प्राप्त करने में सक्षम हों।

6. एम.एस. स्वामीनाथन रिसर्च फाउंडेशन ने जमशेद जी टाटा नेशनल वर्चुअल एकेडमी भी आरम्भ की, जो पूरी योग्यता व प्रतिबद्धता के साथ प्रतिभाशाली व्यक्तियों को अध्येता (फैलो) के रूप में प्रशिक्षित करता है। ऐसे 140 प्रतिभाशाली अध्येताओं का पहला बैच जुलाई 2005 में भर्ती किया गया था। सरकार परामर्श प्रदान करने के लिए तथा ग्रामीण ज्ञान केंद्रों के प्रभावपूर्ण कामकाज के लिए मूल सामग्री प्रदान करने के लिए, ग्रामीण विकास के विभिन्न क्षेत्रों में ऐसे प्रतिभाशाली अध्येताओं और अन्य प्रतिभाशाली व्यक्तियों की सेवाओं का उपयोग करने की योजना बना सकती है। सरकार के कृषि विभाग तथा विभिन्न अन्य विभागों को, सभी उपलब्ध विशेषज्ञों के परामर्श के बाद, ग्रामीण ज्ञान केंद्रों के माध्यम से शिक्षा

व जानकारी संबंधी सहायता प्रदान करने के विषय में बड़ी सावधानी से एक एजेंडा तैयार करना चाहिए, तब इंटरनेट सुविधायें व सामुदायिक रेडियो भी बड़े प्रभावपूर्ण ढंग से काम करेंगे। स्पष्ट है, इससे यह ध्वनित होता है कि कार्यसूचियों के ऐसे योग पूरे राष्ट्र के लिए एक समान नहीं होंगे। सामाजिक–आर्थिक ज़रूरतों और विभिन्न क्षेत्रों के संसाधनों व इस क्षेत्र में सामने आयी चुनौतियों को देखते हुए ये विशिष्ट क्षेत्र होने चाहिये।

7. इसके विपरीत, किसानों द्वारा या ग़ैर–किसानों द्वारा लायी गयी सभी समस्यायें, यदि ग्रामीण ज्ञान केंद्रों के स्तर पर नहीं सुलझायी जा सकतीं, तो उन्हें उच्च स्तर पर संबद्ध अधिकारियों या इंटरनेट के माध्यम से, उनके समाधान हेतु स्वैच्छिक संगठनों के पास भेज देनी चाहिये। संबद्ध अधिकारियों या स्वैच्छिक संगठनों द्वारा ये समाधान तुरंत ही ग्रामीण ज्ञान केंद्रो को उपलब्ध कराने चाहिये।

8. इंटरनेट पर एक विशेष कृषि पोर्टल बनाया जाना चाहिए और इसे राज्यों में कहीं भी किसानों को जानकारी प्रदान करने के लिए, विभिन्न राज्यों में कृषि विभाग द्वारा प्रभावपूर्ण ढंग से उपयोग किया जाना चाहिये। एक विशेष तकनीकी प्रकोष्ठ को दैनिक आधार पर, पोर्टल पर जानकारी अपडेट करनी चाहिए, जिसमें उन क्षेत्रों में प्रकाशित मौसमी व फसलों की स्थितियों के आधार पर, प्रत्येक तालुका/तहसील में विशिष्ट फसलों पर किसानों को परामर्श दिया जाना चाहिये। किसानों को इसके बारे में अपने प्रश्न अथवा अपनी शंकायें इस पोर्टल पर भेजने के लिए प्रोत्साहित करना चाहिए, जिसके उत्तर एक दिन के अन्दर पोर्टल के माध्यम से दिये जा सकते हैं। आपसी बातचीत का ऐसा पोर्टल (ई–मेल इत्यादि के माध्यम से) किसानों को व्यक्तिगत रूप से तकनीकी सलाह की प्रासंगिकता को बढ़ा देगा।

9. कहने की आवश्यकता नहीं, कि जैसे–जैसे यह कार्यक्रम आगे बढ़ेगा, कई अन्य आवश्यकतायें सामने आयेंगी और सरकार को इन केंद्रों के माध्यम से ये जानकारियाँ प्रदान करने का प्रयास करना चाहिए और आगे, सरकार के अतिरिक्त कोई स्वैच्छिक संगठन/प्रतिष्ठित संस्थान भी, जो ग्रामीण विकास

पर काम कर रहे हों, ग्रामीण ज्ञान केंद्रों को आधार सामग्री उपलब्ध करा सकते हैं।

10. ग्रामीण ज्ञान केंद्रों के ज़रिये जानकारी किसानों तक तथा विभिन्न आर्थिक गतिविधियों में लगे ग्रामीण लोगों तक पहुँचाई जानी चाहिये। स्पष्ट है कि यह जानकारी कई सरकारी कार्यक्रमों और निजी क्षेत्र के प्रयासों से संबंधित होगी, जो विकास में सहायता देगी। यदि निजी क्षेत्र की परियोजनायें ग्रामीण क्षेत्रों में प्रारम्भ की जाती हैं और पहले से ही उनकी जानकारी दी जाती है तो इनमें भाग लेने के लिए स्थानीय श्रम शक्ति को प्रशिक्षित किया जा सकता है। इस जानकारी के आधार पर कृषि समुदाय व अन्य लोग भी कई सरकारी और ग़ैर–सरकारी कार्यक्रमों से लाभान्वित होंगे। इन केंद्रों के कार्यों पर विभिन्न ग़ैर–सरकारी संगठनों व सरकार की निरंतर निगरानी होनी चाहिए ताकि इसके प्रभाव को कम न होने दिया जा सके।
11. सरकार को उन सभी स्वैच्छिक संगठनों/संस्थाओं को मान देना चाहिए जो किसी भी प्रकार से यह विस्तार सेवा प्रभावपूर्ण ढंग से देते हों।

संक्षेप में, ग्रामीण ज्ञान केंद्रों द्वारा आरम्भ की गयी सूचना एवं संचार प्रौद्योगिकी से निर्माता–उन्मुख बाज़ारों के माध्यम से आय में वृद्धि करने के अलावा कृषि कार्यों की तत्परता व प्रभावकारिता में सुधार होगा। यह कृषि तथा ग़ैर–कृषि समुदायों को आवश्यक कौशल/अवसरों के लिए सारी जानकारी भी प्रदान करती है। इस प्रकार, हम सबसे प्रभावपूर्ण जानकारी देने वाले युग से परिचित होंगे, जो न केवल हमें ज्ञान प्रदान करेगा बल्कि वह देश में समृद्धि भी लायेगा।

जानकारी प्रबंधन

इन क्षेत्रों की जानकारी के अतिरिक्त, जिन्होंने उच्च उत्पादकता तथा उत्पादन का मार्ग प्रशस्त किया, यह अत्यंत आवश्यक है कि वह सूचना जिसके संबंध में हम जानकारी दे रहे हैं, किसानों तक तुरंत पहुंचानी चाहिये। इसके लिए हमें जानकारी के क्रम से स्थिति का अध्ययन करना होगा।

बीज

आर्थिक सर्वेक्षण 2005–06 के अनुसार, अच्छी गुणवत्ता वाले बीजों के संबंध में निम्नलिखित तथ्य सामने आते हैं :

1. गुणवत्ता से भरपूर बीज एक महत्त्वपूर्ण सामग्री है, जो पैदावार में 25–30% की वृद्धि कर सकती है।
2. 80% से अधिक किसान अपने खेतों से प्राप्त और सुरक्षित रखे गये बीजों पर विश्वास रखते हैं। स्वाभाविक रूप से, बीज प्रतिस्थापन की दर (अर्थात् किसी फसल के क्षेत्रफल का प्रतिशत, जिसमें एक निश्चित फसल के मौसम में उन्नत/प्रमाणित बीज प्रयोग किये गये हैं) बहुत कम है जिसके परिणामस्वरूप पैदावार कम होती है। कर्नाटक जैसे राज्य में बीज प्रतिस्थापन की दर दालों और तिलहनों में लगभग 5% तथा अन्य फसलों में 20% से नीचे है।

हालांकि सार्वजनिक क्षेत्र अनाजों, दालों और तिलहनों की फसलों के लिए कम मूल्य के अधिक मात्रा वाले बीजों के उत्पादन व वितरण में एक प्रमुख भूमिका निभा रहा है, लेकिन सब्जियों व अन्य बागवानी फसलों जैसे उच्च मूल्य कम मात्रा वाले क्षेत्र में निजी क्षेत्र के बीज उद्योग की भागीदारी भी बढ़ रही है।

इस प्रकार, 20% किसान भी, जो बागवानी के अतिरिक्त अन्य फसलों में उन्नत बीज़ों का प्रयोग कर रहे हैं, काफी हद तक, बागवानी कृषि के अतिरिक्त विभिन्न अन्य फसलों के माध्यम से, देश में सिंचित अधिकांश भाग में उन्नत बीजों के लिए सार्वजनिक क्षेत्र पर निर्भर करते हैं।

तथापि, राष्ट्रीय बीज नीति 2002 में सार्वजनिक व निजी क्षेत्र के बीच एक प्रतीकात्मक संबंध की कल्पना करता है। अब भारत में उन्नत बीजों के लिए सक्षम वातावरण मौजूद है। वृक्षों की प्रजातियों के संरक्षण तथा किसानों के अधिकारों और पौधों के उत्पादकों के अधिकारों के लिए प्राधिकरण की स्थापना से आशा है कि नई किस्मों के विकास में निवेश को बढ़ावा मिलेगा। भारतीय किसानों के लिए उत्तम बीज उपलब्ध कराने के लिए बीजों के निर्यात व आयात को सरल बनाया गया है और इससे बी़ज उत्पादन के क्षेत्र में भारत को एक वैश्विक केंद्र के रूप में उभरने में मदद मिलेगी। नई बीज नीतियों में कई प्रकार की जटिलताएँ मौजूद हैं, जैसाकि आर्थिक सर्वेक्षण 2005–06 में बताया गया है। वर्ष 2002 में नई बीज नीति घोषित

होने के बावजूद, निजी क्षेत्र सक्षम वातावरण का लाभ नहीं उठा पाया। निजी क्षेत्र के लिए अधिक से अधिक किसानों तक अपनी पहुँच बनाने के लिए एक सक्रिय भूमिका निभानी बहुत आवश्यक है। केवल तभी हम आशा कर सकते हैं कि वर्तमान में 20% की तुलना में अधिक से अधिक किसान उन्नत बीजों का प्रयोग कर पायेंगे।

प्रमाणित बीज उत्पादन तथा विपणन के तरीकों का वर्णन नीचे किया गया है :

सार्वजनिक क्षेत्र में, प्रमाणित बीज तीन चरणों में संरक्षित हैं। इसका पहला चरण है राष्ट्रीय विज्ञान विश्वविद्यालय, जिनमें वैज्ञानिक/उत्पादक मुख्यतः सरकारी खेतों में बीजों की आपूर्ति के लिए प्रजनक बीजों (ब्रीडर सीड) का उत्पादन करते हैं। अब निजी क्षेत्र भी विश्वविद्यालयों से प्रजनक बीजों की थोड़ी बहुत मात्रा ख़रीद रहा है अथवा उन्होंने अपने प्रजनक वैज्ञानिक नियुक्त कर रखे हैं जो प्रजनक बीजों का उत्पादन करते हैं। सरकारी कृषि संस्थाओं द्वारा प्रजनक बीज प्राप्त करने के बाद, उनसे मूल बीज (फाउंडेशन सीड) का उत्पादन करने के लिए सार्वजनिक संस्थानों जैसे राज्य कृषि बीज निगम या राज्य तिलहन उत्पादक संघ को दे दिया जाता है। उसके बाद वह निगम या संघ अपने पंजीकृत बीज उत्पादकों के खेतों में प्रमाणित बीज पैदा करने के लिए दे देते हैं, जो मूल बीज बोने के बाद बीज उगाते हैं, जिनका राज्य बीज प्रमाण संस्थाओं द्वारा परीक्षण और प्रमाणन किया जाता है और वे प्रमाणित बीज राज्य बीज निगम या तिलहन उत्पादक संघ को दे देते हैं जो अपनी एजेंसियों के माध्यम से उन्हें किसानों को बेचते हैं। निजी क्षेत्र की संस्थायें या तो विश्वविद्यालयों से प्रजनक बीज प्राप्त करते हैं अथवा अपने वैज्ञानिकों द्वारा अपने खेतों में मूल बीज में परिवर्तित करते हैं और अपने उत्पादकों के पास उगाये गये प्रमाणित बीज प्राप्त करते हैं, जिन्हें राज्य बीज प्रमाणन संस्था से प्रमाणित करवा लिया जाता है।

वास्तव में, राज्य बीज प्रमाण संस्था द्वारा प्रमाणन एक वैकल्पिक प्रक्रिया है, इन उन्नत बीजों को अन्यथा भी सच्चाई से लेबल लगाकर किसानों द्वारा कम मूल्य पर बेचा जा सकता है।

हमारे पास सार्वजनिक क्षेत्र की कार्यप्रणाली पर, कर्नाटक सरकार के राजस्व सुधार निगम द्वारा किया गया एक अध्ययन है, जिसे सारांश रूप में नीचे दिया जा रहा है :

निष्कर्ष

कर्नाटक सरकार के राजस्व सुधार आयोग ने अपनी अंतिम रिपोर्ट में प्रमाणित बीज उत्पादन तथा उनकी उपलब्धता की वर्तमान कार्य परिस्थितियों का एक विस्तृत अध्ययन आयोजित किया है।

1. **विश्वविद्यालय कृषि भूमि :** विश्वविद्यालय कृषि भूमियों पर वैज्ञानिक द्वारा प्रजनक बीजों का उत्पादन किया जाता है। कर्नाटक में कृषि विज्ञान के दो विश्वविद्यालय हैं। कृषि विज्ञान विश्वविद्यालय, बेंगलुरू के पंद्रह दक्षिणी ज़िलों में छः कृषि जलवायु क्षेत्रों में फैले तेईस रिसर्च स्टेशन हैं, जिनका क्षेत्रफल 2,820 हेक्टेअर है। तथापि, 100 हेक्टेअर से कम में फैले छः अनुसंधान केंद्रों का प्रयोग प्रजनक बीजों के उत्पादन के लिए किया जाता है, जिसके लिए 60,000 किलो प्रजनक बीजों का लक्ष्य दिया गया था अथवा प्रजनक बीजों के उत्पादन के लिए 600 किलो प्रति हेक्टेअर भूमि को आरक्षित रखा गया था। दूसरा विश्वविद्यालय है कृषि विज्ञान विश्वविद्यालय, धारवाड़ जिसके अधिकार क्षेत्र में छः जिले हैं। इसके 463 हेक्टेअर क्षेत्रफल में फैली नौ कृषि–भूमियां हैं, जहाँ 2002–03 में 1,338 क्विंटल प्रजनक बीजों का उत्पादन हुआ था। इस प्रकार, यहाँ भी प्रजनक बीजों के उद्देश्य से पर्याप्त भूमि नहीं रखी गयी। यदि प्रजनक बीजों का उत्पादन स्वतः गिरता है, तो स्वाभाविक रूप से मूल बीजों की उपलब्धता में भी कमी आयेगी।
2. **कृषि विभाग :** राष्ट्रीय बीज फॉर्म के पास 952.67 हेक्टेअर का क्षेत्र है, जिसमें से केवल 170 हेक्टेअर भूमि पर सिंचाई की गयी है। अधिकांश बीज उत्पादन सिंचित क्षेत्र तक ही सीमित है। वहाँ बीज प्रतिस्थापन मानदण्डों के आधार पर, लक्ष्य को पूरा करने के लिए कभी–कभी प्रजनक बीज की आपूर्ति में 30–40% की कमी हो जाती है। इसलिए, फार्म कर्नाटक राज्य बीज निगम तथा कर्नाटक तेल संघ की मूल बीजों की आवश्यकता को पूरा करने में सक्षम नहीं हो पाते।

इस प्रकार, सर्वप्रथम, प्रजनक बीजों के उत्पादन में कमी का एक कारण है विश्वविद्यालयों द्वारा इस प्रयोजन से छोटे स्तर पर शुरुआत कर देना। दूसरे, राज्य बीज फॉर्म में भी, मूल बीजों के

लिए बहुत सारी क्षेत्र से संबंधित सीमायें निर्धारित कर दी गयी हैं और अन्य प्रबन्धन समस्याएं भी हैं। फॉर्म में होने वाली सारी गतिविधियाँ पूर्ण रूप से अनुदान के उपलब्ध होने पर निर्भर होती हैं। इसकी गतिविधियों से संबंधित दृष्टिकोण किसी भी परिप्रेक्ष्य या लम्बी अवधि की योजना पर आधारित नहीं है। जहाँ पर्याप्त अनुदान उपलब्ध नहीं होता, वहाँ बुनियादी ढाँचे के रख–रखाव जैसे उपेक्षित पड़ी इमारतों की मरम्मत तथा उनके रख–रखाव के लिए और अधिक धन की आवश्यकता होती है। इसके अतिरिक्त, जैसे ही जलवायु सूखी हो जाती है, खेतों के जलकूप तथा नाले भी सूख जाते हैं। संक्षेप में, ये फॉर्म मूल बीजों की सीमित मात्रा की आपूर्ति का स्रोत बन गये हैं और फॉर्म पर होने वाली आय, उनके खर्चों की तुलना में बहुत कम होती है। इन कार्यों पर उचित कर्मचारी की नियुक्ति भी नहीं की जाती।

संक्षेप में, सार्वजनिक क्षेत्र ने केवल बड़े पैमाने पर भूमि की ख़रीद की। उसके माध्यम से बीज उत्पादन प्रणाली का उपयोग मुख्य रूप से गुणवत्ता वाले बीजों के उत्पादन के लिए नहीं अपितु अन्य विभिन्न उद्देश्यों तथा ग़ैर–उत्पादकता गतिविधियों के लिए किया गया। इसके अलावा, धन की कमी से जूझती राज्य सरकारों के पास भारी नकदी की मांग करने वाले बड़े क्षेत्रों जैसे सिंचाई व बिजली परियोजनाओं के लिए भी धन बहुत कम है और बीज उत्पादन जैसे क्षेत्रों पर भी समुचित ध्यान दिये जाने की ज़रूरत है। यह बात इस तथ्य का समर्थन करती है कि विश्वविद्यालय भी प्रजनक बीजों को तैयार करने और उनकी आपूर्ति करने में सक्षम नहीं हैं, जो कि सभी बीज निर्माण प्रक्रियाओं का अधिकार है।

समस्या सार्वजनिक क्षेत्र की व्यवस्था में है, जहाँ ऐसी ग़लतियों की अनुमति दी जाती है। एक बड़े स्तर पर, भारतीय आर्थिक सर्वेक्षण बताता है कि 80% किसान स्वयं अपने बीजों का उपयोग करते हैं और 20% किसान बीज इन्हें बदल देते हैं।

इस दृष्टि से, राजस्व सुधार आयोग, कर्नाटक सरकार ने सिफारिश की है कि सरकारी बीज फार्मों को पंद्रह वर्षों के लिए निजी क्षेत्र को लीज़ पर दे देना चाहिये। निजी क्षेत्र की इन कम्पनियों से, जो पंजीकृत हों, एक आधार मूल्य तय करके निविदायें आमंत्रित की जानी चाहिये। और सबसे बड़े निविदा आवेदक को मूल बीज के उत्पादन का कार्य सौंप देना चाहिये। वास्तव में, वे अपने पास

पंजीकृत प्रगतिशील किसानों के माध्यम से इन मूल बीजों से प्रमाणित बीजों का जनन करवा सकते हैं और बड़ी मात्रा में किसानों को बेचने की व्यवस्था कर सकते हैं, जिससे फार्मों में उत्पादित बीजों के अंतर्गत आने वाले क्षेत्र में तेज़ी से वृद्धि हो सकेगी।

कर्नाटक में कृषि विश्वविद्यालयों द्वारा किये गये 'बीज ग्राम' के प्रयोग ने प्रत्येक गाँव की आवश्यकताओं के लिए किसानों की भागीदारी से उच्च गुणवत्ता के बीजों के सहभागी उत्पादन के एक व्यावहारिक मॉडल का प्रदर्शन किया है। इससे उचित लागत पर बीजों का उत्पादन तथा किसानों को समय पर उच्च गुणवत्ता वाले बीजों को उपलब्ध कराकर सम्भव हो सका है। यह मॉडल देश में दालों तथा तिलहनों के बीजों का उत्पादन के लिए अत्यंत अनुकूल है।

हमें अच्छे वैज्ञानिकों तथा भारतीयों दलहन अनुसंधान संस्थान को मौद्रिक पुरस्कारों से सम्मानित किया जाना चाहिए ताकि विश्वविद्यालयों तथा भारतीय कृषि अनुसंधान परिषद के फार्म में कार्यरत वैज्ञानिकों को बड़ी गतिशीलता के साथ अच्छी किस्मों के बीज इत्यादि का आविष्कार करने तथा अनुसंधान में लगे रहने के लिए प्रोत्साहित किया जा सके। इसके अलावा, जैव–प्रौद्योगिकी व्यवसाय में लगे लोगों सहित निजी क्षेत्र भी अपने ही खेतों में पर्याप्त मात्रा में अपनी प्रजनक किस्मों का उत्पादन करने के लिए प्रमुख वैज्ञानिकों की नियुक्ति करने में सक्षम हो जायेगा। इसका दूसरा लाभ यह होगा कि अनिवार्य रूप से किसी भी निजी कम्पनी का मुख्य उद्देश्य अपने बाज़ार का विस्तार करना होगा। इस प्रकार, इससे हमारे किसानों को उन्नत किस्म के बीज सार्वजनिक तथा निजी क्षेत्र से बड़ी मात्रा में उपलब्ध हो सकेंगे। इस प्रक्रिया में, अपने खेतों में तैयार, कम पैदावार देने वाले बीज उपयोग में लाने वाले 80% किसानों की इस संख्या में कमी आयेगी।

मृदा (मिट्टी) परीक्षण : जैसाकि प्रस्तावित किया गया है सूक्ष्म सिंचाई प्रौद्योगिकी का उपयोग करके सर्वत्र सिंचाई करने के प्रस्ताव को ध्यान में रखते हुए, मृदा परीक्षण व्यापक रूप से बिल्कुल आवश्यक हो जाता है, जिससे मिट्टी के प्रमुख तत्वों व सूक्ष्म पोषक तत्वों की कमी को ध्यान में रखकर मिट्टी का परीक्षण किया जा सके ताकि उस पर उचित उर्वरकों का प्रयोग किया जा सके। भारत के पास 530 मृदा परीक्षण प्रयोगशालाएँ हैं, जिनमें 118 मोबाइल वैन

हैं। 106 मिलियन चालू खेतों की जुताई को देखते हुए, जिनमें सलाना आठ लाख नमूनों का परीक्षण करने की क्षमता है। मौजूदा खेत परीक्षण सुविधाएं निहायत ही अपर्याप्त हैं। इसके अतिरिक्त, अधिकांश प्रयोगशालाओं में केवल नाइट्रोजन, फॉस्फोरस, पोटाशियम का परीक्षण करने की सुविधा है, जो मिट्टी के सूक्ष्म पोषक तत्त्वों की स्थिति जानने के लिए पर्याप्त नहीं है। कई ऐसी सुविधायें, जो इन प्रयोगशालाओं में उपलब्ध भी हैं, तो उनका उपयोग नहीं किया जाता। दूसरे शब्दों में, मिट्टी को पर्याप्त रूप से उपजाऊ रखने की संस्कृति हमारी कृषि संबंधी गतिविधियों में सामान्यतः नदारद हैं। इस प्रकार, यहाँ कृषि क्लीनिक बनाये जाने की अत्यंत आवश्यकता है, जहाँ मृदा परीक्षण सहित हमारी सभी कृषि आवश्यकताओं की देखभाल की जा सके। प्रत्येक 10,000 हेक्टेअर खेती क्षेत्र के लिए कम से कम 1 क्लीनिक की दर से शुरुआत की जानी चाहिये। इसी दौरान, प्रस्तावित अध्ययनों में इतने सारे सुझावों के साथ सर्वत्र एक ही तरीके से की गयी सिंचाई की सम्भावनाओं की रोशनी में, किसानों की आय में वृद्धि होने लगेगी, तो किसान ऐसे क्लीनिकों की सेवाओं के लिए भुगतान करने की स्थिति में भी हो जायेंगे। इस प्रकार, हम अपनी मिट्टी के उपजाऊपन का भी पता लगाने में सक्षम होंगे, ताकि उसमें उचित उर्वरकों की खुराक दी जा सके।

कर्नाटक सरकार ने, मुख्य सचिव, वित्त, श्री एम.आर. श्रीनिवास मूर्ति की अध्यक्षता में एक आधिकारिक समूह की स्थापना की है। इसका मुख्य कार्य है नीतिगत उपाय सुझाना, जिन्हें किसानों के संकट को कम करने के लिए और किसानों की आर्थिक हालत सुधारने में अपनाया जा सकता है। यह रिपोर्ट 31 जनवरी 2008 को कर्नाटक के मानवीय राज्यपाल श्री रामेश्वर ठाकुर के समक्ष प्रस्तुत की गयी थी। आधिकारिक समूह ने मिट्टी के उपजाऊपन तथा कृषि भूमि की उर्वरता को पुनः प्राप्त करने के लिए निम्न उपाय अपनाने का सुझाव दिया, जो इस संबंध में अत्यंत विचारणीय हैं :

1. किसानों को तीन वर्ष में एक बार अपने खेतों की मिट्टी के नमूने की जांच करवाने के लिए प्रोत्साहित करना चाहिए और यह कृषि ऋण की मंजूरी के लिए तथा रियायती दरों पर सामग्री की आपूर्ति के लिए एक अनिवार्य शर्त होनी चाहिये। मृदा परीक्षण की लागत में रियायत फसलों के लिए

ऋणों के वितरण के समय या वांछित जानकारी अथवा सामग्री के वितरण के समय दी जा सकती है।

2. निजी कृषि भूमि के लिए मृदा परीक्षण, साधारण परीक्षण प्रणालियों के माध्यम से नाइट्रोजन, फॉस्फोरस तथा पोटाशियम के प्रमुख पोषक तत्वों पर केंद्रित किये जा सकते हैं। मिट्टी में सूक्ष्म पोषक तत्वों से संबंधित अनुशंसाओं के आधार पर और अधिक विस्तृत विश्लेषण के आधार पर लागू किये जाने की आवश्यकता है, जो किसी गाँव या गांवों के समूह में भिन्न–भिन्न मृदाओं के किस्म के इलाकों के लिए बनायी जा सकती है।
3. रियायती दरों पर मृदा परीक्षण से संबंधित सेवायें किसानों को देने के लिए प्रत्येक ग्राम समूह में निजी उद्यमियों के माध्यम से मृदा परीक्षण प्रयोगशालायें स्थापित तथा संचालित की जा सकती हैं। निजी निवेश को व्यवहार्य बनाने के लिए राजकीय विभाग द्वारा ऐसी निजी प्रयोगशालाओं को व्यापार की न्यूनतम मात्रा की गारंटी दी जा सकती है।
4. राजकीय कृषि विश्वविद्यालय मृदा परीक्षण प्रयोगशालाओं को स्थापित करने के लिए निजी उद्यमियों के आवश्यक प्रशिक्षण प्रदान कर सकते हैं। निजी क्षेत्र की मृदा परीक्षण प्रयोगशालाओं को अपना कार्य संचालन व्यवहार्य बनाने के लिए वित्तीय सहायता जैसे पूंजी में छूट तथा रखरखाव प्रभार इत्यादि में रियायत दी जानी चाहिये। मृदा परीक्षण प्रयोगशालाएँ स्थापित करने के लिए निजी उद्यमियों को पूंजी अनुदान/ऋण प्रदान करने के लिए उर्वरक उत्पादकों तथा वित्तीय संस्थानों को प्रोत्साहित किया जाना चाहिये।
5. हरी खाद वाली फसलों की खेती को बीज इत्यादि जैसी सामग्री तथा तकनीकी जानकारी उपलब्ध करवा कर बड़े पैमाने पर बढ़ावा दिया जाना चाहिये। किसानों को अज़ोला, नीले–हरे शैवाल, रीज़ोब्लेम जैसे जैव–उर्वरक के उत्पादन में भी प्रशिक्षित किये जाने की ज़रूरत है।

उर्वरक

रोपण सामग्री तथा बीजों की उन्नत किस्म के अलावा, अधिक उत्पादन प्राप्त करने के लिए फसलों के लिए उचित पोषण भी महत्त्वपूर्ण

योगदान है। 2004–05 में पोषक तत्वों जैसे नाइट्रोजन, फॉस्फोरस व पोटाशियम के मामले में खाद की खपत 18,398 हज़ार टन है, जैसाकि तालिका 5.1 में देखा जा सकता है।

इक्कीसवीं शताब्दी के पाँच वर्षों के लिए नाइट्रोजन, फॉस्फोरस तथा पोटाशियम (एन.पी.के.) जैसे पोषक तत्वों के संदर्भ में उर्वरकों के उत्पादन, आयात व खपत को नीचे तालिका में दिखाया गया है:

तालिका 5.1 : पोषक तत्वों (एन.पी.के.) के संदर्भ में उत्पादन, आयात तथा खपत

('000 टन)

विवरण	2000–01	2001–02	2002–03	2003–04	2004–05
उत्पादन (नाइट्रोजन, फॉस्फोरस	14,752	14,632	14,468	14,265	15,405
आयात (नाइट्रोजन, फॉस्फोरस, पोटाशियम)	2,090	2,398	1,757	2,019	2,753
कुल योग (1+2)	16,842	17,030	16,225	16,284	18,158
खपत (एन.पी.के.)	16,710	17,360	16,090	16,800	18,390

स्रोत : आर्थिक सर्वेक्षण 2005–06

तालिका 5.1 में दिखाया गया निश्चित वर्षों में उत्पादन और आयात पर खपत की थोड़ी–सी बढ़त, पुराने स्टॉक का लाभ लेने के कारण है।

उर्वरकों की खपत में, समृद्ध राज्यों के बीच एक अन्तर है, जहाँ पंजाब, हरियाणा, उत्तर प्रदेश तथा आंध्र प्रदेश जैसे समृद्ध राज्यों में उर्वरकों की खपत अधिक है, लेकिन राजस्थान, उड़ीसा तथा मध्य प्रदेश जैसे राज्यों में तथा उत्तर–पूर्वी राज्यों में उर्वरकों की खपत कम है, जैसाकि तालिका 5.2 में दिखाया गया है।

तालिका 5.2 : नाइट्रोजन, फॉस्फोरस व पोटाशियम उर्वरकों की प्रति हेक्टेअर खपत

(किलो में)

क्रम संख्या	राज्य/केन्द्र शासित संघ	2003–04	2004–05
1.	उत्तर प्रदेश*	125.7	125.5
2.	पंजाब	190.1	192.5
3.	हरियाणा	161.7	166.2
4.	आंध्र प्रदेश	145.3	155.8
5.	तमिलनाडु	114.5	152.9
6.	बिहार**	81.0	85.7
7.	पश्चिम बंगाल	114.1	129.0
8.	कर्नाटक	78.8	110.8
9.	गुजरात	94.7	106.8
10.	मणिपुर	126.3	94.4
11.	महाराष्ट्र	64.2	77.7
12.	जम्मू कश्मीर	72.0	68.0
13.	केरल	64.2	67.4
14.	छत्तीसगढ़	44.2	64.8
15.	मध्य प्रदेश	51.6	56.0
16.	हिमाचल प्रदेश	49.0	48.4
17.	असम	43.5	41.6
18.	उड़ीसा	37.1	40.4
19.	त्रिपुरा	37.1	39.8
20.	राजस्थान	37.4	36.6
21.	मेघालय	19.5	20.4
22.	मिज़ोरम	16.9	16.3
23.	सिक्किम	3.4	4.7
24.	अरूणाचल प्रदेश	2.9	3.1
25.	नागालैंड	1.8	1.6
	अखिल भारत	88.2	96.6

* उत्तरांचल सहित

** झारखण्ड सहित

नोट : 2001–02 के अस्थायी सकल फसली क्षेत्र पर आधारित

स्रोत : आर्थिक सर्वेक्षण 2005–06

पिछड़े राज्यों में भी उर्वरकों की खपत की क्षमता में समानता लाये जाने की आवश्यकता है। लेकिन उन क्षेत्रों में, जहाँ उर्वरकों की खपत अपेक्षाकृत अधिक है, वहाँ उर्वरक इनपुट तथा अनाज के उत्पादन में कमी आती प्रतीत होती है। इसकी पुष्टि इस तथ्य से भी होती है कि उर्वरकों के उपयोग के अनुपात में फसलों की उत्पादकता में वृद्धि नहीं हुई है। वास्तव में, हालांकि बाद में इन क्षेत्रों में उर्वरकों की खपत में वृद्धि हुई है, किन्तु फसलों की पैदावार में स्थिरता आ गयी प्रतीत होती है। इस स्थिति के लिए निम्नलिखित तत्व उत्तरदायी हैं :

1. नाइट्रोजन, फॉस्फोरस व पोटाशियम के उपयोग में असंतुलन, मुख्य रूप से उनकी मूल्य भिन्नता के कारण।
2. सूक्ष्म पोषक तत्वों (माइक्रो न्यूट्रिएन्ट्स) तथा एन.पी.के. की बढ़ती कमी के संबंध में मिट्टी की कम उत्पादकता पौधों के विकास को प्रभावित करती है और एन.पी.के. की प्रयोग की गयी मात्रा वाली फसलों को प्रयोग करने की प्रक्रिया में बाधा डालती है।
3. मिट्टी में कार्बन/जैव तत्वों की कमी।

संतुलित उर्वरकों के उपयोग को प्रोत्साहित करने के लिए और सस्ती दरों पर किसानों को उर्वरक उपलब्ध कराने के लिए केन्द्रीय सरकार द्वारा यूरिया के विक्रय मूल्य के साथ–साथ विनियंत्रित फॉस्फोरस व पोटाशियम उर्वरकों जैसे डायमोनियम फॉस्फेट, पोटाश के लवण तथा ग्यारह मिश्रित उर्वरकों को अधिसूचित किया जाता है। इसमें एकल सुपर फॉस्फेट को छोड़ दिया गया है, जिसका अधिक खुदरा मूल्य राज्य सरकारों द्वारा तय कर दिया गया है। 28 फरवरी 2002 से उर्वरकों के विक्रय मूल्य में कोई बढ़ोत्तरी नहीं की गयी है। चूंकि उर्वरकों का विक्रय मूल्य उत्पादन की लागत से कम है, तो इनके अन्तर को सब्सिडी के रूप में सरकार द्वारा वहन किया जाता है। बजट अनुमानों के अनुसार, 2005–06 के दौरान यूरिया पर दी जाने वाली सब्सिडी 11,053.90 करोड़ रुपये थी और विनियंत्रित फोस्फेट व पोटाश उर्वरक 5,200 करोड़ रुपये था, जो कुल 16,253.90 करोड़ रुपये होता है। यह स्थिति तब है, जब पूरे भारत में एन.पी.के. की खपत 2004–05 में 96.6 किलो प्रति हेक्टेअर थी, जबकि पंजाब की खपत 192.5 किलो प्रति हेक्टेअर थी। यदि समूचे भारत की खपत का स्तर पंजाब की खपत के बराबर हो जाये, तो सब्सिडी

लगभग दोगुना हो जायेगी। सिंगल सुपर फॉस्फेट को ग़रीब व्यक्ति का उर्वरक माना जाता है और यह भूमि को सल्फर प्रदान करने का सबसे महत्त्वपूर्ण स्रोत है। सिंगल सुपर फॉस्फेट कृषि–विज्ञान के असंतुलन को ठीक करने में सहायता करता है, जो मिट्टी में फॉस्फेट तथा सल्फर की कमी उत्पन्न करता है। सिंगल सुपर फॉस्फेट के निर्माण में प्रयुक्त होने वाली सामग्री के मूल्यों में वृद्धि के कारण तथा सरकार द्वारा अधिकतम खुदरा मूल्यों तथा सब्सिडी में कोई बदलाव न करने के कारण, सिंगल सुपर फॉस्फेट (एस.एस.पी.) का उत्पादन लाभकारी नहीं रहा। उत्पादन क्षमता तथा उसके प्रयोग में 37% की कमी आ गयी। इस उद्योग को एक राहत के रूप में सरकार ने 1 सितम्बर 1995 से, सभी प्रकार के सिंगल सुपर फॉस्फेट में तदर्थ रियायत की दर 650 रुपये प्रति टन से बढ़ाकर 975 रुपये प्रति टन कर दी। वास्तव में, भारत में निर्मित होने वाले उर्वरकों को आपूर्ति स्टॉक (फीड स्टॉक) की भी आवश्यकता है, जो आयात की जाती है। इस प्रकार, रासायनिक खादों या उर्वरकों के उपयोग में भी लागत, सब्सिडी, आयात व्यय इत्यादि की अपनी समस्यायें हैं। इन सभी तीनों समस्याओं को, एकीकृत पोषक तत्व प्रबंधन/एकीकृत पौधों के पोषक तत्व आपूर्ति को अपनाने पर पर्याप्त ज़ोर देकर, एक समग्र दृष्टिकोण अपनाकर हल किया जा सकता है। इस दृष्टिकोण के अंतर्गत, खाद व जैविक–उर्वरकों सहित, जैविक खाद के उपयोग को भी बढ़ावा दिया जायेगा। पोषक तत्वों के अवशोषण में उच्च दक्षता प्राप्त करने के लिए सिंचाई (फर्टिगेशन) के साथ उर्वरकों के उपयोग को भी बढ़ावा मिलेगा। माइक्रो हाइडल प्रणाली के व्यापक उपयोग की सिफ़ारिश की गयी है क्योंकि यह जल के साथ–साथ उर्वरक के उचित प्रवाह की सुविधा भी प्रदान करता है। जहाँ तक जैविक खादों के उपयोग का संबंध है, यहाँ निम्नलिखित कुछ व्यवहारिक तरीके स्पष्ट किये गये हैं।

अरुण फिरोदिया[1] के अनुसार, गोबर गैस संयंत्र से उत्पन्न मीथेन गैस, के साथ–साथ, जो बिजली उत्पन्न कर सकती है, गाय के गोबर का 50% भाग, गोबर गैस के उत्पादन के बाद, गोबर गैस संयंत्र में घोल के रूप में रह जाता है। इस घोल को जैव खाद के रूप में इस्तेमाल किया जा सकता है, जो नाइट्रोजन तथा फॉस्फोरस से भरपूर

1. अरुण फिरोदिया, 'काउस आर फॉर एवर, मीथेन गैस द आंसर टु ऑयल इम्पोर्ट्स', द टाइम्स ऑफ इंडिया, 8 दिसम्बर 2004

होती है। 200 मिलियन गायों का गोबर 50 मिलियन टन खाद (घोल) उत्पन्न कर सकता है, जो देश में 143 मिलियन हेक्टेअर की उर्वरक आवश्यकताओं की पूर्ति के लिए वर्ष में दो बार उपयोग में लाया जा सकता है। किन्तु, 'इंडिया विज़न 2020 में सिंचाई' के लिए ड्रिप/छिड़काव प्रणाली को चलाने हेतु हमारी ऊर्जा ज़रूरतों के लिए परिकल्पना की गयी है कि 155 मिलियन गायों का गोबर पर्याप्त होगा। इसके अतिरिक्त, इस ऊर्जा का उत्पादन करने वाला गोबर गैस संयंत्र उप–उत्पाद के रूप में 38.75 मिलियन टन गोबर घोल का उत्पादन भी कर सकता है।

इसके अलावा, बड़ी मात्रा में जैविक कृषि कूड़ा भी उत्पन्न होता है, जिसे कूड़ा–खाद अथवा खाद में परिवर्तित किया जा सकता है। कृषि एवं सहकारिता विभाग द्वारा गठित, जोखिम खेती 2001 पर कार्यबल की रिपोर्ट का अनुमान है कि लगभग 356 मिलियन टन फसलों का अवशिष्ट उपलब्ध है। इसमें से लगभग 170 मिलियन टन मिट्टी में शामिल है और लगभग 186 मिलियन टन खादों के निर्माण के लिए उपलब्ध है। फसलों के कूड़े के अलावा, ठोस घरेलू व व्यावसायिक कूड़ा भारी मात्रा में उपलब्ध है, जो ऊर्जा और खाद पैदा करने के दोहरे उद्देश्य के लिए इस्तेमाल में लाया जा सकता है। विकल्प के रूप में, सम्पूर्ण ठोस कूड़ा, खाद बनाने के लिए इस्तेमाल किया जा सकता है, जिसके लिए आवश्यक प्रौद्योगिकी पहले से ही देश में उपलब्ध है। केंचुआ–खाद, जो पोषक तत्वों से भरपूर होती है, भी जैव खेती के कूड़े से तैयार की जा सकती है।

इस प्रकार, गोबर गैस संयंत्रों से 38.75 मिलियन टन गोबर का घोल उपलब्ध है, 186 मिलियन टन जैविक कृषि कूड़े को खाद और ठोस कूड़े को खाद में परिवर्तित किया गया, जो 210 मिलियन हेक्टेअर सकल फसली क्षेत्र के लिए पर्याप्त मात्रा में जैविक खाद प्रदान करेगा, जिसे वर्ष 2020 तक हमने सिंचाई के अंतर्गत लाने का लक्ष्य तय किया है। इससे, मिट्टी की बाहरी हालत में सुधार के अलावा, आवश्यक जैविक गतिविधियों के लिए कार्बनिक पदार्थ उपलब्ध कराने के द्वारा, मिट्टी के उपजाऊपन में भी सुधार होगा। चूंकि जैव पदार्थों में सूक्ष्म पोषक तत्व भी होते हैं, इसलिए मिट्टी में सूक्ष्म पोषक तत्वों की बढ़ती हुई कमी को भी रोका जा सकता है। इसलिए, कृषि में जैविक खाद के उपयोग द्वारा मिट्टी की उर्वरता में बहुत वृद्धि हो सकती है। इस प्रकार, हम एक ऐसे युग में प्रवेश करेंगे, जिसमें कृषि का

बड़ा क्षेत्र जैविक खेती के अंतर्गत लाया जा रहा है। अजैविक खाद पर हमारी निर्भरता, यदि कोई है, तो वह न्यूनतम हो जायेगी। इसलिए, बड़ी मात्रा में द्रवीकृत प्राकृतिक गैस (लिक्विफाइड नैचुरल गैस) के आयात पर ख़र्च किया जाने वाले पैसे की बचत होगी जिसे उर्वरक संयंत्रों में तथा उर्वरक के आयात में फीड स्टॉक के रूप में इस्तेमाल किया जाता है।

एकीकृत कीट प्रबंधन

विभिन्न अध्ययनों से निकले निष्कर्षों के अनुसार, अंधाधुंध तरीके से रासायनिक कीटनाशकों का उपयोग करने की प्रवृत्ति कृषि उत्पादों में विष फैलाने का कार्य कर रही है। यह मनुष्यों के स्वास्थ्य के लिए एक बहुत बड़ा ख़तरा उत्पन्न कर रही है। इसलिए, एकीकृत कीट प्रबंधन दृष्टिकोण को व्यापक रूप से अपनाया जाना अत्यंत आवश्यक है। यह एकीकृत प्रबंधन एक पर्यावरण–अनुकूल नीति है, जिसके तहत अन्य कीट प्रबंधन के तरीकों के साथ–साथ, प्राकृतिक तत्वों/ताकतों की भूमिका का दोहन किया जाता है। एकीकृत कीट प्रबंधन का बुनियादी ढांचा, विशेष रूप से कीटों तथा रोगों की निगरानी व उनकी शुरुआत की भविष्यवाणी के लिए इस तरह से विकसित किया जाना चाहिए कि किसान उन्हें मांग आने पर प्राप्त कर सकें। ये सब सार्वजनिक व निजी क्षेत्र, भारतीय कृषि अनुसंधान परिषद के माध्यम से संचालित किये जायेंगे तथा राजकीय कृषि विश्वविद्यालय कार्यक्रम को अपना पूरा सहयोग प्रदान करेंगे। वास्तव में, एकीकृत कीट प्रबंधन के इस क्षेत्र में वैज्ञानिकों द्वारा किये गये प्रत्येक नये आविष्कार के लिए पर्याप्त प्रोत्साहन दिया जाना चाहिये। यदि यह प्रौद्योगिकी बड़े पैमाने पर उत्पादन के लिए निजी क्षेत्र को हस्तांतरित की जाती है, तो इसके लिए एक रॉयल्टी प्राप्त करने का प्रावधान होना चाहिए, जो उन वैज्ञानिकों को दी जानी चाहिए, जिन्होंने उस प्रौद्योगिकी का आविष्कार किया है।

जैविक-खेती

खाद में परिवर्तित जैविक खेती का कूड़ा तथा शहरी व औद्योगिक कूड़े से बनायी गयी खाद या शहरी तथा औद्योगिक कूड़े (म्यूनिसिपल सॉलिड वेस्ट – एम.एस.डब्ल्यू.) द्वारा उत्पादित बिजली के बाद बचा कूड़ा, गोबर के घोल के उपयोग हेतु ऊपर वर्णित प्रस्ताव, बहुत बड़े

पैमाने पर जैविक खाद का एक भरपूर स्रोत सिद्ध हो सकते हैं। इसके अतिरिक्त, यदि बड़ी मात्रा में एकीकृत कीट प्रबंधन को व्यवहार में लाया जाता है, तो हम भारतीय खेतों से बड़ी मात्रा में जैविक खेती तथा बागवानी से संबंधित उत्पाद प्राप्त कर सकते हैं। निर्यात बाज़ारों में भी इसके अच्छे मूल्य मिल सकते हैं। किन्तु, इनके प्रमाणीकरण की व्यवस्था करना बहुत ज़रूरी है जैसाकि ऊपर बताया गया है, इसे लिए आवश्यक संख्या में प्रमाणीकरण केंद्र खोले जाने चाहिये। विकल्प के रूप में, कृषि विभाग में अधिकारी स्तर पर कर्मचारियों को मूल्यांकन करने तथा उत्पादों के जैविक होने का प्रमाणीकरण करने के लिए प्रशिक्षित किया जाना चाहिये। लेकिन, निचले स्तर पर विस्तार सेवा कर्मचारियों को ग्रामीण ज्ञान केंद्रों के माध्यम से, जैविक खाद तथा एकीकृत कीट प्रबंधन को उचित प्रयोग करने का पूरी तरह प्रशिक्षण देना चाहिये। बड़े स्तर पर जैविक खेती को बढ़ावा देने के लिए तथा गुणवत्ता नियंत्रण और जैविक उत्पादों के प्रमाणीकरण की समुचित व्यवस्था करना भी अत्यंत आवश्यक है।

ऋण

निस्संदेह कृषि कार्यों के लिए ऋण की उपलब्धि एक आवश्यक शर्त है, विशेष रूप से जब अधिकांश किसान दशकों से अत्यंत ग़रीबी में अपने जीवन का निर्वाह कर रहे हैं। हमने अध्याय–1 में देखा है कि ऐतिहासिक दृष्टि से, पर्याप्त ऋण की उपलब्धता से ग्रामीण क्षेत्रों में खेती से संबंधित गतिविधियों में बढ़ोत्तरी होती रही है। जब भी ऋण प्रणाली विफल हुई है, कृषि व्यवस्था पर इसका बहुत प्रतिकूल प्रभाव पड़ा और किसानों को, विशेष रूप से, छोटे व ग़रीब किसानों को असहायता का सामना करना पड़ा और भूमि का एक बड़ा हिस्सा बिना खेती के रह गया है। यह भी देखा गया है कि ऋण व्यवस्था के असफल होने का मुख्य कारण बाज़ार की असफलता है, जैसा कि हमने 1970 के दशक में दुनिया भर में छाई भीषण वैश्विक व्यापार मंदी के दौर को देखा है। यह भी एक सच है कि आर्थिक गतिविधियों के सभी क्षेत्रों में ऋण का सीधा संबंध बाज़ार के साथ है। व्यापारी व कमीशन एजेंटों को व्यापार की तलाश रहती है और वे इसे पैसे की सहायता से ही सुनिश्चित करते हैं, जहाँ पर्याप्त विक्रय अधिशेष (सरप्लस) हो तथा वित्त की भरपूर मांग भी हो। कृषि–क्षेत्र में साहूकारों के अपने निश्चित ग्राहक होते हैं।

कम ब्याज दर पर तथा असानी से किसानों को ऋण उपलब्ध कराने के लिए, सहकारी संस्थाओं की शुरुआत की गई। आरम्भ में सहकारी ऋण प्रणाली ने बड़ी तेज़ गति पकड़ी, लेकिन समय बीतने पर, सहकारी आंदोलन को भी, विशेष रूप से कृषि क्षेत्र में, इसके सदस्यों से ऋण का वापस भुगतान प्राप्त करने में समस्याओं का सामना करना पड़ा। कुछ मामलों में, केवल ब्याज प्राप्ति के साथ किताबी लेन–देन ही हो सका, जबकि मूल ऋण की वापसी नहीं हुई। वास्तव में, पिछले वर्ष का मूलधन अनुमानतः चालू वर्ष में अग्रिम ऋण के रूप में समायोजित कर लिया जाता है। संस्थागत ऋणों के संबंध में स्थिति में सुधार करने के लिए, व्यावसायिक बैंकों तथा क्षेत्रीय ग्रामीण बैंकों द्वारा कृषि क्षेत्र को प्राथमिकता का क्षेत्र मानते हुए अग्रिम धन की सुविधा प्रदान की जाती थी। वित्त की सभी तीन औपचारिक संस्थानों की प्रगति को नीचे तालिका 5.3 में दिखाया गया है :

तालिका 5.3 : कृषि के लिए संस्थागत ऋण

(करोड़ रुपए में)

एजेंसी	2000–01	2001–02	2002–03	2003–04	2004–05
सहकारी बैंक	20,800 (39)	23,604 (38)	23,716 (34)	26,959 (31)	30,639 (27)
क्षेत्रीय ग्रामीण बैंक	4,220 (8)	4,854 (8)	6,070 (9)	7,581 (9)	11,718 (10)
व्यावसायिक बैंक	27,807 (53)	33,587 (54)	39,774 (57)	52,441 (60)	71,886 (63)
कुल योग	52,827	62,045	69,560	86,981	1,15,243

नोट : कोष्ठकों में दिखाये गये आंकड़े कुल ऋण का प्रतिशत दर्शाते हैं।

इस प्रकार, ऊपरी तालिका से यह स्पष्ट है कि :

1. कुल ऋण के प्रतिशत ऋण के संदर्भ में, समय बीतने के साथ–साथ सहकारी क्षेत्र का हिस्सा कम हाता जा रहा है।
2. हालांकि क्षेत्रीय ग्रामीण बैंकों के संदर्भ में प्रतिशत में कुछ बढ़ोत्तरी देखी गयी है, फिर भी कुल ऋण की तुलना में ऋण की मात्रा बहुत कम है। 2004–05 में भी, जहाँ पिछले वर्षों की तुलना में क्षेत्रीय ग्रामीण बैंकों द्वारा अधिकतम ऋण दिये गये हैं, कुल ऋण का प्रतिशत 10% है। स्पष्टतः, क्षेत्रीय

ग्रामीण बैंकों द्वारा संस्थागत कृषि ऋण में एक महत्त्वपूर्ण भूमिका निभाई जानी अभी बाकी है।

3. व्यावसायिक बैंकों द्वारा दिये गये ऋण, मात्रा तथा प्रतिशत, दोनों ही दृष्टि से साल–दर–साल बढ़ते रहे हैं, जो व्यावसायिक बैंकों के बेहतर प्रदर्शन की ओर इशारा करता है।
4. किन्तु, फिर भी, वर्ष 2004–05 में व्यावसायिक बैंकों द्वारा कृषि क्षेत्र को दिया गया कुल ऋण 72,886 करोड़ रुपये था या उसी वर्ष के दौरान, सभी क्षेत्रों को व्यावसायिक बैंकों द्वारा दिये गये 11,97,574 करोड़ रुपये के ऋण का केवल 6%।

हालांकि, व्यावसायिक बैंकों को कृषि क्षेत्र को दिये गये ऋण का अधिकतम भाग वहन करना पड़ता है, किन्तु जब इन बैंकों द्वारा भी अर्थव्यवस्था के सभी क्षेत्रों को दिये गये ऋणों से तुलना करते हैं तो 2004–05 में कृषि को केवल 6% हिस्सा ही प्राप्त हो सका था। यह कृषि क्षेत्र में बैंकों के विश्वास को इंगित करता है। कुछ शक्तिशाली सुधारों की मांग की गयी है, न कि 2,939 करोड़ रुपये जैसी छोटी सी सहायता राशि की, जो 2004–05 के दौरान एक बार समझौते के तहत सभी एजेंसियों द्वारा किसानों की बकाया राशि के रूप में तथा संकट में किसी को ऋण राहत के रूप में 30 नवम्बर, 2005 तक उपलब्ध करायी गयी थी।

देश के विभिन्न हिस्सों में किसानों के संकट के मुख्य कारकों में से एक है, बड़े स्तर पर किसानों द्वारा निजी व अनौपचारिक ऋणदाताओं द्वारा दिये गये ऋणों से ग्रस्त होना। भारतीय रिज़र्व बैंक का अनुमान है कि जहाँ कर्नाटक में अनुसूचित बैंकों और सहकारी समितियों द्वारा ग्रामीण परिवारों को वितरित किये गये ऋण का हिस्सा 70% है, वहीं ग्रामीण क्षेत्रों में लोगों द्वारा प्राप्त ऋण का 20% से अधिक भाग साहूकारों व व्यापारियों के खाते में जाता है। राज्य के विभिन्न भागों में किसानों के प्रतिनिधियों ने ध्यान दिलाया कि किसानों के मौजूदा संकट के लिए एक महत्त्वपूर्ण कारण है अनौपचारिक ऋणदाताओं से किसानों द्वारा लिये गये ऋण। कर्नाटक सरकार द्वारा गठित आधिकारिक समूह की रिपोर्ट में पहले भी सुझाये गये उपाय हैं–सभी किसानों को संस्थागत ऋणों का उपलब्ध होना, उत्पादन के उद्देश्य से भी और खर्चों की आवश्यकताओं को पूरा करने की दृष्टि से भी। किसानों द्वारा विशेष रूप से बैंकों द्वारा ऋण प्राप्त करने के तरीकों को सरल बनाने की आवश्यकता पर ज़ोर दिया जा

रहा है। ऐसा प्रत्येक किसान को 'ऐनी टाइम लोन' अथवा सामान्य ऋण सीमा प्रदान करके किया जा सकता है। एक छोटी अवधि के भीतर, वित्तीय सहायता के लिए सभी ग्रामीण परिवारों को भारत सरकार की योजना में शामिल करने के लिए यह सुनिश्चित किया गया कि प्रत्येक किसान का निकट भविष्य में एक बैंक खाता अवश्य हो। कर्नाटक जैसे राज्यों का ग्रामीण क्षेत्रों में बैंकों का एक बेहतरीन नेटवर्क भी है। इसका लाभ लेते हुए, देश में विभिन्न राज्य सभी किसानों को आसानी से संस्थागत ऋण उपलब्ध करवाने के लिए निम्नलिखित उपाय अपना सकते हैं :

1. बैंकों को प्रत्येक ग्रामीण परिवार की ऋण की आवश्यकता के लिए एक व्यापक सर्वेक्षण करने के लिए पर्याप्त सहायता दी जानी चाहिये। ये ऋण उनके उत्पादन व खर्चों के उद्देश्य से दिये जाने वाले ऋण बैंकों के वित्तीय समावेश कार्यक्रम का हिस्सा होंगे। किसानों को पूँजीगत सम्पत्तियों जैसे सिंचाई के लिए कुओं का निर्माण करने तथा खेती के लिए आवश्यक मशीनों व उपकरणों को ख़रीदने के लिए निवेश करने हेतु कृषक परिवारों की ऋण आवश्यकताओं को सर्वेक्षण में उचित प्राथमिकता दी जानी चाहिये।
2. किसानों को सरलता से ऋण उपलब्ध कराने के लिए उन्हें किसान क्रेडिट कार्ड तथा सामान्य क्रेडिट कार्ड प्रदान करने के साथ, रिचार्ज करने योग्य ऋण सीमा भी प्रदान की जानी चाहिये। नाबार्ड द्वारा अनुमोदित नीति का एक भाग होने के कारण, सरकार को स्थानीय प्रशासन के माध्यम से, आवश्यक दस्तावेज़ी सहयोग प्रदान करके ऐसे क्रेडिट कार्डों को सर्वव्यापी बनाने की सुविधा प्रदान करनी चाहिये।
3. किसानों के स्वयं सहायता समूहों (या फसल/कृषि कार्य समूह/संयुक्त दायित्व समूह) के किसानों को उनके परिवार के सदस्यों को अस्पताल में भर्ती होने और बच्चों की शिक्षा आदि के ख़र्चों के लिए तत्काल तथा अप्रत्याशित वित्तीय आवश्यकताओं को पूरा करने में सक्षम होने हेतु 50,000 रुपये के एकाधिक परियोजनाओं के लिए ऋण (रिवाल्विंग लोन) दिये जाने चाहिये।
4. बैंकों को राज़ी किया जाना चाहिए कि वे सिंडिकेट बैंक द्वारा दिये गये 'सिंड जय किसान' ऋणों की तर्ज़ पर किसानों

को आसान शर्तों पर पूँजीगत निवेश के लिए ऋण प्रदान करें। सिंडिकेट बैंक कृषि भूमि की कुल कीमत का 50% तक या किसान के वार्षिक कृषि उत्पाद की कीमत का पाँच गुणा अग्रिम ऋण उपलब्ध कराता है। ये ऋण निजी ऋणों का भुगतान करने के लिए भी दिये जाते हैं।

5. किसानों के परिवार की महिलाओं को हस्तशिल्प, डेरी उत्पादों, घर में मुर्गी पालन, बकरी व ख़रगोश पालन इत्यादि जैसी अनुपूरक आय उत्पन्न करने वाली गतिविधियों के लिए अलग से ऋण सुविधाएँ प्रदान की जानी चाहिये।
6. प्राथमिक कृषि ऋण सहकारी समितियों को अपने संसाधनों को बढ़ाने के लिए तथा अपने प्रबंधन में अधिक से अधिक पेशेवराना अन्दाज़ लाने के लिए वाणिज्यिक बैंकों से निधियों का उपयोग करने की अनुमति दी जानी चाहिये।
7. लोगों को आसानी से वित्तीय सेवायें सुलभ कराने के लिए, गाँवों में बैंकों द्वारा 'व्यापार संवाददाताओं' की नियुक्ति करने के लिए भारतीय रिज़र्व बैंकों के प्रस्ताव को जल्दी से जल्दी लागू करने के प्रयास किये जाने चाहिये ताकि अनौपचारिक ऋणदाताओं की भूमिका को कम किया जा सके।

वास्तव में, समूची ग्रामीण व्यवस्था को सक्षम बनाने के लिए एक योजना का निर्माण करने की ज़रूरत है और यह केवल कृषि क्षेत्र में ही नहीं होना चाहिये। दूसरे शब्दों में, हमें ग्रामीण परिवारों को आर्थिक रूप से सक्षम बनाने की ज़रूरत है – न केवल छोटे व मंझले किसानों को कृषि क्षेत्र से आय अर्जित करने के लिए, बल्कि ग़ैर–कृषि गतिविधियों में स्वयं को इस प्रकार लगा कर कि वे कृषि व ग़ैर–कृषि क्षेत्रों में आय अर्जित करके वर्ष 2020 तक समृद्ध व वित्तीय रूप से सक्षम व्यक्तियों के रूप में उभर सकें। इस पर हमने, ग्रामीण क्षेत्रों में आजीविका का विविधीकरण शीर्षक के अंतर्गत आगे चलकर चर्चा की है।

पौध संगरोधन

यह, विनाशकारी कीड़े और कीट अधिनियम, 1914 और प्लांट्स, फ्रूट्स एंड सीड्स रेगुलेशन ऑफ इम्पोर्ट्स इन्टू इंडिया ऑर्डर, 1989 के अंतर्गत एक नियामक कार्य है। इसके अतिरिक्त, भारत डब्ल्यू.टी.ओ.–एस.पी.एस. समझौते पर हस्ताक्षर करने वाले देशों

में से एक है और भारत के लिए पौधों की संगरोधन सेवायें प्रदान करना अनिवार्य हो गया है। इसलिए, ये सेवायें सभी अंतर्राष्ट्रीय हवाई–अड्डों तथा बंदरगाहों पर प्रदान की जायेंगी। योजना आयोग ने भी राष्ट्रीय पौध संगरोधन प्राधिकरण की स्थापन की आवश्यकता को अभी मान्यता दी है। ऐसा प्राधिकरण वर्ष 2020 से पूर्व स्थापित हो जाना चाहिये।

बीमा

राष्ट्रीय कृषि बीमा योजना का शुरुआत 1999–2000 के रबी के मौसम से की गयी। वर्तमान में यह योजना 23 राज्यों व दो संघ शासित प्रदेशों में लागू की गयी है जबकि यह सभी राज्यों व संघ शासित उद्देश्यों प्रदेशों के लिए खुली है। इसके प्रीमियम की दर बाजरा तथा तिलहनों के लिए बीमाकृत राशि का 3.5% है, अन्य ख़रीफ फसलों के लिए 2.5%, गेहूँ के लिए 1.5% तथा अन्य रबी फसलों के लिए 2% है। व्यावसायिक फसलों/बागवानी फसलों के मामले में बीमांकित दरें लगायी गयी हैं। छोटे व मझले किसानों को प्रीमियम का 50% सब्सिडी के रूप में दिया गया था, जो केन्द्र व राज्य सरकारों द्वारा 50:50 के आधार पर वहन किया जाता है। प्रीमियम पर छूट धीरे–धीरे समाप्त कर दी गयी और वर्तमान में जब यह केवल 10% रह गयी है। राष्ट्रीय आपदाओं, कीट तथा रोग के परिणामस्वरूप अधिसूचित फसलों को न उगा पाने की दिशा में किसानों को बीमा सुरक्षा तथा वित्तीय सहायता प्रदान की गयी है तथा उनकी कृषि आय को स्थिर रखने की दिशा में, विशेष रूप से आपदाकाल में, कृषि बीमा के माध्यम से सहायता दी जाती है। यह योजना ऋण लेने वाले या ऋण न लेने वाले, सभी किसानों के लिए उपलब्ध हैं, भले ही उनकी कृषि भूमि का आकार कैसा भी हो।

इस तथ्य को देखते हुए कि माइक्रो–हाइडल उपकरणों (ड्रिप/स्प्रिंकलर्स) को सार्वभौमिक बनाने का प्रस्ताव है, समस्त कृषि योग्य भूमि पर फसलें उगायी जायेंगी तथा एक बड़ा भाग वर्ष में एक बार से ज़्यादा सिंचाई योग्य क्षेत्र के अंतर्गत आ जायेगा। ऐसी स्थिति में कृषि एक लाभदायक कार्य हो जायेगा और बीमा एक अत्यंत व्यवहार्य गतिविधि। इसलिए, यह आशा की जा सकती है कि निजी बीमा कम्पनियाँ भी कृषि क्षेत्र की ओर आकर्षित होंगी, जो क्षेत्र अभी तक पूर्णतः उपेक्षित क्षेत्र था।

बुनियादी ढाँचा

कृषि के तेज़ी से विकास करने के लिए आवश्यक बुनियादी ढाँचा केवल सड़कों, संचार साधनों, बाज़ारों, भण्डारण इत्यादि के आर्थिक बुनियादी ढाँचे तक सीमित नहीं है अपितु इसमें शिक्षा व स्वास्थ्य का सामाजिक बुनियादी ढाँचा भी शामिल है। बिना सामाजिक ढांचे की मजबूत जानकारी के सतत् कृषि व ग्रामीण विकास के लिए अपेक्षित जनशक्ति उपलब्ध नहीं हो पायेगी। हमारे बुनियादी ढाँचे के विभिन्न मदों के अध्ययन से पहले, हम वर्तमान स्थिति का ज़ायजा लेते हैं: विश्व बैंक ने हाल ही में एक विरोधाभास का खुलासा किया कि हालांकि भारत एक बड़ा कम लागत वाला कृषि उत्पादक देश है, फिर भी विश्व कृषि निर्यात में इसका हिस्सा बहुत मामूली है। विश्व में सब्जियों के उत्पादन में भारत की भागीदारी लगभग 11% है और फलों में तकरीबन 15%, किंतु विश्व निर्यात में उसका हिस्सा क्रमशः 1.7% तथा 0.5% ही है। दूसरी ओर चीन का भाग सब्जियों व फलों के उत्पादन में विश्व के कुल उत्पादन का लगभग 34% है। मजबूत घरेलू मांग होते हुए भी, चीन ताज़ा सब्जियों व फलों के निर्यात से शीर्ष चार विकासशील देशों में एक है और, जहाँ तक प्रोसेस्ड खाद्य पदार्थों व सब्जियों के निर्यात का प्रश्न है, उसमें चीन, थाईलैंड, चिली, टर्की सहित विकासशील देशों का हिस्सा बहुत कम है, लगभग 58%। भारत के खाद्य प्रसंस्करण उद्योग मंत्रालय ने, राबो इंडिया फाइनेन्स प्राइवेट लिमिटेड की रिपोर्ट का उल्लेख करते हुए कृषि उपज के भारी अपव्यय की बात स्वीकार की। इसका कारण खेतों का छोटा होना तथा देश में ख़राब परिवहन व भण्डारण सुविधाओं का होना है।

समस्या क्षेत्र

विश्व बैंक के एक अध्ययन में तीन मुख्य कारकों पर रोशनी डाली गयी है, जो दुनिया भर के बाज़ारों पर पहुँचने में भारत की क्षमताओं की कमज़ोरी को उजागर करते हैं।

1. खेतों से बाज़ारों तक लाने की उत्पादों की ऊँची लागत वे सभी लाभ समाप्त कर देती है, जिसे घरेलू किसान सस्ते उत्पादकों के रूप में प्राप्त करते हैं।
2. स्वास्थ्य, सुरक्षा तथा गुणवत्ता पर घरेलू व अंतर्राष्ट्रीय मानकों के बीच बड़ा अन्तर। इसके अतिरिक्त, भारत में मूल्यांकन तंत्र भी बहुत कमज़ोर है।

3. बागवानी में व्यापार संरक्षण के घातक रूप, जैसे वे जो कुशल वितरण व कोटा के ख़िलाफ भेदभाव करके निश्चित स्तर से ऊपर आयातों पर मोटा सीमा–शुल्क थोपते हैं और विशेष सुरक्षा उपायों की एक प्रणाली के ख़िलाफ भेदभाव करते हैं जो सफल निर्यातकों के लिए अनिश्चितता का एक स्रोत है।

रिपोर्ट बताती है कि भारत में परिवहन लागत, जो दूसरे देशों से लगभग 20% से 30% अधिक है, निर्यात को प्रभावित करती है। भारत का निर्यात किसी भी गन्तव्य के लिए प्रत्येक 1,000 किलोमीटर की दूरी पर 10% गिर जाता है और जो बाज़ार भारतीय सीमाओं से 14,000 किलोमीटर की दूरी पर है, वे हमारे निर्यात के बिल्कुल भी अनुकूल नहीं है।

उदाहरण के लिए, भारत से नीदरलैंड्स एक टन अंगूर ले जाने के लिए 790 डॉलर की लागत आती है, जो चिली से नीदरलैंड तक ले जाने के खर्चे से दो या तीन गुना अधिक है, हालांकि भारत की तुलना में चिली से नीदरलैंड्स की दूरी लगभग दुगुनी है। रिपोर्ट के अनुसार, भारत के बागवानी निर्यात में सबसे महत्त्वपूर्ण मदें है ताज़ा प्याज़, आम का गूदा, ताज़ा आम, सूखे अखरोट तथा ताज़ा अंगूर। सभी प्रकार के बागवानी निर्यात में एक चौथाई हिस्सा सूखी व संरक्षित सब्ज़ियों का है।

रिपोर्ट के लेखकों में से एक, आदित्य मट्टू ने सुधारों के लिए दो व्यापक प्राथमिकताओं का सुझाव दिया है, जिससे किसानों की आय में वृद्धि होगी, खुदरा मूल्य कम होंगे तथा भारत वैश्विक प्रतिस्पर्धा में बढ़–चढ़ कर भाग ले सकेगा। वे प्राथमिकताएं हैं : समन्वित तथा घरेलू कृषि बाज़ार पैदा करना तथा संचार; परिवहन, भण्डारण, वितरण तथा कृषि की सहायक सेवाओं में सुधार लाना। खाद्य प्रसंस्करण मंत्रालय भी ऊँची परिवहन कीमतों, बागवानी के क्षेत्र में प्रशिक्षित कर्मचारियों के अभाव, अपर्याप्त तापमान–नियंत्रित आपूर्ति शृंखला तथा ढुलाई संबंधी सुविधाओं की अपर्याप्तता और निर्यात सम्भावनाओं को कमज़ोर करने वाली, किसानों की उत्पादन, अच्छी गुणवत्ता और सुरक्षित उत्पादों के संबंध में जागरुकता की कमी की बात स्वीकार करता है। प्रतिवर्ष बर्बाद होने वाले फलों, सब्जियों, दालों व अनाजों से ग़रीबी रेखा के नीचे रहने वाले लगभग 27% लोगों का पेट भरा जा सकता है। सबसे बुरी बात यह है कि

बचे हुए उत्पादन में से केवल 2% ही भारत में संसाधित किया जाता है जबकि मलेशिया में 80%, फिलिपीन्स में 78%, ब्राजील में 70% तथा थाईलैंड में 80% है (स्रोत[1])

ऊपर उल्लेखित कमियों को दूर करने के लिए, बुनियादी ढाँचे की प्रत्येक मद के अंतर्गत निम्नलिखित सिफ़ारिशें की गयी हैं।

सड़कें

प्रधानमंत्री ग्रामीण सड़क योजना के अंतर्गत ग्रामीण क्षेत्रों में सभी मौसमों में अच्छी गुणवत्ता वाली सड़कें बनाये जाना सही दिशा में एक सही कदम है। राज्यों तथा संघ शासित प्रदेशों को भी प्रधानमंत्री ग्रामीण सड़क योजना के मानकों के अनुसार ग्रामीण सड़कों का निर्माण करने के लिए मिल–जुलकर कार्य करना चाहिये। वर्ष 2020 तक, प्रत्येक गाँव तथा गाँवों के आस–पास की सभी बस्तियों को प्रधानमंत्री ग्रामीण सड़क योजना में बताये गये मानकों के अनुसार, सभी सड़कों से जोड़ा जाना चाहिये। इसके अतिरिक्त चूंकि 150 मिलियन हेक्टेअर कुल बुवाई क्षेत्र तथा 210 मिलियन हेक्टेअर सकल रोपित क्षेत्र के माइक्रो–हाइडल उपकरणों का प्रयोग करके 100% सिंचाई की जायेगी, इसलिए काटी गयी उपज के कई गुणा बढ़ जाने की सम्भावना हो जाती है। इसलिए, पूरे कुल बुवाई क्षेत्र में किसानों के खेतों में सड़कों की आवश्यकता भी होगी, जैसाकि सिंचाई परियोजनाओं में कमान क्षेत्र के मामले में होता है। तटीय क्षेत्रों में सड़कें इस प्रकार बनायी जानी चाहिए कि अंतर्देशीय बाज़ारों की ओर जाने वाले समुद्री परिवहन तथा मत्स्य उद्योग पर आधारित निर्यात उत्पादों व भीतरी भागों से लाये गये अन्य उत्पादों वाले तीव्र गति से समुद्री बंदरगाहों तक लाया जा सके, इसके अलावा, तटीय सड़कों को तटीय क्षेत्र में होने वाली सभी आर्थिक गतिविधियों की जीवन रेखा के रूप में कार्य करना चाहिये। यदि ग्रामीण क्षेत्रों में उद्योगों का आगमन होता है, तो इससे भी ग्रामीण क्षेत्रों में सड़कों तथा पुलों के निर्माण में योगदान मिलेगा। यह भी ध्यान दिया जाना चाहिए कि ग्रामीण सड़कों के नेटवर्क को कस्बों, शहरों, बंदरगाहों व हवाई अड्डों की ओर जाने वाले प्रमुख मार्गों से जुड़ना चाहिये।

---

1. सम्पादकीय, 'वेस्टिड ग्रोथ', द टाइम्स ऑफ इंडिया, 2 जून, 2007
   सम्पादकीय, 'हंगर हटाओ', द टाइम्स ऑफ इंडिया, 24 मई, 2007
   जी. श्रीनिवासन, 'हेल्पिंग फार्म अर्निंग्स ग्रो', द हिन्दू बिजनेस लाइन, 6 जून, 2007

रेलवे

रेल सेवाओं के विस्तार से भी ग्रामीण क्षेत्रों में कृषि क्षेत्र को लाभ प्राप्त होगा। इसके अतिरिक्त, इस अध्ययन में हम न केवल कृषि में भारी विकास का सुझाव दे रहे हैं, बल्कि ग्रामीण क्षेत्रों में कृषि उत्पादो की पैकेज़िंग तथा प्रसंस्करण के लिए औद्योगिक विकास की बात भी कर रहे हैं। इसके अलावा, खानों के पास स्थित स्थानीय खनिजों पर आधारित उद्योगों की भी अनुशंसा की गयी है। उद्योग से लेकर विनिर्माण तथा सेवा तंत्र पर आधारित कृषि, ड्रिप्स तथा स्प्रिंक्लर्स जैसे सूक्ष्म सिंचाई उपकरणों तक, सभी ग्रामीण क्षेत्रों तक उसका विस्तार उनके लिए लाभदायक सिद्ध होगा। वास्तव में, रेलवे शीघ्र ख़राब होने वाले उत्पादों जैसे फल, सब्जियों, मछली इत्यादि के लाने–ले जाने के लिए इन्सुलेटिड गाड़ियाँ प्रदान करने पर भी विचार कर सकता है।

रोडवेज़

सड़क परिवहन सेवायें भी ग्रामीण क्षेत्रों ने अपनी गतिविधियों को तेज करने की ओर आकर्षित होंगी और खाद्यान्नों आदि को लाने–ले जाने के लिए न केवल लॉरियां काम करेंगी, बल्कि फलों, सब्जियों, मछली इत्यादि को ढोने के लिए उत्कृष्ट किस्म की इन्सुलेटिड परिवहन व्यवस्था भी आरम्भ हो जायेगी। इस अध्ययन रिपोर्ट में विस्तृत कोल्ड–चेन व्यवस्था बनाकर, वातानुकूलित कक्षों वाले भण्डारगृहों से जुड़े सब–यार्ड की शुरुआत करने से ऐसी परिवहन सेवायें आकर्षित होंगी। इससे न केवल कृषि तथा बागवानी उत्पादों में भारी मात्रा में वृद्धि होगी बल्कि पशुपालन तथा मात्स्यिकी (अंतर्देशीय तथा समुद्री, दोनों) की गतिविधियों में भी बढ़ोत्तरी होगी।

बाज़ार

किसी किसान की एक अच्छे बाज़ार तक पहुँच होना उसके लिए एक उपहार के समान है, जो उसके लिए जानकारियाँ प्राप्त करने के लिए एक सब्सिडी प्राप्त करने से भी कहीं ज़्यादा बड़ी चीज़ है। यदि बाज़ार में निष्पक्ष लेन–देन के साथ–साथ उत्पादों के लिए बड़ी मात्रा में मांग भी है, तो किसान को इससे अधिक और क्या चाहिये। अध्याय–1 में हमने अतीत की जाँच करके कृषि क्षेत्र की समीक्षा की है, जहाँ हमने उन्नीसवीं शताब्दी के उत्तरार्द्ध से लेकर लगभग बीसवीं शताब्दी के पूर्वार्ध तक समेटने का प्रयास किया है और देखा है कि कृषि

क्षेत्र में काश्तकारों की कीमत पर मुख्य रूप से दूसरे लोगों को ही लाभ पहुँचा है। बड़े खिलाड़ी जिन्होंने कृषि वस्तुओं की मांग से निर्यात के फलस्वरूप बाज़ार की तेज़ गतिविधियों से मोटा लाभ कमाया था, वे थे शिपिंग फर्मे, कमीशन एजेंट, बैंक (साहूकार) तथा परिवहन–संचालक, जिन्होंने कृषि वस्तुओं को कस्बाई बाज़ारों से बंदरगाहों तक पहुँचाने का काम किया। हालांकि कुछ लाभ ग्रामीण क्षेत्रों को भी प्राप्त हुए, लेकिन ये लाभ काफी हद तक उन लोगों ने प्राप्त किये, जिनका ग्रामीण क्षेत्रों में प्रभुत्व था और ये लाभ बहुत अधिक कृषि भूमि जैसे सामाजिक व आर्थिक स्थिति की मेहरबानी से प्राप्त हुए। लेकिन इसके बावजूद, भारी निर्यात की मांग के कारण, विकास एक महत्त्वपूर्ण सीमा तक सामाजिक स्थिति के क्रम को बॉयपास कर गया। राज्य द्वारा प्रदत्त विशेषाधिकार या सामाजिक सत्ता के प्रयोग से ही ग्रामीण अर्थव्यवस्था पर स्थायी प्रभुत्व सुनिश्चित नहीं हुआ। फिर भी, वहाँ औपनिवेशिक राज्य ने उन्नीसवीं शताब्दी के दौरान, राजस्व जुटाने में कुछ विशेष समूहों का पक्ष लिया, यह व्यवस्था लगातार उसके बाद मजबूत नहीं रह सकी। नयी फसलों, बाज़ारों और संस्थानों ने पुराने कुलीन लोगों के नेटवर्क को अपने नियंत्रण में ले लेने के लिए तथा उन्हें चुनौती देने के लिए दूसरे लोगों को भी अवसर प्रदान किये। पंजाब में गेहूँ, गुजरात में कपास और तम्बाकू, बंगाल में जूट तथा सर्वत्र बागवानी फसलों का इतिहास यह बताता है कि जहाँ बाज़ार तंत्र और माँग बहुत प्रबल थी, वहीं उत्पादन के कारकों तथा आर्थिक विकल्पों के आवंटन पर सामाजिक नेटवर्क का प्रभाव बहुत ज़्यादा नहीं था। यदा–कदा मांग में बढ़ोत्तरी के कारण, वह चाहे भारत के अंदर थीं या बाहर, बाज़ार के अवसरों ने निचले स्तर से आर्थिक विकास के प्रबन्ध को सम्भव बनाया।

इस प्रकार, एक उचित बाज़ार, वह चाहे पहले की बात हो या वर्तमान की, किसानों के लिए एक बड़ा हिस्सा रहा है। कृषि उत्पाद विपणन समिति (एग्रीकल्चरल प्रोड्यूस मार्केट कमेटी – ए.पी.एम.सी) अधिनियम को किसानों को एक उचित सौदा मुहैया करवाने के लिए लागू किया गया था। ऐसा उचित सौदा कम समय के लिए ही चल पाया। समय की प्रक्रिया में ए.पी.एम.सी. भी व्यापारी समुदाय के लालच की भेंट चढ़ गया। व्यावहारिक रूप में, यह कीमतें कम करने के लिए तथा विपणन समिति के अधिकारियों के साथ मिलीभगत इत्यादि को समाप्त करने के लिए व्यापारियों की चौकड़ी को रोकने में पूरी तरह

अफसल रहा। इसके अलावा, एक बार जब किसान परिवहन वग़ैरह पर पैसा ख़र्च कर देता है और अपने उत्पाद को बाज़ार में ले आता है, तो वह अपने उत्पादों का बेहतर मूल्य प्राप्त करने के लिए दो दिन भी प्रतीक्षा करने में असमर्थ होता है, क्योंकि इस प्रतीक्षा से उसके आकस्मिक ख़र्चों में वृद्धि होने लगती है और बाज़ार में उसके उत्पादों के चोरी होने की सम्भावना भी बढ़ जाती है। उस पर अपने लेनदारों का दबाव भी उसे जल्द से जल्द अपने उत्पादों को औने–पौने भाव पर बेचकर लिया गया ऋण वापस करने के लिए बाध्य कर देता है। किसान जानते हैं कि यदि कटाई के बाद वे दो महीने भी प्रतीक्षा करें, तो उन्हें फसलों की बेहतर कीमतें प्राप्त हो सकती हैं, किन्तु वे इतनी लम्बी प्रतीक्षा नहीं कर पाते। इस प्रकार, ए.पी.एम.सी. उनके लिए एक सहारा बनने की बजाय विनाश का कारण सिद्ध हुआ है। इससे भी अधिक दुर्भाग्य की बात यह है कि यह अधिनियम किसानों को अपने उत्पाद मण्डी में ही बेचने के लिए बाध्य करता है। इस प्रकार, इसके अंतर्गत कम्पनियों द्वारा अनुबंध खेती के माध्यम से सीधे किसानों से पैदावार ख़रीदना भी ग़ैर–कानूनी हो जाता है।

भारत सरकार के कृषि मंत्रालय ने, राज्यों/संघ शासित प्रदेशों की सलाह से, मार्केटिंग की नवीनतम प्रवृत्तियों से निपटने के लिए कृषि विपणन पर एक आदर्श कानून बनाया है। यह आदर्श कानून निजी बाज़ारों, प्रत्यक्ष ख़रीद केंद्रों, प्रत्यक्ष बिक्री के लिए उपभोक्ता/किसान बाज़ारों की स्थापना करने तथा उनके प्रबंधन में सार्वजनिक/निजी भागीदारी को बढ़ावा देने और देश में कृषि बाज़ारों का विकास करने के योग्य बनाता है। यह प्याज, फलों, सब्जियों और फूलों के लिए अलग–अलग व विशेष बाज़ार भी प्रदान करता है। अनुबंध खेती व्यवस्था का विनियमन व संवर्धन भी इस कानून का एक हिस्सा है। कृषि उत्पादों की ग्रेडिंग को बढ़ावा देने के लिए, उनके मानकीकरण व गुणवत्ता प्रमाणन के लिए, राज्य कृषि उत्पाद मानक ब्यूरो के गठन का भी प्रावधान किया गया है। अनुबंध खेती के लिए मजबूत कानूनी आधार भी प्रस्तावित आदर्श कानून का एक भाग है। इसी के अनुसार राज्यों/संघ शासित प्रदेशों ने ए.पी.एम.सी. में संशोधन करने आरम्भ कर दिये हैं।

खाद्यान्नों, फलों, सब्जियों, मीट इत्यादि के रख–रखाव की ख़राब व्यवस्था के कारण इन उत्पादों में 30% का नुकसान उठाना पड़ता

है। इससे किसानों को मिलने वाली कीमत भी कम हो जाती है। इसलिए, किसानों की आय में बढ़ोत्तरी करने क लिए फसलों की कटाई के बाद प्रोसेसिंग सुविधायें बहुत महत्त्वपूर्ण हो जाती हैं। इस संबंध में, कर्नाटक सरकार द्वारा गठित अधिकारिक समूहों ने निम्नलिखित उपाय सुझाये हैं, जिन्हें प्राथमिकता प्रदान करके देश में फसलों की कटाई के बाद होने वाली गतिविधियों में आवश्यक सहयोग दिया जा सकता है :

1. गावों में फसलों की मड़ाई (थ्रेशिंग) की उचित सुविधाओं के अभाव में कई किसानों को थ्रेशिंग के अकुशल अवैज्ञानिक विधियों का उपयोग करने के लिए बाध्य होना पड़ता है, जिसमें फसलों के सड़क के ऊपर फैला कर छोड़ दिया जाता है और उसके ऊपर आने जाने वाले विभिन्न गाड़ियों के पहियों से फसल की मड़ाई हो जाती है तथा कभी–कभी बैंलों व घोड़ों को उनके ऊपर बार–बार चलाया जाना भी शामिल है। बहुत ही छोटे निवेश के साथ, प्रत्येक गाँव के विभिन्न गावों में 'सामुदायिक खलिहान कक्षों' को बनाना सम्भव है, जिससे किसान उचित उपकरणों व मशीनों का उपयोग करके अपनी फसल की समय पर थ्रेशिंग कर सकते हैं। सरकार ग्राम पंचायतों को अनुदान उपलब्ध करवा कर, प्रत्येक गाँव में लगभग एक एकड़ क्षेत्र में कम से कम एक सामुदायिक थ्रेशिंग समूह बना सकती है, जिससे कई किसान एक साथ थ्रेशिंग कर सकते हैं।
2. वैज्ञानिक रूप से डिज़ाइन किये गये उपकरणों के उपलब्ध न होने से भी किसानों को थ्रेशिंग के अवैज्ञानिक तरीकों को अपनाने के लिए बाध्य होना पड़ता है, जिससे फसलों को भी भारी मात्रा में नुकसान पहुँचता है। निजी क्षेत्र को थ्रेशिंग उपकरण किराये पर देकर सुविधायें प्रदान की जानी चाहिये। और ऐसा उपकरणों की कीमत में 50% की सब्सिडी देकर किया जा सकता है। किसानों के स्वयं–सहायता समूहों को विभिन्न फसलों के लिए थ्रेशिंग उपकरण/मशीनें ख़रीदने के लिए 75% सब्सिडी दी जा सकती है।
3. वर्तमान में, कई किसान बिना पैकिंग किए ही सब्जियों व फलों को बड़ी मात्रा में बाज़ार तक ले जाते हैं, जिसका परिणाम यह होता है कि वस्तुएँ भंडारण व बिक्री स्तर पर

बड़ी मात्रा में ख़राब हो जाती हैं। सब्जियों व फलों के रख–रखाव को उचित प्रोत्साहन देने के लिए किसानों व किसानों के समूहों को बागवानी विभाग द्वारा प्रत्येक राज्य में गहन प्रशिक्षण दिया जाना चाहिए, जिसमें उत्पादों की ग्रेडिंग करना तथा उन्हें उचित डिब्बों में पैक करना शामिल होना चाहिये।

राष्ट्रीय बागवानी मिशन के एक भाग के रूप में, किसानों को रियायती दरों पर टोकरे (क्रेट्स) तथा अन्य उपकरण ख़रीदने की सुविधा दी जानी चाहिये। राज्य कृषि विभाग द्वारा अन्य प्रकार के कृषि उत्पादों के लिए भी ऐसा ही प्रशिक्षण दिया जाना चाहिये।

हमारे विचार में, ऊपर लिखित सभी सुझावों को अपनाने के अतिरिक्त, बाज़ारों के प्रभावशाली तरीके से काम करने के लिए आवश्यक है कि बाज़ारों को गाँवों के नज़दीक ही स्थापित किया जाये।

भंडारगृहों के साथ बाज़ारों का विकेंद्रीकरण

हालांकि अनुबंध–खेती पहले ही राज्यों/संघ शासित प्रदेशों द्वारा ए.पी.एम.सी. अधिनियम के संशोधन के अनुसार अस्तित्व में आ चुकी है, ए.पी.एम.सी. जहाँ भी मौजूद है, वहाँ अभी भी काम कर रही है जैसे तहसील मुख्यालय इत्यादि। किन्तु इसके साथ–साथ, गाँवों में और अधिक उप–मंडी यार्ड बनाये जाने चाहिये, जिनमें से प्रत्येक उप–मंडी का 5 गाँवों में से 4 गाँवों के क्षेत्राधिकार को अपने अंतर्गत लाना चाहिये। इन सब–यार्ड को भंडारण की सुविधाओं से लैस होना चाहिए, जिसमें ये उप–मंडियों में स्थापित किये जा सकें। उप–मंडियों में स्थापित सब–यार्डों तथा भण्डारगृह को कम्प्यूटर की सहायता से एक–दूसरे के नेटवर्क के साथ तथा ए.पी.एम.सी. के नेटवर्क के साथ जोड़ा जाना चाहिये। ए.पी.एम.सी. को अपनी वेबसाइटों पर भिन्न–भिन्न वस्तुओं के नवीनतम बाज़ार कीमतों से जुड़े आंकड़े ऑन लाइन उपलब्ध कराने चाहिये, जिन्हें उप–मंडियों में भी देखा जा सके। इसमें किसानों को अपने उत्पाद उप–मंडियों में सही समय पर और सही कीमत पर बेचने की सुविधा प्राप्त होगी। कृषि उत्पाद विपणन समितियाँ महानगरों तथा बड़े शहरों में स्थित विभिन्न बाज़ारों में प्रचलित कीमतों पर प्रदर्शित कर सकती हैं ताकि प्रचलित मूल्यों के संबंध में जानकारी उत्पादकों तथा विक्रेताओं के सभी स्तरों पर पहुँच सके।

इसके अलावा प्रत्येक गोदाम को विधिवत्, उपज की गुणवत्ता के आधार पर उनका वर्गीकरण करके, विभिन्न वस्तुओं का स्टॉक प्रदर्शित करना चाहिए ताकि व्यापारी/कम्पनियाँ विभिन्न स्थानों पर उपलब्ध स्टॉक के बारे में जान सकें और अपनी पसंद की वस्तुओं की ख़रीदारी करने के लिए उन उप–मंडियों तक जा सकें। चूंकि सभी गाँव/छोटे कस्बे सब मौसमों के अनुकूल बनी सड़कों से वर्ष 2020 तक जुड़ जायेंगे, तो ख़रीदारी करने के लिए उप–मंडियों में पहुँचकर बोली लगाना और उत्पादों को ख़रीदना सम्भव हो जायेगा। यदि वे चाहें, तो उप–मंडियों में स्थापित केंद्रों के कम्प्यूटरों पर प्रस्तावित मूल्यों पर ऑन लाइन बोली भी लगायी जा सकती है, क्योंकि प्रत्येक भंडारगृह में मौजूद वस्तुओं के स्टॉक को नेटवर्क पर दिखाया जाता है। यहाँ यह उल्लेख करना भी प्रासंगिक है कि भंडारगृहों द्वारा उत्पादों को प्राप्त करते समय, रसीद जारी करने से पहले, उत्पादों को वैज्ञानिक विधि से वर्गीकृत किया जा सकता है, ताकि किसानों को अपने गोदाम में संग्रहीत वस्तुओं के उचित मूल्य प्राप्त हो सकें। वैज्ञानिक रूप से उत्पादों को ग्रेडिंग के लिए अपनायी गयी पद्धतियों को तैयार करना होगा तथा वस्तुओं के लिए उसका मानकीकरण करना होगा।

इसके अलावा, 'विशेष उत्पाद विपणन परिसर ' के निर्माण द्वारा भी कृषि वस्तुओं के विपणन को कारगर बनाये जाने की सम्भावना है। उदाहरण के लिए, खाद्यान्नों, तिलहनों, फलों व सब्जियों के लिए विशेष बाज़ारों के अस्तित्व के आने से उत्पादों के उचित रख–रखाव के भंडारण की सुविधा प्राप्त हो जायेगी। राज्यों को ऐसे बाज़ारों की स्थापना के लिए निजी उद्यमियों की सहायता करनी चाहिये। ये बाज़ार अंततः स्थिर व लाभकारी मूल्य सुनिश्चित करने के लिए इलैक्ट्रॉनिक व्यापारिक प्रक्रियाओं तथा 'वायदा कारोबार' को अपना सकते हैं।

भंडारण सुविधायें

हालांकि कृषि क्षेत्र को वर्तमान स्थिति से ऊपर उठाने के लिए मिलने वाले सुझावों की कमी नहीं है, किन्तु यह समस्या प्राथमिकता की मांग करती है। भंडारण तथा प्रसंस्करण (प्रोसेसिंग) की सुविधओं की ओट में 58,000 करोड़ रुपये के फल, सब्जियाँ, दालें व खाद्यान्न या कुल खाद्य उत्पादों के 1/3 भाग प्रतिवर्ष नष्ट हो जाता है। उनमें

से भी बचे रह गये उत्पादों का बहुत कम भाग भारत में संसाधित हो पाता है, अपेक्षाकृत मलेशिया, फिलीपींस तथा थाईलैंड जैसे देशों की तुलना में। यहीं पर खुदरा वस्तुओं में संगठित क्षेत्र का प्रवेश बहुत बड़ा अन्तर पैदा कर सकता है और बड़े पैमाने पर प्रसंस्करण की सुविधा ग्रामीण क्षेत्रों के नज़दीक शुरू की जा सकती है। हम यहाँ भंडारण सुविधाओं पर पहले चर्चा करेंगे और उसके बाद प्रोसेसिंग पर अलग से विचार–विमर्श करेंगे।

हमारे यहाँ सरकार तथा सहकारी संस्थाओं द्वारा प्रदत्त भंडारण की सुविधायें बहुत अपर्याप्त हैं। जैसाकि ऊपर सुझाव दिया गया है, ये भंडारगृह उप–मंडियों से जुड़े होने चाहिये तथा उसी क्षेत्र में स्थापित किये जाने चाहिये। ग्रामीण क्षेत्र में बनाये गये भंडारगृह ऐसे होने चाहिये कि वे उस क्षेत्र में उत्पादित वस्तुओं का भंडारण करने में पूरी तरह से सक्षम हों। विभिन्न क्षेत्रों में उत्पादित वस्तुओं जैसे खाद्यान्न, तिहलन, कपास, फल, सब्जियाँ, मछली व संसाधित पशुधन उत्पादों के आधार पर कक्ष बनाये जाने चाहिये, जिसमें प्रत्येक किस्म की वस्तु आवश्यक तापमान व आर्द्रता के आधार पर संग्रहीत की जा सके। गाँवों में अपने उत्पादों को बेचने की इच्छा रखने वाली कम्पनियों के लिए उर्वरकों/कीटनाशकों, बीजों, उपभोक्ता वस्तुओं इत्यादि के लिए अलग–अलग कक्षों की व्यवस्था होनी चाहिये। सभी भंडारगृहों के पास संग्रहीत स्टॉक के लिए भंडारगृह रसीद जारी करने का अधिकार होना चाहिए, जिसे शर्तरहित आदेश–पत्र (निगोशिबल इंस्ट्रमेंट) की तरह इस्तेमाल करना चाहिए, जिस पर बैंक ऋण भी प्रदान कर सकें। इन भंडारगृहों की देखभाल इतनी अच्छी होनी चाहिए कि किसानों के साथ अनुबंध–खेती का अनुबंध करने वाली निजी कम्पनियाँ भी उत्पादों की प्रोसेसिंग करने या बिक्री इत्यादि करने से पूर्व उन्हें यहाँ रखने पर विचार करें।

अनुबंध खेती

ग्रामीण क्षेत्रों में विपणन के लिए आई.टी.सी. ने एक बहुत ही महत्त्वपूर्ण पहल की है – ई–चौपाल की शुरुआत, जिसमें वर्ष 2010 तक 1,00,000 गाँवों को समेटा जायेगा। ई–चौपाल क्रय–विक्रय के इलैक्ट्रॉनिक केंद्र हैं, जो किसानों को कीमतों, मौसम तथा वैज्ञानिक तरीकों से खेती करने के काम–काज की जानकारी भी प्रदान करते हैं। बिचौलियों को समाप्त करके, ई–चौपाल किसानों को मंडी में

मिलने वाली कीमत से भी ज़्यादा कीमत दे सकता है और आई.टी. सी. के ख़रीद मूल्य को कम कर सकता है। कम्पनी ने सोयाबीन, गेहूँ तथा झींगा मछली से शुरुआत की तथा अब वह उसमें विविधता लाकर तिलहनों, मसालों व फलों को भी शामिल कर रही है। सुनील मित्तल द्वारा आरम्भ फील्ड फ्रैश के पास पहले से ही अनुबंध खेती के तहत पंजाब में 1,000 एकड़ ज़मीन है। रिलायंस फ्रैश ने सीधे किसानों से फल तथा सब्जियाँ ख़रीद कर इनका विपणन करने वाली दुकानें खोली हैं। आई.टी.सी. तथा बल्लारपुर जैसी बड़ी कम्पनियाँ किसानों को तेज़ी से उगने वाले पेड़ों की प्रजातियाँ देती हैं, जो तीन वर्ष में बड़े हो जाते हैं और वे उनके उत्पादों की ख़रीद लेती हैं। अन्य बड़ी कम्पनियाँ (टाटा, महिन्द्रा तथा डी.सी.एम.) भी कृषि सामग्रियाँ तथा उपभोक्ता सामान बेचने के लिए बाज़ार में प्रवेश कर रही हैं। पेप्सी, मैकडॉनल्ड्स इत्यादि भी अनुबंध खेती में प्रवेश कर चुकी हैं। गोदरेज भी मक्का की अनुबंध–खेती में कार्य कर रही है और पशु–चारा बना रही है। वास्तव में, भंडारण सुविधायें, जिनका सुझाव हमने ऊपर दिया है, अनुबंध खेती में बहुत सहायक सिद्ध हो सकती हैं। इसमें से कुछ समूह 4 से 5 उप–मंडियों के समूह के लिए प्रोसेसिंग कारखानों की शुरुआत कर सकते हैं।

वर्तमान में, निश्चित सिंचाई के साथ उच्च तकनीक वाले किसान इन अच्छी कम्पनियों से जुड़ सकते हैं क्योंकि हम माइक्रो–हाइडल सिंचाई उपकरणों के साथ 100% सिंचाई का लक्ष्य प्रस्तावित कर रहे हैं, जिसमें सभी किसान लाभ कमाने वाली स्थिति में कम्पनियों से जुड़ सकते हैं। स्वाभाविकतः, हम बाज़ार सुधारों के साथ, ग्रामीण समृद्धि के एक नये युग में प्रवेश करने की अपेक्षा कर सकते हैं।

प्रसंस्करण (प्रोसेसिंग) सुविधायें

कृषि मंत्रालय ने 1,00,000 करोड़ रुपये के परिव्यय के साथ खाद्य प्रसंस्करण उद्योग के लिए 'विज़न 2015' तैयार किया है। इस समन्वित रणनीति में समूह–आधारित तथा मांग–संचालित खेती, खेतों से बाज़ार तक खाद्य–प्रसंस्करण के ढाँचे पर आधारित सिंचाई और एक गतिशील खाद्य–प्रसंस्करण उद्योग को बढ़ावा देना शामिल है, जिसके कारण संसाधित खाद्य पदार्थों के क्षेत्र में अच्छा विकास हो सकता है। हम शीघ्र ख़राब होने वाले उत्पादों के प्रोसेसिंग स्तर में 6% से 20% की वृद्धि करके, उन उत्पादों के मूल्य में 20% से

35% की बढ़ोत्तरी कर सकते हैं और वर्ष 2015 तक, विश्व खाद्य–पदार्थों के व्यापार में हमारा हिस्सा 1.5% से 3% बढ़ सकता है। इससे बड़े व सक्षम कोल्ड–स्टोरेज के निर्माण के लिए प्रोत्साहन मिलेगा, जो बदले में बड़े स्तर पर खाद्य प्रसंस्करण उद्योग के चेहरे को बदल सकता है।

प्रथम दृष्टया यह रणनीति बहुत व्यावहारिक प्रतीत होती हैं और वर्ष 2020 से पूर्व पूरी प्रबलता के साथ कार्यान्वयन की अधिकारी है। इसके साथ यह भी सुझाव दिया जाता है कि ये इकाईयाँ उसे 3 से 4 बाज़ार उप–भंडार गृहों के साथ एक समूह के साथ शीघ्र से शीघ्र शुरू हो जानी चाहिये, जैसाकि इस अध्ययन में सुनाया गया है।

हवाई-अड्डे

यदि महानगरों और बड़े शहरों को छोड़ दिया जाये, तो हमारे पास बहुत कम हवाई–अड्डे उपलब्ध हैं। सभी क्षेत्रों में जहाँ बागवानी और फूलों की खेती की सम्भावनायें हैं, एक हवाई–अड्डे के निर्माण से इन क्षेत्रों में निर्यात को बढ़ावा मिलेगा। इसके अलावा, बढ़े हुए उत्पादन, व्यापार, खनन, उपभोक्ता वस्तुओं की आपूर्ति, पर्यटन, प्रसंस्करण उद्योग आदि ने बड़ी संख्या में अधिकारियों, व्यापारियों तथा यात्रियों के लिए तीव्र गति से आंतरिक क्षेत्रों तक पहुँचना आवश्यक बना दिया है। जिला मुख्यालयों और यहाँ तक कि छोटे शहरों में भी व्यवहार्य हवाई अड्डों के निर्माण की सम्भावनाओं का पता लगाने के लिए, देश के विभिन्न क्षेत्रों के सर्वेक्षण पर आधारित एक भावी योजना का बनाया जाना अत्यंत आवश्यक है।

बंदरगाह

हमारे कई बंदरगाह, बेशक वे बड़े हों अथवा छोटे, हमारे विदेशी व्यापार को बढ़ाने की दृष्टि से बहुत आवश्यक बुनियादी ढाँचा हैं। तटीय क्षेत्रों पर बने सभी बदंरगाहों को अपनी सर्वोत्कृष्ट क्षमता विकसित करनी चाहिए क्योंकि वर्तमान बंदरगाहों पर उनकी क्षमता से अधिक दबाव है। इस तथ्य को देखते हुए, गाँवों से लेकर प्रमुख भागों तक सड़कों के एक अच्छे नेटवर्क का सुझाव दिया जाता है, जिससे दूरदराज के विभिन्न क्षेत्रों के लिए विदेश व्यापार तक पहुँच बनाना बहुत आसान हो जायेगा। देश के भीतरी हिस्सों से ही बड़ी मात्रा में वस्तुओं/

संसाधित वस्तुओं/इस्पात इत्यादि जैसे खान–आधारित उत्पादों के कारखानों की शुरुआत होने लगेगी, जिसके लिए समुद्री बंदरगाहों की सुविधाओं की अत्यंत आवश्कता है।

विशिष्ट फसलों की समस्यायें

कुछ विशेष फसलों से संबंधित विपणन समस्याओं का नीचे उल्लेख किया जा रहा है :

कपास : शेतकरी संगठन (किसान संगठन) के संस्थापक, श्री शरद अनंतराव जोशी के अनुमानों के अनुसार महाराष्ट्र कपास एकाधिकार ख़रीद योजना, तीस वर्ष पहले अपनी शुरुआत से लेकर, विदर्भ के किसानों के लगभग 30,000 करोड़ रुपये गंवाने के लिए अकेली जिम्मेदार है। यह योजना महाराष्ट्र के केवल औद्योगिक रूप से उन्नत क्षेत्रों में ही काम करती है और विदर्भ के किसानों को कपास का वह मूल्य नहीं मिल पाया, जो पड़ोसी राज्यों जैसे मध्य प्रदेश, आंध्र प्रदेश व गुजरात के किसानों को मिल पाया था। इस योजना के अंतर्गत सरकार ने अंतर्राष्ट्रीय बाज़ारों की तुलना में जानबूझकर कीमतों को कम रखकर नकारात्मक सब्सिडी दी है। श्री जोशी इस योजना को समाप्त करने की सिफारिश करते हैं। वास्तव में, वे सभी योजनायें, जो कृषि उत्पादों के लिए एक उचित मूल्य प्राप्त करने के रास्ते में बाधा है, सभी राज्यों और संघ शासित प्रदेशों में उनकी पहचान होनी चाहिए और उन्हें समाप्त कर दिया जाना चाहिये।

गन्ना : भारत एक वर्ष में लगभग 190 लाख टन चीनी की खपत करता है। इस वर्ष, चीनी का उत्पादन 270 लाख टन था। सरप्लस उत्पादन 80 लाख टन था, जबकि 50 लाख टन पिछले वर्ष से आगे लाया गया था।

कारखाने अपने सरप्लस को वर्ष 2006 में बेच सकते थे, जब अंतर्राष्ट्रीय कीमतें सबसे अधिक थीं (लगभग 2000 रुपये प्रति टन)। लेकिन तभी, भारत सरकार ने चीनी के निर्यात पर रोक लगा दी। जब तक इस रोक को हटाया जाता, तब तक कीमतें गिर चुकी थीं।

चीनी उद्योग केंद्र व राज्य सरकारों के लिए राजस्व अर्जित करने का एक बहुत बड़ा ज़रिया है। केंद्र चीनी पर प्रति क्विंटल 85 रुपये तथा गुड़ पर 750 रुपये प्रति टन उत्पाद–शुल्क वसूलती है। कारखानों से ख़रीद–कर के रूप में 4,000 करोड़ रुपये प्राप्त हुए थे। राज्य गुड़ पर बिक्री कर वसूलते हैं।

चीनी पर लगने वाला उत्पाद–शुल्क चीनी विकास फंड में आता है जिसका उद्देश्य चीनी उद्योग में सुधार लाना है और इस फंड में 8,000 करोड़ रुपये जमा हो चुके हैं। फिर भी, कृषि क्षेत्र को विनियमित करने के लिए कोई व्यवस्था नहीं है और न ही चीनी मिलों को लाइसेंस जारी करने का कोई वैज्ञानिक आधार है।

चीनी उद्योग ऋण सुविधाओं पर चलता है। चीनी मिलें किसानों को केवल तभी भुगतान करती हैं, जब उनकी चीनी बाज़ार में बिक जाती है। किसानों को कभी भी निर्धारित पंद्रह दिनों के अंदर अपना पैसा नहीं मिल पाता। इससे संकट की स्थिति पैदा हो जाती है, यहाँ तक कि किसान आत्महत्या भी कर लेते हैं।

चीनी मिलें अपनी कार्यशील पूँजी केवल चीनी को गिरवी रखकर जुटाती हैं। लेकिन सरकारों से उनके गारंटीदाता के रूप में खड़े होने की अपेक्षा की जाती है। महाराष्ट्र सरकार ने राज्य में चीनी मिलों को 15,000 करोड़ रुपये की भारी गारंटी दी हुई है। कर्नाटक में ऐसी कोई गारंटी नहीं दी जाती। अस्थायी उपाय के रूप में, गन्ना उगाने वाले सभी राज्यों को चीनी मिलों द्वारा कार्यशील पूँजी के लिए बैंकों को गारंटी देनी चाहिये। सरकार ने हाल ही में एक मात्र कदम यह उठाया है कि उसने चीनी के निर्यात के लिए मिलों को परिवहन सब्सिडी दी है। लेकिन, यह आवश्यक है कि भारत सरकार का कृषि मंत्रालय निर्णय लेने में सभी राज्यों से परामर्श करे, जिससे देश में चीनी उद्योग को मजबूती मिलेगी। संयोग से, ग्रामीण सड़कों के नेटवर्क, रेलवे से जुड़े ग्रामीण क्षेत्रों का विकास होने से तथा अध्ययन में सुझाये गये छोटे व बड़े सभी बंदरगाहों के विकसित होने से, चीनी उद्योग किफ़ायती दरों पर चीनी का निर्यात भी कर सकेगा।

कानूनी पहल : सरकार ने गोदाम रसीद अधिनियम का प्रस्ताव रखा है, जो गोदाम रसीद को निगोशिएबल इन्स्ट्रूमेंट बना देता है और इस प्रकार किसान बैंकों से वित्त/ऋण प्राप्त करने के अधिकारी बन जाते हैं। इससे किसानों पर अपने लेनदारों को ऋण तुरंत चुकाने का दबाव नहीं होगा और वे अपने उत्पादों के मूल्य बढ़ने की प्रतीक्षा कर सकते हैं ताकि वे अपने उत्पाद तब बेच सकें, जब उन्हें बेहतर मूल्य प्राप्त हो रहा हो। सरकार ने विनियमित बाज़ारों में जितने भी भंडारगृह खोले हैं, उनकी सीमित संख्या पर्याप्त नहीं है। इसके अलावा, निजी भंडारगृहों को भी बाज़ार सब–यार्ड में प्रोत्साहित किया जाना चाहिए, जैसाकि ऊपर बताया गया है।

भारत ने समय के अलग–अलग बिंदुओं पर 16 कानूनों को पारित कर अपने आपको एक भूल–भूलैया में फंसा लिया है, जिनमें से कुछ तो एक–दूसरे के ही विरोधी हैं। एक कानून जैम में मिठास चाहता है, तो दूसरा उस पर रोक लगा देता है। एशिया में चिली पेस्ट का उपयोग बड़े व्यापक स्तर पर किया जाता है, लेकिन इसका उत्पादन भारत में नहीं हो सकता क्योंकि यहाँ का कानून इस प्रकार के गाढ़े किये गये पदार्थों के उपयोग की मनाही करता है। केंद्र सरकार ने पुराने कानून की भूल–भूलैया के बदले में एक नये खाद्य कानून का प्रस्ताव सामने रखा है।

सरकार ने जमाखोरी समाप्त करने के लिए, आवश्यक वस्तु अधिनियम के अंतर्गत लम्बे समय से वस्तुओं के संग्रहण की एक सीमा निश्चित कर दी है। इससे बड़े स्तर पर संगठनात्मक निवेश असम्भव हो गया है। अब जबकि पुराने कृषि उत्पादों की कमी ने वस्तुओं के अधिशेष के लिए मार्ग खोल दिया है, आवश्यक वस्तुओं की सूची भी 30 से घटाकर 15 कर दी गयी है और आशा है कि समय के साथ–साथ अब इस कानून की आवश्यकता भी नहीं रहेगी, विशेष रूप से, यदि आपका दृष्टिकोण इस पुस्तक में वर्णित विचारों को महसूस कर लेता है, तो ऐसा सम्भव भी है। इस प्रकार, इससे इस बात को भी बल मिलेगा कि जीवंत ग्रामीण व्यवस्था के हित में कई कानूनों को बदले जाने की आवश्यकता है।

सामाजिक ढाँचा

शिक्षा : हमने पहले ही माध्यमिक स्कूल तथा प्राथमिक शिक्षा को अनिवार्य बना दिया है, यहाँ तक कि सरकारी स्कूलों में मिड–डे मील तथा वर्दी भी निःशुल्क कर दी गयी है।[1] किन्तु, ऐसे समय में जब भारत की ज्ञान–आधारित अर्थव्यवस्था व समाज के रूप में हर तरफ चर्चा हो रही है, प्रधानमंत्री का यह स्वीकार करना कि स्कूल छोड़ने वाले बच्चों की संख्या इतनी अधिक है कि उसे स्वीकार नहीं किया जा सकता, तो उनकी यह स्वीकारोक्ति बहुत ईमानदारी भरी है कि स्वतंत्रता प्राप्ति के सत्तावन वर्ष बाद भी, हमारी सामाजिक व राजनीतिक व्यवस्था अधिकांश छात्रों को कम से कम स्कूल ले जाने मे विफल रही है। इसलिए, यह अनिवार्य हो जाता है कि छः से चौदह

1. सम्पादकीय, 'ड्रॉप आउट्स', द हिन्दू, 25 फरवरी, 2005

वर्ष के आयु वर्ग के सभी बच्चों को स्कूल भेजना सुनिश्चित किया जाये। सर्वशिक्षा अभियान के माध्यम से वित्त उपलब्ध कराने के अतिरिक्त, सरकार तथा ग़ैर–सरकारी संगठनों के प्रयासों से निरंतर एक मुहिम की शुरुआत करनी चाहिए, विशेष रूप से गाँवों में, ताकि ग्रामीण स्कूलों में शिक्षकों व छात्रों की उपस्थिति सुनिश्चित की जा सके। सबसे दुर्भाग्यपूर्ण सच्चाई यह है कि ग्रामीण क्षेत्रों में शिक्षक भी नियमित रूप से स्कूलों में नहीं जाते और इसलिए, ग्रामीण स्कूलों में निगरानी रखने की अधिक आवश्यकता है। यदि हम ग्रामीण क्षेत्रों में प्रत्येक बच्चे को मिडिल स्कूल तक पढ़ने के लिए प्रोत्साहित करें और कृषि के विकास के लिए नयी रणनीतियाँ अपनायें, तो हमारे पास ऐसे साक्षर लोग होंगे, जो रोज़गार पाने के योग्य होंगे।

वास्तव में, ग्रामीण क्षेत्रों में दसवीं कक्षा तक शिक्षा का प्रसार करने के लिए और अधिक हाईस्कूल खोलने के कार्यक्रम हेतु हमें और अधिक प्रयास करने चाहिये। ग्रामीण क्षेत्रों में रोज़गार के योग्य कौशल प्रदान करने के लिए और अधिक औद्योगिक प्रशिक्षण संस्थानों (आई.टी.आई.) तथा व्यावसायिक प्रशिक्षण केंद्रों की शुरुआत करनी चाहिये। चूँकि रोज़गार के अवसर मशीनीकृत कृषि में ज़्यादा पैदा किये जायेंगे, इसलिए ड्रिप तथा स्प्रिंकलर प्रणालियों की स्थापना तथा उनका रख–रखाव, प्रोसेसिंग कारखाने, खनिज–आधारित उद्योग, कोल्ड–स्टोरों का संचालन तथा वेबसाइट्स पर कीमतों को दिखाया जाना व बोली लगाना भी सम्भव हो जायेगा। ग्रामीण क्षेत्रों में ये अवसर सुशिक्षित श्रम शक्ति के उपलब्ध होने से ज़्यादा सक्षम हो सकेंगे।

स्वास्थ्य : विशेष रूप से गाँवों में, सरकार द्वारा प्राथमिक स्वास्थ्य केंद्रों की स्थापना किये जाने के बावजूद, नैदानिक और निरोधक, दोनों तरह की स्वास्थ्य सेवायें व्यापक स्तर पर इतनी प्रभावपूर्ण नहीं रही हैं। नोबेल पुरस्कार प्राप्त डॉ. अमर्त्य[1] सेन ने इस प्रकार टिप्पणी की है :

1. स्वास्थ्य सेवाओं पर सरकारी व्यय असाधारण रूप से बहुत कम है। वास्तव में, भारत, किसी भी अन्य देश की अपेक्षा, उन देशों से भी जिनका आय का स्तर भारत के बराबर है, सार्वजनिक स्वास्थ्य सेवाओं पर सकल घरेलू उत्पाद का बहुत कम अनुपात ख़र्च करता है।

---

1. सिद्धार्थ वर्द्धराजन द्वारा डॉ. अमर्त्य सेन के साक्षात्कार से; द हिन्दू, 9 जनवरी, 2005

2. दूसरे, अक्सर सार्वजनिक स्वास्थ्य केंद्रों पर निगरानी की व्यवस्था नदारद होती है या उसमें कुछ गम्भीर कमियाँ पायी जाती हैं। इसका परिणाम यह होता है कि या तो वहाँ डॉक्टर अनुपस्थित होते हैं या फिर वे मरीज़ों को अपने निजी क्लिनिक पर मिलने की बात कहते हैं।
3. यदि रोगी डॉक्टरों को सार्वजनिक स्वास्थ्य केंद्रों से बाहर अपना इलाज करवाते हैं, तो इसका पता नहीं लगाया जा सकता कि कौन नीमहकीम है और कौन धोखेबाज।

ऊपर दिये गये सभी कारणों का परिणाम ग्राम के ग़रीब रोगियों को भुगतना पड़ता है। यह समस्या तब और बढ़ जाती है, जब बीमार होने के कारण उन्हें अपनी मज़दूरी अथवा वेतन से भी हाथ धोना पड़ता है। डॉ. अमर्त्य सेन के विचार में, सार्वजनिक क्षेत्र के संसाधनों को सभी के लिए बुनियादी चिकित्सा सेवायें अवश्य उपलब्ध करानी चाहिये, जिसमें बुनियादी दवाईयाँ, बुनियादी निदान, रक्त परीक्षण, एक्स–रे इत्यादि शामिल हों, जिनकी सामान्य चिकित्सा में आवश्यकता होती है और ऐसा करके चिकित्सक रोगियों को महँगी चिकित्सा से छुटकारा दिलाने में उनकी सहायता कर सकते हैं।

इस प्रकार, यही वह समय है, जब हमें सार्वजनिक स्वास्थ्य केंद्रों की कार्यप्रणाली पर प्रभावपूर्ण निगरानी रखनी चाहिए और ग़ैर–सरकारी संगठनों को इन प्रयासों में सम्मिलित करना चाहिये। सरकार का नए चिकित्सा स्नातकों को एक न्यूनतम अवधि के लिए अनिवार्य ग्रामीण सेवा के लिए भेजना एक सही दिशा में अच्छा कदम है। दूसरे, लोगों के छोटे–मोटे इलाज उन कर्मचारियों द्वारा भी किये जा सकते हैं, जो उप–केंद्रों पर तैनात हैं। इन सभी को सक्रिय करने की आवश्यकता है।

इस तरह, जैसाकि पहले सुझाव दिया है, कृषि विकास की चुनौतियों को पूरा करने के लिए पर्याप्त रूप से स्वस्थ तथा पढ़े–लिखे लोगों का इस क्षेत्र में उपलब्ध होना सम्भव हो पायेगा।

ग्रामीण क्षेत्रों में आजीविका का विविधीकरण

यह अत्यंत चिन्ता का विषय है कि निवेश, बुनियादी बातों और आय तथा रोज़गार की दृष्टि से ग्रामीण व शहरी क्षेत्रों में अन्तर व भेदभाव किया जाता है। इस अध्ययन के अध्याय–1 में बताया गया है कि किस प्रकार गाँव के अधिकांश लोगों को बड़े किसानों के खेतों पर

कार्य करने तथा बेहतर मजदूरी के लिए शहरों की ओर पलायन करने को बाध्य होना पडता है। बल्कि आज स्वतंत्रता के 60 वर्ष पश्चात् भी, जब हम दुनिया की एक सुपर पॉवर बनने की राह पर आगे बढ़ रहे हैं, गाँव में रहने वाले लोगों की दुर्दशा में व्यापक स्तर पर कोई बदलाव नहीं हुआ। मज़े की बात यह है कि कृषि क्षेत्र में लगभग 60% लोग लगे हुए हैं जबकि जी.डी.पी. में उनका योगदान मात्र 23% ही है। दुनिया भर का अनुभव यह है कि कृषि के क्षेत्र में कुल उत्पादन, बहुत थोड़ी सी संख्या में लगे लोगों द्वारा किया जाता है। भारतीय जनसंख्या के एक बड़े हिस्से द्वारा खेतों पर काम करने का कारण यह है कि अन्य सभी उभरते हुए देशों के विपरीत, भारतीय उद्योग ग्रामीण क्षेत्रों से आये श्रमिकों को अपने यहाँ खपा पाने में पूरी तरह असमर्थ है। उद्योगों और आधारभूत संरचनाओं का तीव्र गति से होने वाला विकास ही इन अतिरिक्त लोगों को खपा पाने में सक्षम है।[1] इसलिए, यदि हम ग्रामीण क्षेत्रों में ग़ैर–कृषि रोज़गार को बड़े स्तर पर पैदा नहीं कर पाते, तो कृषि के साथ–साथ, गाँव में रहने वाले लोगों के जीने के हालात में बदलाव ला पाना सम्भव नहीं होगा। इसी कारण, मुख्य मुद्दा केवल कृषि उत्पादन या उत्पादकता में वृद्धि करना नहीं है, जो अपने प्रगति के दौरान थोड़ा सा और रोज़गार प्रदान करेगा, जिसके फलस्वरूप हम बढ़ी हुई मात्रा में कृषि उत्पादों की देखभाल कर पाने में सक्षम होंगे, बल्कि मुद्दा यह है कि ग्रामीण श्रमिकों को यथोचित उच्च आय व पूरे वर्ष भर आजीविका प्रदान करने का आश्वासन मिले। इसलिए, हमें ऐसे कार्यक्रमों की योजना बनानी होगी और उन्हें लागू करना होगा, जो हमें इस दिशा की ओर ले जा सकें।

श्री पी. चिदम्बरम ने 2005–06 के अपने बजट भाषण में ठीक ही कहा है कि ग़रीबी का अर्थ केवल पैसे की ग़रीबी नहीं है, बल्कि अन्य बातों के साथ–साथ, इसमें निरक्षरता, कौशल की कमी तथा बेरोज़गारी भी शामिल है। मानव संसाधन विकास के क्षेत्र में, हमने मिडिल स्कूल के स्तर पर सभी बच्चों को अनिवार्य शिक्षा देने पर ज़ोर दिया है। जो बच्चे मिडिल स्तर के बाद स्कूल छोड़ देते हैं, उन्हें रोज़गार के अवसर उपलब्ध कराने वाले कार्य सिखाये जाने चाहिये, जो सूक्ष्म सिंचाई के उपकरणों, कृषि से संबंधित मशीनों तथा उपकरणों आदि की मरम्मत व देखभाल का काम कर सकते हैं। ये

---

1. विनय भरतरमन, 'विनिंग फ्राम ग्लोबलाइज़ेशन'; द टाइम्स ऑफ इंडिया, 27 जनवरी, 2007

इस अध्ययन मे सुझाये गये उपायों से कृषि उत्पादन में हुई वृद्धि को दृष्टि में रखते हुए आवश्यक सिद्ध हो सकते हैं। इससे कृषि क्षेत्र में ग़ैर–कृषि कार्यों को करने के लिए बड़ी मात्रा में कर्मचारी उपलब्ध हो सकेंगे, जो पढ़े–लिखे, कार्यकुशल और बेहतर मजदूरी अर्जित करने में सक्षम होंगे, क्योंकि अधिक उत्पादन होने से किसान भी ऐसी सेवाओं के लिए भुगतान करने में समक्ष हो जायेंगे। यहाँ यह बताने की आवश्यकता नहीं कि कृषि उत्पादन में वृद्धि होने से रोज़गार के अवसरों में भी पर्याप्त वृद्धि होगी। धीरे–धीरे कृषि के क्षेत्र में मशीनीकरण भी होने लगेगा, जिससे ग़ैर–कृषि क्षेत्र में रोज़गार के और अधिक अवसर उत्पन्न होंगे।

खाद्य सुरक्षा तथा पशुओं व पौधों के स्वास्थ्य के संबंध में सुरक्षा पद्धति (सेनेट्री एवं फीज़ियो–सेनेट्री पद्धति) को उचित ढंग से अपनाकर पशुओं तथा उनके रख–रखाव के तरीके में नवीनीकरण करके धीरे–धीरे पशुपालन क्षेत्र को प्रगति के मार्ग पर लाया जा सकता है ताकि पशु उत्पादों का न केवल स्थानीय स्तर पर उपभोग किया जा सके अपितु उनका बड़ी मात्रा में निर्यात भी किया जा सके। इससे बड़ी मात्रा में रोज़गार उत्पन्न होगा। इन नौकरियों में भी, उत्पादन में वृद्धि करने के लिए तथा उत्पादों के मूल्यों में वृद्धि के साथ–साथ कर्मचारियों के लिए ऊँचा वेतन सुनिश्चित करने की दिशा में, शिक्षा व कौशल महत्त्वपूर्ण काम करेगा।

मत्स्य क्षेत्र, बड़ी मात्रा में मछली पकड़ने के साथ और कोल्ड चेन के अध्ययन व उनके निर्माण के अनुसार, जिसमें भण्डारण, पैकेजिंग और इन्सुलेटिड वाहनों के साथ तापमान नियंत्रित आपूर्ति श्रृंखला के निर्माण से, वर्तमान की तुलना में अधिक संख्या में नौकरियाँ उत्पन्न की जा सकती हैं।

कर्नाटक सरकार के आधिकारिक समूह ने पहले भी अपनी रिपोर्ट में किसानों की आर्थिक स्थिति को सुधारने के लिए कई सिफारिशें की हैं। इनमें से तीन सिफारिशें विचारणीय हैं – (i) कृषि आय के विविध स्रोतों को उत्पन्न करना (ii) किसान समूहों के माध्यम से छोटे किसानों का सशक्तिकरण, तथा (iii) ग्रामीण क्षेत्रों में ग़ैर कृषि गतिविधियों को बढ़ावा देना।

कृषि आय के विविध स्रोतों को उत्पन्न करना : किसान परिवारों द्वारा आय के विविध साधनों को विकसित करना अत्यंत आवश्यक है, उनके पास कम से कम आय के दो साधन अवश्य होने चाहिये।

इससे देश में शुष्क भूमि के एक विशाल क्षेत्र में सूखे से प्रभावशाली ढंग से निपटने में सहायता मिलेगी। इस लक्ष्य को कृषि क्षेत्रों में कृषि गतिविधियों के विविधीकरण को बढ़ावा देकर निम्नलिखित तरीकों से प्राप्त किया जा सकता है :

बारहमासी बागवानी फसलों जैसे आम, चीकू, अमरूद, आंवला, नारियल इत्यादि तथा ज़मीनी फसलों जैसे ज्वार, दालें, तिलहन इत्यादि उगाना, खेतों के स्तर पर भी अनाजों व दालों के साथ–साथ बागवानी फसलें उगाना सम्भव है, जैसाकि कर्नाटक के कोलार, तुमकुट व बेंगलुरू जैसे जिलों में किया जा रहा है। ये फसलें किसानों के लिए उस समय भी आय का एक माध्यम सिद्ध होती हैं, जब ज़मीनी फसलें मौसम की बुरी स्थितियों के कारण पैदावार व आमदनी देना बंद कर देती हैं। ऐसी बारहमासी बागवानी फसलों को उगाने की सुविधा प्रदान करने के लिए, किसानों को अच्छी गुणवत्ता वाली रोपण सामग्री, तकनीकी जानकारी तथा ऋण द्वारा सहायता देने की ज़रूरत है ताकि वे अपनी सूखी भूमि पर ऐसी फसलें उगाने में सक्षम हो सकें। इस नीति को लागू करने में, राज्य इस उद्देश्य के लिए राष्ट्रीय बागवानी मिशन तथा राष्ट्रीय ग्रामीण रोज़गार गारंटी कार्यक्रम में उपलब्ध फंड का लाभ उठा सकते हैं।

पशुधन पालन को, जिसमें डेरी पशुओं, मुर्गीपालन इकाईयों, भेड़ों–बकरियों तथा सुअरों इत्यादि को पालना शामिल है, सभी किसानों, विशेष रूप से छोटे व ग़रीबों किसानों द्वारा अनुपूरक आय का एक स्रोत बनाया जा सकता है। इस प्रयोजन के लिए, किसानों के लिए संस्थागत ऋणों की आपूर्ति होना अत्यंत आवश्यक है ताकि वे पूँजीगत सम्पत्तियाँ बनाने व पशुओं को ख़रीदने में सक्षम हो सकें। प्रत्येक गाँव में किसानों की पर्याप्त संख्या को ऐसी अनुपूरक गतिविधियों के लिए सहयोग दिया जाना चाहिए ताकि ग्रामीण स्तर पर पशुपालन सेवाओं जैसी तकनीकी जानकारी तथा मार्केटिंग सुविधायें उन्हें दी जा सकें।

कर्नाटक जैसे राज्यों के अधिकांश हिस्सों में ज़मीनी फसलों के साथ–साथ रेशम उत्पादन तथा मधुमक्खी पालन जैसी गतिविधियों का भी विकास किया जा सकता है। रेशम उत्पादन जहाँ थोड़ी सी कृषि भूमि पर आरम्भ किया जा सकता है, वहाँ मधुमक्खी पालन के लिए अलग से ज़मीन लेने की आवश्यकता नहीं होती। ये दोनों व्यवसाय अनुपूरक आय प्रदान कर सकते हैं, जबकि रेशम उत्पादन

आय का मुख्य स्रोत भी हो सकता है और यह रोज़गार भी प्रदान कर सकता है।

ज़मीनी फसलों के साथ पारम्परिक फूलों की फसलों (चमेली, गुलदाऊदी, गेंदा इत्यादि) की खेती ज़्यादा वर्षा वाले क्षेत्रों में या थोड़ी सिंचाई की उपलब्धता के साथ की जा सकती है। कृषि जोत के एक हिस्से के रूप में, छोटे भूखण्डों पर उगायी गयी ये फसलें पूरे वर्ष भर किसानों को नकद आय प्रदान कर सकती हैं और उन्हें लाभकारी रोज़गार उपलब्ध करा सकती हैं। ये फसलें शहरी केंद्रों के निकटवर्ती क्षेत्रों में विशेष रूप से लाभकारी हो सकती हैं।

भारी वर्षा वाले कुछ क्षेत्रों में तथा सिंचाई परियोजनाओं के कमान क्षेत्रों में, किसान कृषि आय के साथ अनुपूरक आय प्राप्त करने के लिए तालाबों में मधुमक्खी पालन का कार्य अपना सकते हैं। दक्षिण भारतीय राज्य जैसे तमिलनाडु, कर्नाटक तथा केरल में लघु सिंचाई वाले तालाबों में देशीय मछलीपालन की भी अच्छी सम्भावनायें मौजूद हैं, जिन्हें किसान के समूह आरम्भ कर सकते हैं। भारत सरकार के राष्ट्रीय मात्स्यिकी विकास बोर्ड के पास देशीय मछली पालन को बढ़ावा देने की योजनायें हैं जिसमें तालाबों में मछली उत्पादन तथा जलाशय मात्स्यिकी भी शामिल हैं। मत्स्य विभाग किसानों को इन योजनाओं का लाभ उठाने में सहायता दे सकता है।

सामाजिक वानिकी कार्यक्रम मुख्यतः कम लाभप्रद वन क्षेत्रों में तथा गाँव की सीमाओं में स्थित साझा भूमियों पर वृक्ष लगाने पर केंद्रित हैं। अभी तक किसानों को अन्य फसलों के प्रतिस्थापन के रूप में वन उद्योग को अपनाने की ओर पर्याप्त ध्यान नहीं दिया गया है या उन्हें अपनी कृषि–भूमि में खाली पड़ी भूमि पर अनुपूरक फसल के रूप में वानिकी को प्रोत्साहित नहीं किया गया है। विभिन्न राज्यों के वन विभागों के दृष्टिकोण को भी आवश्यकता है कि वे किसानों की आय बढ़ाने के लिए, किसानों की भूमि पर उपयुक्त प्रजाति की फसलें उगा कर प्रदर्शन करने के ज़रिये वाणिज्यिक वन उद्योग को बढ़ावा देने पर अपना ध्यान केंद्रित करें। वे बड़े क्षेत्रों में कैज़ुएरिना, सिल्वर–ओक तथा सागौन जैसी प्रजातियाँ उगाकर गहन वृक्षारोपण को बढ़ावा दे सकते हैं, जो किसानों को पर्याप्त अनुपूरक आय दे सकती हैं।

ऊपर बताये गये बिन्दु केवल किसानों के लिए आय का एक से अधिक स्रोत उत्पन्न करने की सम्भावनाओं को दर्शाते हैं और इस

दिशा में कई अन्य रास्तों का भी पता लगाया जा सकता है। इस तरह, कर्नाटक का अधिकारिक समूह महसूस करता है कि राज्य सरकारों को अपनी नीति के एक प्रमुख तत्त्व के रूप में कृषि के विविधीकरण की नीति अपनानी चाहिए, जिसका आदर्श वाक्य होना चाहिए, 'भूमि पर एक फसल नहीं' तथा 'किसान की एक आय नहीं।'

सामूहिक दृष्टिकोण के ज़रिये छोटे किसानों का सशक्तिकरण

भारतीय कृषि में छोटी तथा सीमांत कृषि भूमि की व्यावहारिकता सदैव एक प्रमुख मुद्दा रही है। कृषि भूमि के छोटे आकारों द्वारा उत्पन्न बाधायें एक चुनौती रही हैं, जिन पर नीतिगत पहलों से विजय पाने की बड़ी आवश्यकता है। इस क्षेत्र के विशेषज्ञों ने छोटे खेतों की कमियों से निपटने के लिए सामूहिक खेती करने का सुझाव दिया है। आधिकारिक समूह का विचार है कि इस समस्या को दूर करने के लिए राज्य का 'सामूहिक खेती करने के दृष्टिकोण' को बढ़ावा देने के लिए अपनी कृषि विस्तार नीति को एक नयी दिशा देनी चाहिये। इसे निम्नलिखित तरीके से व्यवहार में लाया जा सकता है :

1. प्रत्येक गाँव में एक जैसी कृषि गतिविधियों (जैसे मुर्गीपालन या बकरी पालन आदि) के इच्छुक दस से पचास किसानों को प्रौद्योगिकी जानकारी प्राप्त करने और विपणन सेवाओं के लिए एक समूह के रूप में कार्य करने का प्रशिक्षण देना चाहिये। यदि कोई किसान व्यक्तिगत रूप से कई फसलें भी उगाता है, तो उसे एक या दो फसलों को साझा रूप से उगाने के लिए सामूहिक खेती का दृष्टिकोण अपनाना चाहिये। इस प्रकार, कई समूहों का निर्माण किया जा सकता है, जैसे मूँगफली उगाने वाले किसान, आम उगाने वाले किसान, सब्जियाँ उगाने वाले, फूल उगाने वाले तथा मुर्गी पालन करने वाले किसानों के समूह। इस प्रकार, यह तय किया जा सकता है कि सामूहिक दृष्टिकोण अपनाकर एक गाँव में कौन सी गतिविधि किसानों के लिए लाभदायक सिद्ध हो सकती है।
2. प्रत्येक समूह किसी ऋण संस्थान अथवा बैंक की किसी शाखा से जुड़ा होना चाहिए जो समूह की साझा फसलों और गतिविधियों के आधार पर उनकी आवश्यकताओं की जाँच करेगा और उन्हें पूरा करने का प्रयास करेगा। समूह फसलों के नष्ट होने के जोखिम से बचने के लिए, साझा फसलों

के लिए बीमा सेवाओं का सहारा भी ले सकते हैं।

3. सामूहिक दृष्टिकोण से किसान पेशेवर/तकनीकी जानकारी प्राप्त करने के लिए पेशेवर सलाहकारों की सेवायें भी ले सकते हैं क्योंकि सामूहिक रूप से उनकी सेवाओं के लिए भुगतान करना आसान होगा। कृषि विभाग, पशुपालन विभाग, रेशम उत्पादन विभाग, इत्यादि की विस्तारित सेवायें व्यक्तिगत रूप से किसानों से अलग–अलग मिलने की बजाय साझा फसलों व गतिविधियों के लिए सामूहिक रूप से समूह को देना आसान है। किसानों के समूह के लिए कृषि से संबंधित मशीनें ख़रीदना अथवा किराये पर लेना या साझा फसलों के लिए आवश्यक उपकरण लेना अपेक्षाकृत बहुत आसान है।
4. प्रत्येक किसान का समूह अनुबंध–खेती के ज़रिये मार्केटिंग फर्म से गठजोड़ कर सकता है। वे सामूहिक रूप से परिवहन, भण्डारण तथा पैकेजिंग सेवाओं का लाभ उठाकर अपने उत्पादों की मार्केटिंग भी कर सकते हैं।
5. किसान समूह अपने सदस्यों की शिक्षा तथा उनके कौशल के आधार पर, चुनिंदा सदस्यों को खातों का हिसाब–किताब रखने तथा अनुबंधों के संबंध में बातचीत करने का दायित्व सौंप सकते हैं। इससे ऋण तथा जानकारी प्राप्त करने में तथा उत्पादों की मार्केटिंग के लिए विभिन्न बिचौलियों की भूमिका को भी कम या समाप्त किया जा सकता है।
6. एक समूह में काम करते हुए, किसान बेहतर ढंग से विभिन्न जोखिमों का सामना कर सकते हैं और किसानों की दृष्टि से, यह उनके संकट को कम करने में सहायता करता है। यह किसानों को व्यक्तिगत रूप से विभिन्न समाज कल्याण की गतिविधियों जैसे श्रमदान, सांस्कृतिक कार्यक्रमों, गाँव के त्यौहारों इत्यादि में भी भाग लेने के लिए प्रोत्साहित कर सकते हैं, जिससे वे निराशाओं के शिकार होने से भी बच जायेंगे और उन सदस्यों में 'अपना मूल्य' समझने की भावना भी उत्पन्न होगी।
7. कर्नाटक सरकार ने पिछले पाँच वर्षों में सफलतापूर्वक ग्रामीण क्षेत्रों में 1.20 लाख महिलाओं के समूह (स्त्रीशक्ति समूह) गठित किये हैं। नाबार्ड से प्रोत्साहन व समर्थन पाकर कई

वित्तीय संस्थायें भी महिलाओं के लिए तथा ग़रीबी रेखा से नीचे निर्वाह करने वाले परिवारों के लिए स्वयं सहायता समूहों का गठन कर रहे हैं ताकि वे उन्हें सूक्ष्म वित्त सुविधायें प्राप्त करने में उनकी सहायता कर सकें। इसने ग्रामीण क्षेत्रों में महिलाओं के सशक्तिकरण के लिए बड़ा योगदान दिया है। आधिकारिक समूह महसूस करता है कि सरकार को बड़े पैमाने पर सभी गाँवों में ऐसी ही नीति को अपनाने के लिए बढ़ावा देना चाहिए जिससे छोटे व ग़रीब किसान माध्यम व बड़े स्तर पर खेती के लाभ प्राप्त करने में सक्षम हो सकें। उपरोक्त उद्देश्यों को प्राप्त करने के लिए सरकार ग्रामीण क्षेत्रों में सक्रिय ग़ैर–सरकारी संगठनों की सेवाओ का भी उपयोग कर सकती है। इसके अलावा, सरकार को किसानों को समूह बनाने और उनके काम–काज के लिए उचित प्रोत्साहन प्रदान करना चाहिये। प्रत्येक किसान समूह को लगभग 10,000 रुपये की कार्यशील पूंजी आरम्भ में दी जा सकती है, जैसाकि स्त्री शक्ति समूह के मामले में किया गया था। विभिन्न विभागों के सेवा कर्मचारी इन समूहों को प्रशिक्षण सुविधाएँ, कार्यशील पूँजी, सब्सिडी तथा अन्य सहायक सेवायें प्रदान करने के लिए बातचीत कर सकते हैं। इसके अतिरिक्त, समूह ने यह भी सुझाव दिया है कि कृषि बागवानी, पशुपालन विभागों के अधिकारियों वाली एक समन्वित विस्तार टीम कस्बा स्तर पर राहत सम्पर्क केंद्र बना सकती है। आधिकारिक समूह का विचार है कि यह दृष्टिकोण किसानों को ऋण, प्रौद्योगिकी और अनुकूल शर्तों पर जानकारी प्राप्त करके किसानों को सशक्त बनाकर तथा अधिक आकर्षक कीमत पाने के लिए अपने उत्पादों की मार्केटिंग करने में मजबूती से कार्य करके कृषि के क्षेत्र में एक क्रांति ला रहा है।

ग्रामीण क्षेत्रें में ग़ैर-कृषि गतिविधियों को बढ़ावा देना : यह सर्वविदित है कि भारत की जनसंख्या का एक बड़ा भाग (राष्ट्रीय प्रतिदर्श सर्वेक्षण के अनुसार 58.4%) कृषि क्षेत्र और उससे संबद्ध कार्यों में लगा हुआ है। यह न केवल आनुपातिक दृष्टि से बहुत अधिक है, बल्कि यह समग्र दृष्टि से भी बहुत बड़ा है। इस क्षेत्र पर निर्भर जनसंख्या का अनुपात 1960–61 के दौरान बढ़ा है। लेकिन, जी.डी.पी. में इस क्षेत्र का योगदान 20% से भी कम है और यह कई वर्षों से (तुलनात्मक

संदर्भ में) लगातार गिर रहा है। विश्व बैंक द्वारा प्रकाशित 'विश्व विकास रिपोर्ट 2008 ' भी इस बात को स्वीकार करती है कि कृषि में समग्र दृष्टि से वृद्धि होती है लेकिन इसमें तुलनात्मक दृष्टि से गिरावट आती है। इसलिए, जहाँ कृषि तथा संबद्ध गतिविधियों की उत्पादकता में वृद्धि करने का हर सम्भव प्रयास किया जाना चाहिए, वहीं यह भी स्वीकार करना चाहिए कि विनिर्माण तथा सेवा क्षेत्र में विकास की उच्च सम्भावनाओं को देखते हुए देश/राज्य की अधिकांश जनसंख्या को इन क्षेत्रों की ओर बढ़ना चाहिये। यदि संबद्ध कौशल के साथ पर्याप्त रूप से सक्षम लोग दूसरे क्षेत्रों की ओर आकर्षित होंगे, तो वे तेज़ी से विकास की सम्भावनाओं के साथ इन गतिविधियों से बेहतर आय अर्जित कर सकते हैं। इससे कृषि क्षेत्र में बचे लोगों को भी पर्याप्त लाभ पहुँचेगा क्योंकि इससे उत्पादकता में वृद्धि होने के साथ–साथ उनका बेहतर जीवन भी सुनिश्चित हो सकेगा। यूरोप, उत्तरी अमरीका तथा दक्षिण अमरीका के अधिकांश देशों का विकास का अनुभव यही प्रदर्शित करता है कि उन्नत प्रौद्योगिकी के साथ, देश की जनसंख्या का एक छोटा सा भाग पर्याप्त खाद्यान्न पैदा कर सकता है और कृषि तथा पशु–उत्पादों में अधिकतम उत्पादकता प्राप्त कर सकता है। उपरोक्त संदर्भ में, यह ज़रूरी है कि सरकार ग़ैर कृषि रोज़गार के लिए ग्रामीण जनसंख्या को शिक्षित व प्रशिक्षित करने के लिए, मूलभूत सुविधायें देने के लिए तथा छोटे शहरों व ग्रामीण क्षेत्रों में ग़ैर–कृषि क्षेत्रों के विकास को सक्रियता से बढ़ावा देने के लिए प्रमुख नीतिगत कदम उठा सकता है। कर्नाटक सरकार के आधिकारिक समूह का सुझाव है कि इस संबंध में निम्नलिखित उपाय किये जाने चाहिये :

1. 50,000 से अधिक जनसंख्या वाले सभी कस्बों में छोटे पैमाने पर विनिर्माण इकाईयों की स्थापना के लिए बुनियादी ढाँचा तैयार किया जाना चाहिये। एक कस्बे में 10,000 परिवारों में से, कम से कम 1% (100) परिवारों को औद्योगिक अथवा सेवा–आधारित उद्यम आरम्भ करने के लिए सहयोग देना चाहिये। 10–25 छोटी औद्योगिक इकाईयाँ स्थापित करने के लिए बुनियादी सुविधाओं के साथ लगभग 1,000 केंद्रों में लघु औद्योगिक इकाईयां स्थापित की जानी चाहिये, विशेष रूप से प्रमुख कस्बों और बड़े गाँवों में।
2. अपनी हाई स्कूल की शिक्षा बीच में ही छोड़ देने वाले युवकों

को औद्योगिक या संगठित सेवा क्षेत्रों में काम करने के लिए पर्याप्त कौशल तथा प्रशिक्षण दिया जाना चाहिये। ये दोनों ही क्षेत्र कुशल कारीगरों की कमी झेल रहे हैं। कृषि से जुड़े परिवारों में ऐसे लोगों की बहुलता है। ग्रामीण युवकों के रूप में इन लोगों को बुनियादी प्रशिक्षण देकर मूल्यवान संसाधनों में विकसित किया जा सकता है। इससे राज्य कुशल कारीगरों की मांग को भी पूरा कर पाने में सक्षम हो सकेंगे– राज्य में और राज्य से बाहर भी, बल्कि दूसरे देशों में भी। हमारा सुझाव है कि देश की विभिन्न राज्य सरकारों को आई. टी.आई. की संख्या तथा क्षमता में विस्तार करना चाहिए ताकि प्रति वर्ष कम से कम 2 लाख ग्रामीण युवकों को प्रशिक्षित किया जा सके।

3. भारत के विभिन्न राज्य छोटे शहरों में जूनियर कॉलेजों में कई व्यावसायिक शिक्षा के पाठ्यक्रम चला रहे हैं। इन पाठ्यक्रमों को कर्नाटक जैसे राज्यों में आधिकारिक तौर पर अकादमिक रूप से पूर्व–विश्वविद्यालय शिक्षा के समकक्ष मान्यता प्राप्त है। ये व्यावसायिक शिक्षा के पाठ्यक्रम संबद्ध उद्योग में विद्यार्थियों को रोज़गार के लिए तैयार करने के लिए पर्याप्त नहीं है। सरकार को विद्यार्थियों को कड़ा तथा व्यावहारिक प्रशिक्षण देने के लिए इन पाठ्यक्रमों को वर्तमान अथवा नये आई.टी.आई. के साथ विलय कर देने पर विचार करना चाहिये।
4. ग्रामीण क्षेत्रों में उद्योगों के विकास को बढ़ावा देने के लिए सरकार के प्रयासों को अतीत में सीमित सफलता मिली है। इसका मुख्य कारण यह है कि कर्नाटक में 'विश्व' जैसी योजनाओं में ज़्यादा ज़ोर उद्योग–आधारित स्थानीय सामग्रियों तथा पारम्परिक कौशल को बढ़ावा देने पर था। ऐसे उद्योगों के उत्पाद भी स्थानीय बाज़ारों के लिए थे। वैश्वीकरण में आये बदलावों के साथ, छोटी इकाईयों को भी व्यापक राष्ट्रीय व अंतर्राष्ट्रीय बाज़ार के लिए वस्तुओं के उत्पादन में उन्नत प्रौद्योगिकी का इस्तेमाल करने की ओर उद्यत होना चाहिये। इस संबंध में चीन का उदाहरण दिया जा सकता है, जहाँ लाखों घरेलू उद्यम छोटे उत्पादों जैसे खिलौने, व उपयोगिता की अन्य वस्तुओं का उत्पादन करके

वैश्विक मांग को पूरा कर रहे हैं। हमारे यहाँ की सभी सरकारों को भी चीन के 'शहरी एवं ग्रामीण उद्यमी' के मॉडल का अध्ययन करके एक अलग अभियान की शुरुआत करनी चाहिये। हमारा सुझाव है कि ग्रामीण उद्योगों के क्षेत्र में विशेषज्ञों की एक टीम को नियुक्त किया जाना चाहिए जिसमें क्षेत्रीय ग्रामीण बैंकों के प्रतिनिधि भी शामिल हों, जो एक साथ मिलकर चीन के छोटे व लघु उद्योगों के कामकाज के तरीकों का अध्ययन करें। इससे उन्हें देश के विभिन्न हिस्सों में ग्रामीण स्तर के उद्योगों को बढ़ावा देने की एक व्यापक नीति का निर्माण करने में सहायता मिलेगी।

5. राज्य वित्त निगम तथा विभिन्न राज्यों के लघु उद्योग विकास निगम ने अतीत में सूक्ष्म, लघु एवं मध्यम लोगों को बढ़ावा देने में महत्त्वपूर्ण भूमिका निभायी है। इन संगठनों को भारत के विभिन्न हिस्सों में छोटे शहरों व गांवों में ग्रामीण उद्योग केंद्र स्थापित करने के लिए उद्योगों को बढ़ावा देने में उनकी विशेषज्ञता का उपयोग करके मजबूत बनाया जा सकता है।

प्रत्येक चार से पाँच गाँवों के लिए आधुनिक बहु–उद्देशीय भण्डारगृहों के लिए, जहाँ उचित लेन–देन के लिए इलैक्ट्रॉनिक सुविधायें उपलब्ध होंगी, बाज़ार सब–यार्ड के विकास के प्रस्ताव के लिए सुशिक्षित व तकनीकी रूप से कुशल श्रमिकों की बड़ी संख्या में आवश्यकता होगी। इसके अतिरिक्त, शीघ्र ख़राब होने वाली वस्तुओं, बागवानी तथा मछली पालन के लिए कोल्ड चेन के विकास के लिए भी कुशल श्रमिकों की ज़रूरत होगी। इस तरह के उप–मंडी यार्डों, परिवहन संचालकों, साइबर कैफ़े, बैंकों की शाखाओं तथा आवास सुविधाओं इत्यादि के आने से कुशल व शिक्षित श्रमिकों के लिए रोज़गार के अवसर उत्पन्न होंगे। इसके लिए भी, ग्रामीण क्षेत्रों में शिक्षा व कौशल के प्रसार की प्रासंगिकता बहुत आवश्यक हो जाती है।

हमने पहले भी बताया है कि कृषि पर आधारित बागवानी, पशु–उत्पाद, मछली पालन, प्रोसेसिंग/पैकेजिंग इकाईयाँ देश के भीतरी भागों में स्थापित की जा सकती हैं, क्योंकि अच्छी सड़कों के नेटवर्क के साथ–साथ बड़ी मात्रा में पानी भी उपलब्ध हो जायेगा। यह बात भी ध्यान देने योग्य है कि माइक्रो–हाइडल उपकरणों का प्रयोग करके हमारी सिंचाई की क्षमता भारी मात्रा में पीने तथा उद्योगों आदि के उद्देश्य से पानी जारी करने के अलावा सिंचाई के लिए भी

पर्याप्त पानी प्रदान करेगी। इसके अतिरिक्त, उच्च गुणवत्ता वाली ऊर्जा (ग़ैर–पारंपरिक सहित) के उत्पादन व वितरण के लिए बुनियादी सुविधायें ग्रामीण क्षेत्रों में उद्योगों के लिए पर्याप्त रूप से उपलब्ध कराये जाने की आवश्यकता है। ग्रामीण क्षेत्रों में परिधान बनाने तथा खिलौने बनाने जैसे उद्योग आरम्भ किये जा सकते हैं, जहाँ स्थानीय लोगों को इन इकाईयों में काम करने के लिए उचित प्रशिक्षण दिया जा सकता है क्योंकि शहरों तथा शहरों के आस–पास स्थित क्षेत्रों की बढ़ती हुई अर्थव्यवस्था से इन उत्पादों के लिए भी बाज़ार उपलब्ध हो सकते हैं। कहने की आवश्यकता नहीं कि ये उद्योग भी ग्रामीण क्षेत्रों में रोज़गार के बड़े अवसर पैदा करेंगे।

और अन्त में, हम अपने कई खनिज़ संसाधनों का उद्योगों के लिए पूरा उपयोग नहीं कर पा रहे। ये खानें अधिकतर ग्रामीण क्षेत्रों में है। खनिजों पर आधारित उद्योगों का ग्रामीण क्षेत्रों में रोज़गार के अवसर पैदा करने में एक महत्त्वपूर्ण स्थान रहा है। उदाहरण के लिए, कर्नाटक के बेल्लारी जिले के तोरनागल नामक गाँव के नज़दीक जिंदल स्टील फैक्ट्री से रोज़गार तथा आय के अवसरों पर गहरा प्रभाव पड़ा है जबकि यह क्षेत्र कभी निष्क्रिय क्षेत्र माना जाता था।

इस प्रकार, कौशल तथा कुछ तकनीकी योग्यता के साथ शिक्षा हमारी ग्रामीण श्रम शक्ति को ऊँची मजदूरी पर अपने यहाँ समेट लेने में सक्षम हो जायेगी – न केवल कृषि क्षेत्र में अपितु अन्य क्षेत्रों में भी। किन्तु, इन क्षेत्रों में रोज़गार के अवसर उत्पन्न होने से पूर्व मानव संसाधन विकास की शुरुआत होनी चाहिये। एक समन्वित योजनाबद्ध दृष्टिकोण तैयार किया जाना चाहिए ताकि ऐसी श्रम शक्ति के विकास का औद्योगिक/सेवाओं के विकास के साथ तालमेल बिठाया जा सके।

अब प्रश्न यह उठता है कि जब श्रम शक्ति ग़ैर–कृषि नौकरियों की ओर मुड़ जाती है, तो खेती के कार्यों को निरंतर आदर्श स्तर पर कैसे बनाये रखा जा सकता है? स्पष्टतः, इसका उत्तर है कृषि कार्यों के लिए मशीनी उपकरणों के अधिकाधिक प्रयोग से। संयोग से, कृषि कार्यों का मशीनीकरण होने से मशीनों, उपकरणों तथा कृषि में प्रयुक्त मशीनों के रख–रखाव के लिए भी ग़ैर–कृषि रोज़गार पैदा होते हैं। इस प्रकार, ग्रामीण क्षेत्रों में ग़ैर–कृषि क्षेत्र में रोज़गार के और अधिक अवसर उपलब्ध होंगे। और एक और चीज़ याद रखने योग्य है कि छोटे व ग़रीब किसानों का अपनी भूमि के साथ इतना ज़्यादा लगाव होता है कि वे उसे किसी भी कीमत पर छोड़ने को

तैयार नहीं होते। ऐसे किसानों के लिए, दो विकल्प उपलब्ध हो सकते हैं। उन्हें खेती के मौसम में अपने खेतों पर काम करना होगा और अन्य समय में ग़ैर–कृषि कार्यों में लगना होगा। फसलों के मौसम में भी, उनकी छोटी–छोटी ज़मीनों से उनके लिए पूरे वर्ष भर के लिए काम उपलब्ध नहीं होता। इसलिए वे इन सीज़नों के दौरान पार्ट–टाईम ग़ैर–कृषि कार्य कर सकते हैं जैसे रख–रखाव व सेवा संबंधी कार्य, जो गोबर गैस संयंत्रों में माइक्रो–हाइडल उपकरणों व आपूर्ति–प्रणालियों में लगे पाइपों के कारण बहुतायत में उपलब्ध होंगे। ये संयंत्र माइक्रो–हाइडल प्रणालियों को चलाने के लिए आवश्यक ऊर्जा की पूर्ति करते हैं।

दूसरा और इससे बेहतर विकल्प है कि वे अपनी ज़मीन बड़े ज़मीदारों को किराये पर दे सकते हैं, जो उन्हें पर्याप्त किराया दे सकते हैं, जबकि छोटे किसान स्वयं ग्रामीण क्षेत्रों में ग़ैर–कृषि कार्यों को अपना सकते हैं। इससे धीरे–धीरे कृषि भी संस्थागत रूप ले लेगी। लेकिन, इसमें आवश्यक शर्त यह रहेगी कि इसके लिए कानूनी प्रक्रिया सुनिश्चित करना आवश्यक हो जायेगा कि हालांकि छोटे व ग़रीब किसानों की भूमि पट्टे पर दी जायेगी लेकिन किसी भी स्थिति में इस पर पट्टेदार को स्वामित्व नहीं मिलेगा। यदि कृषि का संस्थागत परिवर्तन हो भी जाता है, तो छोटे व ग़रीब किसान संस्थागत खेती के एक भागीदार होंगे और वे साथ–साथ ग़ैर–कृषि कार्यों से भी आय अर्जित कर सकेंगे।

अध्याय–6

दोहा वार्ता का दौर

पृष्ठभूमि : बहुपक्षीय व्यापार प्रणाली की पृष्ठभूमि का संक्षेप में निम्न प्रकार से वर्णन किया जा सकता है। 1944 में, संयुक्त राष्ट्र मुद्रा एवं वित्त सम्मेलन, जिसे ब्रेटन वुड्स सम्मेलन के रूप में जाना जाता है, ने निम्न संस्थाओं की स्थापना की अनुशंसा की :

1. अंतर्राष्ट्रीय मुद्रा कोष (आई.एम.एफ.)
2. अंतर्राष्ट्रीय पुनर्निर्माण एवं विकास बैंक अथवा विश्व बैंक (आई.बी.आर.डी.)
3. अंतर्राष्ट्रीय व्यापार संगठन (आई.टी.ओ.)

पहले दो संगठन, अर्थात् आई.एम.एफ. तथा आई.बी.आर.डी. या विश्व बैंक की स्थापना की गयी थी लेकिन 1944 को ऊपर वर्णित सम्मेलन द्वारा सिफारिश किये जाने के बावजूद आई.टी.ओ. की स्थापना नहीं की गयी थी। इसकी अपेक्षा, 1947 में जनरल एग्रीमेंट ऑन टैरिफ एंड ट्रेड (गैट) प्रभाव में आया।

विश्व के विभिन्न स्थानों पर समय–समय पर गैट के कई दौर आयोजित किये गये। लेकिन, अप्रैल 1944 में माराकश के उरुग्वे दौर के परिणामस्वरूप विश्व व्यापार संगठन की स्थापना ने विश्व अर्थव्यवस्था को मजबूत बनाने में भूमिका निभाई। डब्ल्यू.टी.ओ. की मुख्य विशेषतायें इस प्रकार हैं :

1. यह अकेला ऐसा संगठन है, जो व्यापार के नियमों से संबद्ध है।
2. विश्व व्यापार संगठन समझौता कानूनी आधार पर नियम प्रदान करता है–यह समझौता सरकारों को अपनी व्यापार नीतियों को सहमत सीमा के भीतर रखने के लिए बाध्य करता है।

इसके तीन मुख्य सिद्धांत हैं :

1. मुक्त व्यापार प्रवाह, जब तक कि कोई दुष्प्रभाव न दिखाई दे।
2. पारदर्शी तथा उम्मीद के अनुसार नियम।
3. तटस्थ प्रक्रियाओं के माध्यम से विवादों का निपटारा।

संक्षेप में, मुक्त व्यापार बिना किसी भेदभाव के निष्पक्ष प्रतिस्पर्धा को बढ़ावा देने की मांग करता है। स्पष्ट रूप से अन्य बातों में सीमा–शुल्क को कम करना व सीमा–शुल्क रहित व्यापार जैसी रुकावटें शामिल हैं। यह सब स्वतंत्र एवं निष्पक्ष चर्चा तथा आम सहमति से उत्पन्न दृष्टिकोण से काम करने की मांग करता है। अर्थात् व्यापार बाध्यतायें विभिन्न देशों के साथ पूरी बातचीत के बाद ही लागू की जायेंगी और व्यापार के नियमों में हर संभव पारदर्शिता बरती जायेगी, इसके साथ–साथ राष्ट्रीय व्यापार नीतियों की नियमित रूप से निगरानी की जायेगी।

इसके अलावा, विकास तथा आर्थिक सुधारों को प्रोत्साहन देना भी डब्ल्यू.टी.ओ. के कार्यों का एक हिस्सा है। इस प्रक्रिया में, व्यापार के उदारीकरण को प्रोत्साहन देना तथा घरेलू सुधारों के साथ, विकासशील देशों के लिए विशेष व्यापार सहायता तथा रियायतें प्रदान की जायेंगी। विकसित देश, कम विकसित देशों की बाज़ार तक पहुँचने की प्रतिबद्धता को तेज़ी से लागू करेंगे और उन्हें सहायता प्रदान करेंगे।

डब्ल्यू.टी.ओ. के गठन के अनुसार, अभी बातचीत चल रही है और कुछ मामलों में, जैसे बौद्धिक सम्पदा अधिकार संबंधित व्यापार पर सहमति बन चुकी है। दोहा में कार्यसूची में से एक विषय जो सामने लाया गया, वह था – कृषि के क्षेत्र में मुक्त व्यापार, जिसे अभी तक हल नहीं किया जा सका।

वैचारिक मतभेद निम्न प्रकार से हैं :

कृषि पर अपने जिस एजेंडे को पश्चिमी देशों ने मेज पर रखा, वह वस्तु–विनिमय के समान था, जिसमें विकासशील दुनिया को कृषि के क्षेत्र में अपनी सारी सब्सिडी समाप्त करनी थी, इसके बदले में उसे एजेंडे में प्रतिस्पर्धी और निवेश की नीतियों जैसे अप्रासंगिक मुद्दे मिले थे।

लेकिन फिर भी, औद्योगिकृत देशों की हमसे अपेक्षा थी कि हम भारी सब्सिडी को भुला दें, जिनका उन्होंने प्रतिरोध किया

था। आर्थिक सहयोग व विकास संगठन (Organisation for Economic Cooperation and Development–ओ.ई.सी.डी.) से जुड़े देशों में 1999–2001 के दौरान कृषि में दी जाने वाली घरेलू सब्सिडी 250 बिलियन डॉलर की थी, जो उनके कृषि राजस्व की लगभग 50% थी। ओ.ई.सी.डी. से जुड़े कई देशों में कृषि से होने वाली आय राष्ट्रीय औसत आय से अधिक थी–फ्रांस में 160% , नीदरलैंड्स में 250%, अमरीका व जापान में 110%। इस सब के परिणामस्वरूप, यूरोपीय संघ (ई.यू.) में आय पर दी जानी वाली सब्सिडी विश्व के अधिकांश मनुष्यों की प्रति व्यक्ति आय को भी पार कर गयी थी। ये आंकड़े विश्व बैंक की रिपोर्ट विश्व आर्थिक सम्भावनायें 2004 (ग्लोबल इकोनॉमिक प्रोस्पेक्ट्स 2004) से लिये गये हैं।

अब हम कृषि सब्सिडी की किस्मों पर निगाह डालते हैं जो उन्नत देशों में बहुत प्रचलित हैं। एक सब्सिडी ऐसी है, जो युवकों को कृषि की ओर आकर्षित करने के लिए एक प्रोत्साहन के रूप में दी जाती है। कुछ सब्सिडी खेती छोड़ चुके किसानों के लिए हैं। 1999–2000 में, 55 वर्ष की आयु में सेवानिवृत्ति चाहने वाले यूरोपीय किसानों ने 793 मिलियन यूरो या 4,362 करोड़ रुपये की सब्सिडी प्राप्त की। दूसरे शब्दों में, अकेले यूरोपीय संघ द्वारा दी गयी सेवानिवृत्ति सब्सिडी ही भारत में कुल कृषि सब्सिडी के बराबर थी, जो किसानों को 5,000 करोड़ रुपये की सस्ती सामग्री के रूप में दी गयी थी। यूरोपीय संघ में ये ऐसी सब्सिडी है, जिन्हें विश्व व्यापार संगठन के ढांचागत समझौते के तहत हटाया नहीं जा सकता। ये संरचनात्मक समायोजन सहायता का एक हिस्सा है, जिन्हें किसान संसाधन सेवानिवृत्ति, निवेश सहायता और उत्पादक सेवानिवृत्ति कार्यक्रम के ज़रिये प्राप्त करते रहेंगे और इसलिए, ये सभी कानूनी तौर पर उचित ग़ैर–व्यापार भुगतान हैं जिन्हें 'ग्रीन बॉक्स' भुगतान कहा जाता है। यह यहीं समाप्त नहीं हो जाता।

कृषि सब्सिडी, इसमें हाल ही में इज़ाफा करने से पहले जो यूरोपीय संघ के 15 देशों में 7 मिलियन किसानों में यूरोप द्वारा बांटी जाती है। यूरोप खेती योग्य भूमि के एक हिस्से को बिना जुताई के रखने के लिए सब्सिडी प्रदान करता है और पर्यावरण संरक्षण के नाम पर प्रत्यक्ष सब्सिडी के चैक (यहाँ इसे 'बोनस' कहना ज़्यादा ठीक होगा) भी प्राप्त करता है। जबकि भारतीय किसान

निःशुल्क बिजली, सस्ते ऋणों और उर्वरकों व सस्ती दरों पर बीजों जैसी वस्तुओं में ही संतुष्ट रहते हैं। यूरोप में पर्यावरणीय सब्सिडी लगातार बढ़ती जा रही है। अचानक, यूरोप बिगड़ते पर्यावरण के प्रति ज़्यादा ही चिन्ता जताने लगा है और पर्यावरणीय संतुलन को बहाल करने में उसने किसानों की मदद लेने का फैसला किया है। वास्तव में, अब किसानों को पर्यावरण संरक्षण के रास्ते से प्रत्यक्ष भुगतान किये जा रहे हैं। इसलिए, ये सब्सिडी लगातार जारी हैं और निरंतर बढ़ रही हैं। 1998–99 में यह 4,695 मिलियन यूरो से बढ़कर 1999–2000 में 5,458 मिलियन यूरो हो गयी। पर्यावरण सब्सिडी के रूप में दी जाने वाली सब्सिडी ही अकेले भारत में कृषि क्षेत्र को राज्य की ओर से मिलने वाली सहायता का 7 गुणा अधिक है।

ऐसे समय में, जब विश्व व्यापार संगठन भारत पर अन्न ख़रीद प्रणाली को समाप्त करने के लिए दबाव डाल रहा है, यूरोपीय किसान राज्य के हस्तक्षेप से तय कीमतों की व्यवस्था के माध्यम से अनाजों, मक्का, मटर तथा सफेद सरसों (रेपसीड) के लिए गारंटीशुदा कीमतें पा रहे हैं। हालांकि मूल्य समर्थन 'अम्बर बॉक्स' का एक हिस्सा है, जिसे कृषि पर समझौते के अंतर्गत स्थापित किया गया है, राज्य द्वारा हस्तक्षेप से तय कीमतों को समाप्त करने का कोई प्रस्ताव नहीं है। जहाँ विश्व व्यापार संगठन यूरोपीय संघ में इन गारंटीशुदा कीमतों को स्वीकार्य सब्सिडी मानता है, जो दी जा सकती है, वहीं वह विकासशील देशों में ख़रीद मूल्यों को व्यापार में ग़लत मानता है और इसलिए उसे समाप्त कर देना चाहता है।

इसलिए, भारत ख़रीद मूल्यों का प्रयोग बंद करके और खाद्यान्नों की ख़रीद में सरकारी भूमिका को कम करके बाज़ार के हस्तक्षेप से अपना हाथ वापस खींचने की कोशिश कर रहा है। भारतीय खाद्य निगम (एफ.सी.आई.) को खाद्यान्नों की ख़रीद की अपनी मुख्य भूमिका से परे हटने को कहा जा रहा है और धीरे–धीरे एफ.सी.आई. खाद्यान्न निर्यातक संगठन के रूप में परिवर्तित होता जा रहा है। किसानों को बाज़ार की मेहरबानी पर छोड़ दिया गया है और त्रासदी यह है कि अधिकांश भारतीय अर्थशास्त्री एफ.सी.आई. के खाद्यान्न ख़रीदने तथा वितरण से पीछे हटने का पूरा समर्थन कर रहे हैं।

भुगतानों को एक तरफ रख देने के अतिरिक्त, यूरोप के किसानों को अनाजों, मटर, रेपसीड के लिए क्षेत्र–भुगतान तथा मक्का के लिए विशेष क्षेत्र–भुगतान, डेरी गायों के लिए पशु भुगतान तथा पशुओं के वध के लिए प्रीमियम प्राप्त होता है। ये सभी सब्सिडियाँ 'ब्लू बॉक्स' का एक हिस्सा हैं, जिसे यूरोप सब्सिडी को समाप्त करने की अपनी प्रतिबद्धता में कोई कमी लाये बिना दे रहा है। फिर लगभग 19 मिलियन गायों को दी जाने वाली सब्सिडी अब धीरे–धीरे 'ग्रीन बॉक्स' सब्सिडी में परिवर्तित हो जायेगी, जो एक बार परिवर्तित होने के बाद कम नहीं की जा सकती। वास्तव में, यूरोप को एक सहमति के तहत इन सब्सिडी को एक श्रेणी से दूसरी श्रेणी में स्थानांतरित करने के लिए पर्याप्त समय दिया गया है। इन सब्सिडी को 50% की अधिकतम सीमा तक रखे जाने की ज़रूरत होगी, जिसका प्रबंध यूरोप आसानी से कर सकता है।

जटिल संरचना

सब्सिडी की समूची संरचना इतनी जटिल है कि कोई भी विद्वान शोधकर्ता इस भ्रमपूर्ण विश्लेषण की भूल भुलैया में खो सकता है। इसलिए, यह देखना बहुत अद्भुत लगता है कि विकासशील देशों के वार्ताकार यूरोपीय संघ द्वारा तथा आर्थिक सहयोग व विकास संगठन के अन्य अमीर व औद्योगिकृत देशों द्वारा की गयी प्रतिबद्धता के रूप में, प्रचलित सब्सिडी के महत्त्वपूर्ण पहलुओं को समझे बिना ही सब्सिडी को कम करने की बात स्वीकार कर रहे हैं। यह बात पहले ही स्वीकार की जा चुकी है कि यूरोप को अपने वार्षिक कृषि सब्सिडी कार्यक्रम में कोई कटौती नहीं करनी पड़ेगी। अमरीका ने आधिकारिक रूप से यह स्वीकार कर लिया है कि वह कृषि सब्सिडी में कोई कमी नहीं करने वाला। इस सबके लिए केवल दिखावा करने की ही आवश्यकता है जिससे कृषि भुगतानों को नोट्रीज़ बिल 2002 के अंतर्गत 'ब्लू बॉक्स' में हस्तांतरित किया जा सकता है।

इसका सारा दोष अकेले मंच पर हुई वार्ता पर भी नहीं मढ़ा जा सकता। इसमें मुख्यधारा के वे अर्थशास्त्री भी भागीदार हैं जिन्होंने ग़लत विश्लेषणों का एक पुलिंदा प्रस्तुत किया। उनका उद्देश्य यह सिद्ध करना था कि बाज़ार के विवेक पर उड़ान भरती मुक्त व उदार अर्थव्यवस्था के अंतर्गत कृषि बहुत लाभ प्राप्त करेगी। अब यह स्पष्ट हो गया है कि आर्थिक विश्लेषण, जिसे कृषि में वैश्विक व्यापार

को बढ़ावा देने के लिए इस्तेमाल दिया जा रहा है, वह वास्तव में कृषि का व्यापार करने वाली कम्पनियों के इशारे पर किया जा रहा था, जिन्हें विकासशील देशों में बाज़ारों के खुलने से लाभ पहुँच रहा था। निचले स्तर के अधिकांश ग़रीब किसानों, जिनकी संख्या लगभग तीन बिलियन के क़रीब हैं, के साथ क्या होगा, इसकी चिन्ता किसी को नहीं है।

दरअसल, औद्योगिकृत दुनिया में उत्पादन की ऊँची कीमतों के बावजूद, बहुत सारी सब्सिडी समाप्त कर दी गयी हैं और किसान निश्चित कीमतों को लेकर पूरी तरह आवश्वस्त हैं। उन्हें इससे कोई अन्तर नहीं पड़ता कि उनके द्वारा उत्पादित वस्तुओं की बाज़ार में उन्हें क्या कीमत प्राप्त होती है।

सच्चाई

क्या औद्योगिकृत देशों के किसान ऊँची सब्सिडी पाकर भारत और ब्राज़ील के किसानों के साथ प्रतिस्पर्धा करने में सक्षम हैं या उनमें सस्ती दरों पर कृषि उत्पादों का उत्पादन करने का कोई स्वाभाविक कौशल मौजूद है? इस प्रश्न का उत्तर नीचे दिया जा रहा है।

आर्थिक सहयोग व विकास संगठन (ओ.ई.सी.डी.) से जुड़े देशों में कृषि का कुल समर्थन अनुमान (Total Support Estimate–टी.एस.ई.) वर्ष 2003 में अनुमानतः 349.81 बिलियन डॉलर आंका गया था। इसमें से, यूरोपीय संघ का हिस्सा 137 बिलियन डॉलर, अमरीका का हिस्सा 94 बिलियन डॉलर तथा जापान इत्यादि का हिस्सा 94 बिलियन डॉलर था। अब प्रश्न यह उठाया गया कि क्या 1 बिलियन डॉलर प्रतिदिन के हिसाब से दी जाने वाली यह ऊँची सब्सिडी यूरोपीय और अमरीकी किसानों को ऊँची लागतों पर फसलों की खेती करने में सक्षम बना सकेगी और फिर भी, क्या वे भारत और ब्राज़ील के किसानों के साथ प्रभावी ढंग से प्रतिस्पर्धा कर पायेंगे।

इस प्रश्न का उत्तर देने की प्रक्रिया में, क्या अमरीका के कृषि उत्पादकों द्वारा वास्तविक लागत के आधार पर विभिन्न कृषि वस्तुओं के लिए अमरीका के कृषि विभाग द्वारा वार्षिक लागतों व उनसे मिलने वाले लाभ की तुलना उस न्यूनतम समर्थन मूल्य से की गयी है, जिसे भारत में भारत सरकार द्वारा उत्पादन लागत के लिए प्रॉक्सी के रूप में तय किया है।

तालिका 6.1 तुलनात्मक लागत को दर्शाती है।

तालिका 6.1 : फसल उत्पादन की औसत लागतें, अमरीकी बुनियादी कृषि मूल्य (फार्म गेट प्राइज़ेज़) तथा भारतीय न्यूनतम समर्थन मूल्य

फसल	उत्पादन लागत (डॉलर प्रति एकड़)	प्रति एकड़ पैदावार या बुशेल या अमरीकी भार इकाई	प्रभावी लागतें रुपये प्रति किलो (अमरीका)	बुनियादी कृषि मूल्य (अमरीका) रुपये/किलो	भारतीय न्यूनतम समर्थन मूल्य रुपये प्रति किलो
1	2	3	4	5	6
गेहूँ	175.63 (59.60)	36 बुशेल	8.25 (2.80)	5.54	6.30
चावल	586.32 (308.34)	69.33 सेंटम वेट	8.58 (4.51)	5.81	
मक्का	329.54 (143.77)	137.40 बुशेल	4.34 (1.89)	4.20	5.05
ज्वार	202.66 (87.85)	44.20 बुशेल	8.30 (3.60)	5.23	5.05
सोयाबीन	266.04 (82.97)	41.60 बुशेल	10.81 (3.37)	8.87	9.30
कपास	529.02 (316.16)	5.77 सेंटम वेट	92.98 (55.57)	42.59	46.99
मूँगफली	653.79 (349.58)	23.42 सेंटम वेट	28.31 (15.14)	19.27	14.00

नोट :

1. अमरीकी उत्पादन लागतें तथा बुनियादी कृषि मूल्य 2002 से संबंधित हैं।
2. पैदावार 1998–2002 की अवधि की वार्षिक औसत है।
3. कोष्ठकों में दिये गये आंकड़े परिचालन लागत दर्शाते हैं।
4. एक बुशेल या अमरीकी भार की इकाई गेहूँ तथा सोयाबीन व ज्वार के 27.2155 किलो के बराबर है।
5. प्रभावी लागतों तथा बुनियादी कृषि मूल्यों (अमरीका) की 46 रुपये प्रति डॉलर की विनिमय दर से गणना की गयी है।
6. भारतीय न्यूनतम मूल्य को 2003–04 के फसली वर्ष के आधार पर आंका गया है; कपास का न्यूनतम समर्थन मूल्य सूती या लिनन तंतुओं की पट्टियों के संदर्भ में दर्शाया गया है।
7. अमरीकी भार इकाई को सौ के भार में दिखाया गया है। एक सौ भार 4 चौथाई है और एक चौथाई 28 पौंड के बराबर है, इस प्रकार 1 अमरीकी भार इकाई (cwt) = 112 पौंड है।

इससे स्पष्ट हो जाता है कि भारतीय किसानों की उत्पाद लागतें, अपने समकक्ष अमरीकी किसानों की तुलना में प्रत्येक कृषि उत्पाद में अत्यंत प्रतिस्पर्धी हैं। यह अमरीका में प्रति हेक्टेअर उच्च पैदावार की तुलना में कहीं नहीं ठहरती जैसा कि तालिका 6.2 में देखा जा सकता है :

तालिका 6.2 : पैदावार प्रति हेक्टेअर

फसल	अमरीका (टनों में)	भारत (टनों में)
धान	7.8	3
मक्का	8.6	1.8
ज्वार	2.8	0.8
मूंगफली	2.6	1
सोयाबीन	2.8	1.1
कपास*	647 किलो	220 किलो

* कपास की पैदावार किलो प्रति हेक्टेअर दिखाई गयी है।

पशु–उत्पाद जैसे दूध में स्थिति भी कोई भिन्न नहीं है। वर्ष 2002 में अमरीका में दूध की औसत उत्पादन लागत 18.76 डॉलर प्रति सेन्टम वेट (अमरीकी भार इकाई) या 19.02 रुपये प्रति किलो थी। भारत में दूध का न्यूनतम समर्थन मूल्य नहीं होता। लेकिन, यदि हम भारत में सहकारी डेरियों द्वारा चुकाये जाने वाले मूल्य को देखें (11–12 रुपये प्रति किलो), तो लागत अनुमानतः उसी स्तर पर होनी चाहिये। अमरीका में प्रति गाय दूध का उत्पादन 9,000 किलो प्रति वर्ष है, जबकि भारत में मिश्रित प्रजाति की गायें भी अधिकतम 3,000 किलो प्रति वर्ष दूध देती हैं।

भारतीय किसान अमरीकी या यूरोपीय स्तरों से बहुत कम पैदावार के बावजूद, कम लागत पर फसलों का उत्पादन कैसे कर लेते हैं? इसके कारणों का वर्णन नीचे किया गया है।

अमरीकी कृषि विभाग (US Department of Agriculture - USDA) की उत्पादन लागत में परिचालन लागतों के साथ स्वामित्व लागतें भी शामिल हैं।

परिचालन लागतों में बीजों, उर्वरकों, रसायनों, ईंधन, ख़रीदे गये पानी, मरम्मत, काम पर रखे गये मजदूरों तथा परिचालन सामग्री पर ब्याज पर किये गये नकद खर्चे शामिल हैं। परिचालन लागतें कपास पर 60% से सोयाबीन पर 31% तक आती हैं। स्वामित्व लागतों में मुख्यतः उत्पादन में प्रयोग होने वाली पूंजीगत वस्तुएँ, सम्पत्तियों का ह्रास ब्याज (पूंजीगत वसूली), कर तथा बीमा इत्यादि शामिल होते हैं। वे इसमें पारिवारिक श्रमिकों तथा कब्ज़े वाली भूमि की अवसर लागत या विकल्प लागत भी शामिल करते हैं, जो मूल रूप से किराये या मजदूरी से होने वाली आय होती है, जिसे किसान अपनी भूमि और अपना श्रम गेहूँ और चावल जैसी फसलें उगाने के लिए देते हैं।

ऊपरी तालिका से देखा जा सकता है कि कुल उत्पादन लागत में स्वामित्व लागत का हिस्सा कपास के लिए 40% से लेकर सोयाबीन में 60% तक होता है, जो बताता है कि अमरीकी कृषि कितनी गहनता से पूंजीगत है और किस प्रकार वे अतिरिक्त लागत किसानों पर डाल देते हैं। संयोग से विभिन्न फसलों के लिए निर्धारित न्यूनतम समर्थन मूल्य अधिक है, जो कॉलम–2 तथा कॉलम–3 में दिखाया गया है, जिसकी कृषि लागत व मूल्य समिति द्वारा गणना की गयी है।

कॉलम–2 में दिखाई गयी लागतों में नकद तथा नकदी के बदले में वास्तविक लागत व्यय, जो वास्तविक स्वामी द्वारा उत्पादन में किये जाते हैं तथा पट्‌टे पर ली गयी भूमि का किराया, पारिवारिक श्रम का मूल्य, पूंजीगत सम्पत्तियों (भूमि को छोड़कर) के मूल्य पर चुकाया गया ब्याज और अपने स्वामित्व वाली भूमि का किराया (भूमि का राजस्व निकाल कर) इत्यादि शामिल किये जाते हैं। कॉलम 3 में दिखाई गयी लागतें कॉलम 2 में दिखाई लागतें तथा किसानों को दिये जाने वाले प्रबंधक वेतन का 10% के बराबर है।

लेकिन दोनों ही तरह से, पूंजीगत लागतें भारतीय किसान द्वारा वहन की जाने वाली कुल लागतों के एक छोटे से हिस्से का निर्माण करती हैं और उन अनुमानित ख़र्चों में से कई खर्चों की किसान की लागतों की गणना में स्पष्ट रूप से गिनती नहीं की जाती। वह तब तक फसलें उगायेगा, जब तक कि उसकी परिचालन लागतें वह पूरी कर लेता है। इसके विपरीत अमरीकी किसान अपने पूंजीगत निवेश पर, चालू व संचित दोनों निवेश पर, बदले में आय चाहता है।

अमरीकी कृषि अर्थव्यवस्था के संबंध में दिलचस्प पहलू उसकी पूंजी प्रधानता के साथ जुड़ा हुआ नहीं है, जिसके परिणामस्वरूप, वहाँ कृषि की लागतें ऊँची हैं। जो चीज़ अमरीकी कृषि को यूरोपीय या जापानी कृषि से अलग करती है, वह है मुक्त व्यापार और माँग व आपूर्ति के अपरिवर्तनीय सिद्धांतों के प्रति इसका स्पष्ट सम्मान। निश्चित रूप से अमरीका में कृषि कीमतें बाज़ार ही निर्धारित करता है। अधिकांश फसलों के बुनियादी कृषि मूल्य (फार्म गेट प्राइसेस) (तालिका 6.1 का कॉलम संख्या 5 देखें) में न केवल उत्पादन लागतें शामिल नहीं होती बल्कि वे भारत में न्यूनतम समर्थन मूल्य से भी कम हैं। भारत के विपरीत, जहाँ सरकारी एजेंसियाँ कुछ स्थानीय श्रेणियों में अधिसूचित न्यूनतम समर्थन मूल्य पर अनाज व तिलहन ख़रीदती हैं, अमरीकी सरकार कृषि व्यापार में प्रत्यक्ष रूप से कोई हस्तक्षेप नहीं करती, जो पूरी तरह से निजी खिलाड़ियों या बाज़ारी शक्तियों पर छोड़ दिया जाता है। लेकिन, इसका अर्थ यह नहीं कि किसानों को एक निश्चित मूल्य नहीं मिलता जो उसकी लागतों को पूरा कर सके। इसके विपरीत, अमरीका में कृषि सचिव कानूनी रूप से 20 निर्दिष्ट फसलों, जिनमें गेहूँ, चावल, मक्का, चारा, जौ, जई, कपास, दूध, मूँगफली, चीनी, तम्बाकू, सोयाबीन

और अन्य तिलहन इत्यादि शामिल हैं, के लिए आय में सहायता प्रदान करता है।

भारत में, सरकार पर ऐसी कोई कानूनी बाध्यता नहीं होती कि वह किसानों को विभिन्न फसलों के लिए न्यूनतम समर्थन मूल्य प्रदान करना सुनिश्चित करे। इसलिए, कुछ श्रेणियों में सरकार न्यूनतम समर्थन मूल्य पर ख़रीद करती है। केवल गन्ने के मामले में ही एक वैधानिक न्यूनतम मूल्य निर्धारित किया जाता है, जिसे चीनी मिलों को गन्ना नियंत्रण के अंतर्गत चुकाना पड़ता है। इसके परिणामस्वरूप, सरकारी ख़रीद केवल एक तदर्थ कार्य है, जो निश्चित रूप से राजनीतिक रसूख का एक समारोह है, जिसे व्यक्तिगत उत्पादकों की लॉबी द्वारा चलाया जाता है।

अमरीका में नया कृषि सुरक्षा ग्रामीण निवेश अधिनियम 2002 (फार्म सिक्युरिटी रूरल इन्वेस्टमेंट एक्ट 2002) प्रत्येक फसल के लिए एक लक्ष्य मूल्य निर्धारित करता है, किसान जिसे प्राप्त करने के अधिकारी होते हैं।

2004–07 के लिए डॉलर की कीमत 46 रुपये की विनिमय दर से आंकी गयी है, प्रति किलो के आधार पर यह गेहूँ के लिए 6.63 रूपये, धान (चावल) के लिए 10.65 रूपये, मक्का के लिए 4.76 रूपये, ज्वार के लिए 4.76 रूपये, सोयाबीन के लिए 9.80 रूपये, कपास के लिए 73.42 रूपये व मूँगफली के लिए 22.72 रूपये होता है। अनुमानित मूल्य बुनियादी कृषि मूल्य से कहीं ज़्यादा होता है, जिन्हें किसान, ज्वार या सोयाबीन को छोड़ कर किसी बिक्री पर प्राप्त करते हैं। इसके अतिरिक्त, वे उत्पादन लागतों के एक बड़े हिस्से को इसमें शामिल कर लेते हैं, जिससे समग्र रूप से कृषि कार्य बहुत व्यवहार्य हो जाते हैं। अनुमानित मूल्य न्यूनतम समर्थन मूल्य से भी अधिक होता है, जिसे पंजाब व हरियाणा के अमीर किसान ज्वार व गेहूँ के लिए प्राप्त करते हैं, जिन्हें वे भारतीय खाद्य निगम को बेचते हैं। दूसरे शब्दों में, अमरीका में सरकार प्रत्यक्ष तथा चक्रीय विरोधी भुगतानों (काउंटर साइकलिकल पेमंट) के माध्यम से अनुमानित मूल्यों तथा बुनियादी कृषि मूल्यों के अंतर को समाप्त कर देती है।

इसके अतिरिक्त ये कीट एवं रोग नियंत्रण कार्यक्रमों की ओर फसल आपदा भुगतान, दोषपूर्ण भुगतान, बाज़ारी नुकसान भुगतान होते हैं।

किंतु महत्त्वपूर्ण बात यह है कि ये सभी भुगतान अलग और बाज़ार से बाहर होते हैं। सरकार बुनियादी कृषि मूल्य को प्रभावित नहीं करना चाहती जो केवल मांग व आपूर्ति द्वारा निर्धारित होते हैं। अलग से किये जाने वाले भुगतान की व्यवस्था अमरीका में बहुत अच्छे से कार्य करती है क्योंकि वहाँ भारत के 120 मिलियन क्रियाशील खेतों के मुकाबले केवल 2.3 मिलियन ही खेत हैं। इसमें शामिल किये जाने वाले कृषि परिवारों की समूची संख्या भारतीय संदर्भ में प्रत्यक्ष भुगतान को असंभव बना देती है। इसलिए, यदि सरकार किसानों को किसी लाभकारी मूल्य की गारंटी देना चाहती है, तो उसके पास सीधे कृषि व्यापार में शामिल होकर बाज़ार की व्यवस्था को बिगाड़ देने के अलावा और कोई विकल्प नहीं है।

कृषि के क्षेत्र में, विकासशील देश उच्च शुल्कों में कमी करके, अपने कृषि निर्यात के लिए बेहतर बाज़ारों तक अपनी पहुँच बना सकते हैं। उन्हें एक विश्वसनीय समय सीमा के भीतर ही, घरेलू समर्थन तथा निर्यात छूटों को समाप्त कर देना चाहिये और इसके साथ–साथ, एक व्यापक विकास का आधार ग़रीब देशों की आर्थिक सुरक्षा के लिए एक अभिन्न अंग है। विकास के इस आधार में संवेदनशील उत्पाद, विशेष सुरक्षा उपाय, विशेष उत्पाद तथा खाद्य सुरक्षा शामिल है।

जब विश्व व्यापार संगठन की स्थापना की गयी थी, तो औद्योगिक देश सैद्धांतिक रूप से, अपनी कृषि सब्सिडी को अनिश्चित काल तक कम करने के लिए सहमत हो गये थे। वर्तमान दोहा बैठक में मुख्य मांग यह थी कि औद्योगिक देश उस प्रतिबद्धता के अनुसार ही काम करेंगे। लेकिन, बाद में बदले में, विकासशील देशों से निर्मित वस्तुओं व सेवाओं पर आयात–शुल्क में भारी कटौती की मांग की गयी।

प्रत्युत्तर में विकासशील देशों ने इस पर अपनी सहमति नहीं दी क्योंकि आयातों के अंधाधुंध खोल दिये जाने से लाखों लोगों की आजीविका पर प्रतिकूल प्रभाव पड़ता था। जब हम इस लक्ष्य पर विचार करते हैं कि उन्नत देशों की जनसंख्या का 2% से अधिक हिस्सा कृषि में काम नहीं करता, तो विकसित देशों की सरासर जिद़ सामने उभर कर आ जाती है। यहाँ तक कि औद्योगिक रूप से उन्नत देशों में सकल घरेलू उत्पाद में कृषि का अनुपात

भी उतना ही है। यदि हम इसकी तुलना विकासशील देशों से करें, तो यहाँ जनसंख्या का दो तिहाई हिस्सा नहीं, तो कम से कम आधी जनसंख्या अपनी आजीविका के लिए कृषि पर निर्भर करती है, जबकि भारत जैसे देशों में सकल घरेलू उत्पाद में कृषि का हिस्सा 25% है।

विकासशील देशों में कई किसान ऐसे होंगे, जिन्हें औद्योगिक देशों तक मुक्त पहुँच बना कर लाभ होगा, लेकिन दूसरे कई किसान सस्ते आयातों के शिकार हो जायेंगे। इसलिए, विकासशील देश उच्च शुल्कों में सुधार के लिए विशेष प्रावधान चाहते थे, जहाँ बड़ी संख्या में लोगों की आजीविका पर प्रतिकूल प्रभाव पड़ने की सम्भावना थी। यह वार्ता बीच में ही टूट गयी क्योंकि दोनों समूह इस मुद्दे पर सहमत नहीं हो सके थे।

जेनेवा में, दोहा वार्ता को निलम्बित करते हुए डब्ल्यू.टी.ओ. के महानिदेशक पास्कल लैमी ने कहा , 'यदि राजनीतिक इच्छा हो, तो कोई न कोई रास्ता निकल सकता है। लेकिन आज के दिन यह संभव नहीं है। और मैं यह बात स्पष्ट कर दूँ कि इस सभा में कोई भी पक्ष विजेता या पराजित नहीं है। आज, केवल पराजित लोग हैं।' वास्तव में, मि. लैमी ने इस समस्या के राजनीतिक होने की पहचान कर ली थी, जो 'तकनीकी' समस्या नहीं थी। उन्होंने स्पष्ट रूप से यह सच्चाई जी–8 समूह के नेताओं तक पहुँचा दी थी, जो 17 जुलाई 2000 को सेंट पीटर्सबर्ग में मिले। उन्होंने सही समय पर चोट करते हुए अन्य बातों के साथ कहा कि वार्ता के लिए मूल्य बहुत ऊँचे रखे गये थे। उनके अपने शब्दों में, 'हम सब यह जानते हैं कि उस मूल्य को बदलना कितना कठिन है।' लेकिन मैं उनकी कही इस बात से बिल्कुल संतुष्ट हूँ कि यदि हमें किसी नतीजे पर पहुँचना है और सहमति बनानी है, तो हमें इस कीमत को स्वीकार करना होगा। लेकिन, सच्चाई यह प्रतीत होती है कि वाशिंगटन तथा ब्रुसेल्स ने सोच समझ कर यह निर्णय किया कि समझौते की कीमत पर घर में हुई क्षति की अपेक्षा जेनेवा में विफलता की कीमत अधिक स्वीकार्य है।

मि. लैमी ने कहा था कि इस वार्ता में गतिरोध के लिए जिम्मेदार मुख्य रुकावट थी 'मुद्दों के त्रिभुज की तीसरी भुजा– यानि कृषि।' जी–6 समूह के देश (भारत, ब्राजील, जापान, आस्ट्रेलिया, अमरीका, यूरोपीय संघ) कृषि सब्सिडी के घरेलू समझौतों को समझ पाने

या उनका हल खोजने में विफल रहे, जो ग़ैर–कृषि बाज़ार प्रवेश (नॉन एग्रीकल्चरल मार्केट एक्सेस– एन.ए.एम.ए.) की माँगों को विकासशील देशों में स्वीकार्य बनाने के लिए आवश्यक थे। इस बाधा का समाधान निकट भविष्य में असंभव प्रतीत होता है।

हर हालत में, जेनेवा में वार्ता की विफलता एक क्रूर सच्चाई है। कुछ विशेषज्ञों का मानना है कि एक बुरे सौदे से सौदा न होना कहीं अधिक बेहतर है। भविष्य भी अनिश्चित है, लेकिन अनुमान सबके अलग–अलग हैं।

अब हम भारत के दृष्टिकोण से इसके परिणाम की जाँच–पड़ताल करते हैं।

इस तथ्य को ध्यान में रखते हुए कि भारत की जी.डी.पी. की वृद्धि दर पिछले कुछ वर्षों में काफी ऊँची रही है, आगे बिना किसी व्यापार उदारीकरण के, क्या हमें किसी भी नये समझौते के संबंध में परेशान नहीं होना चाहिए?

वार्ता की विफलता का कारण अमरीका व यूरोपीय संघ का अपनी कृषि सब्सिडी को कम करने के भारी विवाद रहे हैं। इससे, भारत को अप्रत्यक्ष रूप से फायदा हुआ है, जब तक कि उसकी संरक्षणवादी कृषि नीतियाँ जारी हैं, जिसके तहत वह कई कृषि उत्पादों पर 50 से 100% तक की दरें उपलब्ध कराता है। जब किसानों की आत्महत्यायें एक बड़ा मुद्दा बन गयीं हों, तो भारत किसी भी हालत में संरक्षण के स्तर में कमी लाने की स्थिति में नहीं है। इस प्रकार, सरकार के पास अपनी संरक्षणवादी कृषि नीति को उदार बनाने के लिए हर तरफ से पड़ने वाले दबावों से राहत पाने का एक अवसर है। लेकिन भारत को तब क्या लाभ प्राप्त होता, यदि अमरीका और यूरोपीय संघ विश्व व्यापार संगठन की वार्ता में सब्सिडी को कम करने पर राज़ी हो जाते?

पहला, बहुपक्षीय स्तर पर कृषि सब्सिडी में किसी महत्त्वपूर्ण नुकसान की सम्भावना बहुत कम है क्योंकि विकसित देश आज कृषि लॉबी (ग्रीन व ब्लू बॉक्स) में हस्तांतरित करने के लिए सब्सिडी का पुनर्वर्गीकरण कर रहे हैं। उससे परे, इस पुनर्वर्गीकरण में कोई सच्चाई नहीं है। शोधकर्ताओं ने बार–बार ध्यान दिलाया है कि तथाकथित ग़ैर–व्यापारिक अनुचित सब्सिडी, जैसे किसानों को प्रत्यक्ष आय समर्थन या चक्रीय विरोधी आय वृद्धि, उत्पादन के स्तर से संबंधित नहीं है, कृषि उत्पादन के साथ जुड़े जोखिमों को कम

करके घरेलू उत्पादन को और प्रोत्साहन देती है। यह एक तरह से व्यापार को बढ़ावा देती है, उत्पादन के मूल्य को घटाती है और इसलिए, इसे ग़ैर–व्यापारिक अनुचित सब्सिडी नहीं कहा जा सकता।

दूसरे, वर्तमान में 80% से अधिक कृषि सब्सिडी गोमांस, डेरी उत्पादों और अनाजों पर है। यदि इन क्षेत्रों में सब्सिडी उल्लेखनीय ढंग से कम भी की जाती है, तो इससे भारत को कोई लाभ नहीं होगा, क्योंकि गोमांस के उत्पादों का निर्यात चिंता की बात नहीं है। तथाकथित 'सफेद क्रान्ति' के बावजूद, भारत विभिन्न आंतरिक रुकावटों जैसे असंतुष्ट घरेलू माँगों इत्यादि के कारण अपने डेरी उत्पादों मे वृद्धि कर पाने की स्थिति में नहीं है।

वर्तमान में, भारत गेहूँ का आयात कर रहा है। बासमती चावल का निर्यात संभवतः एकमात्र ऐसा अनाज है जिसमें भारत (पाकिस्तान के साथ) के महत्त्वपूर्ण निर्यात हित जुड़े हुए हैं। किंतु यह एक अद्वितीय उत्पाद है, जिसका उत्पादन अमरीका या यूरोपीय संघ में नहीं होता और इसलिए, भारत से ऐसे निर्यात के लिए, पश्चिम में सब्सिडी नीति कोई ज़्यादा महत्त्वपूर्ण नहीं है।

उरुग्वे दौर से मिलने वाला सबसे महत्त्वपूर्ण लाभ था, 1 जनवरी 2005 से वस्त्रों (मल्टी फ़ाइबर एग्रीमेंट के तहत स्थापित) पर निर्यात कोटे को समाप्त करना।

भारत इससे अधिक लाभ प्राप्त कर सकता था, यदि नामा पर दोहा वार्ता के फलस्वरूप विकसित देश अन्य निर्मित वस्तुओं पर 3 प्रतिशत से 4 प्रतिशत के शुल्क के विरुद्ध वस्त्रों पर 15% से 25% के बीच के वर्तमान शुल्क में कमी कर देते। फिलहाल, भारत की सम्भावनाओं में कोई परिवर्तन न होने के कारण यथास्थिति बनी हुई है।

यहाँ कुछ अन्य मुद्दे भी हैं, जैसे वे मुद्दे जो सेवाओं के निर्यात से जुड़े हुए हैं और जो दोहा वार्ता में नहीं उठाये गये थे। तो अब भारत को क्या करना चाहिए?

भारत को, निश्चित रूप से, प्रतीक्षा करनी होगी और कोशिश करनी होगी कि जब भी दोहा वार्ता पर चर्चा हो कि अनुचित सब्सिडी, जो विकसित औद्योगिक देश कृषि के लिए दे रहे हैं, एक उचित स्तर तक कम हो जाये क्योंकि आज, चावल 1,490 मिलियन डॉलर के साथ निर्यात की मुख्य मद बना हुआ है, जबकि मछली तथा

मछली उत्पादों का नम्बर 1,379 मिलियन डॉलर के साथ उसके बाद आता है। अन्य सभी मदों का निर्यात 2004–05 में 5,606 मिलियन डॉलर था। कृषि तथा उससे संबद्ध उत्पादों का कुल निर्यात भारत के 80,540 मिलियन अमरीकी डॉलर के कुल निर्यात के विरुद्ध 8,475 मिलियन डॉलर या कुल निर्यातों का लगभग 10.5% था। हालाँकि, वर्तमान में अमरीका तथा यूरोपीय संघ का अपनी सब्सिडी को कम न करने का निर्णय हमें ज़्यादा पीड़ा नहीं देता क्योंकि केवल कृषि निर्यात ही है जो बहुत मामूली है। लेकिन, जब सर्वत्र स्प्रिंकलर/ड्रिप पद्धतियों के उपयोग के साथ सिंचाई पर दृष्टिकोण के साथ समूचा 150 मिलियन हेक्टेअर का कुल बुवाई क्षेत्र, सिंचित क्षेत्र बन जायेगा और सकल क्षेत्र वर्ष 2020 तक अनुसंधान तथा विस्तार सेवाओं में प्रस्तावित उन्नति के साथ 210 मिलियन हेक्टेअर हो जायेगा, और जब हम उत्पादन व उत्पादकता में बड़े स्तर पर सुधार कर लेंगे, तो कृषि निर्यात हमारे लिए एक चिंता का विषय बन जायेगा।

वास्तव में, वर्ष 2020 में खाद्यान्नों का उत्पादन अनुमानतः 478 मिलियन टन होगा, जो हमारी 376 मिलियन टन की खपत से 102 मिलियन टन अधिक होगा (अध्याय 3 के अनुसार)। यह अधिशेष (सरप्लस) खाद्यान्न साल–दर–साल बढ़ता जायेगा और वर्ष 2050 तक हमें अपनी जनसंख्या का पेट भरने के लिए 450 मिलियन टन खाद्यान्नों की आवश्यता होगी, तब हमारी जनसंख्या 1,640 मिलियन पर जाकर स्थिर हो जायेगी। लेकिन 2050 में हमारे खाद्यान्नों का उत्पादन 710 मिलियन टन होने का अनुमान है या 710–450=260 मिलियन टन का अधिशेष होगा। स्वाभाविक है कि इस अधिशेष में से हमें कुछ हिस्सा निर्यात करना होगा। तब अन्य फसलों के उत्पादन की निश्चित सिंचाई काफी अधिक होगी, विशेषतः फलों व सब्जियों की। हमने तो मछलीपालन और पशुपालन के क्षेत्रों में भी उच्च उत्पादन की कल्पना की है। इस प्रकार, कृषि निर्यात के भी अत्यधिक बढ़ने की सम्भावना है। इसलिए, वर्तमान में दोहा वार्ता ज़्यादा मायने नहीं रखता, लेकिन हमें ध्यान देना होगा कि खेती हमारे किसानों के लिए एक सुरक्षित क्षेत्र हो। इसलिए, हम थोड़े से निर्यात के साथ संतुष्ट हो सकते हैं, किंतु कल जब हमारा उत्पादन बढ़ जायेगा, तो हम उन मूल्यों पर निर्यात नहीं कर पायेंगे, जिन मूल्यों पर अमरीका या यूरोपीय संघ के किसान करने में

सक्षम होंगे। हमें देखना है कि सभी प्रकार की सब्सिडी, भले ही वे व्यापार को बिगाड़ रही हो अथवा कि नहीं, उन्हें समाप्त कर देना होगा या उन्हें एक उचित स्तर पर कम करना पड़ेगा, भले ही उनका आधार कुछ भी हो– 'अम्बर' 'ब्लू' या 'ग्रीन'। वास्तव में कुछ देश, जैसे अमरीका, 'अम्बर' श्रेणी को समाप्त कर देने के इच्छुक हैं, किन्तु इसके साथ–साथ वे 'ब्लू' तथा 'ग्रीन' श्रेणी के अंतर्गत असीमित सब्सिडी देने की दलील भी देते हैं। दरअसल, यह दुश्मन का मुकाबला करने की एक छद्म नीति है। अर्थात् ग़रीब विकासशील देशों में, चूँकि 'अम्बर' श्रेणी में कुछ निश्चित सब्सिडी समाप्त कर देने से पैसा कम हो जायेगा, तो ग़ैर–व्यापारिक विकृत प्रतीत होने वाली सब्सिडी की खोज करके और उसके लिए विभिन्न कारणों को प्रस्तुत कर, यह सब्सिडी 'ग्रीन' या 'ब्लू' श्रेणी में हस्तांतरित की जा सकती है। आख़िरकार, पैसे का कोई रंग नहीं होता–अम्बर, ब्लू या ग्रीन।

विकल्प के रूप में, अब हम यह जांचते हैं कि क्या हम अपने किसानों तक, मौजूदा सब्सिडियाँ समाप्त करके और वर्तमान सब्सिडी की राशि ग़ैर–व्यापारिक अनुचित सब्सिडी पर खर्च करके, ग़ैर–व्यापारिक अनुचित सब्सिडियों का विस्तार कर सकते हैं? हमने इस विचार विमर्श में केवल यही आपत्ति पायी है कि ऐसी व्यवस्था के लिए, भुगतान की ऐसी पद्धति क्या ठीक ढंग से काम करेगी क्योंकि भारत के 105.29 मिलियन क्रियाशील कृषि भूमि के मुकाबले अमरीका में केवल 2.3 मिलियन खेत ही हैं। इसमें देखने वाली बात यह है कि इसमें शामिल खेतिहर परिवारों की इतनी छोटी संख्या क्या भारतीय संदर्भ में प्रत्यक्ष भुगतानों को असंभव बनाती है?

जहाँ तक भारतीय संदर्भ का प्रश्न है, यह औपनिवेशिक विरासत की अनिवार्यता का संकेत है, जो हमारी सोच और हमारे निर्णय लेने के तरीकों में इतनी घर कर चुकी है कि यदि हम कुछ भी न करना चाहें, तब भी हम 'भारतीय संदर्भ' की असम्भावनाओं को सामने ले आते हैं। इस पर सकारात्मक ढंग से विचार करें।

आज, भारतीय अरबों कार्य करने में, थोड़े से समय में ही समूची दुनिया को सर्वश्रेष्ठ कम्प्यूटर सॉफ़्टवेयर प्रदान कर रहे हैं। क्या हम ऐसा कोई सॉफ़्टवेयर विकसित नहीं कर सकते जो 120 मिलियन कृषि परिवारों के साथ जुड़ी प्रत्येक वस्तु का

हिसाब–किताब रख सके, तथाकथित व्यापार को अनुचित बना रही सब्सिडी से अलग होकर भुगतान कर सके? क्या हम औद्योगिक देशों के शब्दों में स्पष्ट रूप से व्यापार को विकृत करने वाली सब्सिडी की सीमा में रह कर भुगतान नहीं कर सकते? क्या हम दोहा दौर में मेज पर हुई वार्ता की तरह ही वापस भुगतान नहीं कर सकते? यदि इस पुस्तक में प्रदर्शित विचारों पर अच्छी तरह विचार किया जाता है, तो हमारे पास उन्नत किस्म की स्प्रिंकलर/ड्रिप पद्धतियों से लैस कम से कम 210 मिलियन हेक्टेअर की सिंचित खेती होगी और बड़ी मात्रा में संरचनात्मक अनुसंधान व विस्तार सेवाओं की सुविधा होगी, जो कृषि क्रान्ति से आने वाले बदलावों के दौरान प्रकट होगी।

इसके साथ–साथ बड़ी मात्रा में ग़ैर–कृषि नौकरियों के उत्पन्न होने की भी पूरी सम्भावना है। यदि इस अध्ययन में प्रदर्शित विचारों को लागू किया जाता है, इससे छोटे व ग़रीब किसान बड़े किसानों को अपनी भूमि खेती के लिए पट्टे पर दे सकेंगे। इस प्रकार, बदले में वे ग़ैर–कृषि कार्यों से आय अर्जित कर सकते हैं और इसके साथ–साथ वे पट्टे पर दी गयी भूमि से होने वाली अपनी आय को भी सुरक्षित कर सकते हैं। इससे, मशीनी माध्यमों के साथ खेती करने वाले वास्तविक किसानों की संख्या भी कम हो जायेगी। ऐसी स्थिति में, भारत में भी ग़ैर–व्यापारिक विकृत तरीकों से कृषि सब्सिडी देना आसान हो जायेगा। इसके लिए भारत को कृषि तथा ग़ैर–कृषि, दोनों मोर्चों पर बहुलता के साथ, एक युग की शुरुआत करने के लिए, एक अच्छे समन्वित ढंग से रूपरेखा बनाने के लिए तैयार होने की ज़रूरत है, जैसा कि इस पुस्तक में बताया गया है।

लेकिन, खेती के मोर्चे पर पिछले विश्व व्यापार संगठन के मंत्रिस्तरीय सम्मेलन की लगातार असफलता ने, भारत जैसे देश के लिए ज़्यादा मजबूत आधार के साथ बातचीत की पर्याप्त गुंजाइश प्रदान की है। इस संबंध में निम्नलिखित उपायों पर विचार किया जा सकता है:

1. ग़रीब और विकासशील देशों को अपने यहाँ कृषि का विकास करने के लिए तथा अपने राष्ट्रों के अधिकारों को मजबूत बनाने के लिए व असमानता, बेरोजगारी, ग़रीबी, कुपोषण तथा भूख का उन्मूलन करने के लिए एक खाद्य संप्रभुता के निर्माण परबल देना चाहिये। यह समूह, पूरी तरह से

संदर्भ

1. अय्यर, स्वामीनाथन एस. अंकलेसरिया, 'ए सैकन्ड ग्रीन रेवोल्यूशन; द टाइम्स ऑफ इंडिया, 27 नवंबर, 2005।
2. बजाज, राहुल, 'ट्रेड बाई टेरर, कॉलिंग द डब्ल्यू.टी.ओ. डेडलाइन्स ब्लफ,' द टाइम्स ऑफ इंडिया, 27 जून, 2004 ।
3. भारत सरकार के वित्तमंत्री का बजट भाषण, 2005–06।
4. सेंटर फॉर मॉनीटरिंग इंडिया इकॉनामी, 'मंथली रिव्यू ऑफ इंडियन इकॉनामी, इंडीकेटर्स एनुअल, दिसम्बर 2005, फरवरी 2007।
5. सेंटर फॉर साइन्स एंड एन्वॉयरन्मेंट, स्टेट ऑफ इंडियाज़ एन्वायरन्मेंट, ए सिटीजन रिपोर्ट, डाइंग विज़्डम– राईज़, फॉल एंड पोटेंशियल ऑफ इंडियाज़ ट्रेडिशनल वॉटर हार्वेस्टिंग सिस्टम्स।
6. दामोदरन, हरीश, 'फार्मिंग इन यू.एस. एन्ड इंडिया : ग्राउन्ड रियल्टी इन सब्सिडीज़, द हिंदू बिज़नेस लाइन, 25 सितम्बर, 2005।
7. दविन्द्र शर्मा, 'फार्मिंग इन ड्रीम वर्ल्ड', डेक्कन हेराल्ड, 25 सितम्बर, 2004।
8. सम्पादकीय, द हिंदू बिजनेस लाइन, 27 जुलाई, 2006।
9. आर्थिक एवं सांख्यिकी निदेशालय, भारत सरकार, कृषि सांख्यिकी पर एक नज़र, 1996।
10. भारत सरकार, योजना आयोग, 'कृषि,' दसवीं पंचवर्षीय योजना 2002–2007।
11. भारत सरकार, आर्थिक सर्वेक्षण 2005–06।
12. भारत सरकार, योजना आयोग, कृषि की आधारभूत संरचना, भण्डारण, ग्रामीण गोदामों, विपणन, पोस्ट हार्वेस्ट प्रबंधन इत्यादि के कार्य समूह पर रिपोर्ट, सितम्बर 2001।
13. भारत सरकार, इंडिया विज़न 2020 पर समिति की रिपोर्ट, दिसम्बर 2002।
14. भारत सरकार, दसवीं पंचवर्षीय योजना– मध्यावधि मूल्यॉंकन।
15. कर्नाटक सरकार, किसानों की आर्थिक स्थिति सुधारने पर आधिकारिक समूह की रिपोर्ट 2007।
16. कर्नाटक सरकार, राजस्व सुधार आयोग, अंतिम रिपोर्ट फरवरी, 2004।

17. कर्नाटक सरकार, कृषि सचिवालय, वार्षिक रिपोर्ट 2006–07।
18. भारतीय कृषि अनुसंधान परिषद्, एग्रीकल्चरल डाटा रिसर्च बुक 1996।
19. झुनझुनवाला, भरत, 'वाइ फ्री ट्रेड डज़ नॉट डिलीवर गुड' द हिंदू बिजनेस लाइन, 18 अगस्त, 2006।
20. जोशी शरद, विदर्भ के किसानों के साथ न्याय करने का अवसर, 'द हिंदू बिजनेस लाइन, 23 जून, 2006।
21. कम्मार्डी टी.एन. प्रकाश, 'कैन्कन कोलैप्स एंड फूड सॉवरेन्टी,' डेक्कन हेराल्ड, 4 नवंबर, 2003।
22. ग्रामीण विकास मंत्रालय, भू संसाधन विभाग, भारत सरकार तथा नेशनल रिमोट सेन्सिंग एजेन्सी, अंतरिक्ष विभाग, भारत सरकार, 'वेस्ट लैंड्सः एटलस ऑफ इंडिया'।
23. मोइली, एम. वीरप्पा, मुख्य वक्ता का संबोधन, डब्ल्यू. टी. ओ. मामलों पर क्रेडिट पैनल चर्चा पर डब्ल्यू.टी.ओ. की पांचवीं मंत्रिस्तरीय बैठक की पूर्व बैठक, बंगलौर, 1 सितम्बर, 2003।
24. नायक, गोपाल, डब्ल्यू.टी.ओ. समझौते।
25. राम, मंगल, संबोधन, 40वां दीक्षांत समारोह, कृषि विज्ञान विश्वविद्यालय, बंगलौर।
26. रामाचंद्र, जी.वी., 'ब्रॉड बैंड वर्सेज़ नैरो एलिटीज़्म,' द हिंदू, 28 दिसम्बर, 2004।
27. रे, आलोक, 'दोहा टाक्स कोलैप्सः ए चांस फॉर इंडिया,' द हिंदू बिज़नेस लाइन, 21 अगस्त, 2006।
28. शिव प्रसाद, के. टेक्नॉलाजिकल ब्रेक थ्रू इन एग्रीकल्चर, चुघ पब्लिकेशन्स, 1993।
29. स्वामीनाथन, एम.एस. 'एग्रेरियन क्राइसिसः इंसाइट्स ऑफ फॉरमर्स, द हिंदू, 27 जून, 2005।
30. स्वामीनाथन, एम.एस. फारमर्स डिस्ट्रेसः कॉज़िज़ एंड क्योर, द हिंदू, 10 सितम्बर, 2004।
31. स्वामीनाथन, एम.एस. 'रूरल नॉलेज रेवल्यूशनः ए रोडमैप,' द हिंदू, 9 जुलाई, 2005।
32. टॉमिल्सन, बी.आर. 'एग्रीकल्चर 1860–1950 लैंड, लेबर एंड कैपिटल,' इकोनॉमी ऑफ मॉडर्न इंडिया 1860–1971 कैम्ब्रिज यूनिवर्सिटी प्रैस 1993।
33. वड़ामलई मीडिया ग्रुप, एग्रीकल्चर एंड इंडस्ट्री सर्वे, नवंबर, 2006।

□□□